JOANNA BOURNE
Die Dornen der Rose

JOANNA BOURNE

Die Dornen der Rose

Roman

Ins Deutsche übertragen
von Firouzeh Akhavan-Zandjani

LYX
EGMONT

Die Originalausgabe erschien 2010 unter dem Titel
The Forbidden Rose bei The Berkley Publishing Group,
published by the Penguin Group (USA), Inc.

Deutschsprachige Erstausgabe Mai 2013 bei LYX
verlegt durch EGMONT Verlagsgesellschaften mbH,
Gertrudenstraße 30–36, 50667 Köln

This edition published by arrangement with the Berkley Publishing Group,
a member of Penguin Group (USA) Inc.

1. Auflage
Redaktion: Karin Will
Satz: Greiner & Reichel, Köln
Printed in Germany (670421)
ISBN 978-3-8025-9079-5

1

»Du hast nichts Törichtes getan«, erklärte sie, »sondern einfach nur Pech gehabt. Das Ergebnis ist allerdings dasselbe.«

Das Kaninchen erwiderte nichts. Es lag auf der Seite und keuchte. Das Entsetzen, das es erfüllte, entströmte seinem bebenden Leib wie Kaskaden einem Brunnen.

Ihre Schlinge lag um seinen Hals. Sie hatte es mit einem Band aus roter Seide gefangen, das sie aus von einem Kleid abgerissenen Stoffstreifen geflochten hatte. Es konnte nicht fliehen. Es wand sich noch nicht einmal, als es den Tod durchs Gebüsch auf sich zukommen hörte. Verständig, wie es war, hatte es aufgegeben.

»Die Parallelen zu meiner eigenen Situation sind eindeutig. Sie gefallen mir nicht.« Marguerite de Fleurignac setzte sich hin und zog den Rock über den Knien glatt. Sie spürte das glatte, scharfkantige Gras an ihren nackten Knöcheln. Hinter ihr erhoben sich die Überreste des Châteaus. Sie mied den Blick in diese Richtung, so gut das möglich war. »Du musst wissen, dass ich am Verhungern bin. Nicht wie in irgendwelchen Geschichten … voller Haltung und mit Anmut. Ich verliere fast den Verstand vor Hunger. Ich kratze Haferkörner aus Futtertrögen und sammle Beeren. Ich grabe Wurzeln aus und nage in meiner Höhle unter der Brücke an ihnen. All das liegt mir schwer im Magen. Ich will dir die unappetitlichen Details ersparen.«

Der starre Blick des Kaninchens ging an ihr vorbei.

»Das Leben ist nicht so, wie es einem in Märchen vorgegaukelt wird. Keine verzauberten Vögel, die auf Dächern landen und Botschaften überbringen. Du bietest mir im Tausch gegen dein Leben nicht die Erfüllung dreier Wünsche an. Kein Prinz kommt auf seinem weißen Ross herbeigeeilt, um mich zu retten.«

Das Fell des Kaninchens war braun und setzte sich aus vielerlei Schattierungen zusammen. Das Deckhaar war dunkler als das flaumige Unterfell. In den Ohren war es fast schon samtig, in einem hellen Cremeton, und sie konnte die rosige Haut hindurchschimmern sehen. Die Augen des Kaninchens waren von kurzen, dickeren Haaren umrahmt. Es hatte Wimpern. Sie hatte nicht gewusst, dass Kaninchen Wimpern besaßen.

Abgrundtiefes Entsetzen schlug ihr entgegen.

Es war ein Fehler gewesen, das Kaninchen so genau zu betrachten. Sie hätte nicht mit ihm reden dürfen.

Als sie fünf oder sechs Jahre alt gewesen war, hatte der alte Mathieu, der Jagdaufseher, sie immer bei seinen Streifzügen durch diese Wälder mitgenommen. Er hatte Schlingen ausgelegt, eine Menge Kaninchen gefangen und sie in einem großen Lederbeutel verstaut, um sie nach Hause zu tragen.

Er war schon seit fünfzehn Jahren tot. In den letzten Wochen seiner Krankheit hatte sie ihn täglich in seiner dreckigen, kleinen Hütte am Fluss besucht und ihn mit dem besten Brandy aus den Kellergewölben des Châteaus versorgt, um seinen Schmerz zu lindern.

Onkel Arnault, der damalige Marquis, hatte geschimpft und Befehle erteilt, die sie alle ignoriert hatte. »Du verwöhnst die Bauern. Du machst Schoßhündchen aus ihnen.« Papa hatte auf die schädliche Wirkung von Alkohol auf die menschlichen Körpersäfte hingewiesen. Sie sollte dem Mann lieber Seewasser und Rübenmus bringen, hatte er gesagt. Cousin Victor war ihr nachgeschlichen, hatte sie hingeschubst, den Korb ausgekippt und alles kaputt gemacht, was sich darin befunden hatte.

Onkel Arnault war schon lange tot – sein letztes politisches Streitgespräch hatte er mit der Guillotine geführt. Papa war jetzt der neue Marquis, sofern der Titel überhaupt noch eine Bedeutung hatte. Victor hatte sich der radikalsten revolutionären Gruppierung angeschlossen: den Jakobinern. Die Fässer mit dem Brandy waren blau auflodernd in die Luft gegangen, als das Feuer sich seinen Weg bis hinunter in den Weinkeller gesucht hatte. Es hatte niemanden weiter interessiert, dass sie einem sterbenden Mann Brandy gebracht hatte.

Die Söhne des alten Mathieu hatten zu dem rasenden Pöbel gehört, der gekommen war, um das Château niederzubrennen. Sie hatte sie im Fackelschein bei den anderen auf dem Rasen stehen sehen.

Unter dem Fell, an der Kehle des Kaninchens, war ganz schwach der Puls zu erkennen. Dieses Flattern in der Halsgrube, nicht größer als ein Sou, war das einzige Lebenszeichen.

»Ich denke mir Geschichten aus und verhalte mich darin immer außerordentlich heldenhaft. Aber als die Männer gekommen sind, um mir den Garaus zu machen, hab ich mich wie ein Kaninchen aus dem Staub gemacht, wenn du mir den Vergleich erlaubst.« Sie wischte sich die Regentropfen aus dem Gesicht. Ihr Unterarm war voller Sand und roch nach zertretenem Gras und Schweiß. Und Rauch. »Du bist von meinen Problemen sicher schon über die Maßen gelangweilt. Das eigene Unglück ist immer von höchster Bedeutung. Das Unglück anderer weniger.«

Dicht über ihr hingen Wolken, deren Farbe an langsam verheilende blaue Flecken erinnerte. Ein paar spitze Regentropfen fielen ihr auf das Gesicht, als sie hinaufblickte. Sogar so weit vom Château entfernt hatten sich kleine schwarze Rußpartikel auf die Blätter der Bäume gelegt. Die Regentropfen vermengten sich mit dem Ruß.

»Hier ist die Geschichte, wenn du sie denn lesen willst.« Sie fing ein paar Tropfen mit der Hand auf. »Dies«, sie nahm einen schwarzen Fleck mit dem Zeigefinger auf, »stammt von den Vorhängen im Blauen Salon, als sie in Flammen aufgingen. Und das hier«, ein anderes Aschehäufchen, »war eine Seite von einem Buch aus der Bibliothek. Ein mathematischer Text. Das hier …« Sie nahm etwas Asche von ihrem Unterarm. »Das ist der Punkt von einem Satzende in einem meiner Notizbücher. Es war die einzige Abschrift einer alten Sage der Menschheit. Die gibt es nun nicht mehr.«

Sie ließ die Tropfen weiterströmen. Sie war sehr müde. Die ganze Nacht war sie auf gewesen, zwei Nächte hintereinander, in denen sie die letzte Ladung Spatzen in Sicherheit gebracht hatte. Sie hatte drei Männer, drei Frauen und ein Kind durch die dunklen Felder zur verlassenen Mühle, der letzten Zwischenstation, geführt. Bis zur Ankunft vom Sohn des Reihers, der für ihren Weitertransport verantwortlich war, hatte sie ausgeharrt. Dann war sie den langen Weg zurückgetrottet. Denn Krähe – der vorsichtige, verlässliche Krähe, der nie ein Treffen verpasst hatte – war noch nicht eingetroffen. Er verspätete sich, und sie machte sich Sorgen.

Die Spatzen hatten sich ziemlich ausgiebig darüber beschwert, dass sie kein Essen für sie hatte. Keiner hatte sich danach erkundigt, was ihr während des Brands des Châteaus widerfahren war.

Sie würden nach London gehen, diese Spatzen, und allen erzählen, wie tapfer sie gewesen wären und welchen Gefahren sie sich bei ihrer Flucht aus Frankreich ausgesetzt hätten. Keiner von ihnen würde vom Mut des jungen Sohns des Reihers reden, der nachts allein unterwegs war, um sie weiterzuführen. Oder von Jeanne, Codename Zaunkönig, die ihr Leben aufs Spiel setzte, um sie aus Paris zu schleusen. Oder Fischreiher und Feldlerche und all den anderen, bei denen sie unterwegs Unterschlupf gefunden hatten. Für die Spatzen war das alles selbstverständlich.

Sie zitterte. Doch das geschah ihr nur recht. Wieso saß sie auch bei diesem Nieselregen auf dem Boden und unterhielt sich mit einem Kaninchen? »Ich werde dir sagen, was ich tun sollte. Ich sollte mit deinem – ich hoffe, du nimmst es mir nicht übel, dass ich mich so krass ausdrücke –, mit deinem Kadaver tief in den Wald hineingehen, ein Feuer anzünden, dich auf einen Spieß stecken und rösten. Dann sollte ich mich im Dunkel der Nacht in Richtung Paris auf den Weg machen.« Sie rieb sich die Arme, doch dadurch wurden sie kein bisschen wärmer. »Krähe ist sehr gewitzt. Ich sollte ihn sich um seine eigenen Spatzen kümmern lassen und die anderen warnen.«

Die Furcht des Kaninchens war wie das Kreischen von Eisen auf einem Mahlstein. Abgrundtiefes Entsetzen.

Im Rücken spürte sie den Wind, der aus der Richtung des Châteaus kam und widerlich nach Rauch und irgendwie metallisch roch. »Erwarte kein Mitleid, Bürger Kaninchen. Ich habe kein Herz. Das war das Erste, was ich aufgegessen habe, als ich Hunger bekam.«

Das Kaninchen zuckte nicht einmal, als sie es anfasste, doch unter dem Fell spürte sie sein Zittern. Das Messer in ihrer Tasche war schärfer als noch vor vier Tagen, als es noch das friedliche Leben eines Brieföffners geführt hatte. Sie zwängte einen Finger unter die Seidenschnur, die das Kaninchen hielt. »Statt vernünftig zu sein, werde ich auf trockenen Körnern rumkauen, die mir nicht bekommen werden, und dich freilassen.« Sie schnitt das rote Band durch.«Du wirst nicht dankbar sein. Das weiß ich. Du wirst heute Nacht mit mindestens hundert Kaninchen zurückkommen und die Brücke, unter der ich sitze, in Brand stecken.«

Es rührte sich nicht.

»Geh schon, geh. Du ärgerst mich, wie du so dort liegst. Geh, ehe ich meine Meinung ändere und dich doch noch mit Lauch und Brunnenkresse gewürzt verspeise.«

Das Kaninchen zitterte am ganzen Körper und kam auf die Beine. Es schleppte sich durchs graubraune Gras in einen Abflussgraben. Die Furcht, die es ausgestrahlt hatte, verschwand mit ihm.

Es war eine Erleichterung, ihr nicht mehr ausgesetzt zu sein. »Mir wäre bestimmt schlecht geworden, wenn ich etwas gegessen hätte, das so viel Angst hat.«

2

Ihr war ein bisschen schwindelig, deshalb blieb sie noch ein Weilchen sitzen und betrachtete die Furche, die das Kaninchen bei seinem Verschwinden durchs Gras gezogen hatte. Sie fragte sich, ob es wohl ein hohes Alter erreichen und das Oberhaupt einer großen Familie mit Enkelkindern auf dem Schoß werden würde oder umgehend von einem Fuchs verspeist wurde.

Dann glitten plötzlich Stimmen wie Nattern durch das monotone Rauschen des Regens. Männerstimmen.

Sie raffte ihre Röcke und rannte los.

Die Zeit reichte nicht, um es noch bis zum Wald zu schaffen. Sie rannte aufs Château zu. Auf dem langen Weg durch den Blumengarten haschten Lavendel, Fingerhut und Ringelblumen nach ihr. Die Kieselsteine knirschten unter ihren Holzpantinen. Sie machte Lärm. Zu viel Lärm.

Das waren keine Männer aus dem Dorf, die über den rückwärtigen Weg kamen. Männer aus Voisemont würden nicht so spät am Tag bei Regen herkommen. Sie würden besseres Wetter abwarten, um das Château zu plündern. Sie würden mit quietschenden Karren anrücken, die man schon aus hundert Metern Entfernung hörte. Der Bote von Krähe würde, wenn er sie denn aufsuchen wollte, leise sein.

Sie rannte über den Hof zur offen stehenden Stalltür und schlüpfte hinein. Ihre Holzschuhe klapperten auf der Stallgasse, als sie an den Boxen vorbeiging, deren Fenster alle geöffnet waren und das trübe Grau von draußen hereinließen. Kein Wiehern ertönte und auch kein Hufgeklapper. Nur das trockene Rascheln der Schwalben, die unter den Sparren nisteten, war zu hören. Unter dem hohen Dach des Stalls herrschte gähnende Leere. Mit den Pferden war auch die Seele daraus entwichen.

Die praktisch denkenden Dörfler waren gekommen und hatten mit gierigem Blick alles in Augenschein genommen. Nichts, was noch irgendeinen Wert gehabt hätte, war zurückgeblieben: weder Decken noch das kleinste Stück eines Reithalfters, Zügels oder geflochtenen Seils. Nicht ein Fitzelchen gegerbten Leders war noch da. Sie hatten sogar die Futtertröge in Säcke entleert und den Hafer weggeschafft, sodass nur noch ein kümmerlicher Rest übrig geblieben war. Die Hühner in Voisemont würden diesen Sommer gut zu essen haben.

An der letzten Box blieb sie neben der Leiter stehen, die zum Heuboden hinaufführte. Sie stand tief im Schatten bis zu den Knöcheln im Stroh. Alle Läden waren offen und schwangen im leichten Wind knarrend hin und her. Die Feuchtigkeit, die sich auf den Brettern gesammelt hatte, bildete Tropfen. Es hätte nur drei Minuten gedauert, sie alle zu schließen, aber keiner hatte sich die Mühe gemacht. Vielleicht gehörte es ja zu den Prinzipien der Revolution, dass gutes Stroh im Regen vergammeln sollte.

Der ganze Hof war von hier aus zu überblicken. Sie würde sich überzeugen, dass es nicht der Bote von Krähe war. Dann würde sie sich durch die Hintertür davonmachen und die Plünderer sich selbst überlassen.

Draußen im Hof konnte sie das tiefe Brummen einer schweren Person von einer leichteren, höheren Stimme unterscheiden. Mindestens zwei Männer also.

Möglicherweise waren es Durchreisende auf der Suche nach einem trockenen Plätzchen für die Nacht. Vielleicht auch Philosophen oder Gelehrte, fahrende Ritter, Pilger, verkleidete Helden oder Bänkelsänger. Oder aber echte Edelleute, die – voll fürstlichen Wohlwollens – danach strebten, Gutes zu vollbringen.

Mittlerweile war sie skeptisch, was Wohlwollen anging.

Die vereinzelt und planlos fallenden Regentropfen ließen die hohen Büsche am Wegesrand verschwimmen. Dann traten die beiden in ihr Blickfeld. Ein großer Mann in der Kleidung eines wohlhabenden Händlers, jedoch so braungebrannt wie ein Bauer, stapfte voraus. Sein Dienstjunge hinkte hinterher, da er seine liebe Not mit einem Paar Eseln hatte.

Der Große blieb mit dem Rücken zu ihr in der Mitte des Platzes stehen und legte den Kopf in den Nacken, um die schwarz-grau gestreifte Fassade des Châteaus zu betrachten. Gewiss war er kein eleganter Herr, aber auch kein heruntergekommener Vagabund. Seine Kleidung bestand aus festem Stoff und war zweckmäßig: ein schlichter Mantel und hohe Stiefel, genau das Richtige für strapaziöse Reisen. Die Hände steckten schwer und regungslos im Bund seiner Hose. Breitbeinig stand er da und verströmte nachdenkliche Ruhe.

Er hätte ein Soldat sein können, der den Blick über die eingenommene Stadt schweifen ließ, die er dem Erdboden gleichmachen wollte. Oder ein Bauunternehmer, der die Reste einer römischen Villa begutachtete und das Gewicht der Marmorblöcke abschätzte, die er wegzuschaffen und zu verkaufen gedachte. Während sie ihn beobachtete, zog er den Hut vom Kopf und klatschte damit gegen den Oberschenkel – eine Geste, die große Entschlossenheit ausstrahlte. Ein Ausdruck gewaltiger Kraft, die er ohne Probleme im Griff hatte.

Das gefällt mir ganz und gar nicht.

Er trug nichts, an dem sie ihn als Boten von Krähe hätte ausmachen können. Ein rotes Band mit einem Knoten oder irgendein Stück verknoteten roten Stoffs hätte schon genügt.

Er war lediglich ein fremder Eindringling, der für sie ohne Bedeutung war.

Ihr habt hier nichts zu suchen. Verschwindet.

Das tat er natürlich nicht. Er setzte seinen Hut wieder auf, zog ihn tief ins Gesicht und schlug den Mantelkragen hoch. Dann drehte er sich langsam um, wobei sein Blick über Meierei und Wagenschuppen glitt. Aus dieser Entfernung konnte sie seine Gesichtszüge nicht erkennen. Im trüben Grau des Tageslichts war sein Gesicht mit den hohen flachen Wangenknochen, dem von Bartstoppeln verdunkelten Kinn und der ausgeprägten Nase nur zu erahnen. Sein Haar war braun und hing ihm zottig bis in den Nacken.

Wäre er einem Märchen entsprungen, dann als Riese und nicht als Prinz. Riesen waren gefährlicher als Prinzen.

Das hatte man nun davon, wenn man wie feuchtes Moos an den Steinen des Châteaus klebte. Sie hatte sich nicht aufgemacht, um den Gefahren auf der Straße nach Paris zu trotzen, und so war die Gefahr jetzt zu ihr gekommen und hatte sie bis vor ihre eigene Tür verfolgt. Sie war wie der Mann, der in seinem verzweifelten Bestreben, dem Tode zu entrinnen, den ganzen Weg von Bagdad bis nach Samarkand gerannt war. Am Ende hatte der Tod ihn trotzdem ereilt, weil sein Schicksal es so gewollt hatte.

Der Fremde drehte eine Runde um die Nebengebäude. Als er den Stall erreichte, schien er sie einen Moment lang direkt anzusehen. Die Intensität seines Blickes raubte ihr den Atem. Wohl wissend, dass man sie nicht sehen konnte, dass die Schatten sie verhüllten, verharrte sie in absoluter Regungslosigkeit.

Sein aufmerksamer Blick wanderte weiter. Zur Steinmauer, hinter der sich der Garten mit dem Fischteich verbarg. Zu dessen hoher, offen stehender Gittertür. Zu den Gemüsepflanzen des dahinterliegenden Gartens, dessen Tor ebenfalls offen stand. Vielleicht gab es beim Pöbel und unter Plünderern ja irgendein ungeschriebenes Gesetz, dass man Türen nicht hinter sich schloss.

Unter einem endlosen Schwall von Flüchen band der Dienstjunge die Esel an einen Pfosten. Ein verräterischer Wind trug die Worte zu ihr. »Eselshaxen in Butter. Esel *en croûte*. Eselsuppe. Ihr wartet hier einfach.«

Er sprach mit dem Akzent der Gascogne. Außerdem sah er mit den dunklen Haaren und der glatten, dunklen Haut Südfrankreichs aus wie jemand, der von dort stammte. Ein Diener, der meilenweit weg von zu Hause war.

Da Herr und Diener mit ihren eigenen Anliegen beschäftigt waren, könnte sie sich durch die Hintertür aus dem Stall Richtung Gartenhaus stehlen, indem sie so tat, als wäre sie etwas, dem Beachtung zu schenken sich nicht lohnte. Ein Igel vielleicht. Sie könnte aber auch einfach abwarten. Vielleicht würden die beiden, sobald sie endlich damit fertig waren, das Château anzustarren, sich trollen und nach einem wärmenden Feuer und trockenen, bequemen Betten im Dorf Ausschau halten. Sie könnte aber auch auf den Heuboden klettern und sie von da aus beobachten. Denn es bestand ja immer noch die Möglichkeit, dass die beiden sich durch eine der Parolen zu erkennen gaben.

Sie könnte aber auch weiterhin einfach wie ein Trottel dastehen. Die Möglichkeiten, die in ihrem Innern miteinander fochten, hätten ein ganzes Schlachtfeld füllen können.

»Hier liegen überall Glasscherben herum«, sagte der Große. »Pass auf deine Füße auf. Und lass die Esel draußen.« Eine bretonische Stimme. Dieser Mann stammte aus der ältesten, der am wenigsten kultivierten Provinz Frankreichs.

Er machte sich nicht daran, die Ruinen zu durchstöbern, sondern dachte gründlich über das nach, was er da sah. Sie legte keinen Wert auf die Begegnung mit einem Mann, den mehr als nur Plünderungsabsichten hergeführt hatten.

William Doyle, britischer Spion, stand im französischen Regen und dachte über Zerstörung nach.

Decorum und Dulce scheuten vor dem Tor und weigerten sich mit angelegten Ohren, auch nur einen Huf auf die losen Kiesel im Hof zu setzen. Der Brandgeruch missfiel ihnen. Vielleicht witterten sie Tod. Auf alle Fälle etwas, das sie nicht mochten.

Schlau wie Katzen, diese Biester. Der Junge hatte sie noch nicht zu schätzen gelernt.

Nirgends waren sterbliche Überreste zu sehen. Ebenso wenig hingen Leichen wie reifes Obst an den Bäumen. Dennoch war es möglich, dass in irgendeiner Ecke jemand lag. Tot.

Dulce machte einen langen Hals, um Hawker zu beißen. Und verfehlte ihn um Haaresbreite. Der Junge wurde immer flinker.

»Modernder Bastard eines …«, fluchte Hawker, während er sich mit einem Sprung zur Seite rettete, »sodomitischen Affen.«

Das hat er von mir gelernt. Ich bin ja ein glänzendes Vorbild für die Jugend. Der Junge war zu ihm gekommen, als er nur wenige Worte Französisch sprechen konnte. Allmählich erweiterte William den Wortschatz des Burschen.

Die Esel waren so etwas wie eine gründliche Lektion darin, wie man Probleme löste, die sich weder in Grund und Boden reden ließen noch erstochen werden durften. Manchmal machte es richtig Spaß, den Jungen auszubilden.

Hawker riss mit einem letzten kräftigen Ruck an den Zügeln, wobei er den Eindruck erweckte, als wüsste er, was er tat, was seinem Schauspieltalent zu verdanken war. »Ich werde eure Eingeweide einkochen und gottverdammten *Eselsleim* daraus machen.«

»Wenn du dein Plauderstündchen mit dem Viehzeug beendet hast, könnten wir uns hier vielleicht ein bisschen umsehen. Du übernimmst den hinteren Garten und gehst bis zu dem Schuppen da. Dann guckst du dir die Westseite an.« Mit der Hand gab er Richtung und Radius an und drückte so das Gesagte in Gebärdensprache aus. Bei der nächsten Gelegenheit würde nicht mehr als die Geste nötig sein. Hawker lernte gleich beim ersten Mal.

Der Junge blieb stets auf dem nassen Gras, wo man seine Schritte nicht hörte, und in der Deckung der Buchsbaumhecke, wobei er auf seine Erfahrungen aus dem Stadtleben zurückgriff, obwohl er allmählich anfing, sich wie ein Landmensch zu bewegen.

Château de Fleurignac gehörte ihnen. Keine radikalen Jakobiner, die mit offiziellen Dokumenten wedelten. Keine Dienstboten, die mit klappernden Eimern Wasser aus dem Brunnen schöpften oder in der Küche Geschirr zerbrachen. Keine Hühner, die einem unter die Füße kamen. Keine Pferde im Stall. Nicht einmal ein Hund ließ sich blicken, um mit Passanten eine lebhafte Diskussion über Mein und Dein zu führen.

Kein Hinweis auf den verrückten, alten Marquis de Fleurignac oder seine Tochter.

In der Schenke in Voisemont wurde erzählt, der Alte habe sich aus dem Staub gemacht, ehe die Jakobiner ihn hatten festnehmen und nach Paris aufs Schafott schaffen können. Er sei in einer vierspännigen Kutsche davongefahren, die Taschen voller Juwelen. Dass man ihn auf dem Weg nach Norden gesehen hätte, wo er sich den gegen Frankreich marschierenden Armeen anzuschließen gedachte.

Andere wiederum behaupteten, eine der aus Helden und Narren gebildeten Bruderschaften, die die Revolution ablehnten und Aristokraten retteten, hätte ihn verschwinden lassen.

Versteckt im doppelten Boden eines Wagens sei er auf dem Weg zur Küste, wobei er kräftig durchgeschüttelt werde.

Und dann gab es da noch diejenigen, die eifrig behaupteten, der Marquis sei im Feuer eingeschlossen worden. Oh ja. Mit eigenen Augen hätten sie gesehen, wie er wie eine Fackel brennend gegen die Fenster gehämmert habe, um zu entkommen. Er liege begraben unter einer mannshohen Schicht aus Asche, ein Vermögen aus Gold in seinen verkohlten knochigen Fäusten. Man müsse ihn nur noch ausgraben.

Er selbst war der Ansicht, dass de Fleurignac niemals im Château gewesen war. De Fleurignac war ein Stadtmensch. Er hatte sich dorthin begeben, wo er sich sicher fühlte. Paris. Dort würde er ihn und seine verfluchte Liste finden.

De Fleurignacs Tochter hingegen war hier gewesen. In der Schenke war man sich ausnahmslos darüber einig, dass sie sich im Haus befunden hatte, als die Jakobiner kamen. Niemand äußerte Vermutungen, was aus ihr geworden war. Alle tauschten nur verstohlene Blicke aus. Das, worüber die Leute nicht sprachen, war immer besonders interessant.

Er sah sich um, während er in Gedanken schon seinen Bericht verfasste.

Château de Fleurignac war so groß wie das Haus seines Vaters, Bengeat Court. Es war auch so alt wie Bengeat. Sechzehntes Jahrhundert. Erbaut aus dem hiesigen Granit, über den sie von der Küste bis hier gestolpert waren. Das Dach hatte sich hier und da durchgebogen, als die Hölzer nachgaben, und zierte die Ruine mit einem grauen Buckel. Jedes Fenster war mit einer schwarzen Rußschicht überzogen.

Sie haben diesen Ort wirklich gründlich abgefackelt, das muss man sagen.

Aus den Nischen im oberen Bereich des Gebäudes waren Statuen herausgekippt. Bruchstücke einer steinernen Hand, die eine Schriftrolle hielt, lagen vor seinen Füßen. Die abgebrochene Marmorzeile dort drüben stellte die Falte einer Toga dar. Ein Werk der Spätantike. Römisch, nicht gallorömisch. Kaiser und Poeten, von den Bauern aus Voisemont-en-Auge krachend zu Fall gebracht. Ein trauriges Ende, weit entfernt von der Sonne Italiens.

Die marmornen Nymphenstatuen in den akkurat angelegten Gärten waren systematisch geköpft worden. Was in Frankreich gerade in Mode war … das Köpfen.

Hawker wand sich durch die im Hof liegenden Trümmer, indem er seine Füße mit Bedacht geschickt dazwischensetzte. »Wie nennt man … dieses lange Tier?« Mit der Hand beschrieb er eine Welle. »Auf dem Boden. Mit Fell. Dieses böse.«

Wahrscheinlich dachte er an ein Wiesel. »*Belette*.«

»Das meinte ich. Ich werde ihnen Wiesel in ihre langen, pelzigen Eselsohren stecken. Die werden dann an ihrem Hirn knabbern.«

»Was ungemein helfen dürfte.«

»Ich will, dass sie einen langsamen Tod erleiden, damit ich es in aller Ruhe genießen kann. In den Gärten ist niemand, weder tot noch lebendig. Das ganze Gras ist von Karren und Pferden aufgewühlt. Vier verschiedene Karren, um Ihrer Frage zuvorzukommen. Und nirgends gibt es noch etwas, das sich zu stehlen lohnt.« Abschätzig musterte er die zerbrochenen Stühle, die beschmutzten Seidenstoffe und die zerstörten Gemälde. »Ich will Ihnen meine Expertenmeinung verraten. Man kann einen Ort plündern oder ihn bis auf die Grundmauern niederbrennen. Aber beides gleichzeitig zu versuchen, ist ein Fehler.«

»Dann hat da wohl jemand schlecht geplant. Siehst du das? Da oben?« Geschmolzenes und abgekühltes Blei hing in dicken schwarzen Eiszapfen vom Dach.

»Das ist … ähm …« Hawker rieb sich die Stirn, als er angestrengt über das französische Wort nachdachte. »Blei.«

»Richtig. Blei. Das ist ungefähr die drittwichtigste Sache hier und daher interessant für mich. Warum wohl?«

Hawker hatte keine Ahnung. Und er hasste es, etwas nicht zu wissen. »Weil es Sie an die Bleisoldaten erinnert, mit denen Sie als Hosenmatz gespielt haben?«

Sehr witzig. »Blei ist knapp in Frankreich. Das da dürften drei – vielleicht dreieinhalb – Tonnen sein. Sie werden es abschlagen und zu Munition für die Republik verarbeiten. Irgendwann demnächst werden wir diesem Blei auf irgendeinem Schlachtfeld auszuweichen haben.«

Kalte Augen starrten ihn aus einem ungerührten Gesicht an. »Sie vielleicht. Ich nicht. Nur Dummköpfe krepieren auf Schlachtfeldern.«

Du bist kein bisschen patriotisch, Junge. Doch wenn man bedenkt, aus welchem Höllenloch in London du kommst, kann ich mir auch keinen Grund vorstellen, warum es anders sein sollte. »Ich wäre vorsichtig mit solchen Äußerungen. Die Götter haben Sinn für Humor. Und zwar einen ziemlich merkwürdigen. Wir lagern heute Nacht hier.«

Was die Nebengebäude betraf, hatte das Feuer Partei ergriffen. Die Meierei war unversehrt, die Remise vollständig abgebrannt. Die Kutschen hatte man nach draußen gezogen, umgekippt und in Brand gesteckt. Bis auf den Holzrahmen und herabbaumelnde Lederriemen war nichts mehr von ihnen übrig. Den Stall hatte man nicht angerührt.

Wenn sein Vater auf ihn böse gewesen war oder seine Brüder randaliert hatten, hatte er auf Bengeat die Nacht im Stall verbracht. Doch hier, in feindlichem Land, verspürte er nur wenig Lust, in einem geschlossenen Raum zu schlafen. Da war die Orangerie schon besser. »Da rein.«

Die Orangerie war nun, da das Dach hier und da offen war, dem Wind ausgesetzt. Alle Fenster waren eingeschlagen, die Orangenbäumchen zertrampelt, die Pflanzgefäße umgekippt. Die Treibhausgewächse hatten sie in Grund und Boden gestampft. Der Fliesenboden war mit glitzerndem Glas übersät, das an den Wänden in Haufen lag und noch in zwölf Metern Entfernung zu finden war.

Er verschaffte sich einen Überblick über das Gelände. Offenes Terrain zu drei Seiten. Durch die großen, scheibenlosen Fenster würde er Besucher sehen, und er würde sie hören, wenn sie auf Glas traten. Er hasste es, wenn man sich an ihn anpirschte.

Hawker folgte ihm, unter seinen Füßen klirrte das Glas. »Die Jungs in dem stinkenden kleinen Dorf da haben jahrelang auf diese Gelegenheit gewartet.«

»Ach ja?«

»Sie haben davon geträumt. Sie haben in ihren primitiven Hütten im Dorf gehockt, bei geschlossenen Fensterläden und während der Wind durch sämtliche Ritzen zog. Und dann haben sie an das ganze feine Kraut hier drinnen gedacht, das warm und glücklich hinter Glas verhätschelt wurde. Während sie da unten im Dunkeln bibbern mussten, haben die hier oben Blumen gezüchtet.«

»Damit hat man jedenfalls aufgeräumt. Keine Blumen mehr.«

Aus den Augenwinkeln sah er, wie Hawker sich bückte, einen Stein aufhob, ausholte und warf. Mit einem feinen, silbrig klingenden Misston ging Glas zu Bruch. Die heldenhaften Revolutionäre von Voisemont hatten eine Scheibe übersehen. Nun war die Zerstörung komplett.

»Ich hätte kein Auge zugetan, hätte ich gewusst, dass noch ein Fenster übrig ist«, erklärte Hawker.

»Musst du sonst noch etwas kaputt machen, um es hier drinnen gemütlich zu finden?«

»Das langt.« Der Junge stocherte in den Scherben eines Tontopfes, wo jemand eine Orchidee mit allem Drum und Dran auseinandergenommen hatte. »Sie haben diesen Ort gehasst. Mehr als das große Haus. Es überrascht mich, dass sie ihn nicht Stein für Stein auseinandergenommen haben.«

»Vielleicht tun sie das noch. Es ist ja noch Zeit.« *Da ist ganz schön viel Hass in dir, was? Doch du bist es wert, dass man wenigstens versucht, dich zu retten, wenn du solche Dinge wahrnimmst.* »Bring die Tiere in den Gemüsegarten. Wenn sie sich dabei auch nur ein Stückchen Glas in die Hufe treten, lasse ich es dich mit den Zähnen wieder herausholen. Und bring etwas Stroh her. Wir werden es auf dem Boden ausbreiten. Warum sollen wir diese Nacht nicht schön weich liegen?«

»Stroh. Ich liebe Luxus.«

Plötzlich schossen drei Schwalben aus dem Giebel am Ende des Stalles. Hätte er gerade in die andere Richtung geschaut, wäre es ihm entgangen.

Vermutlich hatte es nichts zu bedeuten. Vögel erschreckten sich bei jeder auch noch so kleinen Gelegenheit. Doch ihm sträubten sich die Nackenhaare. Und auch die Esel waren unruhig. *Irgendwer beobachtet uns.*

»Was?« Die Hand des Jungen schwebte über dem Messer, das in seinem Hosenbund verborgen war.

»Dreh dich nicht um.«

»Wo sind sie?«

»Im Stall. Ganz hinten links. Du bewegst dich langsam aus der Schusslinie. Kümmere dich um unsere vierbeinigen Brüder.«

»Ihre Brüder vielleicht. Nicht meine.« Er gab ein geschmeidiges Achselzucken für potenzielle Zuschauer zum Besten – eine verdammt ausdrucksvolle französische Schulter entwickelte er da – und schlenderte pfeifend von dannen, ohne einen Blick zurückzuwerfen. Der Junge war der geborene Schauspieler. Trotzdem würde er ihn zum Spion ausbilden. Falls er ihn nicht vorher umbringen musste.

Er schlenderte zu der fast zwei Meter hohen Steinmauer, die den Gemüsegarten einfasste, und machte sich an seiner Hose zu schaffen, wie ein Mann auf der Suche nach einer guten Stelle zum Pinkeln. Als sich ein recht üppiger Buchsbaum zwischen ihm und dem Stall befand, schwang er sich über die Mauer, wo er auf der anderen Seite in einem Kräuterbeet landete.

Und dabei Basilikum zermalmte. Jetzt würde er nach Basilikum riechen und sich jedermann weithin ankündigen. Sei's drum. Geduckt eilte er an der Mauer entlang und blieb dabei stets auf dem Erdboden, um nicht gehört zu werden. Noch zehn Meter, dann war er auf der Höhe des Stalls. Er sprang wieder zurück über die Mauer. Kein Wachposten. Alles ruhig. Keine Menschenseele.

Das Gefühl, dass drinnen jemand lauerte, wurde stärker.

Die Hintertür zur Sattelkammer stand offen. Er pirschte sich voran, auf der Jagd nach dem, was auch immer ihn da drinnen erwartete.

3

Sie wusste, wie man sich ruhig verhielt. Das war die erste Tatsache von Bedeutung, die Doyle über sie erfuhr. Sie stand so beherrscht und geduldig da, dass sie förmlich unsichtbar war. Die meisten Menschen konnten nicht einmal zwei Minuten stillstehen, ohne herumzuzappeln.

Die Frau stand im Schatten unter dem Heuboden vor dem Fenster, wo sich ihre Silhouette abzeichnete, und beobachtete den Hof. Geistergleich glitten die Atemzüge in ihren Körper und wieder hinaus. Ihr Gesicht war von ihm abgewandt. Sie trug die ländliche Kleidung einer höheren Dienerin oder einer Bauersfrau. Dunkelblauer Rock, weiße Schürze. Um ihre Schultern lag ein schlichtes Leinentuch. An den Füßen trug sie Holzschuhe. Das Haar war aus dem Gesicht genommen und zu einem dicken Zopf geflochten, der ihr bis tief über den Rücken hing und am Ende von einem Stück leuchtend rotem Stoff zusammengehalten wurde. Die Arme waren eng vor der Brust gekreuzt, einer über dem anderen, und gaben ihr Wärme und Schutz.

Die Flecken an ihrem Rock und die Kratzer auf ihren Armen wiesen darauf hin, dass sie sich in den Wäldern versteckt und kein Dach über dem Kopf gehabt hatte. Vermutlich handelte es sich um ein Mitglied des Haushalts – eine Zofe oder Näherin oder die Frau des Kammerdieners.

Das Stallfenster, das sie sich ausgesucht hatte, bot einen weiten, ungehinderten Blick auf das Château und die Allee zwischen Remise und rückwärtiger Straße. Ob nun rein zufällig oder absichtlich, aber sie hatte einen erstklassigen Aussichtsposten gewählt.

Während er darüber nachdachte, glitt ihre Hand in den Nacken. Sie spürte wohl, dass man sie beobachtete – eine Gabe, die nicht besonders oft anzutreffen war.

Dann drehte sie sich um. Und sah ihn. Der Augenblick dehnte sich.

Er hatte sich zwischen ihr und der Hintertür postiert, und sie hatte nicht daran gedacht, sich zwei Rückzugslinien offen zu halten: eine, die der Feind blockieren konnte, und eine, um die Beine in die Hand zu nehmen.

Rock und Schürze wirbelten herum. Wie ein Blitz schoss sie davon und rannte mit wehendem Zopf die Stallgasse hinunter. Auf halbem Wege zur Tür holte er sie ein, schlang seine Arme um sie und hielt sie fest.

Sie wehrte sich und versuchte, ihm ihre Nägel ins Gesicht zu krallen. Als er ihre Handgelenke packte, wand sie sich wie ein Aal und vergrub die Zähne tief in der Hand, die sie festhielt.

Autsch, das tat weh. »Ich habe nicht die Absicht …« Ein Schuh traf sein Schienbein. »Himmel … noch mal. Werden Sie wohl damit aufhören? Ich habe nicht vor, Ihnen etwas zu tun.« Er musste nachfassen, sodass sie eine Hand freibekam und ein Messer ziehen konnte.

Jetzt reicht's. Mit einem Tritt brachte er sie ins Straucheln. Das Messer flog in die Luft. Dann warf er sie rücklings in einen Strohhaufen.

Damit war die Sache im Grunde genommen erledigt, außer dass sie sich noch ein Weilchen wehrte.

Sie war leicht für ihre Größe, in Panik und hatte keine Ahnung vom Kämpfen. Mit einem Mann ihrer Statur hätte er kurzen Prozess gemacht. Das Mädchen hatte nicht die geringste Chance. Sie rammte ihm ihr Knie in den Bauch und verfehlte seine empfindlichsten Teile viel knapper, als ihm lieb war. Offenbar ein reiner Glückstreffer. Keiner der Männer in ihrem Leben hatte ihr beigebracht, wie man ein männliches Wesen so treffen konnte, dass es saß. Was wirklich schade war, da sie bei ihren Anstrengungen, ihm wehzutun, mit sehr viel Enthusiasmus vorging.

Er trug ihr nicht nach, dass sie es versuchte. Schließlich hätte er genauso gehandelt. Er legte sich auf sie, sodass sie nichts mehr ausrichten konnte. »Wild um sich zu beißen wird Ihnen nicht besonders viel bringen, und es geht mir gewaltig auf die Nerven.«

Das Ende kam abrupt. Auf einmal kapitulierte sie. Sie blickte ihn von unten an. Innig wie ein Liebespaar lagen sie aufeinander. Doch dies hatte nichts mit einem Liebesakt zu tun – nicht im Entferntesten.

Ich erschrecke sie zu Tode.

Dann erhaschte sie einen Blick auf die Narbe auf seiner Wange, und ihr stockte der Atem.

Die Narbe war nicht echt, sondern ein regelrechtes Kunstwerk. Eine fünfzehn Zentimeter lange Groteske, von der Augenbraue bis zum Kinn. Das auffälligste Merkmal in seinem Gesicht. Der Narbe hatte er sein recht verdorbenes Aussehen zu verdanken.

»Mein Gesicht war schon immer eine große Prüfung. Ich bin froh, dass ich es nicht anschauen muss.« Er blieb, wo er war, und machte keine Anstalten, sie von der Last seines schweren Körpers zu befreien.

Ihre Augen hatten die Farbe von frisch aus der Kanne fließendem Kaffee – satt braun, durchscheinend. Unter dem Sonnenbrand war ihre Haut blass, außerdem zerkratzt und schmutzig. Ihre angstvoll angespannten Muskeln bebten in seinen unnachgiebigen Händen.

»Lassen Sie mich los.« Ihre Kehle schnürte sich immer wieder zusammen.

Das Tuch um ihren Hals hatte sich gelöst. Ihre Brüste quollen aus dem Mieder hervor. Und … seine Hand lag auf einer der beiden. Wann war das denn passiert? Oh Gott. Er zuckte zurück und ergriff stattdessen hastig eine Schulter. Da oben war neutrales Gebiet. »Entschuldigung. Das hat nichts zu bedeuten. War nur ein Versehen.«

Ein hübsches Paar Brüste hatte sie da. Weiß wie Splittermandeln, rund wie Pfirsiche. Weil das Tuch seine Aufgabe nicht erfüllte, lugten die Brustwarzen hervor. Zwei dunkle Röschen, eng zusammengezogen wie Knospen. Sahen sehr appetitlich aus. Und wenn sich sein Mund ihnen jetzt auch nur noch ein kleines Stückchen näherte, könnte er sie berühren und an ihnen lecken.

Was sie ungemein beruhigen dürfte – du an ihren Titten, sabbernd.

Er stemmte sich ein wenig hoch, um sie nicht zu zerquetschen. »Ich will nur wissen, wer mir nachschnüffelt. Mehr nicht. Ich habe nicht die Absicht, Ihnen etwas anzutun. Also, ich werde Sie jetzt loslassen. Und dafür treten oder schlagen Sie nicht nach mir. Vielleicht könnten Sie auch darauf verzichten, mich zu beißen.«

Er sah, wie sich ein Anflug von Vernunft in ihre Gedanken stahl. Beobachtete, wie sie seine Worte abwog und von allen Seiten betrachtete. Dann entspannte sie sich, Muskel für Muskel.

Er zog sich noch weiter zurück. »Ich habe nicht erwartet, hier irgendjemanden vorzufinden. Im Dorf haben sie gesagt, hier sei niemand mehr. Was machen Sie hier?«

»Unter Loslassen verstehe ich etwas anderes.« Sie warf einen Blick auf die Narbe und sah schnell wieder weg. »Wenn Sie mir nichts antun wollen, könnten Sie das ja aus größerer Entfernung machen. Sie sind nämlich ziemlich schwer.«

Diese Frau könnte ihm gefallen.

Er rollte sich zur Seite und auf die Knie. Es war nicht notwendig, sie noch länger festzuhalten. Sollte sie einen weiteren Fluchtversuch unternehmen, konnte er sie jederzeit wieder schnappen.

»So ist es schon besser.« Ihre Stimme zitterte. »Und trotzdem hätte ich gerne noch etwas mehr Abstand zwischen uns. Wie wär's mit einer ganzen Stalllänge?«

Oh ja, sie könnte ihm sogar sehr gut gefallen. »Setzen Sie sich hin und reden Sie. Wer sind Sie? Warum spionieren Sie mir nach?«

Sie drückte sich hoch und fing an, ihr Tuch züchtig in den Ausschnitt zu stopfen. »Ich habe nicht spioniert, sondern wollte nur eine Begegnung vermeiden. Das ist ein gewaltiger Unterschied.«

Ihren Akzent hörte man in den Cafés, Salons und auf den Boulevards von Paris. Keine Spur des Dialekts der Normandie. Dies war nicht die Zofe einer feinen Dame oder die Gattin des Verwalters. Die Tochter des Hauses höchstpersönlich war ihm ins Netz gegangen – de Fleurignacs Tochter.

»Sie sind vorsichtig.« Sie würde ihn zu ihrem Vater führen. Er musste sich nur an ihre Fersen heften.

Vielleicht ließ er seine Gedanken erkennen. Ihr Blick huschte zur Seite. »In der letzten Zeit hüte ich mich vor Fremden.«

»Und ich sehe nicht gerade freundlich aus.« Er fuhr sich mit dem Daumennagel über die Narbe auf seiner Wange. Sein Meisterstück von einer Narbe. Er musste der Albtraum einer Frau sein, so allein, in einem verlassenen Stall. »Nicht gerade hübsch, was?«

In ihren Augen spiegelte sich Angst. Dass es ihr nicht gelang, die Angst vor ihm zu unterdrücken, würde die Würde dieser Frau noch mehr beeinträchtigen.

»Nein, nicht gerade hübsch.« Diesmal blickte sie ihm unverwandt ins Gesicht. »Aber auch nicht so schlimm, dass den Hühnern vor lauter Schreck das Eierlegen vergeht. In jedem Dorf gibt es Schlimmeres zu sehen. Sie müssen sich nicht benachteiligt fühlen, nur weil es Ihnen an Schönheit mangelt. Ich habe mich versteckt, bevor ich Ihr Gesicht gesehen habe.«

»Nun haben Sie mir aber Bescheid gegeben.« Er setzte sich auf die Fersen zurück. »Ich mache vielleicht nicht viel her, doch da, wo ich herkomme, respektiert man mich.«

»Da, wo Sie herkommen, jagen Sie ja vielleicht auch keine Frauen und schleudern sie zu Boden wie einen Mehlsack.« Sie zog die Knie an und zupfte ihren Rock sittsam über die Knöchel. Eine elegante und bezaubernde kleine Geste. Das schmutzige Kleid war vermutlich aus Seidenbrokat, wie man ihn in Versailles trug. »Außerdem stellen Sie sich dort vielleicht auch erst einmal vor, ehe Sie über eine Frau herfallen.«

»Für gewöhnlich liegt mir nichts ferner, als über Frauen herzufallen. Ich bin Guillaume LeBreton, ursprünglich aus der Bretagne, jetzt jedoch lebe ich in Paris. Ich bin nicht derjenige von uns beiden, der herumschleicht und spioniert und alles und jeden beißt, hab ich recht? Wer sind Sie?«

Sie holte tief Luft. Man holte immer Luft, ehe man zu einer Lügengeschichte ansetzte. »Ich bin Margaret Duncan, *Dame de compagnie* für Mademoiselle de Fleurignac.«

»Also sind Sie Engländerin.«

»Schottin.«

Wenn sie eine Schottin war, war er der König von Schottland. »Sie sind weit weg von zu Hause, Maggie Duncan.«

»Im Gegenteil, Frankreich ist mein Zuhause. Meine Familie lebt in Arles. Mein Vater ist Colonel bei der Infanterie.«

Frankreich war voller rothaariger Enkel von Männern, die dem Stuartkönig ins Exil gefolgt waren. Ein Großteil von ihnen war in der französischen Armee. Doch dieser breite und betörende Mund stammte nicht aus Schottland. Sie war eine waschechte Französin.

Sie blickte zum Stallfenster und von dort auf die Ruine des Châteaus. »Mademoiselle ist geflohen. Und ich wurde zurückgelassen, um dieses erbauliche Gespräch mit Ihnen zu führen.«

Wirklich raffiniert, diese Maggie.

4

Sich gegen diesen wandelnden Felsbrocken zu wehren wäre über alle Maßen sinnlos gewesen, also versuchte Marguerite es gar nicht erst. Zu gegebener Zeit würde sie schon einen Weg finden, um ihn außer Gefecht zu setzen.

Oder er brachte sie um. Was er jederzeit tun konnte. Er musste sich nur für eine Methode von vielen entscheiden und loslegen.

Monsieur LeBreton zog sie hoch. Er fischte den Brieföffner aus dem Stroh und betrachtete ihn von beiden Seiten, ehe er ihn in den Tiefen seiner Jacke verschwinden ließ. Dann drückte er leicht ihren Arm und gab ihr damit zu verstehen, dass sie ihn durch die Stalltür nach draußen in den spärlich fallenden Regen begleiten sollte. Dabei war er zwar nicht übertrieben grob, aber dennoch sehr bestimmt. Sie fühlte sich wie ein Beutetier in den Krallen eines riesigen Raubvogels, der sich von seiner besten Seite zeigte. Ein Roch vielleicht, wie in der Erzählung von Sindbad. Mit einem Roch lässt sich nicht über Alternativen verhandeln.

Es sah nicht so aus, als sollte sie unter freiem Himmel im Garten vergewaltigt oder erwürgt werden. Er schleppte sie in die etwas diskretere Orangerie.

Während sie den Hof überquerten, konzentrierte sie sich auf die kleinen Dinge: Sie krallte die Zehen in die Schuhe, um sie nicht zu verlieren. Sollte sie nicht umgebracht werden, würde sie die Schuhe noch brauchen.

»Adrian«, rief LeBreton. »Wir haben einen Gast.«

Der Dienstjunge trat zwischen weißen Pflanztöpfen und zerrupften Palmen hervor. Er war dunkel, schlank und mürrisch – so übel gelaunt wie ein Flaschengeist, der von seinem ungeduldigen Meister herausgerufen wurde. Er schien keineswegs überrascht, als er seinen Herrn mit einer widerspenstigen Frau im Schlepptau sah. Was bestimmt kein gutes Zeichen war.

LeBreton blieb einen Schritt hinter ihr, während der Junge mit einem Bündel Palmwedel das Glas von den Fliesen fegte, wobei er leicht hinkte. Er war ein hübscher Junge, ganz im Gegensatz zu seinem Herrn, der so hässlich wie die Sünden war, von denen er zweifellos schon etliche begangen hatte.

Als ein Teil der Fläche frei war, zog LeBreton seinen Mantel aus und breitete ihn schwungvoll vor ihren Füßen am Boden aus. Da gab es so eine Geschichte … Ein Höfling einer früheren englischen Königin hatte seinen Mantel vor dieser Königin ausgebreitet, damit sie trockenen Fußes die morastige Straße überqueren konnte. Der Name der Königin lautete Elizabeth. Der des Höflings fiel ihr nicht ein.

»Setzen Sie sich. Und werden Sie ja nicht ohnmächtig.« LeBreton versetzte ihr einen Stoß gegen die Schultern, und sie landete unsanft auf ihrem Allerwertesten. Es war ihr schleierhaft, warum er sich die Mühe machte, Anweisungen zu erteilen, wenn er sie dann doch herumschubste.

Eine Zeit lang kann Angst eine Stütze sein, doch sie ist ein falscher Freund. Wenn sie verschwindet, nimmt sie alle Kraft mit sich. Ein Schauder kroch ihr über den Rücken. Ihre Sicht verdunkelte sich. Das Wischen des Behelfsbesens und Kratzen stiebender Glasstückchen klang immer ferner. Sie hatte das Gefühl, in einen Traum zu stürzen. Allerdings keinen schönen Traum.

Den Männern und Frauen von La Flèche hatte sie unüberschaubare Risiken zugemutet, ihnen Stärke und kluges Handeln abverlangt. Sie hatte ihnen versichert, dass man alles ertragen konnte.

Nun war es an ihr, herauszufinden, wie viel Wahrheit dahintersteckte.

LeBretons Mantel war groß, was nicht anders zu erwarten war. Das Braun war so dunkel, dass es in diesem schummrigen Licht schon schwarz wirkte, während das Rotbraun des Innenfutters an Eichenlaub erinnerte. Wie ein Frosch auf einem Lilienblatt hockte sie in der Mitte des Mantels, inmitten eines Ortes der Zerstörung, der einmal ein Garten gewesen war, und zitterte.

»Es bringt nichts, Angst zu haben«, erklärte er. »Und es besteht auch kein Grund dafür. Das sagte ich Ihnen bereits.« Seine Hand öffnete sich, wie um nach ihr zu greifen und sie zu berühren.

Sie zuckte zusammen. Nur ganz leicht, doch er hatte es bemerkt. »Ich würde jetzt gerne gehen.«

»Sie haben sich hier versteckt, seit sie das Haus angesteckt haben, nicht wahr? Ich nehme es Ihnen nicht übel, dass Sie sich fürchten. Heutzutage sind ganze Banden von Plünderern unterwegs. Deserteuren. Echten Banditen. Sie haben verdammtes Glück gehabt, dass ich es war, der vorbeigekommen ist.«

»Ich bin Ihnen zutiefst dankbar.«

»Nein. Sie haben schreckliche Angst vor mir. Dagegen werde ich bald etwas unternehmen. Rühren Sie sich nicht vom Fleck.« Vielleicht waren seine Worte zur Beruhigung gedacht. Wenn ja, hatten sie ihr Ziel verfehlt.

Sie blieb allein und hatte Zeit, darüber nachzugrübeln, wer dieser Monsieur LeBreton war, der wie der Bewohner eines bretonischen Dorfes sprach und vorgab, ein einfacher Mann zu sein, wo er doch alles andere als einfach war, darüber, warum er hier in ihrem Château ohne Plünderungsabsichten herumschnüffelte, und was sie mit alldem nur anfangen sollte.

Wenn sie versuchte wegzulaufen, würde sie nur eine weitere Demonstration seiner überlegenen Kraft und Schnelligkeit erleben. Sie würde sich davonschleichen, wenn es dunkel war, nicht jetzt. Noch nicht.

Der anhaltende Westwind trug die Feuchtigkeit des Nebels herein. Ein Frösteln erfasste sie, und in ihrem Magen wand sich der Hunger wie ein gefangenes Tier. Hätte sie, wie jede vernünftige Frau, das Kaninchen getötet und es irgendwo in den Wäldern gekocht, wäre sie Monsieur LeBreton nie begegnet und nun nicht in dieser Lage. *Jean-Paul sagt immer, ich würde uns mit meinem tölpelhaften Verhalten noch alle umbringen.*

Sie kauerte sich zusammen, legte das Gesicht auf die Knie und schloss die Augen. Wenn sie sie wieder öffnete, wäre sie vielleicht woanders – im Wolkenkuckucksheim oder auf Tír na nÓg oder Platons Atlantis, einem der mystischen Orte aus der Mythologie. Was zwar eher unwahrscheinlich, aber auch nicht ganz unmöglich war.

LeBreton schickte den Jungen los, um die Lastkörbe von den Eseln zu holen, während er das Fegen übernahm. Sie hörte sein Ächzen und schabende Geräusche, als er große Kupfertöpfe woandershin zog. Zwar hatte sie keine Ahnung, warum er das tat, ersparte sich jedoch sinnlose Spekulationen.

Als das Château in Flammen gestanden hatte, waren sie gekommen und hatten immer wieder mit Steinen geworfen. Die Orangerie war wie eine ängstlich zusammengekauerte Ehebrecherin gewesen, die sie gesteinigt hatten. Schon seltsam, diesen Ort kalt zu erleben, wo es hier doch sonst immer so warm gewesen war.

Als Kind war dies immer ihr Spielplatz, ihr geheimes Königreich gewesen, mit Blumen wie Speere des Sonnenlichts, Blumen wie Fächer und Federn, wie rote Schwerter aus Wachs. Den ganzen Winter über waren die Öfen in Betrieb gewesen, bei Tag und Nacht, und hatten die Orangen, Alpenveilchen und die struppig-stoppelige Ananas am Leben erhalten.

Jean-Paul war der Sohn von Maître Béclard, dem Botaniker der Königlichen Gärten, der mit einer Sendung Orchideen und Bromelien gekommen und geblieben war, um sich um diese zu kümmern. Jean-Paul hatte ihr die Geschichte jeder einzelnen Pflanze im Treibhaus erzählt, in dem unerschütterlichen Glauben, dass sie sie erfahren wollte.

Eines Tages, als sie fünfzehn war, hatte er ihr eine Orangenblüte gepflückt und ins Haar gesteckt. »Das bedeutet eine Orange weniger für dein Abendessen, Marguerite.« Er hatte sie geküsst.

Neben ihr schabten Stiefel. LeBreton ragte an ihrer Seite auf, mindestens eine Meile groß. Er war mit einer Eseldecke zurückgekommen, die er in einer fließenden Bewegung auseinanderfaltete und sanft um ihre Schultern fallen ließ, ohne sie zu berühren. Nun war sie eingehüllt wie ein Beduine in seinem Zelt.

Wenn er vorhat, mir etwas anzutun, worauf wartet er dann noch? Sie mochte sich nicht ausmalen, zu welch ausgefeilten Schandtaten ein Mann imstande wäre, der sich so viel Zeit ließ.

Er sagte: »Haben Sie nur ruhig weiterhin Angst vor mir, wenn Sie wollen. Aber hören Sie auf zu zittern. Da wird einem ja vom Zusehen kalt.«

»Niemand möchte, dass Sie sich unbehaglich fühlen.«

»So ist's gut. Das war schon fast ein Lächeln. Weiter so.« Und dann ließ er sie allein.

Der Junge trug den letzten der Packkörbe herein. Er sah sie weder freundlich noch unfreundlich, sondern lediglich abschätzend an. Es überraschte sie gar nicht, dass LeBreton solch einen unheimlichen Diener beschäftigte.

Mit trockenen Palmwedeln entfachte LeBreton ein Feuer, auf das er kleine, verkohlte Holzstücke legte. Der Junge nahm die Abdeckungen von den Lastkörben und hob kleinere Körbe mit Deckel sowie Lederbeutel, Kochgeschirr und eine Kaffeekanne heraus. Dass er alles ohne zu zögern und nach einem bestimmten Schema arrangierte, ließ vermuten, dass er das schon oft gemacht hatte. Dann füllte er Wasser in einen schwarzen Kessel – einen Kessel, wie er in jedem Häuschen der Normandie zu finden war, nur dass hier das Feuerholz aus Tischbeinen und Vitrinenteilen bestand.

Auch LeBreton war mit dem Auspacken fertig und kam zu ihr. Er ließ sich so dicht neben ihr im Schneidersitz nieder, dass sein Knie sie fast berührte. Dann zog er den Hut vom Kopf und legte ihn irgendwo ab, sodass sie seine Narbe und seine restlichen groben Gesichtszüge deutlich erkennen konnte. Sein durchdringender, prüfender Blick ruhte auf ihr. »Trinken Sie erst einmal einen Kaffee, bevor ich Ihnen ein paar Fragen stelle.« Wahrscheinlich beherrschte er keinen Gesichtsausdruck, der nicht bedrohlich wirkte.

Der Junge, Adrian, kam mit einer blauweißen Porzellantasse voll Kaffee zu ihnen. Der Henkel war abgebrochen und der Rand abgesplittert. Sie stammte aus dem Geschirr, das von der höheren Dienerschaft benutzt wurde. Benutzt worden war. LeBreton legte ihre Finger darum, bis sie die Tasse sicher in den Händen hielt.

»Trinken Sie das. Dann reden wir.« Er besaß Arbeiterhände. Mit derben Fingern und breiten Handflächen, schwielig, zupackend. Hände wie gut geschmiedete, oft gebrauchte Stahlwerkzeuge. Hände, die wie eine Abhandlung über Technik wirkten. »Ich bin kein Schurke, Maggie.«

Ein Mann wie du ist das, was immer er sein will. »Ich bin Bürgerin Duncan. Oder Miss Duncan. Nicht Maggie.«

»Ich werd's mir merken.«

Er ergriff die Decke, die ihr ein Stück von der Schulter gerutscht war, und zog sie wieder hoch. »Diesmal sind Sie nicht zusammengezuckt. Wir machen Fortschritte.«

Es gab keine Fortschritte. Sie war müde und hatte keine Lust, sich an heißem Kaffee zu verbrühen. Sie hielt es für überflüssig, ihm das zu erklären.

Der Kaffee war heiß und süß. Echter Kaffee, aus Haiti, und nicht das Gebräu aus Wurzeln und Gerste, das man heutzutage auf dem Markt bekam. »Sie werden mir nicht die Angst nehmen, wenn Sie mir weiter so nahe kommen wie ein überwuchernder Strauch.«

»Natürlich nicht. Aber indem ich Ihnen demonstriere, wie harmlos ich bin. Sehen Sie mal da, Bürgerin Maggie.« Damit waren die vier Packkörbe gemeint. »Das ist das, womit ich handele – Voltaire, Diderot, Rousseau, Lalumière – vom Komitee für Bildung abgesegnetes Unterrichtsmaterial. Kinderbücher mit dem richtigen Gedankengut … ›F wie Freiheit, G wie Gleichheit, B wie Brüderlichkeit.‹ Solche Dinge. Ich habe auch Kartenspiele. Auf denen sind hübsche Revolutionsbildchen. Das Ass zeigt eine Guillotine, was so ein Spiel doch richtig belebt, nicht wahr? Außerdem habe ich ein paar hübsch illustrierte Ausgaben der Menschenrechte, die man gut einrahmen und über dem Kamin aufhängen kann. Sie sehen vor sich Guillaume LeBreton, Buchhändler.«

Nie im Leben reiste dieser Mann mit Eseln durch die Lande und lebte vom Bücherverkauf. Was für ein Unsinn. Er war der Wolf, der behauptete, Schuhe zu flicken. Nicht für den Bruchteil einer Sekunde führte er sie an der Nase herum. »Ohne Frage ein ehrbares Geschäft.«

»Revolutionäres Gedankengut in die Provinzen zu tragen, das ist meine Aufgabe. Wenn mir Lehrer begegnen, die die alten, Aberglaube und Lügen verbreitenden Bücher verwenden, schleppe ich sie nach draußen und verbrenne sie. Die Bücher, nicht die Lehrer. Kleiner Scherz.«

»Sehr amüsant.«

»Danach nehme ich die Bestellung für alle genehmigten Bücher auf, die sie plötzlich, warum auch immer, gar nicht schnell genug kaufen können. Mit etwas Glück sind die Bücher immer noch abgesegnet, wenn ich in Paris zurück bin.«

»Was für ein unsicheres Leben, Bürger.«

Das Feuer loderte auf und sprühte Funken. Der Junge ging in den Regen hinaus und brachte Berge von Stroh aus dem Stall mit.

LeBreton drehte sich leicht, sodass die lädierte Seite seines Gesichts deutlich im Schein des Feuers zu erkennen war. Das war reine Absicht. Er zeigte sich ihr von der schlimmsten Seite, damit sie sich daran gewöhnte. Was besser funktionierte, als ihr lieb war. Sie hatte tatsächlich nicht mehr so große Angst vor ihm.

Schon ohne diese Narbe wäre er kein schöner Mann gewesen, ein Mann mit struppigen Augenbrauen, ausgeprägter Nase und einem energischen Kinn. Sie entschied nun, dass er nicht bösartig, sondern hart und sehr resolut aussah. Er war wie einer dieser Steinkrieger im Gewölbe einer alten Kathedrale, der mit dem Heft eines Steinschwerts in der Hand darauf wartete, bei der Apokalypse in die Schlacht gerufen zu werden.

Sie trank den Kaffee, den ihr dieser listige Riese gegeben hatte. Er spendete ihr Wärme. Die verregnete Abenddämmerung außerhalb der trost- und scheibenlosen Fenster erschien ihr etwas heller. Sie balancierte die Tasse auf ihren angezogenen Knien, blies hinein, um den Kaffee abzukühlen, und genoss ihn in kleinen Schlucken.

Sie hatten ihr eine Porzellantasse geholt, damit sie den Kaffee wie ein zivilisierter Mensch trinken konnte. Eine raffinierte und nette kleine Geste, die sie sehr beeindruckte. Sie saß neben jemandem, der viel Verstand besaß.

»Sie hätten sicher gerne Tee«, vermutete er, »da Sie aus Schottland sind.«

»Ich mache mir nicht viel aus Tee. Ich habe Schottland nie mit eigenen Augen gesehen. Es war mein Großvater, der in Aberdeen geboren wurde.« Das war die Geschichte ihrer Gouvernante, der echten Mistress Duncan, die rotblond, sommersprossig, vierzig Jahre alt und mit einem seriösen Bankier aus Arles verheiratet war.

»Dennoch sind Sie Schottin.«

»Schottin zu sein ist etwas, was man nicht so leicht ablegt.« Er log, und sie ebenfalls. Ein Austausch von Unwahrheiten. Vielleicht würden sie sich entspannt zurücklehnen, sobald sie beide dachten, dass sie den anderen zum Narren gehalten hatten.

Er wusste nicht, dass sie das Lügen in Versailles gelernt hatte, damals, als der König noch lebte. Das Lügen war eine Kunst, feierlich und elegant wie das Menuett. Die richtige Lüge, die Absicht, die hinter einer geknoteten Haube steckte, eine Nachricht, die im Gedränge eines Flurs von einer Hand zur nächsten gereicht wurde. Die Luft war schwer gewesen, vom Gestank der Intrigen, deren Dreh- und Angelpunkt meist Onkel Arnault gewesen war. Im Erkennen von Lügen war sie keine Amateurin.

Sie trank noch einen Schluck. Der Kaffee war mit purem weißem Zucker gesüßt, der sich vollständig auflöste. Kaffee aus Haiti, Zucker aus Martinique. In Paris waren solche Köstlichkeiten teuer, anders als in den Hafenstädten, wo die von den Inseln kommenden Schiffe entladen wurden.

Womöglich hatte LeBreton letzte Woche ja tatsächlich ganz harmlos Bücher in Dieppe oder Le Havre abgeliefert. Vielleicht hatte er aber auch den kleinen Fischerdörfern an der Küste einen Besuch abgestattet, wo die Schmuggler ihre Boote an Land zogen. Möglicherweise war er einer der Männer, die Schmuggelware quer durch Frankreich schafften – Briefe der Emigranten nach England, ausländische Zeitungen, Bankkapital, Nachrichten von Spionen. Er konnte sogar selbst ein Spion sein, ein königstreuer, österreichischer oder englischer. Oder ein Agent der Geheimpolizei in Paris.

Oder aber er gehörte zu La Flèche.

Der Junge hatte drei Schlafstätten aus Stroh hergerichtet und röstete nun Brot über dem Feuer. Und sie trank Kaffee, den Rücken gerade und mit eleganter Handhaltung, so wie man es ihr beigebracht hatte. Ihr Hunger war riesig.

»Wir essen in einer Minute«, versprach LeBreton. »Haben Sie endlich keine Angst mehr vor mir? Ich hoffe es sehr.«

»Ich kann erstaunlich ausdauernd sein. Der Kaffee ist gut.«

»Besser als der Wein, den wir haben. Sieht so aus, als ob Sie am Ende auch noch etwas zu essen bekommen.«

Der Junge brachte ein Brot mit geschmolzenem Käse, das er von einer Hand in die andere warf, weil es heiß war. Er hockte sich auf die Fersen und hielt es ihr auf den Fingerspitzen entgegen.

»Wenn du glaubst, sie ist vernünftig und isst langsam, dann gib es ihr ruhig«, merkte LeBreton so zartfühlend wie gekardete Wolle an. »Du kannst dann sauber machen, wenn sie sich übergibt.«

Die dunkle Miene des Jungen zeigte keine Regung. »Dann füttern Sie sie. Sie ist Ihr Haustier.« Er warf das Brot in LeBretons grobe Richtung und stapfte davon.

Sie sollten ihr das Brot nicht erst zeigen und dann wegnehmen. Für dieses Brot hätte sie alles in Stücke gerissen.

»Ich behalte ihn, weil er so an den Eseln hängt.« LeBreton hob das Brot auf und wischte es ab, um es in Stücke zu reißen und auf seinem Oberschenkel auszulegen. Bevor er ihr ein Stück reichte, blies er darauf. »Außerdem ist er sehr ehrlich. Man muss schon verdammt lange suchen, um einen Jungen zu finden, der so aufrichtig ist. Und auch noch so liebenswürdig.«

Sie riss ihm das Brot nicht wie ein Tier aus der Hand, um es sich in den Mund zu stopfen. Sie aß ordentlich. Gezügelt. Man hatte eine wahre Dame aus ihr gemacht.

Als sie fertig war, nahm er ein weiteres Stück, aß es zur Hälfte und gab ihr den Rest. »Er hat nicht daran gedacht, dass Sie noch nicht so schnell essen dürfen. Jetzt ärgert er sich über sich selbst.«

»In diesem Alter ist man offen und ehrlich, und leicht eingeschnappt.« Vielleicht hatte sie sich den Mund verbrannt, sie fühlte jedoch nichts.

Das nächste Bröckchen, das geteilt wurde. Ein Stück für sie, ein Stück für ihn. Sie hätten Freunde sein können, wie sie da zusammen am Feuer saßen, Brot rösteten und es sich gegenseitig stückchenweise reichten. LeBreton redete ohne Unterlass, doch sie hörte ihm nicht zu. »… solange Ihre Gedanken kreisen wie ein Eichhörnchen im Käfig. Und wenn ich vorhätte, Ihnen etwas Schreckliches anzutun – was ich trotz zahlreicher Gelegenheiten wohlgemerkt unterlassen habe –, dann könnten Sie nicht viel dagegen tun, da ich doppelt so groß wie Sie und stark wie ein Ochse bin. So, und das reicht jetzt erst einmal.« Er stand auf und legte das übrige Brot auf den umgedrehten Pflanztopf, der ihnen als Tisch diente.

Er hatte recht. Sie war zwar immer noch hungrig, sollte aber lieber nicht mehr essen.

»Konzentrieren Sie sich schon Adrian zuliebe darauf, das im Magen zu behalten, was Sie gerade zu sich genommen haben.«

Er gab ihr zu essen und spielte den Harmlosen. Auf unauffällige Weise war er hochintelligent. Er war eine einzige Täuschung vom Scheitel seiner langen, ungepflegten Haare, die er sich ins Gesicht schüttelte, um es zu verbergen, bis zu den abgelaufenen Sohlen seiner Stiefel. Ein solcher Mann verirrte sich nicht zufällig auf das Château.

Bist du einer von uns? Gehörst du zu La Flèche?

Sie versuchte es mit der meistbenutzten Parole von La Flèche: »Wenn der Wind günstig steht, kann man die Rosen im Garten riechen.«

»Rosen? Im Vorbeigehen habe ich ein paar gesehen. Sehr hübsch.«

Das war nicht die richtige Antwort. Sie hätte nicht gedacht, dass sie so enttäuscht sein würde.

»Wenn Sie fertig sind, lege ich eine Decke ans Feuer. Sie brauchen etwas Schlaf«, sagte er.

Wie recht er damit hatte. Wenn sie fliehen wollte, musste sie zuerst ein wenig schlafen. In der Nacht, wenn seine Aufmerksamkeit nachließ, würden ihre Chancen ganz gut stehen.

Er nahm ihr die leere Tasse ab. »Sie können aber auch einfach nur wach liegen und sich lauter Dinge einfallen lassen, die ich Ihnen antun könnte, jetzt gerade aber nicht tue.«

Das trübe Zwielicht eines langen Juliabends wich allmählich der Dunkelheit, als Doyle seine Runde über das Gelände beendete und zur Orangerie zurückkehrte. Eine Zeit lang hatte es mal leicht genieselt, mal nicht – meist das Erstere. Er war bis auf die Haut durchnässt.

Während er den Garten umrundete, hatte er immer wieder einen Blick zum Licht der Orangerie geworfen. Zwar konnte er die auf dem Strohlager schlafende Frau nicht sehen, doch Hawker war da, den Rücken an die Wand gelehnt, eine Kerze neben sich und ein Buch im Schoß, während er aufmerksam

Wache hielt. Alle paar Zeilen blickte er kurz hoch, alle zehn bis fünfzehn Minuten machte er einen Rundgang durch die Orangerie. Es sprach wirklich einiges dafür, seine Spießgesellen in der Londoner Unterwelt zu rekrutieren. Lazarus, der König der Diebe, bildete seine Leute gründlich aus.

Als Doyle sich vor den Fenstern blicken ließ, legte Hawker das Buch beiseite und ging zu ihm. Sie zogen sich unter eine Eiche zurück, die weit genug entfernt war, dass ihre Französin sie nicht belauschen konnte, jedoch auch nah genug, um sie gut im Auge behalten zu können. Außerdem wurden sie dort nicht so nass, was nur von Vorteil sein konnte.

Maggie lag nah an der Wand, wo sie sich fest in ihre Decke gewickelt hatte. Sie hatte eine schwere Zeit hinter sich – mit Männern, die das Château in Brand gesteckt hatten, und vier Tagen Versteckspiel im Wald. Er hatte ihr die letzten Kräfte geraubt, indem er sie zu Tode erschreckt hatte. Jetzt, da ihr Magen nicht mehr leer und sie warm eingehüllt war, würde sie vielleicht die ganze Nacht schlafen.

»Und nun?« Hawker spuckte aus, und zwar genau einen Fingerbreit neben Doyles Stiefel. »Sie bringen sie her, legen sie trocken, füttern sie und packen sie ein wie ein verwaistes Kätzchen. Sie ist de Fleurignacs Tochter, stimmt's?« Er wartete auf eine Bestätigung. »Weiß sie, wo ihr Vater steckt?«

»Höchstwahrscheinlich.«

»Schön. Fragen wir sie freundlich, wo der Alte ist, oder zerren wir sie in den kühlen Stunden des frühen Morgens nach draußen und foltern sie?«

»Wir lassen sie schlafen.«

Schwer zu sagen, ob der Junge enttäuscht war, dass er nicht die Chance bekam, seine Fähigkeiten im Umgang mit scharfen Werkzeugen unter Beweis zu stellen.

»Und morgen?«

»Sehen wir, ob sie uns zu ihm führt. Wahrscheinlich ist er nicht in der Nähe, sonst hätte er sich bereits gezeigt.«

»Also ist er in Paris.«

»Wenn ja, bringen wir sie nach Paris. Wir müssen sowieso dorthin, um das Geld abzuliefern.« Die Packkörbe waren zur Hälfte mit gefälschten Assignaten gefüllt, die ins Hauptquartier des britischen Geheimdiensts in Paris sollten. Noch so ein ausgemachter Unsinn, um den sie sich kümmern mussten.

Er hatte ein Bündel unter dem Arm, das er nun hervorzog und dem Jungen zuwarf. »Das habe ich gefunden. Was verrät es dir?«

Langsam und voller Argwohn rollte Hawker den weißen Stoff in voller Länge aus und drehte ihn stirnrunzelnd um. »Ein Damenhemd. Mit Blut auf der Vorderseite.« Es hatte große, rostbraune Flecken. »Und hinten auf der Schulter. Und am Ärmel.«

»Wir haben hier eine reichliche Menge Blut.« Er war erschrocken, als er es unter der Brücke versteckt entdeckt hatte, und war hineingekrochen, um es hervorzuholen.

»Ein Nachthemd. Das ist ihres. Die richtige Länge und richtige Weite für ihre beiden Äpfel.«

»Ach ja?«

Der Junge zeigte den Anflug eines Lächelns. »Ich hab Augen im Kopf.« Dann widmete er sich wieder dem Kleidungsstück und befühlte die dezente Stickerei am Hals. »Übrigens, diese …«

Er half ihm mit den richtigen Worten. *»Piquer. Broderie.«* Absteppung. Stickerei.

»Diese Stickerei. Man sieht sie nicht, aber man fühlt sie. Und diese kleinen Perlenknöpfe. Das ist kein Modekram. Das ist … Qualität. Es passt zu ihr.« Der Junge schüttelte ungeduldig den Kopf. »Das Blut stammt nicht von ihr. Sie ist nicht verletzt. Nicht so stark.«

»Was noch? Was sagt dir deine Nase? Erzähl weiter.«

Hawker hielt es hoch und schnupperte vorsichtig. »Blut. Erde. Irgendein … Parfum?«

»Das Blut ist ein paar Tage alt. Nach zwei oder drei Wochen würde es nicht mehr genau so riechen. Erde deswegen, weil ich es aufgerollt unter einer Brücke versteckt im Garten gefunden habe. Da, wo sie geschlafen hat. Sie hat einen kleinen Trampelpfad hinterlassen.«

»Unter einer Brücke. Klingt sehr ungemütlich.« Hawker wollte noch etwas sagen, ließ es dann aber. Er befühlte noch einmal den Stoff und schnupperte daran. »Pflanzen. Erde. Ich hätte erkennen müssen, dass es draußen gelassen wurde. Das ist Seife, kein Parfum.«

»Lavendelseife.«

Der Junge spannte den Stoff zwischen seinen vorgestreckten Fäusten. »Ein Handabdruck auf dem Rücken. Sie ist von jemandem gepackt worden, der blutete.«

»Und?«

»Sie ist ihm entkommen. Bürger Bluthand ist bei dieser Begegnung schlechter weggekommen, oder?« Hawkers Blick schweifte in Richtung der Orangerie ab. »Im Dorf haben sie erzählt, einer der Männer aus Paris ist bei dem Brand verletzt worden. Eine Schnittwunde von einem Messer. Eigentlich sieht sie nicht nach einer Frau aus, die einen Mann absticht.«

»Das sieht man den wenigsten an.«

»Glauben Sie, sie macht gemeinsame Sache mit ihrem Vater? Bei den Morden?«

»Na ja, irgendjemand ist nun mal hinter jungen Offizieren her und bringt sie um. Und es ist seine Liste. Sie könnte ihm dabei als treu ergebene Tochter helfen. Den Verstand dafür hat sie.« Maggie lag ruhig in einer Ecke und schlief entweder wirklich oder tat nur so. »Ich frage mich, ob sie auch die entsprechende Skrupellosigkeit besitzt. Ich muss noch ein paar Besorgungen machen. Man hat immer etwas zu tun, wenn man eine Frau zu versorgen hat.« Er tippte auf das Nachthemd. »Verbrenn es. Dann such die Knöpfe aus der Asche und wirf sie in den Brunnen.«

»Ich werde es verschwinden lassen.«

»Lass sie nicht aus den Augen. Und auch nicht allein. Tu ihr nichts. Und mach ihr keine Angst, indem du mit einem Messer vor ihrem Gesicht rumfuchtelst.«

Ironie vom Feinsten. »Ich bin nicht derjenige, vor dem sie Angst hat.«

Ein Steinchen traf sie am Arm. Sie hörte es über die Steinplatten hüpfen und war sofort wach. Obwohl sie sich ohnehin keinen tiefen Schlaf gegönnt hatte.

Sie blickte auf eine niedrige, weiß getünchte Wand. Darüber befanden sich eingeschlagene Fenster. Sie war in der Orangerie, lag auf Stroh, auf dem Boden, eingehüllt in eine raue Decke.

Das zweite Kieselsteinchen schlug mit einem hellen Ton gleich neben ihr auf, begleitet von einem: »Nicht bewegen. Sie können Sie sehen.« Die Worte formierten sich aus dem Klopfen des Regens, ein Flüstern aus Wasser. »Wenn der Wind günstig steht, kann man die Rosen im Garten riechen.«

Der Bote von Krähe. Endlich.

Die Büsche und Bäume außerhalb der leeren Fenster waren an diesem grauen Abend nicht zu unterscheiden, die Stimme kaum zu hören. Sie erklang erneut: »Wenn der Wind günstig steht, kann man die Rosen im Garten riechen.«

Das Feuer gab das vertraute Knistern von sich. Sie hörte den Dienstjungen weder atmen noch umblättern. Vorsichtig drehte sie sich ein winziges Stück um und riskierte einen Blick. Niemand war im Schein des Feuers zu erkennen. Auch nicht im

Bereich der Orangerie, nirgendwo. Auch nicht in den Schatten außerhalb des Fensters.

Sie gab leise die Antwort. »Die Rosen sind bezaubernd, doch es ist verboten, sie zu pflücken.«

Auf der anderen Seite der Wand raschelten Blätter, als ob sich dort jemand bewegte. »Ah. Sie sind das also. Sie sind Fink.« Es war die Stimme eines Kindes. »Ich hatte schon Angst, Sie hätten es sich einfallen lassen zu verschwinden.«

»Ich habe dich vor drei Tagen erwartet. Du siehst ja, was hier passiert ist.« Marguerite hielt die Decke fest. »Ich komme …«

»Bleiben Sie, wo Sie sind. Die beiden Männer haben sich unter einen Baum gestellt, ganz in der Nähe. Sie schauen herüber.«

Das Kind hatte recht. LeBreton würde sie im Auge behalten. Er war nicht der Typ Mann, der sie einfach durch den Garten davonspazieren ließ.

Und wieder erklang das Flüstern mit der Naivität eines Kindes. »Ich brauche Ihr Gesicht nicht zu sehen, Bürgerin Fink.«

Die Männer und Frauen und – ja – auch die Kinder von La Flèche frönten nicht der Neugier. Niemand konnte gezwungen werden, etwas zu verraten, das zu wissen er tunlichst vermieden hatte. »Das ist sehr weise.«

»Das bin ich allerdings. Ich habe vom Wald aus beobachtet, wie der Mann Sie gefangen hat. Wollen Sie, dass ich Ihnen helfe zu fliehen? Das dürfte nicht unmöglich sein. Wenn Sie wollen, können Sie mit uns reisen.«

Die Männer, die das Château niedergebrannt hatten, suchten die ganze Gegend nach ihr ab. Sie würde sie nicht zu den Wagen der Zigeuner führen. Zur Familie von Krähe. »Nein, vielen Dank.«

»Wie Sie wollen.« Das Achselzucken war förmlich herauszuhören. Der Junge – denn ohne Frage würde niemand ein kleines Mädchen mit solch einem Auftrag losschicken – sagte: »Ich würde mich nur ungern mit so einem großen Mann einlassen, ganz ohne Hilfe. Aber Krähe meint, dass Sie äußerst gerissen sind. Sicherlich haben Sie einen Plan.«

»Mehrere sogar. Bereits während wir uns unterhalten, schmiede ich sie.«

»Dann werde ich meine Nachricht überbringen und abhauen, ehe es zu dunkel wird und ich nicht mehr durch den Wald zurückfinde. Ich soll Folgendes ausrichten: ›Fink, ich habe Ihr Signal gesehen. Ich kann nicht auf dem gleichen Weg zurückgehen, den ich gekommen bin. Die Feldlerche ist auf der Flucht vor Soldaten. Auf der Suche nach mir halten die Dragoner westlich von Rouen jeden Wagen der Roma an. Es ist zu gefährlich für mich, Spatzen unterzubringen. Wie lauten Ihre Befehle?‹«

Es war schlimmer als in ihren schlimmsten Albträumen. In der gesamten Normandie stand es nicht gut um La Flèche. Der Zaunkönig, die Feldlerche, die Krähe. Alle enttarnt. Was war los in Paris? Wie viele ihrer Freunde waren bereits in Haft? Oder tot?

»Antworte Krähe Folgendes: ›Sie sind auf sich allein gestellt, mein guter alter Freund. Ich habe dem Reiher gestern die Letzten meiner Spatzen anvertraut. Niemand ist mehr hier. Wir sind alle in unterschiedliche Richtungen geflohen.‹« Sie rieb sich die Stirn. »Sag Krähe, er soll nach Norden und Westen gehen, bis nach St. Grue. Er kennt die Straßen zur Küste besser als ich. Ich kann ihm da keinen Rat geben.«

»Das wird ihm nicht gefallen. Wir wollen nicht …«

»Es gibt keine andere Wahl. Richte ihm aus: ›Verbreiten Sie es überall. Die Kette ist gerissen. Alle sollen sich versteckt halten. Schicken Sie die Spatzen, wenn möglich, Richtung Westen.‹«

Die Spatzen, die sich noch immer in Paris befanden – zum Tode auf der Guillotine verurteilte untergetauchte Männer und

Frauen, die verzweifelt versuchten, Frankreich zu verlassen – würden warten müssen.

»Wir können nicht …«

»Es gibt keine andere Möglichkeit. Hör mir zu. Wir haben vielleicht nur noch wenig Zeit.« Sie sprach so leise wie nur möglich. »Bei St. Grue, etwa eine Meile südlich des Dorfes, gibt es einen Schrein an der Kreuzung. Das Gesicht der Muttergottes ist beschädigt. Ihr werdet drei weiße Steinchen dort hinterlassen, in einer Reihe. Steine so groß wie eine Babyfaust. Lagert in den Dünen. Der Seetaucher wird euch finden.«

Der Seetaucher war die letzte Verbindung zu dem Schmuggler, der die Spatzen über den Kanal schaffte. Wenn man den Seetaucher gefasst hatte, dann möge Gott ihnen beistehen. »Lass es mich noch einmal wiederholen …«

»Nicht nötig. Mein Gedächtnis ist hervorragend.« Obwohl sich im Gebüsch nichts bewegte, spürte sie die von dort zu ihr dringende Aufbruchstimmung. »Sie haben mir einen ganzen Korb voller Nachrichten aufgeladen. Sind Sie sicher, dass Sie nicht zu den Wagen mitkommen wollen?«

»Ganz sicher.«

»Dann möge das Glück Sie begleiten, Bürgerin Fink. Ich glaube, davon können wir in den nächsten Tagen alle gut etwas gebrauchen.«

Obwohl es keine verräterischen Geräusche gab, wusste sie, dass sie allein war. »Pass auf dich auf, Kind.«

Sie rollte sich herum, um die Vorgänge im Innern der Orangerie im Auge zu behalten. Um sie herum breitete sich Stille aus. Nur in ihrem Innern war ein dumpfes Rumoren. In einem Punkt hatte sie gelogen: Sie besaß gar keinen schlauen Plan, um Bürger LeBreton loszuwerden.

Nach einer Weile kehrte der junge Adrian zurück. Sie ließ ihre Lider einen Spaltbreit offen. So konnte sie ihn im Schneidersitz mit gesenktem Kopf und ein Buch im Schoß am Feuer sitzen sehen, wo er die Worte mit den Fingern verfolgte. Er bewegte die Lippen beim Lesen.

Aufgrund irgendeiner Verletzung hinkte er. Vielleicht könnte sie ihm weglaufen.

Sein Blick schweifte ab. Sie sahen sich an.

Er sagte: »Das würde ich lieber bleiben lassen.«

»Wie du meinst.« Sie lag da und beobachtete, wie der Rauch in Kringeln zur Decke aufstieg, vom Wind auseinandergezerrt und zu bizarren Formen zusammengetrieben wurde, rot angeleuchtet von unten. LeBretons kleiner Diener widmete sich wieder Lalumière.

Lalumière war es auch, von dem sie den Namen La Flèche hatte … wo er über Wildgänse schrieb, die sich wie auf Kommando gleichzeitig aus dem winterlichen Sumpfland erhoben und alle wussten, wann und wohin sie ziehen mussten, weil die Natur es ihnen so mitgegeben hatte. Und während des Flugs in sichere Gebiete bildeten sie einen Pfeil am Himmel.

La Flèche. Der Pfeil.

LeBreton kam nicht zur Orangerie zurück. Er hatte sich in den verregneten Abend aufgemacht, um seinen eigenen Angelegenheiten nachzugehen.

Er starrt mir auf die Brüste, wenn er glaubt, ich würde nichts merken. Nach einer Weile schlief sie ein.

5

Ein schwerer Tag stand bevor, und er begann noch vor Sonnenaufgang.

Marguerite saß am Rande des Fischteichs und zog den Kamm, den sie von LeBreton erhalten hatte – einen Herrenkamm, schlicht, aber fein –, durch ihr wirres Haar, wobei sie nicht gerade zimperlich mit sich umging. Es tat gut, sich einer konkreten Aufgabe widmen zu können. Ihr Zopf lag schwer zwischen ihren Fingern, als sie ihn Strähne für Strähne flocht. Ihr Haar roch nach Qualm.

LeBreton trat aus der Orangerie in den umzäunten Garten mit dem Fischteich, wobei er sich bewusst mit allerlei Geräuschen ankündigte.

Er hatte ein raues Handtuch und ein Bündel Wäsche bei sich. »Es ist noch genügend Zeit zum Waschen. Der Junge ist noch dabei, die Tiere zu striegeln.«

»Während er die Esel striegelt, lasse ich mir die gleiche Pflege zukommen. Was man morgens tut, ist doch in gewisser Weise immer dasselbe. Ist Ihnen das schon einmal aufgefallen?« Sie nahm die Kleidung entgegen. Sie roch frisch gewaschen und geplättet. »Das ist ein Damenhemd. Schon merkwürdig, wenn ein Mann wie Sie so etwas bei sich trägt.«

»Ich habe es letzte Nacht aus der Hütte unten am Fluss gestohlen.«

»Von den Mädchen aus der Wäscherei.« Wie gut er ihre Größe doch geschätzt hatte. Er musste das halbe Dorf nach sauberer Wäsche abgesucht haben, um so gut passende Kleidung zu finden. Guillaume LeBreton war ein Mensch mit ungewöhnlichen Fähigkeiten. »Da habe ich wohl Dinge von fragwürdiger Herkunft erhalten. Dennoch bin ich froh, etwas Sauberes anziehen zu können.«

»Ich habe eine Münze hinterlassen.« Er legte das Handtuch auf der breiten Umrandung des Fischteichs ab. Darin waren weitere Kleidungsstücke eingewickelt. Ein sauberes Schultertuch, eine Schürze. Sie würde von Kopf bis Fuß in geliehener Kleidung stecken.

Er stand neben ihr und bot einen Furcht einflößenden Anblick. Hinter ihm zeigte sich die Morgendämmerung wie die Wölbung einer Muschel. Das weitläufige Granitbecken war weiß wie der Mond.

Und das Wasser war kalt wie der Mond, als sie ihre Hand hineintauchte. »Verraten Sie mir, was Sie mit mir vorhaben? Ich bin von Natur aus neugierig.«

»Wir reden unterwegs darüber. Ich will weg von hier. Seife.« LeBreton legte sie neben dem Handtuch ab. Ein Metallkästchen mit weicher Seife, die einen öligen Eindruck machte. »Wahrscheinlich nicht das, was Sie gewöhnt sind.«

»Sie ist wunderbar. Danke.«

»Passen Sie auf, dass nichts davon ins Wasser kommt.«

Für Fische war Seife Gift. Es gefiel ihr, dass LeBreton das wusste und dass es ihm nicht egal war. Es waren genau diese Kleinigkeiten, in denen sich der wahre Charakter eines Menschen zeigte.

Die Goldfische schwammen herbei und knabberten an ihren Fingern. Als Kind hatte sie allen Namen gegeben. Moses – weil er das Wasser teilte – und Blondine und der fette, träge Rousseau. Sobald das laute Jakobinergesindel abgezogen war, würde Bürgermeister Leclerc mit Kübeln aus dem Dorf kommen, um sich ihre Fische für seinen eigenen Teich zu holen. Schon seit

Jahren hatte er mit ihnen geliebäugelt. Sie hoffte, er würde sich beeilen. Man sollte sie nicht derart vernachlässigen.

»Dann lasse ich Sie mal allein.« LeBreton begab sich zur Orangerie.

Der Morgen dämmerte, ein neuer Tag brach an. Es regnete nicht auf sie herab. Sie hatte gut gegessen und guten Kaffee getrunken. Sie hatte es geschafft, eine Nachricht an die Krähe zu schicken. Ihre Fische würden ein gutes neues Zuhause bekommen. Sie war voller Optimismus.

Von der anderen Seite der Wand, aus der Orangerie, hörte sie, wie LeBreton das Glas zurückfegte, damit es wieder überall verteilt war und alles so aussah wie vorher. Die Asche vom Feuer hatten sie beseitigt, das Stroh in den Stall geworfen. Es würde keinerlei Anzeichen mehr dafür geben, dass hier jemand übernachtet hatte.

Die Bänder ihres Rockes hatten sich zu festen Knoten verschlungen. Geduldig zerrte und zupfte sie so lange daran, bis alle gelöst waren und ihr Rock zu Boden glitt. Zum Schlafen hatte sie ihr Korsett schon ein wenig gelockert. Jetzt löste sie es vollends und zog es über den Kopf. Dann streifte sie das Hemd von den Schultern und ließ es fallen.

Nun trug sie kein einziges Kleidungsstück mehr. Ein seltsames Gefühl, nackt unter freiem Himmel zu stehen.

Blasser als der Himmel blickte ihr Spiegelbild aus dem Fischteich zu ihr hoch und verschwamm in den kleinen Kreisen, welche die Fische beim Luftschnappen erzeugten. Der Beckenrand unter ihrem Hinterteil fühlte sich sandig an, und in jeder Unebenheit war eine kleine Pfütze. Der Wind des neuen Tages strich wie ein stumpfes Messer über ihre Haut. Sie steckte die Füße ins Wasser. Der glitschige Schmutzfilm am Teichboden quoll zwischen ihren Zehen hervor. Kalt. Es war unermesslich kalt.

Ehe sie der Mut verließ, machte sie schnell das Handtuch zur Hälfte nass und rieb sich die Arme, Brüste und den Bauch ab, wobei sie die Luft jedes Mal scharf einsog und ausstieß. Dann über die Oberschenkel auf und ab. Sie wusch jede Schramme, jede Wunde. Es war nicht eine darunter, die nicht brannte. Und da half es auch nicht, sich daran zu erinnern, dass sie von Kriegern abstammte.

Moses und Rousseau und die anderen großen Herrscher in diesem Teich hielten sich abseits, während viele kleinere Fische kamen, um zart wie Kätzchen an ihren Waden, Fuß- und Handknöcheln zu knabbern.

Aus einiger Entfernung drang das Brummen von Bürger Riesenbär zu ihr, der mit seinem Diener sprach.

Genug, genug. Sie war fertig. Sie zog die Beine aus dem Wasser und schlüpfte – mit nichts als einer ausgedehnten Gänsehaut am Leibe – in ihre Schuhe. Das Hemd, das Bürger LeBreton für sie gestohlen hatte, war zwar sauber, aber alt. Man hatte es laienhaft geflickt. Sie schüttelte es aus und verschaffte sich ein Bild von seinen vielen Unzulänglichkeiten.

Es geschah ganz plötzlich.

LeBreton war über ihr. Er prallte mit ihr zusammen und zog sie in höchster Eile nach hinten zur Gartenmauer. Seine Hand bedeckte ihre Nase, ihren Mund, und sie bekam keine Luft mehr.

6

Er war riesig und düster und so unvermutet da wie ein Erdrutsch. Seine Arme schlossen sich um sie und hielten sie an seiner Brust gefangen. Ihr Rücken prallte gegen die Steinmauer. Seine Hand bedeckte ihren Mund mit lederner, unnachgiebiger Härte. Keine Chance, sich aus seinem Griff zu winden.

Sie biss mit aller Kraft zu. Keine Reaktion. Nichts hätte ihr deutlicher zeigen können, dass ihre Anstrengungen sinnlos waren.

Sein Atem drang in ihr Ohr: »Hören Sie es?«

Ein schwaches, rhythmisches Trappeln.

Sie hörte auf zu beißen. Sofort spreizte er seine Finger, damit sie Luft bekam. Das heftige Pochen ihres Blutes in den Ohren ließ etwas nach. Jetzt hörte sie es klar und deutlich. Pferde näherten sich langsam auf dem Hauptweg. Zwei oder drei Pferde. Da kam jemand.

Sie nickte gegen die Hand auf ihrem Mund, und LeBreton ließ sie los. Sie blickten beide in Richtung des Eisentors in der Gartenmauer. Durch das Gitter konnte sie einen schmalen Streifen des Hofes einsehen. Helle Kieselsteine, gemischt mit Trümmerteilen, bedeckten den Boden bis zur Ruine des Châteaus.

Seit der Revolution war das Dorf von Voisemont in bitterer Armut versunken. Die Armee war dreimal eingefallen, um Pferde im Tausch gegen wertloses Papier zu beschlagnahmen. Die verbliebenen Pferde pflügten die Felder und zogen Wagen. Selbst der Bürgermeister ritt heutzutage nicht mehr zum

Vergnügen aus. Wer mochte wohl im Morgengrauen zum Château kommen?

Mit einem Rascheln und Schaben glitt jemand über die Mauer hinter ihnen. Adrian landete leise und auf nackten Füßen neben ihr. Erschreckt stellte sie fest, dass er ein Messer zwischen den Zähnen hielt. Dann lag es in seiner Hand, tief an seiner Seite, flach an die Weste gedrückt. Er war mucksmäuschenstill.

»Führ die Esel nach draußen.« LeBretons Lippen formten die Worte nahezu ohne Ton. »Belad sie mit Grünzeug. Du sammelst Kräuter für deine Großmutter. Los. Und versteck das verfluchte Messer.«

Er nickte nicht einmal. Der Junge krallte die Zehen in die Mauer und war im Nu oben und darüber hinweg. Absolut geräuschlos.

Stimmen zerrissen die Stille. Pariser Stimmen, die zwischen den ländlichen Vögeln und Grillen völlig fehl am Platze wirkten. Sie waren ganz nah. LeBreton sagte: »Nicht bewegen.«

So etwas hatte er schon vorher getan. Er hatte sich vor Männern, die ihn jagten, versteckt. Sie rührte sich nicht.

Er legte ihr seinen Mantel um, zog sie an sich und hüllte sie tief darin ein. LeBreton hatte die Farbe von Erde. Sein Hut, seine Kleidung, ja sogar seine Haut war vom Grau- und Gelbbraun der umstehenden Bäume und der Mauer an ihrem Rücken. In dieser Ecke des Gartens, zwischen den wirren Ästen des Birnbaums, war er wie unsichtbar. Und sie wurde von ihm verdeckt und eingehüllt.

Sie krallte die Hände in sein Hemd und drückte sich eng an ihn. Der warme Stoff, das Gefühl der darunterliegenden Muskeln, die Spannung seiner Haut, sein gleichmäßiger Atem, all das beruhigte sie. Die Narbe in seinem Gesicht war gewaltig und bedrohlich. Doch diesmal stand genau diese mächtige Bedrohung zwischen ihr und dem, was da den Weg hochkam.

Er rückte den Mantel noch einmal sorgfältig zurecht und öffnete ihn einen Schlitz weit, damit sie hinausspähen konnte. Durch das Eisengitter, das Tor dieses Gartens, war ein kleiner Streifen des Hofes zu erkennen.

Er lauschte, als würde er Hunderte von Geräuschen unterscheiden und ihnen eine Bedeutung zuordnen. Sein regloses Verhalten glich dem eines Tieres im Wald, wenn ein Mensch vorbeiging.

Sie warteten. Man kann nicht einfach aufhören zu atmen. Also holte sie so leise wie möglich in langsamen und flachen Atemzügen Luft.

Ein paar leise Schritte, dann folgte ein lautes, scharfes Knirschen, das den Übergang von Sandweg auf Kiesfläche markierte. Die Esel am langen Zügel hinter sich her ziehend kam Adrian mit hängenden Schultern aus dem Gemüsegarten und erschien auf der Bildfläche. Die Esel sahen jetzt ganz anders aus. Er hatte die Packkörbe und Rücken der Tiere mit Bergen von Kräutern beladen. Basilikum, Lavendel, Rosmarin, Salbei. Und obenauf noch Bündel aus jenen langen Haselnussstangen geschnürt, wie die Gärtner sie immer schnitten und abschälten, um sie als Bohnenstangen zu verwenden.

Die Esel verschwanden fast unter der Last. Er hatte ihre Hälse und Beine mit Dreck beschmiert. Jetzt glichen sie bösartigen Dorfeseln. Verdreckte, zerzauste Kreaturen, wie sie von den niedersten Hofpächtern gehalten wurden. Auch Adrian sah schmuddelig aus. Sein freches, herausforderndes Wesen war verschwunden. Zusammengesackt und teilnahmslos schleppte er sich seelenruhig im Schneckentempo direkt vor ihren Augen dahin.

LeBreton legte eine Hand auf ihre nackte Schulter. Eine feste Berührung, die eine Warnung enthielt. Er musste gewusst haben, was als Nächstes kommen würde.

»Hey, du! Du da. Stehen bleiben!« Der Pariser Akzent kam schroff und aus einiger Entfernung. Der Hufschlag beschleunigte sich. »Komm her!«

Adrian war lustlos in den Hof geschlendert. Die Reiter hatten ihn und die Esel entdeckt. Erwischt.

»Wer bist du, Junge?«

Ich kenne diese Stimme. Scharf wie ein Rasiermesser, eine Stimme, in der die Elendsviertel der Vorstadt von Saint-Antoine bis zum Osten von Paris mitschwangen. Das war der Mann, der in der Nacht, als das Château abbrannte, in ihr Zimmer eingedrungen war. Der Mann, gegen den sie sich gewehrt hatte. Der Mann, der sie umbringen wollte.

»Du hast hier nichts zu suchen. Was machst du hier?« Hufgetrappel. Sie konnte zwar nichts sehen, aber das Schnauben der Pferde hören. »Rede!«

LeBretons Muskeln verrieten keinerlei Überraschung. Er hatte den Jungen losgeschickt, damit er im Hof diese Szene zum Besten gab. Genau so.

»Plündern ist verboten.«

Der Jakobiner hatte geschrien, als sie ihm das Gesicht aufgeschlitzt hatte. Er hatte so laut gekreischt, dass der ganze Mob es draußen auf dem Rasen hören konnte. Sein Blut hatte sich über ihre Hände ergossen und den Brieföffner besudelt, den sie wie ein Messer gehalten hatte. Als sie sich gegen ihn gewehrt hatte, war die Nachtkerze vom Tisch gestürzt. Ihre Papiere hatten Feuer gefangen, und die Vorhänge waren in Flammen aufgegangen.

Er hatte überlebt. Versteckt in der Dunkelheit, in der feuchten Nische unter der Brücke, hatte sie ihn zitternd und blutverklebt ihren Namen jaulen gehört.

»Wir dulden es nicht, dass plünderndes Gesindel die Leute ausraubt.«

Wie ein Tier hatte sie sich in ihrem Versteck geduckt und von dort aus beobachtet, wie dieser Mann durch das wüste Gelage nach dem Inferno gestakst war. Sie hatte gesehen, wie er mit einem groben Verband am Kopf durch die Menge stiefelte, Frauen packte und ihre Gesichter studierte, betrunkene Pärchen auf den Rücken rollte, um sie besser betrachten zu können, und dabei immer wieder brüllte: »Wo ist die De-Fleurignac-Hure? Sie muss hier irgendwo sein. Sucht sie.«

Der Junge jammerte. Er hatte doch nichts getan. Gar nichts. Die Leute könnten ruhig das Grünzeug haben. Er wollte es gar nicht. Hier. Nehmt es euch. Seine *grand-mère* würde schon andere Kräuter für ihren Eintopf finden. Es hatte ihm ja keiner gesagt, dass er nicht einfach so …

Der entrüstete Aufschrei verriet, dass man Adrian zu Boden getreten hatte. Die Männer kicherten. Das war der Sport, den sie aus Paris mitgebracht hatten und heutzutage betrieben: kleine Bauernjungen zu schikanieren.

LeBretons Hand packte sie fester. *Ruhig. Nur ruhig.*

Adrians Mutter war Witwe. Seine *grand-mère* schon sehr alt. Sie hatte keine Zähne mehr.

»Zum Teufel mit deiner Großmutter.«

Der Junge zählte weitere verarmte Verwandte auf.

Der Jakobiner sagte: »Die sind eine echte Plage für uns. Wenn wir so ein Ungeziefer tolerieren, fressen sie noch ganz Frankreich kahl.«

Adrian würde alles zurückgeben. Wirklich alles. Es waren doch nur Kräuter aus dem Garten. Er war keine Plage. Bitte.

»Am besten hängen wir gleich ein Dutzend von ihnen auf, um ein Exempel zu statuieren.«

»Er ist doch noch ein Junge.« Das war die andere Stimme. Träger, tiefer, besser gelaunt. Auch diesen Mann hatte sie gesehen, als er sich in jener Nacht mit einer Flasche Wein in der

Hand seinen Weg durch den Tumult gebahnt und junge Frauen belästigt hatte. Eine Bohnenstange von einem Mann mit den Hängebacken eines Jagdhundes.

»Jungen seines Alters kämpfen schon für Frankreich. Nein, ich will keine verdammte Ladung Unkraut. Was soll ich …« Das Kreischen eines Pferdes. »*Fils de salope!* Das Mistvieh hat mich gebissen!«

Einer der Esel hatte versucht, sich einen großen Happen Jakobinerfleisch einzuverleiben.

Barsch ausgestoßene Obszönitäten. Pferde stampften, Kiesel stoben auseinander. Adrian brachte zwischen dem Geknurre und dem Gefluche der Männer einige panische Entschuldigungen unter.

Ich wünschte, ich könnte etwas sehen.

Den Geräuschen nach zu urteilen hatten die Jakobiner alle Hände voll zu tun, um ihre Pferde zu bändigen. Sie waren Städter und das Reiten nicht gewöhnt.

»Bring diese stinkenden Esel hier weg. Raus! Verschwinde. *Allez*!«

Zügel klirrten. Hufeisen kratzten auf Stein. Ein Esel schrie. Pariser Stimmen verfluchten die Pferde. Adrian eilte humpelnd und vorgebeugt, ganz der unglückselige Bauernjunge, an der Gartenpforte vorbei. Mit jedem Zentimeter seines Körpers log er. Und auch die Esel spielten mit. Wie falsch verstandene Kreaturen, auf denen alle herumtrampelten, trotteten sie mit hängenden Köpfen hinter ihm her. Der selbstzufriedene Anblick, den sie boten, konnte nicht nur Marguerites Einbildung sein.

Still. LeBreton sagte es ihr, indem er die Botschaft durch den Druck seiner Hände förmlich in sie hineinpresste.

Die Jakobiner ritten vorbei. Ein Mann, dann der nächste, dann ein Packpferd, üppig beladen mit Säcken und Bündeln voller geplünderter Dinge aus dem Château.

Sie hatten bessere Pferde beschlagnahmt, als sie bewältigen konnten. Der schwer bandagierte Mann an der Spitze riss an den Zügeln, was die Stute jedoch nicht beeindruckte. Der andere, blasshäutige und pockennarbige Jakobiner folgte ihm, indem er sich in die Mähne seines Pferdes klammerte und wie ein nasser Sack ritt.

Den Goldfischgarten würdigten sie keines Blickes. Marguerite sah die beiden Männer kurz, als sie vorbeiritten und dann verschwanden.

In Versailles, in der härtesten Schule auf Erden, hatte sie das Stillhalten gelernt. In Gegenwart des Königs zappelte man nicht herum – egal, ob man seit Stunden Hunger oder Durst litt, ob einen die Nadeln im Korsett stachen, man hundemüde war oder die Füße wehtaten. Damals, in den ersten Wochen auf Versailles, hatte Onkel Arnault hinter ihr gestanden und sie jedes Mal gezwickt, wenn sie auch nur blinzelte.

Auf dem Gras hinter der Kiesfläche wurde der Hufschlag gedämpft. Der Weg vor ihnen schluckte die Geräusche. Lange Minuten später nahmen drei Pferde in unterschiedlichem Takt die Straße in Richtung Paris. Der Wind frischte kräftig auf und zerstreute die letzten Klänge des Hufgetrappels.

Der Moment zog sich in die Länge. Sie schloss die Augen, ließ den Atem entweichen, den sie irgendwann angehalten hatte, und entspannte sich in Guillaume LeBretons Armen. Ihre Wange ergründete die Falten seines Hemdes. Ein vorlauter kleiner Teil ihrer Gedanken bestand darauf, jede Naht, jeden Saum zu erforschen, doch sie ignorierte ihn. Sie gestattete es sich, das Denken einzustellen.

Ihre Lippen waren leicht geöffnet und lagen auf ihm. Seine Weste hatte einen herben, starken Geschmack wie Roggenbrot. Sie atmete ihren eigenen warmen Atem wieder ein, der sich in der Luft zwischen ihnen mit seinem Atem mischte. Er roch nach Leder und Holzrauch und wie ein früher Morgen, grün und lebendig.

Die unterschiedlichen Bestandteile seiner Kleidung drückten sich überall an sie. Verlockend. Überwältigend. Sie spürte jeden einzelnen harten Knopf, den er am Leib trug, und den weichen Stoff seiner Hosen. Sie war nackt, und so fühlte sie alles ganz genau.

Er hatte eine riesige Erektion. Die Wölbung wurde immer größer und drückte sich an sie.

Er begehrt mich.

Der Umstand wurde beiden gleichzeitig bewusst. Sein plötzliches Erschrecken spiegelte exakt ihr Empfinden angesichts der Situation wider. Er hatte es nicht geplant. Sie hatte es nicht erwartet.

Aber letztendlich war sie nackt, und sie klebte förmlich an ihm. Es war nicht weiter erstaunlich, dass ein Mann dies bemerkte.

Er war nicht der erste Mann, der sie gegen eine Wand drängte und ihr seine Aufmerksamkeit zuteilwerden ließ. Versailles war eine Schlangengrube gewesen. Männer mit Macht dachten, sie könnten sich alles nehmen, wonach ihnen der Sinn stand. Vielen hatte der Sinn nach einem fünfzehnjährigen Mädchen gestanden. Sie hatte dunkle Korridore tunlichst gemieden.

Wenn sie ihn wegdrückte, würde er sie gehen lassen. Am lockeren Griff seiner Hände konnte sie erkennen, dass er sie loslassen würde. Da war sie sich sicher … was immer sie sonst auch von ihm halten mochte. Er wollte sie, würde sie aber trotzdem gehen lassen.

Das heiße, animalische Drängen gegen ihren Bauch erfüllte ihr ganzes Bewusstsein. Ein neugieriges Schweigen ergriff Besitz von ihr. Die quälenden Gedanken schwanden, und es gab nur noch Empfindung. Was eben noch Furcht gewesen war, verwandelte sich in ein eindeutig sinnliches Verlangen. Ihr Schoß zog sich zusammen und fing an zu pochen. Ein süßer Rausch kam über sie.

Gleichmäßige Atemzüge hoben und senkten LeBretons Brust. Die leichte Bewegung war wie eine Liebkosung auf ihrer Haut. Die schwieligen Finger, die eben noch an ihrem Hals gelegen hatten, glitten nach unten. Als seine Hand ihren Po erreichte, zog er sie etwas dichter zu sich heran und drückte sie an sich.

Er wartete ab, wie sie reagieren würde.

Sie wollte es. Es wäre so einfach, so natürlich, sich diesem Vergnügen hinzugeben und nur ihren Körper sprechen zu lassen. Es gab niemanden auf Erden, der sie daran hindern würde.

Außer ihr. Außer ihr selbst.

Sie sagte: »Ich wünschte …« *Ich wünschte, ich könnte dir beiliegen. Ich habe Angst, ich bin allein und ich würde Trost bei dir finden.* Sie wählte einen Tropfen aus dem ganzen Meer an Wünschen, die sie erfüllten, und fasste ihn in Worte. »Ich wünschte, ich wäre die Tochter des Müllers und Sie ein Bauernsohn, und wir könnten närrische Spielchen auf dem Heuboden treiben. Ich wünschte, Sie wären jemand, mit dem …«

»… mit dem man närrische Spielchen treiben könnte.«

»Ja.« Sie stieß einen Seufzer aus. »Aber ich bin nicht die Tochter des Müllers. Diese Schlichtheit ist mir nicht gegeben. Bei mir vergeht nicht ein Moment ohne Kalkül.«

»Tun Sie einfach so, als wäre ich jemand, den Sie küssen könnten.« Seine Lippen legten sich ganz sanft auf ihre. Er hielt sich zurück und strich nur ganz leicht über sie hinweg. Gab ihr eine Ahnung von dem, was sie erwartete. Der Geschmack, allein die Möglichkeit genügte, um sie verharren zu lassen, während seine schwielige, kräftige Hand an ihrem Rückgrat wieder nach oben glitt, sich unter ihren feuchten Zopf legte und ihren Nacken umfasste.

»Wir werden beide eine Minute lang jedes Kalkül beiseiteschieben.«

Langsam und bedächtig küsste er ihren Mund, als wären es exotische Gefilde, die es zu erforschen galt. Als wäre es das erste Mal, dass er eine Frau küsste, und als würde ihn die Erfahrung überraschen.

Sein ganzer Körper drängte sich nachdrücklich gegen ihren Leib. Sein steifes Glied, das seine Hose wölbte, schmiegte sich pochend in ihren Bauch. Sie spürte die Kraft, die seiner Hand innewohnte, und doch lag nichts Schweres darin, ganz als wäre sie ein Teil von ihr selbst. Federleicht strichen seine Fingerspitzen über ihre Haut und beschrieben dabei kleine Kreise, die an Wirbel erinnerten, welche in sanft strömendem Wasser entstanden.

Er vertiefte den Kuss und erforschte ihren Mund mit intensiver Gründlichkeit. Dann eroberte er ihre Lippen aufs Neue, und sie spürte, wie sie sanft in seinen Mund gezogen wurde. Ihre Zunge begab sich auf die Suche und erforschte ihn genüsslich.

»Lieber Himmel«, flüsterte er. »Ach du meine Güte.«

Sie erwiderte seinen Kuss. Sie spürte, wie er versuchte, seine Reaktion darauf in den Griff zu bekommen. So viel Macht besaß sie über ihn. Als sie mit ihrer Zunge über seine strich, zuckte er zusammen, als hätte sie ihn erschreckt.

Sanft schlossen sich ihre Zähne um seine Lippen und hielten ihn einen Moment lang ganz leicht fest. Dass er sich ihr daraufhin augenblicklich ergab, überwältigte sie. Dann suchten beide den anderen zu erobern … mit Zähnen, Lippen, Zunge, und so ging es hin und her.

»Du bist … ich weiß nicht, was du bist.« Seine Stimme war ein Brummen, das tief aus seinem Innern drang.

Sie löste sich auf. Ein seltsam bebender, warmer Strom des Verlangens ergoss sich in ihren Schoß. Innerlich pochte alles.

Einer der riesigen Goldfische stieß durch die Oberfläche des Teiches und fiel laut platschend wieder ins Wasser.

Er erstarrte. Seine Arme legten sich fester um sie, sodass sie das Gefühl bekam, die Erde würde sich von den Rändern her zusammenrollen. »Sie könnten jeden Moment zurückkommen. Jeder könnte hier vorbeilaufen. Und ich hab diesen verdammten Burschen sich selbst überlassen. Womöglich plündert er gerade ganz Frankreich. Du bringst mich dazu, dass ich mich wie ein Narr aufführe.«

»Wir bringen uns gegenseitig dazu, uns wie Narren aufzuführen.« Sie ärgerte sich über ihn. Aber sie grollte auch ihrem eigenen Körper.

Er löste sich von ihr. »Zieh dich an. Wir müssen von hier weg.« Ehe er davonstapfte, sagte er noch: »Wir reden später miteinander.«

7

Doyle selber störte die Hitze nicht, und er hatte weiß Gott nicht vor, den Jungen zu verhätscheln, aber er hasste die Vorstellung, eine Frau durch diesen Matsch staken zu lassen.

Die Sonne brannte von einem wolkenlosen, blassblauen Himmel herab. Sie marschierten hintereinander her durch eine von Hecken und weiten Feldern beherrschte Landschaft. Er und Maggie gingen voran, dann kam Hawker mit den Tieren. Der Junge war aufgrund seiner zahlreichen und immer intensiver geführten Diskussionen mit den Eseln ein Stück zurückgefallen. Hawker übte seinen immer umfangreicher werdenden Wortschatz unanständiger Ausdrücke. Alle paar Schritte riss er seine rutschende Hose wieder nach oben, während er ansonsten wie ein echter kleiner Eseltreiber dahinstolzierte und sich offensichtlich in der Rolle gefiel, die ihm so leicht fiel wie das Atmen.

Maggie forcierte das Tempo resolut. Eine Frau, die wusste, wohin sie wollte und was sie wollte.

Sie hatten einen Weg eingeschlagen, der sie zu der Straße brachte, die nach Paris führte. Vielleicht wollte Maggie aber auch nur von Voisemont und den Leuten weg, die sie kannten. Allerdings nahm er an, dass sie auch ein Ziel hatte. Es konnte sein, dass sie ihn direkt zu Fleurignac führte.

Der alte Mann hatte die Liste angefertigt. Er wusste, wer sterben sollte. *Ich mache ihn ausfindig. Ich nehme die Liste an mich. Und lasse mich nicht auf irgendwelche Geschichten mit seiner Tochter ein.*

Maggie hielt das Gesicht in den leichten Wind, der aufgekommen war, und blieb mit geschlossenen Augen stehen, während sie die Brise genoss. Sie war verschwitzt und voller Staub. Auf der Wange hatte sie einen Schmutzstreifen. Die Kleidung, die sie anhatte, trug man, wenn man in Küche oder Stall arbeitete. Und trotzdem … jeder mit Augen im Kopf konnte sehen, was sie in Wirklichkeit war: eine Aristokratin.

Elegant wie ein Kelch aus Kristall. Die ganze Zeit habe ich das Gefühl, sie zerbricht gleich, aber nichts dergleichen passiert.

Man lernt jemanden ziemlich gut kennen, wenn man sich mit ihm durch französischen Straßenstaub schleppt. Maggie war eine Mischung aus Schönheit und Mumm. Mit grimmiger Entschlossenheit suchte sie sich in ihren Holzpantinen den Weg über Stock und Stein. Und wäre ihr China als Ziel ihrer Reise vorgegeben worden, sie hätte einfach einen Fuß vor den anderen gesetzt, bis sie die ersten Pagoden sah.

Ich will de Fleurignacs Tochter nicht mögen. Ich will sie nicht bewundern.

Es tat ihm nicht leid, was er mit ihrem Vater tun würde. Aber er bedauerte es, dass er ihr damit wehtun würde, wenn es so weit war.

Mistress Maggie kratzte sich an einem hochstehenden Stein Dreck von den Pantinen. Die Dame hatte offensichtlich eine Vorliebe für aussichtslose Unterfangen. Dunkelbraune Strähnen klebten an Stirn und Wangen. Ihre Kleidung klebte auch und schmiegte sich an die Rundungen ihres Körpers. Kleine Schweißperlen bedeckten ihr Dekolleté. Manchmal kamen sich diese Tröpfchen zu nah, vereinigten sich und liefen zusammen in das Tal zwischen ihren Brüsten.

Sie würde nach Salz schmecken, wenn er über ihre Haut leckte. Salzig, süß und nach Moschus duften würde Maggie – diese ganz besondere Frau – mit einem Hauch Dreck. Es gab nicht einen Quadratzentimeter Haut an ihr, den er nicht gern mit seiner Zunge erforscht hätte.

Wenn ich nicht von ihr gekostet hätte, würde ich es gar nicht wissen. Ich würde gar nicht darüber nachdenken. Selber schuld.

Sie mieden die Hauptstraße. Dieser Weg, der nur von Karren befahren wurde, führte zwischen Feldern hindurch auf die Straße nach Rouen. Wenn man darauf blieb, gelangte man schließlich auch auf die Straße, die nach Paris führte. Während der vier Meilen, die sie mittlerweile hinter sich gebracht hatten, waren sie niemandem begegnet außer einem schüchternen Mädchen mit zwei Kühen, welche die Esel nicht hatten leiden können, und einem Mistkarren, der von einem Pferd gezogen wurde, das zu alt war, um von der Armee konfisziert zu werden.

Birnenplantagen erstreckten sich bis jenseits der Hügelkuppen. Reihen um Reihen von Obstbäumen, unter denen vereinzelt braune Kühe grasten. Trist aussehende Stoppelfelder, auf denen Heugarben standen, wechselten sich mit saftig grünen Wiesen ab, auf denen noch kein Heu gemacht worden war. Erst wenn mit zwei aufeinanderfolgenden regenfreien Tagen zu rechnen war, würde auch hier die Heuernte eingebracht werden.

Der Weizen versprach einen guten Ertrag. Im August würde man zwanzig Scheffel pro Morgen ernten können, und alle würden genug zu essen haben.

Wenn die Kämpfe der Vendée nicht auf die Normandie übergriffen … Wenn das Wetter mitspielte … Wenn es gelang, die Ernte einzuholen, nachdem die Hälfte der Männer in die Armee eingetreten war.

Zwischen den Feldern schlängelten sich Trampelpfade bis zum Horizont, wo man sie aus dem Auge verlor. Im Westen konnte er einen Kirchturm erkennen. Der Weg, der sie den

Hang hinabführte, mündete in einen lichten Kiefernwald. Dort, im Schatten der Bäume, würde es kühler sein.

Hinter ihm blieb Maggie mit dem Fuß in einer besonders morastigen Stelle stecken. Sie ächzte leise, und ihr Holzschuh verursachte ein schmatzendes Geräusch, als sie ihn wieder herauszog und weiterging. Er konnte ihren Blick spüren, der ein Loch in seinen Rücken bohrte. Seine Gedanken drehten sich im Kreis.

Er hätte sie nicht küssen sollen. *Keine Techtelmechtel während eines Auftrags. Wie viel tausend Mal habe ich irgendwelchen Idioten gepredigt: ›Behalt bei der Arbeit deine Hosen an.‹ Jetzt bin ich der Idiot.*

Wie alt war er noch gewesen, als er das erste Mal von zu Hause weglief? Dreizehn? Er hatte sich in heruntergekommenen Behausungen und im Londoner Hafen versteckt und körperlich schwer gearbeitet. Obwohl noch so jung, war er bereits so groß wie ein erwachsener Mann gewesen. Das faszinierte die Frauen. Ihm wurden so viele Angebote gemacht, dass er jede Nacht in einem anderen Bett hätte schlafen können.

Doch weil er schüchtern war, hatte er die Angebote zurückgewiesen. Meistens.

Fünf Jahre später hatte er dann seine Runden in der feinen Gesellschaft gedreht. Es stellte sich heraus, dass dem jüngeren Sohn eines bedeutenden Earls die gleichen Angebote gemacht wurden. Die Frauen waren sauberer, aber von derselben geilen Gier beseelt. Derselben Neugier darauf, ob sein Schwanz mit seinem restlichen Körperbau mithalten konnte. Manche wollten nur ein Abenteuer. Aber manche – Gott stehe allen Narren bei – dachten doch tatsächlich, sie könnten so in die Familie Markham einheiraten.

Zu jener Zeit arbeitete er bereits für den Britischen Geheimdienst. Er hatte Zugang zu Gesellschaftskreisen, die den meisten Agenten von vornherein verwehrt waren. Das bedeutete, dass er gelegentlich mit Frauen ins Bett ging, die für Frankreich Spionage betrieben. Frauen mit weichen Körpern und erfahrenen, kleinen Händen, die ihn über die Arbeit seines Vaters im Kriegsministerium ausfragten.

Beischlaf konnte eine ermüdende Angelegenheit sein, wenn man den Partner nicht mochte. Er hatte das Interesse an flüchtigen Begegnungen verloren. *Ich stecke meinen Zauberstab nicht in jede Frau, die vorbeigeht.*

Aber Himmel, er wollte Maggie. Er wollte seine Hände über jeden Zentimeter ihrer Haut gleiten lassen. Wollte seinen Mund auf ihren legen. Er wollte sie ausschlürfen, als wäre sie Milch und er eine hungrige Katze.

Das Platschen und Schmatzen von Maggies Schritten verklang. Als er sich umdrehte, stellte er fest, dass Maggie sich keuchend vornübergebeugt hatte und auf den Knien abstützte.

Verdammt. »Wir sind jetzt weit genug entfernt vom Château. Wir werden da drüben eine Rast einlegen.« In etwa fünfzig Metern Entfernung war das Glitzern eines sprudelnden Wasserlaufs zu sehen. Bäume und Sträucher säumten den Fluss, sodass man nicht gesehen wurde, aber die Straße in beiden Richtungen im Blick hatte. Eine gute Stelle, um sich auszuruhen.

Sie schüttelte den Kopf. »Ich kann weitergehen.«

Klar. »Aber die Esel nicht. Die brauchen Wasser.«

»Oh.« Sie richtete sich auf und wischte sich den Schweiß von der Oberlippe. »Ja, natürlich.«

Er machte sich keine Sorgen wegen der Esel. Es bedurfte schon großer Hingabe und Raffinesse, einen Esel umzubringen, obwohl Hawker sich in der Hinsicht schon sehr bemühte. Ein hochgezüchtetes Ross zuschanden zu reiten schaffte hingegen jeder Narr; denn ein gutes Pferd würde alles geben, bis es unter einem zusammenbrach.

So war auch Maggie. Sie würde so lange durchhalten, bis sie einfach umfiel.

Sie stapfte weiter, brachte die letzten fünfzig Meter hinter sich und rieb sich dabei die ganze Zeit mit der Hand den Arm. Sie konnte es einfach nicht ausstehen, schmutzig zu sein. »Diesen Weg entlangzumarschieren ist etwas ganz anderes, als wenn man mit einer Kutsche reist. Mein Kopf hatte das natürlich schon begriffen.« Sie seufzte. »Jetzt wissen es auch meine Füße.«

»Es geht doch nichts über eigene Erfahrungen.«

»Dafür gibt es wohl keinen Ersatz. Manch einer versenkt sich zu tief in Büchern. Sie können einen täuschen.«

»Das sehe ich auch so.« Am liebsten hätte er mit ihrer Stirn angefangen, um sie mit seiner Zunge zu glätten. Dann würde er zu ihren Augenlidern übergehen und von dort die Lippen einfach nach unten zu ihrem Mund wandern lassen. Eine Stunde lang könnte er sich so mit ihrem Gesicht beschäftigen und es Zentimeter für Zentimeter erforschen. Sie würde ganz wild auf ihn sein, ehe er noch seine Erkundungsreise an ihren Ohren fortgesetzt hatte.

Nur dass er nicht vorhatte, etwas in dieser Art zu tun. Er würde es sich einfach nur vorstellen. In allen Einzelheiten.

Maggie hangelte sich von Baumstamm zu Baumstamm, als sie die steile Böschung von der Straße zum Fluss hinunterstieg. »Ich bin mein ganzes Leben lang in dieser Gegend auf Reisen gewesen«, erklärte sie. »Aber erst jetzt habe ich sie wirklich kennengelernt. Man nimmt alles ganz anders und viel intensiver wahr.«

Der Fluss sah recht sauber aus. »Der Junge kann die Tiere trinken lassen. Sie können sich ein bisschen abkühlen. Waschen Sie sich, wenn Sie wollen.«

»Das würde ich gern.«

Dann mal los. Bespritz dich von oben bis unten mit Wasser. Mach deine Kleidung so nass, dass sie keine Geheimnisse mehr birgt. Bring den Mann hier völlig aus der Fassung.

»Ich werde ein Stück stromaufwärts gehen, damit ich nicht mit den Eseln aneinandergerate. Ich mag Esel genauso gern wie jeder andere auch, aber – ich will ganz aufrichtig sein – sie haben versucht, mich zu beißen. Es wird wohl an der Hitze liegen, dass sie so reizbar sind.«

»Die sind immer so. Die haben wirklich ein sehr gleichbleibendes Temperament, diese Tiere.«

»Zweifellos. Aber ich möchte doch behaupten, dass Unbill eine gewisse Gier nach menschlichem Fleisch bei ihnen hervorruft. Herkules wurde ausgesandt, die Rosse des Diomedes zu stehlen, die Menschenfleisch fraßen. Wussten Sie das?«

»Ich werde es mir merken, falls jemand mal versucht, mir eins zu verkaufen.«

Sie kniete sich am Wasser hin. Das Flussbett war flach und nur ein paar Meter breit, und das Wasser strömte über flache Steine, wodurch die Luft abkühlte. Anmutig hob sie die Arme, löste das Schultertuch und schwang es von ihren Schultern, sodass weiße, sehr weiße Haut zum Vorschein kam. Einzelne Sonnenstrahlen drangen durch das Laub und hauchten helle Tupfen, die wie glänzende Münzen aussahen, auf Hals und Schultern. Die Tupfen hüpften bei jeder Bewegung um die Wette und versteckten sich immer wieder auch auf den Rundungen ihrer Brüste. Ein Mann, der nicht seine hervorragende Selbstbeherrschung besaß, hätte bemerkt, dass die Tupfen keck bis zu ihren Nippeln liefen, wenn sie sich nach vorn beugte.

Sie benetzte eine Ecke ihres Schultertuches im Wasser und wusch sich damit das Gesicht. Hawker stieß zu ihnen, bedachte die beiden mit einem höchst gleichgültigen Blick und führte die Tiere stromabwärts, damit sie trinken konnten.

»Bis zum Nachmittag wird die Straße trocken sein. Dann kommen wir besser voran.« Doyle suchte sich einen flachen, großen Stein und setzte sich darauf, um zu beobachten, was Maggie als Nächstes tun würde. Die Frau hatte immer noch ziemlich viele Sachen an.

Er selbst hatte vor über einer Stunde seine Jacke ausgezogen und sie auf Dulces Rücken gelegt, sodass er nur noch sein Hemd trug, das bis zur Mitte der Brust offen stand. Manch ein Mann hätte dadurch ein wild-romantisches Bild abgegeben. Er aber nicht. Er war dafür viel zu muskulös. Und auch viel zu behaart. Nicht einmal ohne seine Narbe wäre er gut aussehend gewesen. Sein Vater hatte ihn immer gern als »dieses haarige kleine Matschferkel« bezeichnet. Das Verhältnis zwischen ihnen beiden war nicht besonders gut gewesen.

Keine Jacke bedeutete, dass er nichts weiter bei sich hatte als das zehn Zentimeter lange Schlachtmesser in seiner Weste und ein Wurfmesser, das in seinem Stiefel verstaut war. Er fühlte sich ein wenig nackt, doch er hatte freien Blick auf die Straße, und alles war ruhig. Nur ein paar Frösche, die im Wald quakten, waren zu hören. Hufschlag würde an sein Ohr dringen, ehe Pferde die Kuppe erreichten. Er hätte genügend Zeit, um Maggie hinter den Büschen zu verstecken.

Sie gab kehlige Seufzer von sich, während sie sich wusch. Verflucht, das klang ganz schön verlockend. Unwillkürlich stellte er sich vor, wie sie solche Laute von sich gab, während er alles Mögliche mit ihr anstellte.

Er würde jetzt aufhören, sich in seiner Fantasie alles Mögliche vorzustellen.

Sie ließ das Wasser an verschiedenen Stellen über sich rieseln. Dabei hätte er ihr bis in alle Ewigkeit zuschauen können. Nach einer Weile setzte sie sich auf, während sie sich das feuchte Tuch in den Nacken drückte. Dabei sah sie ihn durchdringend und nachdenklich an. »Ich bin mir nicht sicher, wo wir beide stehen. Bin ich eine Gefangene?«

»Himmel, nein«, platzte er heraus. Es gelang ihm sogar, gekränkt zu klingen. »Es steht Ihnen frei, jederzeit zu gehen.« Er deutete auf die Straße, die weiter oben verlief. »Na los. Ich werde Sie nicht aufhalten.«

»Irgendwie habe ich einen anderen Eindruck bekommen.« Aber sie stand nicht auf, um zu gehen. Sie waren längst über den Punkt hinaus, wo er hinter ihr herjagen und sie festhalten musste. Offensichtlich hatte er mit seinem aufrechten Charakter ihr Vertrauen gewonnen.

Er schlug bewusst einen gereizten Tonfall an und meinte: »Ich dachte, ich tue Ihnen einen Gefallen, wenn ich Sie mitnehme. Diese Jakobiner aus Paris sind dort in der Gegend. Ich dachte mir, Sie würden lieber nicht allein mit ihnen zusammentreffen.«

Eine Weile ließ sie sich das durch den Kopf gehen. »Ich möchte ihnen aus dem Weg gehen.«

»Ich habe auch nicht gern mit Staatsbediensteten zu tun. Dieser Tage zumindest nicht. Nicht mit diesem blutrünstigen Pack, das jetzt in Paris herrscht.«

Sie drückte sich das feuchte Tuch aufs Gesicht. Als sie es wieder sinken ließ, sah sie ihn mit ruhigem Blick an. »Ich wage zu bezweifeln, dass sie eine der Angestellten der de Fleurignacs anständig behandeln. Vor allem, wenn es sich dabei um eine Ausländerin handelt.« Die Worte selbst waren gelogen, doch die unterschwellige Furcht war echt. »Danke, dass Sie mich vor ihnen versteckt haben.«

»Ich wollte selber ungern deren Aufmerksamkeit auf mich ziehen. Sie haben also nur von der Situation profitiert. Wissen Sie einen Ort, an dem Sie unterkommen können?«

»Ich habe Freunde. Nicht weit entfernt von hier. Die werde ich aufsuchen.«

Er kratzte sich am Kinn. Es war gar nicht so einfach, dafür zu sorgen, dass die Stoppeln immer die richtige Länge hatten. Er musste sich schon sehr sorgfältig rasieren, um den gewünschten ungepflegten Eindruck zu machen. »Ich habe nur gedacht … ich dachte, ich passe auf Sie auf, solange wir den gleichen Weg haben. Es treibt sich schon ein ziemliches Gesindel auf den Straßen herum. Darunter sogar Schlimmere als ich.«

»Das könnte wohl sein«, stimmte sie ihm trocken zu.

»In allen Städten im Umkreis hat man von dem Brand in Voisemont gehört. Alle, denen man begegnet, werden nach Aristokraten Ausschau halten, die aus dem Château geflüchtet sind. Wenn Sie mit mir reisen, wird man Sie nicht für eine von denen halten.« In seiner schwungvollen Geste lag die ganze Naturgewalt eines Guillaume LeBreton. »Niemand würde auch nur auf die Idee kommen. Und keiner belästigt eine Frau, die mit einem Mann meiner Körpergröße reist.«

Eine saphirblaue Libelle glitt im Schnellflug über die hohen Gräser am Ufer. Sie funkelte so hell wie ein fliegender Edelstein. Maggie kniete regungslos im Moos am Rand des Wasserlaufs und beobachtete sie. Nach einer Weile meinte sie: »Ich verstehe nicht, warum Sie …«

»Fünfzig Livres.«

»Wie bitte?«

»Fünfzig Livres, und ich bringe Sie zum Haus Ihrer Freunde … bis auf die Türschwelle.« Nichts ließ einen Menschen aufrichtiger erscheinen als die Bitte um Geld. Keiner glaubte an wahre Menschenfreundlichkeit. Er stand bewusst langsam auf, um auch wirklich harmlos zu wirken, und trat dann ans Ufer, wo er den Blick aufs Wasser richtete, das einen Strudel über im Bachlauf liegenden Steinen bildete. Die Libelle begann sich zu langweilen und flog davon.

»Ich habe keine fünfzig Livres bei mir.« Ein amüsierter Ausdruck huschte über ihr Gesicht. »Ich habe noch nicht einmal fünfzig Sous.«

»Dann muss ich wohl darauf vertrauen, dass ich das Geld bekommen werde, nicht wahr?«

Sie war eindeutig in Versuchung. Er müsste sie nur noch ein bisschen drängen, dann würde sie es tun. Er ging neben ihr in die Hocke und sah ihr in die Augen. »Und Sie werden mir auch ein bisschen Vertrauen schenken müssen. Sie haben Angst vor mir.«

Es vibrierte zwischen ihnen, als wäre ein ganzer Schwarm Wespen unterwegs. Sie wandte den Blick nicht ab. »Ich bin zurückhaltend, was Vertrauen angeht. Das ist wohl natürlich, wenn man bedenkt, mit was für Männern ich es in letzter Zeit zu tun hatte.«

Verdammt, aber ich mag dich. »Würde es etwas nützen, wenn ich mich entschuldige? Ich hätte Sie nicht so anfassen sollen, wie ich es getan habe. Ich hätte Sie nicht küssen sollen.«

»Das ist unwichtig. Was da zwischen uns vorgefallen ist, war … war nichts. Es war der unbedeutendste Kuss, den ich je bekommen habe.«

»Ach ja?«

»Ich habe mich hineinziehen lassen. Aber nur einen kurzen Moment.« Sie senkte den Blick auf ihren Schoß, wo ihre Hände damit beschäftigt waren, an ihrem Schultertuch zu zerren. Eine leichte Röte hatte sich in ihr Gesicht geschlichen und färbte ihre Wangenknochen. »Ein kleiner Fehler von mir.«

»Ich bin froh, dass Sie es so sehen.«

»Sie lieben die Ironie. Aber in Wahrheit ist Ihnen nichts vorzuwerfen. Sie waren einer großen Versuchung ausgesetzt. Ich sage es, ohne damit prahlen zu wollen. Schließlich war ich nackt, und Sie sind auch nur ein Mann.«

»Als ich das letzte Mal eine Bestandsaufnahme machte …

Ja. Möchten Sie, dass ich verspreche, dass es nicht wieder vorkommen wird?«

Die Anspannung in ihren Schultern löste sich etwas. »Es wird nicht wieder vorkommen. Keiner von uns will das. Es kam für uns beide überraschend … aus heiterem Himmel.«

Es war keine Überraschung. Es war die gute alte Lust. Mach dir da mal nichts vor. »Es ist keine Gewohnheit von mir, über Frauen herzufallen. Wenn Ihnen letzte Nacht nichts passiert ist, werden Sie auch heute sicher sein. Sie können sich mir ruhig anvertrauen und ein paar Meilen mit mir zusammen reisen.«

»Das klingt vernünftig. Und wir beide sind ja auch vernünftige Menschen.« Sie glättete die Falten in ihrem feuchten Schultertuch, legte es sich um die Schultern und kreuzte es über den Brüsten. Sie zupfte noch einmal hier und noch einmal dort, bis alles perfekt saß. »Ich wäre wirklich dankbar, wenn man mich ein Stück des Weges begleiten würde. Ich würde auch dafür bezahlen. Es war feige von mir, eine Bedrohung zu sehen, wo gar keine existiert.«

»Ich freue mich immer, wenn ich mir ein bisschen was ehrlich dazuverdienen kann. Sie werden Papiere brauchen. Ich werde welche aufsetzen.« *Ich muss mir einen Namen für sie ausdenken. Etwas Hübsches … Nein, lieber einer, der sie ärgert. Das ist besser.* »Alles, was ich brauche, befindet sich in den Körben. Wir werden die Papiere hier auf den Steinen trocknen lassen.«

»Ein Fälscher also auch noch.« Sie lächelte ihn an. »Ein nützliches Talent.«

Als sie lächelte, war ihm, als würde sie ihn an intimer Stelle streicheln. Da redete man nun ganz nüchtern und vernünftig miteinander, und sein Schwanz verhielt sich trotzdem so töricht wie eine Schleiereule.

8

Eine Stunde später erreichten sie die Kuppe eines Hügels. Marguerite ließ den Blick über die vor ihr liegende Landschaft gleiten. Zigeuner hatten ihr Lager an der Straße unter hoch aufragenden Bäumen aufgeschlagen, die einen Wasserlauf zwischen zwei Feldern säumten. Drei Planwagen bildeten eine Wagenburg um ein kleines Lagerfeuer. Frauen und Mädchen, deren Röcke und Tücher so hell wie Klatschmohn leuchteten, pflückten Brombeeren von den Büschen, die am Ufer wucherten.

Sie wischte sich den Schweiß vom Gesicht. Das war die Familie von Krähe. Seine *kumpania*.

Sie hatte Shandor – genannt die Krähe – vor Jahren, fast ganz am Anfang, für La Flèche angeworben. Er war der Anführer einer großen Gruppe, ein pragmatischer Mensch, fast schon übertrieben vorsichtig und sehr gerissen, wenn es um die Sicherheit seiner Leute ging. Und er war unendlich fürsorglich, was die Spatzen anging, denen er Geleit gab.

Heute befolgte er die Befehle nicht.

Guillaume LeBreton, der neben ihr herging, schnipste gegen seine Krempe, sodass die Männer unten sein Gesicht sehen konnten. So würden sie nicht überrascht sein, wenn er näher kam und sie plötzlich seiner Narbe ansichtig wurden. Weder wurde sein Schritt verhalten, als er sich den Zigeunern näherte, noch beschleunigte er sein Tempo. So hatten beide Seiten reichlich Gelegenheit, einander nach Herzenslust zu mustern und abzuschätzen.

Shandor hatte einen abgeschiedenen Ort gewählt, um auf sie zu warten. Kein Bauernhaus lag in der Nähe, von dem aus sie hätten beobachtet werden können. Die Straße, die nach Paris abzweigte, befand sich außer Sichtweite in einer Meile Entfernung. Sie hatte keine Ahnung, wie sie La-Flèche-Angelegenheiten mit ihm besprechen sollte, wenn Bürger LeBreton und sein Diener, dieser neugierige Kinderschreck, an ihrem Rockzipfel hingen.

»Ah, Angehörige des fahrenden Volkes – mancher nennt sie auch Ägypter –, die gerade ganz unschuldigen Verrichtungen nachgehen.« LeBreton versteckte sich hinter der Fassade des großen, jovialen Landmanns. Doch sein Blick war scharf und durchdringend. »Oder vielleicht doch nicht so unschuldigen Verrichtungen. Irgendetwas stimmt hier nicht. Sie sind nervös. Man sehe sich nur diese Männer an, die neben dem Planwagen da sitzen. Trüge ich eine Uniform, wäre das der erste, den ich durchsuchen würde.«

Glücklicherweise war er kein Gendarm. Sie hätte ungern Spatzen an jemandem vorbeigeschleust, der einen so scharfen Blick wie Guillaume LeBreton besaß.

Deshalb schlug sie einen betont leichten Tonfall an und meinte: »Sie haben angehalten, um Brombeeren zu pflücken. Vielleicht auch Haselnüsse, obwohl es auch für ein so warmes Jahr wie dieses noch ein bisschen früh dafür ist. Aber Beeren gibt es auf jeden Fall im Überfluss.«

»Hier und in jeder Hecke zwischen Paris und Dieppe. Sie haben aber die Pferde nicht abgespannt, während sie Brombeeren pflücken.«

»Sie sind ein sehr misstrauischer Mensch.«

Männer und Jungen traten vor und postierten sich unauffällig zwischen den Wagen und den sich nähernden Fremden. Shandor stand an der Spitze seiner Männer. Er hatte eine blaue

Weste an und trug ein rotes Tuch um den Hals. An allen Mützen und Hüten war die blau-rot-weiße Kokarde der Revolution befestigt, die sie als gute Republikaner auswies.

LeBreton kratzte sich am stoppeligen Kinn. Mittlerweile wusste sie, dass das bei ihm ein Zeichen dafür war, dass er über etwas scharf nachdachte. »Das könnte wohl sein …«, meinte er leise, als würde er mit sich selber reden. »Es könnte aber auch sein, dass da vorn auf der Straße irgendetwas ist und sie davon wissen.«

»Dieser Tage stößt man auf den Straßen immer wieder auf etwas Unangenehmes.«

Shandor wusste, dass sie aus dieser Richtung kommen würde. Er hatte ihrem Befehl nicht Folge geleistet, sondern war geblieben, um mit ihr zu reden, obwohl er damit seine eigenen Leute in Gefahr brachte.

Er war die Krähe. Er hatte im Laufe der letzten fünf Jahre das Leben unzähliger Männer und Frauen gerettet. Natürlich würde er versuchen, auch sie zu retten.

Während sie sich dem Lager näherten, hörten die größeren Kinder auf zu reden und drängten sich zusammen. Die Jungen trugen Hüte wie ihre Väter, die kleinen Mädchen hatten strahlend weiße Röcke und Blusen an und vier oder fünf Zöpfe, die in ihrem offenen, lockigen Haar fast untergingen. Eine alte Frau, deren Haut von der Sonne dunkelbraun gebrannt war, saß auf dem Tritt eines der Wagen und schnitzte gerade mit einem kleinen, glänzenden Messer an einem Holzstück herum.

»Das sind Kalderasch«, erklärte LeBreton. »Kupferschmiede. Seht ihr die Töpfe, die an den Wagen hängen? Die fertigen sie an.«

Das wusste sie bereits. Sie schärften auch Schaufeln, Messer und Äxte. Aus diesem Grunde war Shandors Familie noch intakt und auch fünf Jahre nach Ausbruch der Revolution nie behelligt worden. Seine *kumpania* war auf allen Straßen außerhalb von Paris bekannt. Armeen marschierten vorbei und Shandors Leute sausten los, um Messer zu schleifen und Bajonette zu schärfen. Später standen die Soldaten der Revolution Schlange und lösten die Armeen ab. Und in den Wagen versteckten sich unter Decken mucksmäuschenstill die Spatzen.

LeBreton gab Adrian mit der Hand ein Zeichen. Es wäre ihr nicht aufgefallen, wenn sie es ihn nicht vorher schon einmal hätte machen sehen. Der Junge trieb die Esel mit einem Stock an und rückte näher zu ihnen auf.

»Vielleicht sagt man uns ja unsere Zukunft voraus«, meinte LeBreton.

Sie betraten das Lager. Hunde näherten sich, um an ihnen zu schnüffeln. Decorum versuchte, die Hunde zu treten, die sich als sehr wendig erwiesen. LeBreton ging an einem Dutzend Männer vorbei und blieb vor Shandor stehen.

»*Sastipe*«, begrüßte LeBreton ihn in der Sprache der Roma. »Guten Morgen. Heißer als in der Hölle heute, was?« Er sagte noch ein bisschen mehr in einer Sprache, in der sich wohl die Zigeuner unterhielten, und wartete. Er pfiff zwar nicht vor sich hin oder drehte Däumchen, doch er strahlte entspanntes Selbstvertrauen aus.

Die Männer antworteten ihm in der Romasprache und auf Französisch. Alle stimmten zu, dass es sehr heiß sei. Ja, heiß wie in den tiefsten Tiefen der Hölle. Ja, man sei gut beraten, sich eine Stunde im Schatten auszuruhen.

Es hätte sie eigentlich nicht überraschen dürfen, dass LeBreton ein paar Worte Roma beherrschte. Er war wohl häufiger in seinem Leben gestrauchelt und hatte zweifellos ein interessantes Leben geführt.

Die Großmutter legte ihr Messer weg und kletterte vom Wagen. Dann humpelte sie nach vorn und verhielt sich wie jemand, den man besser nicht unterschätzte. LeBreton holte einen Tabakbeutel aus Dulces Satteltasche, zog ihn auf und bot allen der Reihe nach an, wobei er bei der alten Frau anfing. Adrian ging währenddessen mit den Eseln zum Wasser. Innerhalb von einer Minute hatte er ein Dutzend halbwüchsiger Jungen um sich geschart. Mit seiner zerlumpten Kleidung und den dunklen Haaren sah er aus, als würde er zu ihnen gehören. Einer von diesen Jungen war es gewesen, der ihr letzte Nacht Krähes Nachricht überbracht hatte.

Dulce schubste einen der Jungen ins Wasser.

Shandor und LeBreton ließen das bedeutsame Thema des heißen Wetters hinter sich und gingen dazu über, dass diese Esel in der Tat missgelaunte Kreaturen seien – aber doch so schön. Vielleicht könne Shandor die beiden ja übernehmen und gegen ein gutes Pferd oder zwei tauschen.

Alles lachte. Shandor ließ sich von einem kleinen Jungen, der sofort losrannte, seine Pfeife holen und nahm sich eine großzügige Portion vom Tabak. Er und LeBreton teilten sich ein Zündholz und ließen es zwischen sich hin- und hergehen. Keiner beachtete sie währenddessen, denn es ging hier schließlich um Männerangelegenheiten … wenn man sich über das Wetter, Esel und Pferde austauschte und gemeinsam das Rauchen genoss.

LeBreton war die Friedfertigkeit und Freundlichkeit in Person. Sie traute ihm nicht, wenn er sich so gab. Na ja, sie traute ihm eigentlich nie … egal, wie er sich gab.

Sie raffte ihre Schürze und steckte sie anschließend im Rockbund fest, ehe sie sich geschmeidig auf ein Knie niederließ. Sofort wurde sie von etlichen Kindern umringt: dunkeläugigen Jungen, einem Mädchen, das seine halb so große Schwester auf der Hüfte trug, zwei Kleinkindern, die sich noch kaum auf den Beinen halten konnten, und einem kessen, bildhübschen

Mädchen von sechs oder sieben Jahren, das goldene Armreifen und Ohrringe trug.

Sie waren entzückend, keck und schüchtern zugleich. Sie sprachen kein Französisch und auch keine andere Sprache, in der sie sich hätten verständigen können. Sie kicherten, als sie nacheinander auf die Kinder zeigte und versuchte, ihre Namen zu wiederholen. Alle liefen barfuß herum wie die Kinder in den kleinen Bauernkaten, wirkten jedoch gesünder. Kräftige kleine Körper voller Energie und Lebensfreude.

»Marguerite.« Sie klopfte sich auf die Brust. Und dann sagte sie: »Maggie«, weil LeBreton sie so nannte und sie sich allmählich daran gewöhnte.

Sie brachte diese *kumpania* und diese Kinder immer wieder in Gefahr. Sie schickte arrogante, undankbare Männer zu ihnen, die sich in ihren Wagen versteckten, ihr Essen verspeisten und unhöflich zu ihren Müttern und Schwestern waren. Sogar jetzt versteckten sich nur ein paar Meter weiter Spatzen in den Wagen. Oder sie hatten Zigeunerkleidung an und pflückten zusammen mit den Frauen Beeren.

Ich bringe diese wunderschönen Kinder in Gefahr, um in Ungnade gefallene Politiker zu retten und irgendeine Marquise von Soundso. Es machte wirklich keinen Spaß, diese Dinge zu entscheiden.

Shandor paffte an seiner Pfeife. »Wir wurden bei Vaucresson aufgehalten. Die Straße war in einem schlechten Zustand, aber wenn man sich ein bisschen südlich hält …«

LeBreton ging ebenso beiläufig darauf ein, ganz als wäre die Rede nur von überschwemmten Straßen und nicht von Patrouillen, die zur Gefahr werden konnten. »Ich habe gehört, in Bois d'Arcy sollen die Straßen auch sehr schlecht sein. Nur gerüchteweise.«

Ein Nicken bestätigte dies; ergänzt durch ein paar Worte,

die die Überquerung der Seine bei Saint-Cloud einflochten. Zehn Worte, um mitzuteilen, dass die Straße nach Versailles voller Truppen war und ein kluger Mann einen anderen Weg einschlagen würde, egal wie viel Zeit ihn das kostete. Das war Krähe. Er half ihr, so weit es in seiner Macht stand, indem er LeBreton half.

»… aber heute ist bestimmt ein vom Schicksal begünstigter Tag.« Shandor zog an seiner Pfeife und atmete den Rauch wieder aus. »Ich will Ihnen sagen, was ich heute Morgen gesehen habe. Ich sah einen Silberreiher, der ganz schnell von einem Feld abhob.« Er bewegte die Arme, als würde er mit Flügeln schlagen. »Nur ein paar Zentimeter hinter ihm waren zwei Füchse, aber er konnte entkommen. Er flog über meinen Wagen und dann Richtung Caen. Das muss doch ein Zeichen sein.«

Shandor teilte mit, dass der Silberreiher bedroht worden war, aber hatte flüchten können. Ihr Netzwerk war von Paris bis zur Küste gefährdet. Ihre Leute mussten flüchten, neue Namen annehmen, neue Zwischenstationen einrichten. Alle, die noch die alten Stellungen hielten, mussten gewarnt werden.

Die Kinder drängten näher an sie heran, berührten ihren Zopf und das weiße Schultertuch, das sie um den Hals trug. Es war von minderer Qualität, aber trotzdem feiner gewebt und sauberer als das, was ihre Mütter trugen.

In der Tasche unter ihrem Rock steckte immer noch ein langer roter Faden. Der würde für sie sprechen. Sie wickelte den Faden auf und verknotete die Enden miteinander, um mit den Fingern dann daraus die Katzenwiege zu schlingen.

Sie haschte damit nach dem Handgelenk des kleinen Mädchens. Kichernd riss das Mädchen seine Hand zurück. Die Zigeuner unterhielten ihre Kinder abends am Feuer mit solchen Fadenspielen. Die Kleinen hier kannten alle das Spiel.

Sie warf ihr Netz nach einem anderen Kind aus. Einige konnte sie fangen. Andere waren schneller als der Blitz. »Man muss sehr schnell sein, um zu entwischen.« Sie hob die Stimme. »Man muss weglaufen, sonst wird man gefangen. Seht her. Ich gehe in diese Richtung und ihr in die andere.« Das war ihre Antwort für Krähe. Er sollte weiterziehen und sie würde nicht mitkommen.

Sie sah, dass er ihre Worte hörte und verstand.

»Wir haben ein Sprichwort.« Shandor spielte jetzt den weisen Patriarchen der Zigeuner. »Die Spatzen fliegen nach Westen, aber die Roma reisen durch die ganze Welt. Wer weiß schon, wohin es uns als Nächstes zieht? Vielleicht kehren wir nach Paris zurück. Auch in harten Zeiten gibt es Arbeit in Paris.«

Nein, Shandor. Nicht für dich. Nicht mehr.

Sie knüpfte ein letztes Mal ein kompliziertes Muster aus dem Faden. Eine Drehung … und es entstand eine Leiter. Eine erneute Drehung … und es wurde ein Netz daraus. Dann eine kurze Bewegung und wie von Zauberhand erschien ein Netz, das tanzte und sich veränderte. Sogar die Männer hörten auf sich zu unterhalten, um zuzusehen.

»Und dann …« Sie ließ eine Schlinge fallen und öffnete die Hände. Das Bild fiel in sich zusammen. Sie hielt nur noch einen schlaffen Faden in der Hand. Die Kinder gaben enttäuschte Laute von sich. »Es ist Zeit, aufzuhören. Hören wir lieber auf, ehe der Faden reißt und alles kaputtgeht. Einmal wird noch gespielt, dann gehen wir und fangen nicht wieder von vorn an.«

Auf diese Weise sagte sie Krähe, dass er nicht nach Paris zurückkehren sollte. Die Wagen waren, nachdem man sie verraten hatte, viel zu leicht zu erkennen. Krähes Part bei La Flèche war vorbei. Sie würde diese Kinder nicht wieder in Gefahr bringen. Nicht einmal, um hundert Spatzen zu retten.

9

Paris
La Maison de la Pomme d'Or

Madame ließ erst auch das letzte Papier in der Untertasse zu Asche verbrennen, ehe sie wieder sprach. »Er heißt William Doyle. Er ist vor zehn Tagen in Frankreich an Land gegangen. Er ist schlau, kompetent und sehr gefährlich. Er ist hergekommen, um den Morden in England ein Ende zu setzen.«

Madames Quellen waren über jeden Zweifel erhaben. Wenn sie sagte, dass ein englischer Spion nach Frankreich gekommen war, dann war das so.

Justine wartete schweigend, während Madame Kaffee auf die Asche in der Untertasse goss und mit der Rückseite des Löffels sorgfältig alles vernichtete, was noch irgendwie leserlich gewesen wäre.

»Er muss in die Stadt hinein«, erklärte Madame. »Aber wann und durch welches Tor von Paris er kommt, weiß man nicht. Er könnte sogar einen Bogen um die Stadt schlagen und sie von Osten her betreten.«

Leise Klaviermusik drang aus dem Salon zu ihnen. Es war immer noch helllichter Tag, trotzdem waren bereits Männer eingetroffen, um mit den Mädchen zu trinken. Jeden Tag kamen sie früher. Es gab nur wenige Salons in Paris, wo der Wein so reichlich floss und man sich keine Gedanken darüber machen musste, was man sagte. Männer gingen für gewöhnlich davon aus, dass in einem Bordell geäußerte Ansichten nicht gleich an die Geheimpolizei weitergeleitet wurden.

Damit hatten sie nicht unrecht, doch ganz richtig war es auch nicht. Madame entschied darüber, welche Indiskretionen der Geheimpolizei zugetragen wurden. Sie war eine der wichtigsten Nachrichtenübermittlerinnen.

»Wenn es so wenig konkrete Angaben über die Ankunft William Doyles gibt, wäre es eine große Zeitverschwendung, wenn man mich dazu abstellen würde, eine der *barrières* im Auge zu behalten.« Justine traute sich, so offen und direkt mit Madame zu reden. Sie war zwar jung, aber keine der rangniedersten Mitarbeiterinnen der Geheimpolizei. »Wo soll ich auf ihn warten – auf diesen englischen Spion?«

»Ich denke … im Hôtel de Fleurignac. De Fleurignacs Zuhause. Ich möchte unbedingt wissen, wer dort aus- und eingeht. William Doyle wird dort früher oder später auftauchen. Hier. Nimm das, bitte.« Sie reichte Justine die Untertasse.

Auf der Anrichte stand neben Likören und gutem Wein auch ein Krug mit sauberem Wasser. Sie kippte die ganze Sudelei aus Kaffee und Asche in eine Waschschüssel und spülte die Untertasse, kam zurück und trocknete das Tellerchen mit einem weichen Tuch. Dann stellte sie alles sorgfältig auf das Tablett. Sie wusste schon, welcher Wunsch als Nächstes an sie herangetragen werden würde, und goss wieder Kaffee ein. »Die Briten sind sich sicher, dass es diese Verbindung mit de Fleurignac gibt? Zwischen den Morden und seinen Besuchen in England?«

»Monsieur Doyle ist derjenige, der das herausgefunden hat. Er hat viele geschickte Fragen über die ermordeten Männer gestellt und ist auf diesen törichten französischen Gelehrten gestoßen, der sie alle beobachtet und ganze Notizbücher mit ihren Geschichten gefüllt hatte, um dann solch absurde Theorien aufzustellen. Monsieur ist der bei Weitem beste Auslandsspion des britischen Geheimdienstes. Es freut mich ungemein, dass unser Feind seine besten Leute schickt, um unsere Arbeit für uns erledigen zu lassen.«

Sie möchte, dass ich verstehe, was sie mir sagen will. Damit ich zeige, dass ich schlau bin. »William Doyle soll also nicht umgebracht werden.«

»Sei nicht so blutrünstig, Kindchen. Es gibt in diesen Dingen Konventionen, die eingehalten werden. Sei froh, dass die Briten die alten Gepflogenheiten beachten und kein Gemetzel unter unseren Leuten veranstalten. Wir werden ihn auf jeden Fall diese ärgerliche Liste von de Fleurignac finden und die Morde an jungen Männern beenden lassen. Vielleicht findet er ja sogar heraus, welche Franzosen für diese Gräueltaten verantwortlich sind. Und dann«, Madame nahm einen zierlichen Schluck von ihrem Kaffee, »werden wir sehen, was aus William Doyle wird.« Sie stellte die Tasse ab. »Du musst dich für heute Abend schön machen. Zieh das mit Nelken bestickte Kleid mit der Schärpe an. Es steht dir hervorragend.«

Einen Moment lang … nur einen ganz kurzen Moment lang … war ihr übel und sie hatte Angst. Denn wenn sie sich vor einem Jahr schön gemacht hatte, war von ihr verlangt worden, dass sie Männer unterhielt … so wie Huren es taten. Es hatte bedeutet …

»Kindchen, ich habe dir keinen Schrecken einjagen wollen.« Madame legte die Hand beruhigend auf ihren Arm. »Ach, wie ungeschickt von mir. Entschuldige. Das sollst du natürlich nicht tun. Nie mehr, das habe ich dir versprochen. Wir werden heute Abend die Oper besuchen. Mehr nicht. Wir gehen hin – du, ich und Bürger Soulier – um deinen Geburtstag zu feiern.«

Freude, reine, unverfälschte Freude erfüllte sie. Weil sie nichts befürchten musste und Madame sich an ihren Geburtstag erinnert hatte. Sie würden sich ein Stück anschauen und sich amüsieren, und hinterher würde Soulier sie vielleicht noch zum Boulevard des Italiens mitnehmen, damit sie Eis essen konnten.

»Werden Sie mir Kuchen kaufen? Darf ich für Séverine Kuchen mit nach Hause nehmen?« Sie war unverschämt. Doch wenn Madame sich Sorgen machte, dass Erinnerungen an die Vergangenheit sie erschreckt haben könnten, würde sie den Moment mit ihren dreisten Wünschen überspielen, sodass zwischen ihnen wieder alles gut war.

»Du musst Soulier darum bitten, dir Süßigkeiten zu kaufen. Er ist derjenige mit den immer vollen Taschen. Und jetzt ab mit dir. Ich muss mich anziehen und nach unten gehen, ehe man meine Frauen dazu bringt, sich umsonst herzugeben. Ich werde Babette zu dir schicken, damit sie dir das Haar hochsteckt, sodass sich alle jungen Männer auf den ersten Blick in dich verlieben.«

Justine tanzte ein bisschen auf der Treppe, als sie nach oben ins Dachgeschoss ging, um Séverine alles zu erzählen. Man wurde nicht alle Tage dreizehn und besuchte in Gesellschaft des Spionagechefs von Frankreich die Oper. Sie würde eine breite blaue Schärpe tragen und vielleicht Absinth in einem Café trinken, wenn Madame nicht aufmerksam genug war. Morgen würde sie dann das Hôtel de Fleurignac beobachten. Und in einer Woche würde sie vielleicht die Erlaubnis bekommen, einen englischen Spion umzubringen.

Ach, was war das Leben doch schön.

10

Sie war in Sicherheit. Da drüben, auf der anderen Seite des Flusses, war Bertilles Haus. Ein Ort der Zuflucht, der Freundschaft und eine Schulter zum Ausweinen. Mit der Aussicht auf Geld, saubere Kleidung und Hilfe, um nach Paris zu kommen. Sie konnte sich entspannen.

Marguerite erinnerte sich nicht an den Namen des Flüsschens, das sich um Bertilles Haus schlängelte, doch es war so breit, dass derjenige, der es überqueren wollte, von einem flachen Stein auf den nächsten treten musste. Man konnte aber auch einfach hindurchplanschen. Den Eseln gefiel allerdings die Vorstellung nicht, sich dabei nass zu machen.

»Es gibt hier Blutegel.« Adrian stand in der Mitte des Flussbettes und sah die beiden an. »Riesige, widerliche Blutegel, die so groß wie mein Daumen sind. Bleibt hier stehen, und sie werden sich an euch heften, um euch auszusaugen, bis ihr ganz weiß seid.« Als er nach dieser kleinen Rede wieder an den Stricken zog, setzten sie sich in Bewegung. Es war eine etwas seltsame Beziehung, die er zu den Eseln pflegte.

Bertilles niedliche kleine Steinkate lag zwischen der Werkstatt ihres Ehemannes und dem Gemüsegarten. Ein etwas windschiefer Stall befand sich erhöht am Hang. Die Seite, auf der man ins Haus gelangte, machte mit den üppig blühenden Rosen und hohen Malven einen fröhlichen Eindruck. Braune Hühner liefen über die mit Feldsteinen gepflasterten Wege und pickten alles auf, was sich bewegte.

An den Hühnern im Hof erkannte sie, dass Bertille immer

noch hier war. Niemand hatte sie gewarnt. Sie musste unbedingt ihre Sachen zusammenpacken, um sich an einem sicheren Ort zu verstecken.

»Das ist Bertilles Haus.« Sie war mitteilsam gegenüber LeBreton und Adrian gegenüber auch, falls er zuhören sollte. »Und da ist die Fassbinderei. Da, wo die ganzen Fässer stehen. Sie hat einen Fassbinder geheiratet – Alain Rivière. Ein mürrischer, schweigsamer Mann, mit dem es immer lange Gesprächspausen gibt, aber Bertille mag ihn.« Bertille war ihre Kinderfrau gewesen, dann ihre *femme de chambre* und immer ihre Freundin.

»Und die sollen fünfzig Livres haben?« LeBreton klang skeptisch.

»Oh ja.«

Denn Bertille war die Taube, das älteste und erfahrenste Mitglied von La Flèche, eine Frau, die Hunderte von Reisen unternommen und Spatzen durch die dunklen Straßen von Paris geführt hatte. Deshalb besaß sie auch den Geldbeutel, der allen Mitgliedern von La Flèche ausgehändigt worden war. Fünfhundert Livres in Münzen. Das reichte, um sich freizukaufen, falls man gefasst wurde. Es war genug, um eine Flucht zu bezahlen, die unter Umständen bis nach England führte.

»Meine Freunde werden sich gut um mich kümmern«, sagte sie. »Und Sie bekommen Ihr Geld.«

Im Hof der Fassbinderei hinter dem hölzernen Tor stand Alains großer Karren, der nach hinten gekippt war und dessen Holme nach oben zeigten. Mit dem Karren wurden im Umkreis von mehreren Meilen Fässer zu Brennereien geschafft, die Calvados herstellten, und zu Mostereien. Er führte aber auch ein Doppelleben als geniale Versteckmöglichkeit aus falschen Fässern und hohlen Holzstapeln und hatte schon viele heimliche Fahrten an die Küste hinter sich. Auf den ersten Blick wirkte er wie ein ganz gewöhnlicher Karren, und erst wenn man ihn einer genaueren Musterung unterzog, merkte man, was er alles in seinem Innern verbarg. In dieser Hinsicht war er Bürger LeBreton nicht ganz unähnlich.

LeBreton ließ den Blick über Haus und Hof und dann über die dahinterliegenden Felder schweifen. Ein Mann, der auch eine Fliege auf einem Blatt erspähen würde, dachte sie. Seine Miene blieb gelassen. »Es ist ruhig hier.«

Es war drückend schwül, und ein leichtes Summen lag in der Luft. Kein Mensch war an diesem späten Nachmittag zu sehen. Die Hühner vor dem Haus wirkten lustlos. Kein Hund bellte. Sogar die Kühe auf der Anhöhe verharrten regungslos, als hätte jemand sie dorthin gemalt.

Unbehagen stieg in ihr auf. »Alles ist so wie immer. Ich mag die Ruhe.«

»Das ist zu viel Ruhe.« Unauffällig beschrieb er mit zwei Fingern der rechten Hand einen Kreis. Adrian hörte auf zu reden. »Wenn sie aus dem Fenster sehen, haben sie uns gesehen. Gibt es einen Grund, warum Ihre Freundin nicht mit Freudenschreien aus dem Haus kommen sollte?«

»Sie rechnet nicht mit mir, und aus dieser Entfernung erkennt sie mich vielleicht nicht. Ich komme sonst immer mit der Kutsche. Sie wundern sich bestimmt …«

»Sie werden sich noch mehr wundern, wenn wir hier weiter stehen und reden.« Er machte eine schnelle Bewegung mit gekrümmten Fingern. Noch ein Zeichen für Adrian. »Lassen Sie uns zu Ihrer Freundin gehen.«

Sie gingen an der Mauer der Fassbinderei entlang. LeBreton schritt kräftig aus, und sie musste sich anstrengen, um mit ihm Schritt zu halten. »Sie haben ganz recht, vorsichtig zu sein«, erklärte sie. »Ich werde allein vorangehen. Sie warten mit …«

»Nein.«

Sie hatte noch nicht den Dreh heraus, wie man diesem Mann

Befehle gab. Er war wie ein großer Felsbrocken, der einen steilen Hügel herunterrollt. Einmal in Bewegung, war es schwer, ihn wieder zum Stehen zu bringen. »Wenn es irgendwelche Probleme gibt, ist es vernünftiger, wenn ich …«

»Wenn es ein Problem gibt, dann schaut es gerade aus dem Fenster und weiß, dass ich hier bin.« Sie gingen durch das Tor der Werkstatt, wo Räder tiefe Furchen hinterlassen hatten. »Ihre Freunde haben einen weiten Blick nach draußen.«

Das war einer der Gründe, warum Alain dieses Haus mochte. Man konnte Besucher schon von Weitem kommen sehen.

Als LeBreton durch den Vorgarten ging, stürmten die Hühner in alle Richtungen davon. Die Läden vor den Fenstern waren geschlossen. An einem so warmen Nachmittag war das nicht weiter verwunderlich. Aber Bertille kam nicht zur Tür, um sie aufzureißen und ihr entgegenzustürzen.

Sie war wohl gerade dabei, das Baby ins Bett zu bringen. Darum war auch alles so ruhig. Gleich würde sie lachend herausgelaufen kommen.

LeBreton stapfte auf das Haus zu, und seine Stiefel polterten dabei auf dem mit Feldsteinen gepflasterten Weg. Laut. Er pochte an die Tür. Aber nur ein Mal. Sie sprang auf, ehe seine Faust noch einmal klopfen konnte.

Im Eingang stand ein Soldat in voller Montur. Die Mündung seiner Flinte wurde angehoben und zielte genau auf LeBreton.

Blaue Jacke, weiße Hosen, weiße Schultergurte, rote Aufschläge. *Garde Nationale*. Treu ergebene Revolutionäre aus Paris. Kein Gendarm aus dem Ort.

Ich habe uns ins Unglück geführt. Eisige Kälte breitete sich in ihrem Körper aus, und die Angst ließ ihr den Atem stocken.

Hinter dem Gardisten herrschte ein einziges Chaos. In Bertilles Kate war nichts mehr an seinem Platz. Überall waren zerbrochene Teller und umgestürzte Stühle zu sehen. Schwaden –

wahrscheinlich von Mehl – hatten sich auf dem Steinboden verteilt und waren mit Fußabdrücken übersät. Bertille saß am dunklen Holztisch und hatte die Arme fest um den zweijährigen Charles geschlungen. Er saß auf ihrem Schoß und drückte das Gesicht in ihre weiße Schürze. Sie lebte. War unverletzt.

Ich habe ihr das angetan. Ich habe sie alle mit in die Gefahr hineingezogen. Ich habe sie nicht beschützt. Wo waren Alain und das Baby? Es gab einen Lehrburschen. Wo war der?

»Ohh …« LeBreton rieb sich den Nacken. Seine große, kräftige Gestalt wirkte plötzlich unbeholfen. Seine Miene war einfältig. Von einer Sekunde zur nächsten hatte er sich in einen verunsicherten Bauerntölpel verwandelt. »Das willst du nicht wirklich, Suzette.«

Sie hatte, ohne nachzudenken, einen Schritt nach vorn gemacht, um zu Bertille zu gehen. Die Flinte schwang zur Seite und richtete sich auf sie.

Suzette? Was für ein lächerlicher Name.

Der Gardist war jung und verängstigt und hatte den Finger am Abzug. Er würde LeBreton erschießen, wenn auch nur einer von ihnen – sie selber, Bertille, LeBreton – den kleinsten Fehler machte.

Sie musste harmlos wirken. »Was ist denn hier los? Warum haben Sie eine Waffe? Man soll doch keine Waffen mit ins Haus nehmen. Haben Sie keine Manieren?« Sie würde einfach weiterplappern und törichtes Zeug von sich geben. Sie würde sich dumm stellen. Einer dummen Frau würde ein Soldat vielleicht einfach den Rücken zukehren.

»Na, na, Suzette«, wurde sie von LeBreton beschwichtigt.

Es waren mindestens zwei Gardisten im Haus. Bertille schaute zu etwas hin, das sich hinter der Tür außerhalb des Blickwinkels der Neuankömmlinge befand. Mit ihrem Blick gab sie zu verstehen, dass da noch jemand war.

Sie rempelte den Gardisten an und stieß dabei den Lauf seiner Flinte zur Seite. *Sie werden mich für eine komplette Närrin halten, dass ich einen bewaffneten Soldaten so bedränge.* »Mir ist nichts von irgendwelchen Kämpfen zu Ohren gekommen. Ist jemand verletzt worden?«

LeBreton stand nach wie vor wie ein Frosch auf der Türschwelle und tat nichts. »Das ist ein Gewehr, Liebes.« Er klang unglaublich einfältig. »Du musst zur Seite treten und darfst es nicht berühren. Du willst doch nicht aus Versehen erschossen werden.«

»Das reicht! Du da.« Der Gardist packte sie. »Hinein mit dir.«

Es gab ein Hin und Her, ehe sie schließlich grob ins Zimmer geschoben wurde. Sie krachte gegen die Tischkante, sodass ihre Zähne zusammenschlugen und sie sich auf die Zunge biss. Eine Schüssel rollte vom Tisch, fiel auf den Boden und zerbrach.

Sie stand Bertille genau gegenüber. Ihre Blicke trafen sich … und es war wieder wie in alten Zeiten. Sie hatten sich auch schon früher in gefährlichen Situationen befunden. Und hatten überlebt. Immer. *Sie denkt, es ist genauso wie bei den anderen Gelegenheiten. Sie erwartet, dass ich uns hier heraushole.*

LeBreton trat träge mit ausgebreiteten, geöffneten Händen vor. »Es gibt keinen Grund, Suzette herumzuschubsen. Sie hat nichts Böses im Sinn.«

»Aus dem Weg, Rindvieh. Da hinüber.«

»Ich komme ja, Bürger.« LeBreton drehte den Kopf von einer Seite zur anderen und nahm das Durcheinander mit verwirrter Miene zur Kenntnis. Er wirkte wie ein Hornochse, was er ganz gewiss nicht war. »Aber ich weiß ja gar nicht, was hier los ist.«

Der andere Soldat hatte sich hinter der Tür versteckt, wo er nicht gesehen werden konnte. Er hatte seine Muskete im Anschlag. Hinter ihm im Alkoven, wo die Jungen schliefen, lag Alain auf dem Boden. Die Hände hatte man ihm auf dem

Rücken zusammengebunden, und sein Gesicht war blutig und verschwollen. Sein zwölfjähriger Lehrjunge lag ebenfalls gefesselt dicht neben ihm.

Keiner war getötet worden. Niemand hatte Bertille missbraucht. Das hier waren keine Deserteure oder irgendwelche Verbrecher. Das hier waren Soldaten, gedrillt und Befehle ausführend. Sie waren gekommen, um Verhaftungen vorzunehmen.

Das ist schlecht. Ganz schlecht.

Sie krümmte sich und schlang die Arme um den Bauch, als hätte sie Schmerzen, weil sie mit dem Tisch zusammengestoßen war. So konnte sie ihr Gesicht verbergen, während sie panisch nachdachte. *Die wissen, dass dieses Haus ein Zwischenposten von La Flèche ist. Sie haben hier gewartet, um den nächsten Kurier abzufangen … um jegliche Besucher in die Falle gehen zu lassen.* »Warum haben Sie mich gestoßen?«, jammerte sie. »Was ist hier eigentlich los? Warum blutet der Mann?«

»Bist du verletzt, Suzette?« LeBreton sah völlig verwirrt von einem Soldaten zum anderen. »Dafür gibt es keinen Anlass.«

»Die Papiere«, fuhr ihn der Sergeant an. Als LeBreton nicht schnell genug reagierte, traf ihn der Gewehrkolben so, wie man es wohl machen würde, wenn man ein Tier dazu bringen wollte, sich in Bewegung zu setzen.

»Sie wollen meine Papiere sehen?«

»Ja, ich will deine Papiere sehen, du Depp.«

LeBreton knöpfte seine Weste auf, wobei die Ellbogen unbeholfen von seinem Körper abstanden. Sein grob gewebtes Hemd war weit geschnitten wie das eines Arbeiters. Langsam und mit ungeschickten Fingern zog er es rundherum aus dem Bund. Direkt auf der Haut trug er einen Geldgürtel aus Leinen mit flachen Taschen. »Die sind hier drin. Gleich hab ich sie. Nur noch einen Moment.« Er holte ein Stück vergilbtes Leder heraus, das mit einer dünnen Schnur umwickelt war. »Ich passe gut darauf auf, wie Sie sehen. Man kann dieser Tage gar nicht vorsichtig genug sein. Die Straßen sind voller Diebe.«

Der jüngere Soldat entspannte sich langsam. Sein Finger löste sich vom Abzug. Die Mündung zeigte nicht mehr auf LeBreton.

Und sie hatte nirgends eine Waffe. Was gab es hier? Holzbänke. Einen Tisch. Zwei Stühle. Offener Schrank mit Tellern auf den Regalen. Töpfe auf dem Herd. Eine leere Wiege. Alain hatte die Wiege für Charles geschnitzt. Jetzt wurde sie für das Baby benutzt. Die Fenster waren mit Läden geschlossen, durch die Schlitze fiel Licht in den Raum. Es gab hier nichts, was sie als Waffe hätte benutzen können.

LeBreton legte das Lederpäckchen auf den Tisch und zupfte an dem Knoten der Schnur. »Wir haben die Straße von Vachielle über den Hügel dort genommen. Das war ein Fehler.« Er fingerte weiter an dem Knoten, wobei sein Gesicht sich vor Konzentration anspannte. »Man hat uns gesagt, das sei eine Abkürzung. ›Suzette‹, habe ich gesagt – ich nenne sie Suzette, obwohl sie eigentlich Suzanne heißt. Aber ich hatte mal eine Kuh, die Suzanne hieß, ehe ich geheiratet habe, und ich konnte für meine Frau doch nicht den gleichen Namen benutzen wie für meine Kuh, oder?« Er nestelte weiter an dem Päckchen.

»Gib das her.« Der Sergeant lehnte sein Gewehr an den Tisch und wickelte, vor sich hin brummend, die Schnur ab.

»Ich hab zu Suzette gesagt: ›Wenn du mich fragst, ist das keine richtige Abkürzung, wenn man dann die ganze Zeit bergauf marschieren muss.‹«

Er war schlau. Aber es spielte keine Rolle, was er sagte oder wie unschuldig er wirkte. Diese Männer hatten den Befehl, jeden festzuhalten, der in dieses Haus kam.

Sie zitterte vor Angst. Wenn sie aufhörte zu denken, würde

sie gar nicht mehr wissen, was sie tun sollte. *Ein Gewehr ist auf uns gerichtet. Ich werde mir das andere nehmen.*

Sie fing an, leise vor sich hin zu schimpfen. »Der Weg wäre kürzer, wenn wir uns nicht deinetwegen verlaufen hätten.« Keiner achtete auf sie. Auf lästige Frauen, die zetern und schimpften, achtete niemand. Sie schob sich langsam Richtung Gewehr, das der Sergeant an den Tisch gelehnt hatte.

»Ein Dorf weiter kommt Boullages, nicht wahr?« LeBreton sprach jetzt in ganz breitem, kaum noch verständlichem Dialekt. »Da kommen wir doch hin, wenn wir auf dieser Straße bleiben, oder?«

»Wenn du nicht endlich den Mund hältst, kommst du nirgends mehr hin.«

Dem Sergeant war es gelungen, das Päckchen zu öffnen. Mühsam wurden die Papiere entfaltet und flach auf den Tisch gelegt – der Pass, ein zerknitterter Bogen mit einer Marke darauf, und eine kleinere Urkunde, die fast neu war. Der Sergeant ging sehr vorsichtig mit den Papieren um, wie jemand, der den Umgang mit Dokumenten nicht gewöhnt war.

»Sehen Sie. Dies hier.« LeBreton legte seine Hand auf den Pass. »Das bin ich. Sehen Sie? Bon… i… face… Jo… bard.« Er deklamierte den Namen mit dem Stolz des Analphabeten. »Boniface Jobard. Bewohner des Bezirks Marchés der Pariser Kommune. Und das hier. Das ist mein Bürgerbrief. Der sagt, dass ich ein guter Patriot und aktiver Bürger bin. Mein Freund Louis Bulliard …«

»Sei still. Ich kann lesen.« Der Sergeant schob LeBretons Hand zur Seite, nahm das Pass-Dokument hoch und sah es finster an. »Ich lasse mich von Papieren nicht beeindrucken, Bürger. Banditen und Konterrevolutionäre laufen auch mit beeindruckenden Papieren herum. Ich werde selber entscheiden, was du bist und warum du hier bist.«

Sie schob sich am Tisch entlang, als wollte sie auch einen Blick auf die Dokumente werfen. Sie stand dicht davor. Sie könnte sich zwischen den Sergeant und das Gewehr stellen. Es war nur noch ein Schritt.

»Daran erkennt man einen ehrlichen Menschen. Einer, der Papieren nicht traut.« LeBreton drehte sich Bestätigung heischend zu dem anderen Gardisten um und tat einen Schritt auf ihn zu. »Das habe ich schon immer gesagt. Auf Papier findet man nicht die Wahrheit.«

Sie waren beide gut positioniert – sie und LeBreton. Beide in Reichweite eines Gewehrs. Es war an der Zeit, zur Tat zu schreiten. *Wir müssen es jetzt tun. Soll ich auf sein Signal warten oder …*

Ein Schatten zog an dem mit Läden verschlossenen Fenstern vorbei. Vielleicht ein Blatt oder ein Vogel, der vorbeigeflogen war und den Weg der Sonnenstrahlen gekreuzt hatte.

LeBreton, der gerade erklärte, dass zu viel Schreiben den Niedergang der Freiheit bedeutete, kratzte sich am Bauch. Er streckte und beugte die Finger.

Ich habe Adrian ganz vergessen. Gleich passiert es. Angst verdichtete sich zu eisigen Speerspitzen, die sich in ihre Haut bohrten. Jetzt.

Der Sergeant legte die Papiere wieder zusammen. »Ich frage mich, Bürger Jobard, ob du ein Konterrevolutionär bist oder einfach nur ein sehr, sehr dummer Reisender. Wo sind die Papiere deiner Frau?«

LeBreton nahm den Hut ab und hielt ihn mit hängenden Armen mit beiden Händen fest. »Ich …«

Ich darf mir nichts anmerken lassen.

Die Läden flogen auf, und LeBreton fiel wie ein Stein zu Boden.

11

Da, wo LeBreton eben gestanden hatte, war jetzt keiner mehr. LeBreton und der Gardist wälzten sich auf dem Boden.

Sie musste den anderen Mann aufhalten. Den Sergeant. Ihn daran hindern, dass er LeBreton erschoss.

Sie verschränkte die Hände und hieb gegen den Lauf der Muskete, die klappernd zu Boden fiel. Der Gardist wollte danach greifen, doch sie trat das Gewehr mit dem Fuß weg. Es schlitterte einen Meter über den Boden, krachte gegen das Tischbein und ging los. Der Knall zerriss die Luft, die Kugel traf die Wand und Putz flog durch den Raum.

Charles schrie und strampelte in Bertilles Armen. Im anderen Zimmer begann das Baby zu weinen. Bertille sprang vom Tisch auf und hielt ihren Jungen dabei fest an sich gedrückt.

Ich muss ihn ablenken. Sie tastete sich am Tisch entlang und schleuderte dem Sergeant eine Platte aus Porzellan ins Gesicht. Etwas anderes hatte sie nicht.

Der Angriff zeigte keine Wirkung. Er wischte sich nur fluchend die Porzellanscherben aus dem Gesicht, wich zurück und zog ein Messer aus dem Stiefelschaft. Einen kurzen Moment lang stand er nur da und überlegte wohl, ob er erst sie töten sollte, ehe er LeBreton erledigte. Dann holte er mit der Faust aus und schlug ihr ins Gesicht.

Vor ihren Augen blitzte es weiß auf. Es tat weh, und alles wurde schwarz.

Als sie wieder sehen konnte, wehrte der Sergeant gerade eine Schüssel ab, die Bertille nach ihm warf. Und dann noch eine.

LeBreton lag auf dem Boden und rammte dem anderen gerade sein Knie in den Bauch.

Der Sergeant wollte sich mit dem Messer in der Hand auf LeBretons ungedeckten Rücken stürzen.

Nein! Sie packte die Wiege, die neben dem Herd stand, und schleuderte sie mit aller Kraft. Sie traf den Sergeant am Hinterkopf. Er brüllte, geriet ins Taumeln und hätte beinahe das Gleichgewicht verloren.

Um dann der Länge nach zu Boden zu stürzen, weil LeBreton ihm im selben Moment die Beine wegriss. LeBreton, eine Urgewalt, die mit der Wucht eines Speers zu Werke ging. Sie hörte den dumpfen Aufprall seines Stiefels und einen fast schon animalischen Schmerzensschrei.

Der Sergeant lag am Boden und zog langsam die Beine an, um der Schmerzen Herr zu werden.

Dann breitete sich eine merkwürdige Stille aus, obwohl Charles an Bertilles Brust schluchzte und das Baby im anderen Zimmer weinte. Aus der Kehle des Sergeants war ein Rasseln zu vernehmen. Der andere Soldat lag leise wimmernd in der Ecke.

Lautlos erschien Adrian im Eingang. Sein Blick glitt durch den Raum und blieb an LeBreton hängen.

»Bring keinen um«, sagte LeBreton.

Der Junge überlegte kurz, ehe er nickte. Da erst sah sie, dass Adrian sein Messer gezückt hatte.

»Schneid die beiden los.« LeBreton zeigte auf Alain und den Lehrjungen, die immer noch im anderen Zimmer gefesselt auf dem Boden lagen. »Ich brauche das Seil.« Dann war er an ihrer Seite. »Sie bluten an der Lippe.«

»Das ist«, sie berührte ihre Lippe, »nicht so schlimm.«

»Das war keine gute Idee von ihm.« LeBreton durchquerte den Raum und stellte sich neben den Sergeant, bis dieser zu ihm aufschaute.

»Wenn du ihr schlimmer wehgetan hättest, würde ich dir die Hand abhacken.« LeBreton stupste die rechte Hand des Sergeants an. »Diese Hand. Die, mit der du sie geschlagen hast.«

Dann ging er zum anderen Gardisten, um nach ihm zu sehen.

Die Folgen des Kampfes blieben den Frauen überlassen. Sie waren das vernünftigere Geschlecht, und deshalb war es ihre Aufgabe, aufzuräumen. Zusammen mit Bertille belud sie den Karren, wobei einiges mitgenommen und anderes zurückgelassen wurde.

Guillaume schleppte die großen Gegenstände. Ab und zu kehrte er in die Kate zurück, wo er die beiden Gardisten an Stühle gefesselt hatte, und lauschte mit unverminderter Liebenswürdigkeit deren Drohungen und Beschimpfungen. Dann ging er wieder nach draußen, um Alain beim Aufladen von teilweise sehr schweren Gerätschaften zu helfen, die zu seinem Handwerk gehörten.

Charles hockte mit großen Augen auf dem Herd und saugte die Wörter auf, die die Soldaten ausstießen, bis Bertille ihn nach draußen schickte. Dann kam Alain herein und schickte auch seinen Lehrjungen hinaus.

Marguerite holte sich aus Decorums Satteltasche Kaffeebohnen, um sie zu mahlen und in einem Topf aus Kupfer aufzukochen. LeBreton schien ihr kleiner Diebstahl egal zu sein. Zweifellos beging er selbst größere Diebstähle, und zwar häufig. Sie goss den Kaffee aus dem Topf, der als Letztes eingepackt werden würde, in Tassen, die zurückbleiben mussten, und brachte allen eine davon. Den Soldaten, die sie übel beschimpften, bot sie keinen Kaffee an.

LeBreton setzte sich mit seinem Kaffee an den Tisch und nahm die Habseligkeiten der Gardisten in Augenschein: ihre Taschentücher, Messer und vor allem ihre Papiere. Dabei legte er die Füße mit den dreckigen Stiefeln auf der Bank ab, was Bertille, die es mit der Sauberkeit ziemlich genau nahm, sehr bekümmern würde.

Als er sich diesmal den Soldaten zuwandte, sprach er sie mit Namen an – Sergeant Hachard und Füsilier Labadie –, und die beiden wurden höflicher. »Wer hat Sie geschickt, die Rivières zu verhaften?«

Das löste eine wahre Flut von Drohungen und Versprechungen aus, Vergeltung zu üben. Wäre sie selbst an Händen und Füßen gefesselt und Bürger LeBreton ausgeliefert gewesen, hätte sie sich mit Drohungen eher zurückgehalten.

»Wer hat Ihnen befohlen, diese Leute zu verhaften?« LeBreton nahm einen Schluck von seinem Kaffee. Seine Sprache klang jetzt wie die eines gebildeten Mannes. Er strahlte eine Souveränität aus, als wäre er früher einmal Offizier gewesen und hätte viel mit Untergebenen wie diesen Männern zu tun gehabt. »Ich werde diese Frage dreimal stellen. Länger hält meine Geduld nicht. Dann werde ich anfangen, Ihnen ein paar Körperteile abzuschneiden. Irgendwann werde ich dabei auch zu denen kommen, die eure Ehefrauen vielleicht vermissen werden. Mit wem soll ich beginnen?« Die Frage war an Adrian gerichtet, der gerade vorbeiging.

»Mit dem da.« Adrian deutete auf den Sergeant.

»Eine naheliegende Wahl, Junge. Es freut mich zu sehen, dass du die hierarchischen Strukturen begriffen hast.«

Die Gardisten verfielen in ein angespanntes, nervöses Schweigen. Adrian schwieg erwartungsvoll, LeBreton streng und unerbittlich. Er schob einen Stapel mit Kupferpfannen beiseite, um sich zurückzulehnen. »Sergeant Hachard, es gibt keinen Grund, warum Sie es mir nicht erzählen sollten. Sie haben einen Befehl erhalten. Daran ist nichts Geheimnisvolles. Wessen Befehl war das? Wer hat Ihnen aufgetragen, diese Leute festzunehmen?«

Adrian zückte sein Messer. »Darf ich jetzt?« Sie hatte sich fast schon daran gewöhnt, den Jungen mit einem Messer in der Hand zu sehen. Für die Soldaten war es natürlich neu.

»Eine halbe Minute noch.« LeBreton streckte bequem die Beine aus. »Schneid ihm die Ohren ab, ehe du dir die Nase vornimmst. Und besudel dich dabei nicht mit Blut. Ich werde den Teufel tun und dir ein neues Hemd kaufen.«

Mit kritischem Blick musterte der Junge die Klinge seines Messers.

»Es waren zwei Männer aus Paris«, sprudelte es plötzlich aus dem Füsilier heraus. »Sie hatten Befehle vom Komitee für Öffentliche Sicherheit dabei. Zwölf Haftbefehle. Sie verteilten sie und gaben uns zwei Namen.« Er schaute sich nervös um. »Gestern waren wir hinter dem ersten Mann her und haben ihn verloren. Dann sind wir hergekommen, um Bertille Rivière mitzunehmen.«

»Na, das ist ja interessant.« LeBreton griff wieder nach seinem Kaffee. »Ich möchte mehr über diese Männer aus Paris erfahren.«

Mit Feuereifer kamen sie der Aufforderung nach. Zehn Worte reichten ihr, um zu erkennen, dass es sich um die Jakobiner handelte, die zum Château gekommen waren.

Die Befragung ging weiter. Alle anderen packten. Sie trug Taschen und Kisten aus der Kate und kehrte immer wieder zurück, um zuzuhören, was erzählt wurde. Man konnte nicht gerade behaupten, dass die Männer bereitwillig alles erzählten. Andererseits schien es so, als würde Bürger LeBreton auch gar nicht erwarten, dass sie viel wussten. Er stellte die gleiche Frage in immer wieder anderer Form.

Ja, zwölf Personen sollten festgenommen werden. Nein, sie wussten nicht, warum. Sie waren wahrscheinlich in Paris denunziert worden. Viele taten das dieser Tage. Und die Männer, die

die Befehle bei sich gehabt hatten …? Revolutionäre und gute Patrioten – kein Zweifel.

Als sie das nächste Mal mit einem Stapel Laken durch den Raum ging, war man ein bisschen weitergekommen. Adrian saß rittlings auf der Bank. Er hatte einen Schleifstein gefunden und versah sein Messer mit einer besonders hell glänzenden, scharfen Schneide. Sie brachte ihm einen Kaffee mit Milch und Zucker darin. So hatte sie ihn den Kaffee das letzte Mal trinken gesehen. War das erst heute Morgen gewesen?

Als sie den Becher neben ihn stellte, richtete sich sein dunkler, durchdringender Blick erst auf den Kaffee und dann auf sie. »Es ist meine Aufgabe, so etwas zu tun.«

»Du bist ganz damit beschäftigt, furchteinflößend zu wirken. Mach damit weiter.« Sie sagte es so leise, dass kein anderer es hören konnte. Als sie sich umdrehte, war LeBreton aufgestanden. »… Straßenräuber würde ich empfehlen. Mindestens fünf oder sechs, die aus dem Hinterhalt angriffen. An Ihrer Stelle würde ich sagen, dass es welche aus der Vendée waren.«

Die Gardisten sagten nichts.

»Sie können natürlich auch allen erzählen, dass Sie von einer Frau mit einer Wiege niedergeschlagen worden sind und Ihre Gefangenen entwischen konnten.« LeBreton brachte seine Überlegungen in einem sehr liebenswürdigen Ton vor. »Ich würde mir das aber nicht gern nachsagen lassen. Es würde mir nicht gefallen, wenn alle hinter vorgehaltener Hand lachten, sobald ich vorbeigehe. Und was mir auch nicht gefallen würde, Bürger Hachard …« Er trat näher an ihn heran. »Was mir überhaupt nicht gefiele, wenn ich wieder in Paris bin – ich will nicht mitbekommen, dass alle nach einem großen Mann mit so einer Narbe hier suchen.« Er ließ den Finger über seine verunstaltete Wange gleiten. »Ich werde ziemlich ärgerlich, wenn jemand über mich redet.«

»Er wird fuchsteufelswild«, murmelte Adrian und schärfte weiter seine Klinge.

Der Sergeant räusperte sich. »Wir sind gehalten, alle …«

»Männer, die mich ärgern, wachen eines Morgens auf und stellen fest, dass ihnen die Kehle durchgeschnitten worden ist.« Drohend ragte LeBreton über dem Sergeant auf, was bei seiner Größe sehr wirkungsvoll war.

»Das ist immer sehr schade«, ließ Adrian sich angelegentlich vernehmen.

LeBretons Drohungen wirkten höchst überzeugend. Hätte sie ihn nicht ein bisschen gekannt, wäre sie vollkommen überzeugt gewesen, dass er ab und zu jemandem die Kehle durchschnitt. Als sie das nächste Mal durch die Kate ging, hatte man die Gardisten gefesselt und geknebelt mit dem Gesicht zur Wand gedreht. Aber sie waren noch im Besitz aller Körperteile, was bestimmt eine große Erleichterung für sie war.

Wenig später fand Bürger LeBreton sie in dem winzigen Raum vor, wo sie gerade Charles' Kleidung zusammenpackte.

Er sah ihr zu, ohne seine Hilfe anzubieten. »Es gibt hier noch viel zu erledigen, ehe Bertille aufbrechen kann«, meinte sie. »Für manches ist viel Kraft erforderlich. Warum kümmern Sie sich nicht darum?«

»Warum sind die Männer aus Paris hergekommen, um Ihre Freundin zu verhaften?«

»Ich habe nicht die leiseste Ahnung. Wahrscheinlich ist es nichts weiter als ein neidischer Nachbar, der sie wegen eines Streits über eine streunende Kuh denunziert hat.« Sie faltete Hemden zusammen und legte sie aufs Bett. »Ich weiß nicht, warum Gardisten den ganzen Weg aus Paris in die Normandie gekommen sind, um Bertille und Alain zu verhaften. Paris ist voller verdächtiger Subjekte, die man verhaften könnte. Sogar die Hunde und Katzen auf den Straßen gehören irgendwelchen

Geheimgesellschaften an. Sehen Sie doch sich selber an. Sie sind jemand, der mindestens tausend fragwürdigen Aktivitäten nachgeht, und trotzdem ist man nicht hinter Ihnen her. Die Jacke, die da hinter Ihnen am Haken hängt … würden Sie mir die wohl reichen? Ja. Genau die.«

»Sie haben damit zu tun, was immer es ist«, sagte er.

Es war wohl nicht zu vermeiden gewesen, dass er das erkannte. Er war schließlich kein Idiot. »Im Gegenteil. Ich habe überhaupt nichts mit irgendetwas zu tun. Ich bin so langweilig wie ein Stück Brot. Die Mütze bitte auch.« Sie strich die Jacke glatt, sodass sie gut auf den Stapel passte, und nahm ihm dann die Mütze ab, um sie daraufzulegen.

»Werden Sie mit Ihren Freunden gehen?«

»Nein.« Sie kniete sich hin und zog Schuhe unter dem Bett hervor. Zwei Paare. Sie nahm das neuere und ließ das alte liegen. Sie musste so vieles zurücklassen.

Er wartete, bis sie damit fertig war. »Sie können nicht hierbleiben. Und Sie können auch nicht zum Château zurück.«

Sie legte ein letztes Paar Strümpfe auf den Kleiderstapel. Dann nahm sie die Ecken der Decke zusammen und verknotete sie. Guillaume LeBreton blockierte den Weg durch die Tür. Er rührte sich nicht von der Stelle und stand so unverrückbar wie ein Fels.

Dieser Mann konnte sie nach Paris bringen. Mit ihm an ihrer Seite würde sie nicht nachts heimlich über Felder schleichen und wenig benutzte Wege nehmen müssen, um Dörfer zu meiden. Sie würde viel schneller vorankommen. Er könnte es sogar schaffen, sie durch die Stadttore von Paris zu schleusen.

Sie brauchte ihm noch nicht einmal zu trauen. Sie musste ihn einfach nur ausnutzen.

Und es war keiner da außer ihm. »Sie sind dafür bezahlt worden, dass Sie mich hierhergebracht haben. Ich gebe Ihnen noch mehr, wenn Sie mich ganz bis nach Paris mitnehmen. Zu meinem Vater.«

LeBreton hatte während der Befragung des Sergeanten kalt und bedrohlich gewirkt. Jetzt richtete sich seine unerbittliche Konzentration auf sie. Sie hatte das Gefühl, vermessen und gewogen, auseinandergenommen und untersucht zu werden. Er hatte in Bezug auf sie seine Schlüsse gezogen. Doch welche das waren, konnte sie an seinem Gesicht nicht ablesen.

Sie würde keine Angst vor ihm haben.

»Wie viel?«, fragte er.

Geld. Er dachte als Erstes ans Geld. Es war ein Vergnügen, mit einem Mann zu verhandeln, der so geradlinig war. Sie war kein bisschen enttäuscht, dass er keine Ritterlichkeit an den Tag legte. »Mein Vater wird Ihnen zwanzig Louis d'Or geben.«

»Hundert.«

»Das ist viel zu viel. Mein Vater schwimmt nicht in Geld.«

»Goldmünzen. Kein Papiergeld. Kein Silber.«

»Für so viel Geld könnten Sie Giraffen durch ganz Frankreich schleusen. Sie könnten …«

»Und ich nehme den Ring. Den, den Sie da am Finger haben. Den geben Sie mir und ich behalte ihn, bis ich bezahlt worden bin.«

»Sie verlangen einen hohen Preis …«

»Dafür bringe ich Sie zu Ihrem Vater.« Die Festigkeit, mit der er es sagte, überzeugte sie, und sie glaubte ihm, dass er es schaffen würde. Es war diese eiserne Entschlossenheit, die sie unabhängig davon, wer sie verfolgte, von hier nach Paris bringen würde.

Manchmal ist nur ein Wolf in der Lage, einen vor einem Rudel wilder Hunde zu schützen.

Sie musste den Ring hin- und herdrehen, um ihn abzuziehen. Sie trug ihn immer. Jahr für Jahr hatte sie mehr von ihrem

Schmuck verkauft, um La Flèche zu finanzieren, diesen kleinen Ring jedoch nicht. Er bestand aus Gold, und es waren Blumen darauf eingraviert. Er hatte ihrer Mutter gehört, die bei ihrer Geburt gestorben war. Die Bilder von ihr zeigten eine hübsche Frau. Sie musste wohl auch sehr geduldig gewesen sein, denn sie war zehn Jahre mit Papa verheiratet gewesen, ohne ihn in dieser Zeit umzubringen. Man brauchte viel Geduld, um sich mit Männern abzugeben.

Endlich hatte sie den Ring abgezogen.

LeBreton ließ den Ring in die Tasche seiner Weste fallen. »Sie sollten ihn ohnehin nicht tragen.« Er drückte den Ring mit dem Zeigefinger tief in die Tasche. »Er passt nicht zu der Rolle, die Sie zu spielen versuchen.«

Bertille wusch Charles das Gesicht und ging dann nach draußen, um sich von ihren Blumen und Kühen zu verabschieden. Man hätte fast den Eindruck bekommen können, sie würde mindestens eine oder zwei Cousinen zurücklassen. Angesichts des Zustandes der Kate schnalzte sie missbilligend mit der Zunge, als sie ein letztes Mal nach einem auf unerklärliche Weise verschwundenen Silberlöffel suchte. LeBreton half Alain, seinen Amboss zu verladen. Bertille wusch dem Lehrjungen das Gesicht. Sie wusch das Baby. Dann wusch sie Charles das Gesicht noch einmal. Adrian fand Bertilles Nähzeug.

Dann ließ sich der Aufbruch nicht mehr länger hinauszögern. Bertille zog sie zwischen den Rosen im Garten beiseite. »Pass auf dich auf.«

»Ich bin der vorsichtigste Mensch der Welt. Das weißt du doch.«

»Ja, das sehe ich.« Bertille streckte die Hand aus und legte die Finger auf die Stelle, wo die Lippe schmerzte. »Kühl die Lippe mit einem feuchten Tuch. Dann wird sie nicht so dick.«

»Das ist ein guter Rat. Es tut mir leid, dass du dein Zuhause aufgeben musst …«

»Mach dir keine Vorwürfe, Marguerite. Wir wussten, dass das passieren könnte. Das Haus in Bernay steht schon bereit. La Flèche wird diese Sache überstehen. In einer Woche wird Krähe Richtung Osten ziehen, wo nicht gekämpft wird. Reiher hat seinen Unterschlupf schon vorbereitet. Und der Zaunkönig wird jetzt endlich nach England gehen. Du weißt, dass der Zaunkönig gut auf sich aufpassen kann.«

Vor vier Tagen war es der Zaunkönig gewesen, der sich um Mitternacht die Hintertreppe des Châteaus hochgeschlichen hatte. Der Zaunkönig, der verfolgt wurde, dessen Spatzen in Gefahr waren. Der Zaunkönig, der unbedingt Hilfe brauchte … Kleidung, Geld, Essen.

Genau für solche Notfälle waren immer Taschen gepackt. Sie ergriff eine und dann noch eine weitere, als sie hinter sich einen Schrei hörte.

»Nein. Oh nein.« Jeanne stand am Fenster. Jeanne, der Zaunkönig, der nie Angst hatte.

Sie lief zu Jeanne. Fackeln woben Fäden durch die Nacht, die Straße entlang und zwischen den Bäumen. Männer strömten brüllend über den Rasen auf das Château zu. Sie schlugen mit den Fäusten an die Tür, zerbrachen Fenster. Zwei Pferde, zwei Reiter, führten den Pöbel an. Sie warf sich einen Beutel über den Rücken. Den anderen reichte sie Jeanne. »Durch die Küche. Wir gehen hinten raus.« Für mehr war keine Zeit. »Ich kümmere mich um die Spatzen. Du gehst zum Reiher. Du weißt, wohin?«

»Zur Mühle.« Jeanne klopfte auf ihren Rock. »Ich habe ein Messer bei mir. Die erwischen mich nicht lebend.«

»Sei nicht so theatralisch. Wenn du ihnen lebend in die Hände fällst, werde ich dich befreien.«

Draußen brüllte einer, er wolle die De-Fleurignac-Schlampe haben. »Bringt sie her. Bringt sie mir.« Die Fackeln ließen Licht und Schatten über die Vorhänge huschen. Aus der Bibliothek stieg Rauch nach oben.

Sie schlüpfte in Holzpantinen. In der Schublade lag ein Beutel mit Münzen. Sie warf ihn Jeanne zu, und diese fing ihn geschickt auf.

»Marguerite!«, brüllte Jeanne plötzlich.

Ein Mann stürzte in den Raum. Ein großer Mann mit grobschlächtigem Gesicht. Er hatte die Jacke und die gestreiften Hosen eines Sansculotten an. Ein Jakobiner. Er war bewaffnet.

Jeanne warf sich auf ihn und schlug ihm die Pistole aus der Hand.

Er packte Jeanne, drängte sie nach hinten und warf sie auf den Schreibtisch. Seine Hände drückten ihr die Kehle zu. In der vulgären Sprache der Pariser Gosse versprach er ihr den Tod.

Papiere und Bücher flogen in alle Richtungen. Der Brieföffner rutschte vom Tisch und landete auf dem Boden. Das Heft aus Elfenbein hob sich matt schimmernd vom Teppich ab. Sie erspähte den Brieföffner, nahm ihn hoch und schlitzte ihm damit das Gesicht auf.

Der Mann schrie. Jeanne wand sich unter seinem schweren Körper hervor und konnte sich befreien. Das Nachtlicht fiel vom Tisch und zerbrach. Die auf dem Boden verstreut liegenden Papiere fingen Feuer.

Überall war Blut. Jeanne war auf die Knie gesunken und holte schluchzend Luft. Im lodernden Schein des Feuers erschien eine rote Fratze. Der Mann war wieder hochgekommen und kam taumelnd auf sie zu. Er griff nach ihr und bekam sie zu fassen. Als sie ihn wegstieß, waren ihre Hände voller Blut. Die Vorhänge gingen in Flammen auf.

»Der Zaunkönig ist mittlerweile in England«, sagte Bertille.

Es war helllichter Tag. Sie befand sich in Bertilles wundervollem Garten, nicht im Château. Sie schluckte und verdrängte die Erinnerungen. »Der Zaunkönig ist auf halbem Wege nach London, wie du sagst. Und du wirst auch flüchten können. Ich werde mich um den Rest kümmern.« Sie berührte Bertilles Wange. »Geh mit Gott. Möge seine schützende Hand über dir sein. Ich bin froh, dass du jetzt aus dieser Sache raus bist.«

»Ich bin die Taube.« Die mollige, gemütliche, unbeugsame Bertille schüttelte den Kopf. »Denk dran. Ich war die Erste. Noch vor Jean-Paul, dem Zaunkönig und der Krähe. Noch ehe du mit den geheimen Zeichen, den Unterschlüpfen und den ganzen Kurieren angefangen hattest. Ich war schon da, als es nur uns zwei und den Hohlraum unter der Bank deiner Kutsche gab. Ich bin ebenso sehr La Flèche wie du.«

»Es wäre mir lieber, wenn du dich in Sicherheit bringst.«

»*Chut*. Wir machen das hier nicht, um in Sicherheit zu sein. Sobald ich mich im Haus in Bernay eingerichtet habe, werde ich Bescheid sagen. Wenn du mir keine Spatzen schickst, werde ich nach Paris kommen und sie selber herausholen.«

»Bertille …«

»Gleich werden wir anfangen zu heulen. Ich muss weg, ehe das geschieht.« Als Bertille das sagte, liefen ihr bereits die Tränen über die Wangen. »Pass auf deinen Riesen auf. Der ist ganz schön beeindruckend. Und, Marguerite, kämm dir um Himmels willen das Haar. Du bist eine Schande für die französischen Frauen.«

Dann war nichts anderes mehr zu tun, als dem Karren hinterherzuschauen, als dieser knarrend und langsam hinter der Hügelkuppe verschwand.

12

»So, dann tun wir jetzt so, als wäre ich ein Deserteur aus der Vendée.«

»Nein, lieber nicht.«

»Ich habe Sie erspäht.« LeBreton deutete vage in Richtung Westen. »Da drüben. Ich renne los, um mich auf Sie zu stürzen. Ich bin groß, ich bin wütend und ich bin gefährlich.«

»Um sich das vorzustellen, braucht man nicht viel Fantasie. Trotzdem …«

»Sie rennen keuchend den Hügel hoch, um sich hier irgendwo in den Büschen zu verstecken. Aber ich hole Sie ein. Und sieh mal einer an, was hier herunterhängt.« Er griff nach ihrem Zopf, nahm ihn einfach von ihrer Schulter und schloss seine Hand darum. Zahllose feine, rotbraune Linien überzogen seit dem Kampf mit den Gardisten seine Knöchel. »Ich packe den Zopf … was übrigens jeder Mann tun würde. Sie haben einen unwiderstehlichen Zopf. Was nun? Was machen Sie jetzt?«

Adrian, der die Straße im Auge behielt, schnaubte.

»Ich würde versuchen, Sie zu bestechen«, sagte sie.

»Mir ist nicht danach, mich bestechen zu lassen.«

»Ich würde mir etwas Schlaues einfallen lassen. Ich würde Ihnen vormachen, dass ich die Frau des Bürgermeisters bin, und so tun, als ob ich ihm zuwinke, während er gerade den Hügel hochkommt. Wenn Sie sich in die Richtung umdrehen, würde ich weglaufen und mich verstecken.«

»Und wenn ich Sie dann finde?«

»Wenn Sie die Geschichte nach Ihrer Fasson fortführen

wollen, könnte mich jedes nur erdenkliche Unglück treffen. Der Himmel könnte zum Beispiel seine Schleusen öffnen und giftige Kröten herunterregnen lassen. Ich könnte von Bulgaren entführt werden.« Sie mochte es nicht, wenn man sie gegen ihren Willen festhielt, und wenn es auch ein noch so lockerer Griff um ihren Zopf war. Innerlich kochte sie vor Wut. »Na gut. Ich würde Sie schlagen.« Sie sah ihm direkt in die Augen. »Fest. Wahrscheinlich hierhin.« Sie schloss die Hand zur Faust und führte sie langsam nach oben, bis sie an seinem Kinn lag.

Musste er so lachende Augen haben? Sekunden verstrichen, während sie einander ansahen. Träge verstreichende, wichtige Sekunden. »Da hat sich gerade ein Schmetterling auf mich gesetzt«, meinte er.

»Ich weiß.« Sie ließ die Hand fallen. »Wenn ich unterwegs auf Banditen treffen sollte, bin ich die Maus unter dem Kutschrad. Das ist die traurige Wahrheit.«

Sie befanden sich auf dem Hügel oberhalb von Bertilles Haus, in einem Obstgarten, der versteckt hinter einer langen Hecke aus Weißdorn und Erlen lag, welche als Windschutz diente. Adrian hatte sich lang auf einer Pferdedecke ausgestreckt und spähte auf die Ellbogen gestützt mit einem Nachtglas durch eine Lücke im Gebüsch, um zu beobachten, ob jemand Bertilles Häuschen einen Besuch abstattete. Das Nachtglas wurde zusammengeklappt in einem Metallkästchen aufbewahrt, das nach außen hin wie der Griff einer Reisetasche aussah. Solche Gläser fand man auf Marineschiffen, auf Aufklärern, und nicht im Gepäck eines ehrbaren Buchverkäufers. Doch LeBreton gehörte ganz offensichtlich nicht diesem Berufsstand an.

»Bleiben Sie da stehen, und ich bringe Ihnen bei, eine Maus mit Reißzähnen zu sein.«

»Ich möchte aber gar keine Reißzähne.«

LeBreton ließ sich durch ihre Ausweichversuche nicht entmutigen, sondern ignorierte sie einfach und lächelte. Es war nur ein leichtes Zwinkern mit den Augenwinkeln. Der Rest seines Gesichts blieb absolut ungerührt. »Sie werden richtig gefährlich. So. Nehmen wir mal an, ich hätte Sie gerade diesen Hügel hinaufgejagt. Und tun wir so, als hätten Sie gerade keine Wiege parat, was leicht der Fall sein kann, wenn man sich hier draußen aufhält. Was würden Sie … Nein. Darf ich mal?« Er nahm ihre Faust und öffnete sie. »Wenn Sie jemanden schlagen müssen, verstecken Sie Ihren Daumen, damit er nicht wie ein Zuckerrohr abbricht. Machen Sie es so.«

Sie sah zu, was er für ihren Daumen empfahl. »Ich kann mir nicht vorstellen, dass das richtig ist.«

»Sie sind eine ganze Menge, Mistress Maggie, aber ein Boxer sind Sie nicht. Also, Sie haben nur eine Chance – wenn Sie verdammt viel Glück haben –, eine einzige Chance, diesen Deserteur umzuhauen.«

»Oder diesen Banditen. Lassen Sie uns so fair sein und sagen, er könnte ein Bandit sein.«

»Oder ein Bandit.«

»Oder ein Dragoneroffizier. Oder vielleicht ein aufdringlicher Knecht. Von denen gibt es immer welche.«

»Ja, genau. Passen Sie auf. Sie werden sich mit all Ihrem Geschick und Ihrer Klugheit gegen diesen Mann wehren. Er kommt gerade so auf Sie zu.« Er hob die Arme weit über den Kopf. »Was tun Sie jetzt? Ich flöße Ihnen nämlich furchtbare Angst ein.«

»Das ist lächerlich. Sie sind wie ein Tanzbär, der sich auf die Hinterbeine stellt und sagt: ›Schlagen Sie mich.‹«

»Man kann sich nicht darauf verlassen, auf einen kleinen Zeitgenossen zu treffen. Also, wenn ich angreife«, LeBreton nahm ihre Hand, die er zur Faust geballt hatte, und presste sie in seine Magengrube, »dann boxen Sie mir nicht in den Bauch, das nützt Ihnen nämlich nichts.«

»Ich boxe Sie nicht in den Bauch.« *Das habe ich schon versucht, und es hat nicht funktioniert.* »Ich werde Sie nirgendwohin boxen, Monsieur Dragoner-Bandit-Deserteur. Ich laufe weg.«

»Und zwar wie der Teufel. Das ist Ihre erste Wahl. Aber wenn Sie nicht weglaufen können … wenn man Sie in die Enge getrieben hat … Dann machen Sie das.« Er öffnete ihre Faust und krümmte ihre Finger zu einer Klaue. »Und zielen hierauf.« Er führte ihre Finger an seine Augen, setzte ihre Fingernägel auf seine Lider. »Dann krallen Sie sich tief hinein. Zielen Sie möglichst auf beide Augen. Wenn er nichts mehr sieht, kann er Sie nicht verfolgen.«

»Das kann ich nicht. Könnte ich nicht.«

Sein Lid war samtweich. Wie erstaunlich, dass ein Mann wie er so eine verletzliche Stelle besaß.

»Gestern hätten Sie noch gesagt, dass Sie niemals jemandem eine Wiege auf den Schädel knallen könnten. Sehen Sie, wie man sich irren kann?«

»Oder Sie erstechen ihn.« Adrian hatte sich zu ihnen gestellt, um sie zu beobachten und sich lustig zu machen. »Dafür braucht man nicht viel Kraft.«

»Außer dass sie kein Messer im Stiefel mit sich herumtragen wird, da sie nicht so ein blutrünstiges Etwas ist wie jemand anders, der mir spontan dazu einfällt.« LeBreton ließ sie los. Da erst merkte sie, dass er sie die ganze Zeit über festgehalten hatte. »Ein Messer ermutigt nur zum Bleiben und Kämpfen, während ein kluger Kopf lieber die Beine in die Hand nimmt. Passen Sie auf. Wenn Sie nicht an seine Augen rankommen, zielen Sie bei einem Mann hierhin.« LeBreton fasste sich ungeniert zwischen die Beine und hielt die Hände schützend vor seine Männlichkeit. »Treten Sie ihm in die Eier. So fest Sie können. Oder packen Sie seinen Schwanz und reißen kräftig daran.«

Ich kann nichts von alledem tun. »Was für ein äußerst unschöner Gedanke. Das möchte ich mir lieber gar nicht erst vorstellen.«

»Nun, wenn es unter uns bleibt, will ich Ihnen verraten, dass diese Vorstellung auch für einen Mann äußerst unschön ist. Was ich damit sagen möchte, ist, dass Sie dazu imstande sind, auch einen Mann meiner Größe außer Gefecht zu setzen, wenn Sie es nur richtig angehen. Sehen Sie mal den Jungen hier.«

Adrians Kinn hob sich. Sein Gesichtsausdruck war nicht zu deuten.

»Nicht einmal in einem fairen Kampf möchte ich ihm begegnen, wenn man einmal außer Acht lässt, dass der Ausdruck *fairer Kampf* in seinem Wortschatz gar nicht existiert. Er würde mich verletzen, und dabei ist er kleiner als Sie.«

»Ich bin gemeiner.« Adrian konzentrierte seine ganze Aufmerksamkeit erneut auf Bertilles Haus.

Die Felder hinter Bertilles Tal und dem Hügel, auf dem sie sich befanden, lagen brach. Eine Schafherde graste dort, misstrauisch zusammengedrängt. Hin und wieder drang unruhiges Blöken aus dieser Richtung. Adrian beobachtete sie stirnrunzelnd durch das Glas.

LeBreton wartete darauf, geschlagen zu werden.

Sie kam seinem Wunsch nicht nach. »Nehmen wir einmal an, ich würde Ihrem Beispiel folgen. Ich laufe nicht davon. Stattdessen tue ich Ihren Augen schreckliche Dinge an. Das reizt Sie dann so sehr, dass Sie mich erwürgen. Was für eine Aussicht.«

»Wenigsten wehren Sie sich. Das allein könnte schon ausreichen. Möglicherweise kreuzt ja ein Freund auf. Oder Ihr Soldatenbandit erleidet einen Hirnschlag und fällt tot um. Also.« Er hob die Arme und kam wieder auf sie zu. »Tun Sie mir weh. Aber richtig.«

Er wird mich nicht eher in Ruhe lassen, bis ich mit ihm kämpfe. Sie versuchte, ihm einen Schlag zu versetzen.

»Noch mal. Versuchen Sie's mit meinen Augen.« Er war blitzschnell.

»Ich bin nicht …«

»Und noch mal.« Er langte nach ihr. Sie hatte keine Zeit seiner Aufforderung nachzukommen, und ihre Hände schossen nach oben.

»Schon besser«, lobte er.

Als er wieder auf sie zukam, täuschte sie nach rechts an.

»Gut. Und noch einmal.« Er umkreiste sie, ging auf sie los und ließ sie seine Wange streifen, ehe er ihre Hände wegschlug. »Und jetzt überraschen Sie mich mal. Treten Sie mir zwischen die Beine.«

Zehn Versuche. Zwanzig. Manchmal hatte sie es auf die Augen, manchmal auf intimere Körperteile abgesehen. Mittlerweile atmete sie schwer und war äußerst entschlossen, ihm das Knie in den Unterleib zu rammen. Was ihr nicht ganz gelang. Nicht ganz.

»Allmählich werden Sie bösartig«, stellte er fest. »Ich bin wirklich stolz auf Sie.«

Adrian, der zugesehen hatte, hob die Hände und spendete träge Applaus. »Das war sehr amüsant. Hätte ich gewusst, dass Sie sich gerne die Augen ausstechen lassen, hätte ich Ihnen den Gefallen längst getan.«

»Versuch's in den nächsten Tagen doch mal.« LeBretons Hände ruhten sanft auf ihren Schultern. Es gab zwar keinen Grund, sie dort zu lassen, doch er machte keine Anstalten, sie wegzunehmen, und auch sie wich nicht zurück. Er langte an ihren

Kragen, fasste die Ränder des dort eingesteckten Schultertuchs und zog es glatt. »Man muss nur wissen, wie, Maggie. Wenn Sie das nächste Mal jemand in einem Stall in die Ecke drängt, dann treten Sie ihm in die Eier.«

Darüber musste sie schmunzeln. Dann sah sie ihm in die Augen und erkannte sich in seinen Gedanken.

Als Kind hatte sie sich gefragt, welche Farbe Drachenaugen wohl hätten. Jetzt wusste sie es. Sie waren braun und von zweideutigen Gedanken bewegt. Gedanken, die sich so nahtlos zusammenfügten wie dieses klappbare Nachtglas.

Guillaume LeBreton besaß Drachenaugen. Und dort befand sie sich, in seinem Verstand, im Zentrum seiner lebhaften, heißen Gedanken. Nichts und niemand auf der Welt hätte sagen können, was er dachte.

Keiner von ihnen sagte ein Wort. Sie standen einander dicht gegenüber, und seine Hände ruhten auf ihr. Ihre unausgesprochenen Worte waren das, was hier draußen am lautesten war.

»Wenn die Herrschaften endlich fertig sind«, meinte Adrian, »könnten sie vielleicht mal geruhen herzukommen und sich das hier anzusehen.« Er überreichte ihr, nicht LeBreton, das Nachtglas. Sie kniete sich hin.

LeBreton schob den Busch beiseite. »Besuch.«

Sie hob das Fernglas an die Augen und schwenkte damit durch das verschwommene Braun und Grün der Straße, bis sie die Männer entdeckte. Ja. Dann stellte sie es scharf, blinzelte und konnte alles deutlich sehen.

Rund und glänzend wie eine Goldmünze stand die Sonne tief zu ihrer Rechten am Himmel. Das Tal war ein Becken der Stille, die in der Ferne sanft verschwamm. Vor einer Stunde waren winzige Gestalten auf einem Feld nahe dem Horizont aufgetaucht, um dort an einem Wassergraben zu arbeiten. Die Schlammhaufen zu beiden Seiten des schwarzen Schlitzes zeigten an, wo die Männer gegraben hatten … als hätten sie ein Zeichen gesetzt.

Auf der bergab führenden Straße kamen zwei Männer und drei Pferde in Sicht und näherten sich Bertilles Haus: eine schlaksige Bohnenstange und ein großer Rüpel mit einem Verband quer über dem Gesicht, über der Stirn und einem Auge. Sie gab das Nachtfernglas an LeBreton weiter.

»Das sind doch unsere Freunde aus Voisemont«, stellte er fest.

»Ja.« Die rote Weste und gestreiften Hosen waren fast eine Karikatur dessen, was ein Sansculotte zu tragen hatte. Es waren die Jakobiner aus Paris, Männer mit Berechtigungsnachweisen vom Komitee für Öffentliche Sicherheit.

Sie stiegen ab und betraten Bertilles Haus. Innerhalb weniger Minuten kamen sie mit den beiden Gardisten wieder heraus, die zum Kuhstall hinters Haus liefen und ihre Pferde nach draußen führten. Dann ritten alle vier in recht zügigem Tempo die Straße entlang.

Bei den Feldarbeitern, die die Wassergräben aushoben, hielten die Jakobiner an. Blaue Arbeitskittel scharten sich um die Pferde. Sogar aus der Entfernung waren die abgespreizten Arme und das Kopfschütteln zu erkennen. Die Bauern hatten nichts mitbekommen. Sie waren noch nicht auf dem Feld gewesen, als Bertille und Alain in die genau entgegengesetzte Richtung davongefahren waren.

Die vier hetzten weiter. Die Soldaten waren geschicktere Reiter als die Jakobinerbeamten.

»Südosten«, sagte LeBreton. »Das bedeutet die Straße nach Paris.«

Aus den Reitern wurden schwarze Punkte im braunen Dunst der Felder. Sie waren gerade noch zu erkennen. Dann machte die Straße eine Biegung, und sie waren verschwunden.

Mit zwölf Haftbefehlen in der Tasche waren sie vom Komitee für Öffentliche Sicherheit ausgesandt worden. Sie waren gekommen, um La Flèche aufzuspüren und zu vernichten. Sie kannten ihre Freunde, wussten ihre Namen, kannten die Pfade und Zufluchtsorte von La Flèche. Man hatte sie auf ganzer Linie verraten.

Der Verrat kam aus Paris. Dort musste sie hin.

13

Marguerite lag nicht weit von Guillaume LeBreton entfernt auf dem Boden. Die Nacht war warm. Ein leichter Dunstschleier verhüllte das Sternenmeer. Der Mond war halb voll, schimmerte trüb und hatte unscharfe Ränder. Als sie den Kopf wandte, um auf das Land unterhalb des Hügels zu blicken, zeigte es sich schwarz und grau, dort wo sich das Mondlicht in den Gräben und einem kleinen Tümpel widerspiegelte, weiß.

Wenn man mich am Stadttor von Paris festnimmt, werde ich den nächsten Vollmond nicht mehr erleben.

Es war so warm, dass sie nicht den Wunsch verspürte, sich zuzudecken. Die Decken, die Bertille für den Kuhstall ausrangiert hatte, schützten von unten vor dem stacheligen Gras. Gegen Steine boten sie zwar keinen besonders guten Schutz, doch die größeren Exemplare hatte sie aufgesammelt und beiseite geworfen. Adrian brachte ihr ein Stoffbündel – saubere, zusammengerollte Männerhemden – als Kopfkissen.

Ihr Gesicht schmerzte nur wenig von der Ohrfeige, die ihr der Gardist verpasst hatte. Doch sie konnte nicht einschlafen. Heute Nacht waren ihre Gedanken recht ungehobelte Begleiter, die in ihrem Kopf lärmten und sie wach hielten.

Sie stand auf, schlüpfte in ihre Schuhe und überquerte die wenigen Meter zwischen ihren und Guillaumes Decken. Der Weg war wirklich kurz.

Er lag mit angezogenen Knien auf dem Rücken und hatte die Hände hinter dem Kopf verschränkt. Seine Stiefel hatte er ausgezogen, nachdem er den Hügel umrundet und die umliegenden Felder auf mögliche Gefahren hin untersucht und Adrian mit derselben Aufgabe betraut hatte. Die Stiefel standen ordentlich nebeneinander am Rande der Decken.

Er hatte seine Weste abgelegt und sein Hemd aus dem Hosenbund gezogen, sodass es ihn lang und locker umhüllte. Seine Füße waren ziemlich groß.

Sie schlüpfte aus ihren Schuhen, trat auf den kleinen Teil der Decke, den er nicht belegte, und ließ sich neben ihm nieder. Eine sehr intime Geste. So setzte sich eine Ehefrau im Garten zu ihrem Gatten, wenn es drinnen zu heiß war. So benahmen sich Verliebte. Das wusste sie, wenngleich sie nie so vertraut und entspannt mit Jean-Paul zusammengesessen hatte, als sie in jenen kurzen Monaten zwischen Kindheit und Trennung ein Liebespaar gewesen waren.

Sie würde wohl nie einen Ehemann haben und in einem gemütlichen Garten mit ihm zusammensitzen. Höchstwahrscheinlich würde man sie morgen aufgreifen, vors Tribunal in Paris stellen und verurteilen. Oder man würde sie an der *barrière* von Paris erkennen und verhaften. Dies war das einzige Mal, dass sie in den Genuss einer ganz besonderen Frucht kam … der Intimität.

LeBreton schien nichts gegen das Schweigen zu haben, das zwischen ihnen herrschte. Zwar konnte sie einzelne Teile seines Gesichts erkennen, jedoch nicht, was genau sie ausdrückten. Eine Weile saß sie da und starrte in die Nacht. »Ich habe noch nicht oft irgendwo auf einem Hügel gesessen und über Felder geblickt«, verriet sie ihm. »Ich komme mir ganz klein vor … so, als wäre ich kaum mit der Erde verhaftet. Als könnte ich jeden Moment abheben und davonschweben.«

»Das ist poetisch.«

»Zuweilen habe ich eine blühende Fantasie. Vielleicht kommt das daher, weil ich alte Geschichten der Landbevölkerung gesammelt habe. Ich interessiere mich für derartige Dinge und schreibe sie auf. Es kann aber auch daran liegen, dass ich viele Stunden meines Lebens damit verbracht habe, mir vorzustellen, ich wäre woanders.«

In Versailles, am Hofe des Königs, hatte sie monatelang in schönen, aber schweren und unbequemen Kleidern herumgestanden. Wie zur Schau gestellt. Weil sie eine de Fleurignac war. Es gab nichts Langweiligeres, als den ganzen Abend herumzustehen und kluge Dinge von sich zu geben. Die Hofdamen der Königin hatten gesagt: »Oh, kommt her. Kommt her, um Mademoiselle de Fleurignacs neueste Geschichte zu hören. Kommt und lauscht ihrer kleinen Geschichte aus der Normandie.« Sie sagten: »Sie ist ja so bezaubernd, so niedlich, ihre neue Geschichte.«

LeBreton rührte sich nicht. Sie konnte sehen, wie sich das Weiß seines Hemdes bei jedem Atemzug hob und senkte. »Durch den Brand des Châteaus haben Sie diese Geschichten verloren.«

»Sie sind auch von anderen niedergeschrieben worden. Viele von ihnen.«

Schweigen. »Trotzdem ist es schlimm, etwas zu verlieren, das man selbst erschaffen hat«, meinte er. »Man kann es nie wieder so machen, wie es einmal war.«

»Nicht ganz.«

»Ich musste einmal fortgehen und alles zurücklassen. Meine Bücher. Gedanken, die ich niedergeschrieben hatte. Abhandlungen.« Er bewegte sich zwar nicht, doch seine Regungslosigkeit hatte jetzt einen anderen Ausdruck. »Mein Vater hat alles verbrannt.«

Sie hatte keine Eile, das Schweigen zu brechen und LeBreton damit eventuell zuvorzukommen.

»Es war, als würde man Blut verlieren«, sagte er.

Aus welchem Hause auch immer er stammte, dort hatte er nicht unbedingt glückliche Tage verbracht. Vielleicht hatte er ja dort gelernt, in unzugänglichen Tiefen seines Innern zu versinken. Gelernt, die Welt so gründlich zu erforschen. Gelernt, so gut in die Seelen anderer Menschen zu blicken, dass er diejenige unter allen verlorenen Seelen um sich herum erkennen konnte, der es am schlechtesten ging. Kein besonders angenehmes Gefühl, mit einem Mann zu tun zu haben, der das Skalpell eines solch starken Wahrnehmungsvermögens führte.

Auf der anderen Seite lehrte er sie, wie sie ihren Feinden die Augäpfel herausreißen konnte. Sie dachte ein Weilchen über Guillaume LeBreton nach, ohne jedoch zu einem bestimmten Schluss zu kommen. »Nach Adrian übernehme ich die Wache«, erklärte sie schließlich.

»Das brauchen Sie nicht.«

»Wenn man von mir erwartet, dass ich meinen Feinden die Augen rausreiße, kann ich doch auch sicherlich ein paar Stunden durch die Dunkelheit wandern und nach ihnen Ausschau halten.«

Er setzte sich auf. Dabei kamen sie sich sehr nahe. Fast schon so nahe, dass sich ihre Körper berührten. Er nahm ihre Hand und schob seine Finger zwischen ihre. Sie fügten sich geschmeidig ineinander – Marguerite de Fleurignacs und Guillaume LeBretons Finger.

Sie hatte nicht gewusst, was sie erwartete, als sie sich so bewusst berührten. Das Beben, das sie erfasste, kam überraschend. Ihr Körper wusste nicht so recht, was er davon halten sollte.

»Ich wecke Sie vor Sonnenaufgang«, versprach er. »Sie können die letzte Wache übernehmen.« Er schaute ihre Hand an und hielt weiterhin ihre Finger mit den seinen verschränkt. »Im Allgemeinen weiß ich, was Frauen wollen, wenn sie mitten in der Nacht zu mir kommen. Diesmal aber nicht.«

»Ich weiß es selbst nicht so genau.«

In den Tagen des Ancien Régime pflegten die hohen Damen des Adels Männer wie diesen zu sich ins Bett zu nehmen, um sich mit einem Mann des Volkes zu amüsieren, der ungeniert, derb und stark war. Er war so eine Art Spielzeug. Sie hatte gesehen, wie Gärtner, Stallburschen und die Soldaten, die das Schloss von Versailles bewachten, von den Damen des Hofstaats in die Privatgemächer eingeladen wurden. Damals hatte sie es dekadent gefunden.

Doch heute Nacht fühlte es sich nicht dekadent an, Guillaume LeBreton zu begehren. Ihn auszuwählen.

»Danke, dass Sie Bertille und Alain und die Kinder gerettet haben«, sagte sie. »Und mich. Hätte ich Sie nicht bei mir gehabt, wäre ich schnurstracks allein ins Haus marschiert und verhaftet worden. Vielen Dank.«

»Keine Ursache. Und jetzt gehen Sie wieder rüber und legen sich hin. Versuchen Sie zu schlafen.« Doch er ließ sie nicht los. Und dieses Wissen stand zwischen ihnen – dass seine warme Hand sie weiterhin hielt, zart wie gegerbtes Ziegenleder, fest wie die Astknoten eines Baumes.

La Flèche wurde auf allen Straßen der Normandie gejagt. Morgen würden die Fänge des Todes über ihr schweben.

Doch das war morgen. Sie hatte noch diese Nacht. »Sie wissen, dass ich Marguerite de Fleurignac bin. Sie haben es immer gewusst.«

»Von der ersten Sekunde an«, bestätigte er gelassen.

»Das haben Sie aber nicht erwähnt.«

»Es erschien mir unhöflich, Ihnen zu widersprechen. Und Sie waren so scheu und misstrauisch. Hatten Angst vor mir.« Er hob ihre miteinander verschränkten Hände und führte ihre Knöchel dicht vor seinen Mund, sodass sie seinen Atem spüren konnte. »Und die haben Sie immer noch. Angst. Gehen Sie schlafen, Mistress Maggie. Es ist spät, und wir haben morgen einen weiten Weg vor uns.«

Der Griff ihrer Finger in seinen wurde fester. Sie konnte seine Narbe nicht sehen. In diesem silbrig fahlen Licht hätte er ein Gentleman sein können, ebenso gut wie ein Verbrecher, Spion oder Schmuggler – was auch immer er war. Ihr war es egal, was er war. Die Nacht steckte voller Möglichkeiten.

»Ich bin keine Jungfrau mehr«, erklärte sie.

Das Licht reichte aus, um zu erkennen, dass er lächelte. »Was für ein Zufall. Ich auch nicht.«

»Was sind Sie doch ein wahrer Born des Sarkasmus.« Sie schüttelte ihn ab. »Guillaume, Sie verstehen, was es bedeutet, eine de Fleurignac zu sein. Ich bin eine Frau, die ein Ziel verfolgt, Familie und Verpflichtungen hat. Das ist alles sehr anstrengend und erschöpfend. Jeder in Frankreich hat die *Liberté*, über die wir alle reden. Das hier ist meine. Das hier ist mein kleiner Anteil an dieser Freiheit. Ich gehöre mir selbst. Und ich kann mich hingeben, wem ich will.«

»Sich hingeben. Meinen Sie damit, mir beizuliegen?«

»Ja.«

Seine Berührung flog über die Haut ihres Arms hinweg wie ein Vogel, der einen Schatten auf das Wasser warf, das er überflog. Dann befand sich seine Hand an ihrer Wange, wie die wärmenden Strahlen der Sonne. Sein Daumen schwebte sanft über die Rundung ihres Nasenflügels hinweg und ließ sich auf ihren Lippen nieder. Sanft. Ganz sanft. Wer hätte gedacht, dass sie dort so empfindlich war? »Warum?«

Sie verriet ihm nicht, dass sie langsam eine beinahe unerträgliche Sehnsucht nach ihm verspürte. Zwischen ihren Beinen. Auch nicht, dass er einfach ein Stück Brot für jemanden war, der seit geraumer Zeit Hunger hatte. Dass er der schützende Baum für einen Wanderer war, der sich in eisigem Regen verirrt hatte.

Dass er sie für die Länge einer Nacht von ihren Fesseln befreien konnte. »Ich werde zu einer meiner Geschichten, wenn ich Sie berühre.«

Er war so groß. Selbst im Sitzen hob sich seine gewaltige Erscheinung tiefschwarz gegen den halbdunklen Himmel ab. Er beugte sich näher und zeichnete auf vertraute und feinfühlige Weise mit der Seite seines Daumens einen Kreis um ihre Lippen. Seltsam zu wissen, dass er die Form ihrer Lippen so gut kannte.

»Tut sie noch weh? Ihre Lippe?«

»Im Augenblick nicht.«

»Sie haben einen hübschen Mund«, sagte er.

»Er ist weder klein noch weiblich. Affenmaul hat mich meine Tante Sophie immer als Kind genannt.«

»Kein Mann auf Erden würde Sie so nennen. Und kein Mann unter den Lebenden würde sich nicht Ihren Mund auf seinem wünschen. Sie sind wirklich schön.«

Welche unerfreulichen Dinge ihr auch in den kommenden Tagen bevorstehen mochten, diesen Moment würde sie sich bewahren, sicher an besonderer Stelle verstaut, tief in ihrem Innern. Guillaume, der die Form ihrer Lippen nachzeichnete und ihr sagte, dass er sie hübsch fand.

Seine Finger verließen ihre Lippen und glitten langsam über ihre Kehle nach unten. Sie trug kein Schultertuch und hatte ihr Hemd nicht zugeknöpft. Ihre Brüste wurden nur unzureichend von dem lockeren Stoff bedeckt. Seine Hand glitt in ihre Kleidung, ganz langsam, ohne jede Eile, und gab ihr Zeit, darüber nachzudenken.

Er nahm ihre Brustwarze zwischen Daumen und Zeigefinger und streichelte sie. Von Kopf bis Fuß breitete sich Gänsehaut auf ihrem Körper aus. Das Beben inmitten ihrer Brust fand ein Echo in ihrem Bauch. Sie stieß einen kleinen, überraschten

Laut aus – einen Laut der Überraschung über die Intensität über Gefühle.

»Was soll ich nur mit Ihnen machen, Maggie?«, fragte er leise.

Doch er wusste es bereits.

»Das ist der Moment, in dem ich Sie auf Ihre Decken zurückschicke«, sagte er. »Allein.« Trotzdem liebkoste er weiter ihre Brust.

Sie schloss die Augen, zu angespannt, um sich zu rühren. Wie ein Saiteninstrument vibrierte sie bei jeder noch so kleinen Berührung. Seine Fingerspitzen waren so schwielig und rau wie Baumrinde. Und so zärtlich auf ihrer Haut. Sie berührten sie kaum spürbar.

Er neigte sich über ihre Brust und küsste den Nippel. »Das wollte ich schon die ganze Zeit tun«, flüsterte er. »Ich konnte das Bild nicht aus meinem Kopf bekommen. Sie, am Fischteich, in nichts als den Morgen gehüllt. Das ist etwas, was kein Mann so schnell vergisst.«

Er zog sie an sich. Dort, wo sein Hemd offen stand, traf ihre Wange auf nackte Haut. Sie würde sich in diesem Mann verlieren, in Gefilden des Erstaunens, Landstrichen der Gefühle. Sie spürte das Strömen seines Blutes. Er war nicht nur einfach LeBreton, ein Schurke und Vagabund. Er war komplizierter als das, und einfacher. Die Nacht ließ den Mann verschwinden, sodass nur noch eine Sagengestalt übrig blieb. Die Gestalt, nach der sie verlangte. Genauso waren die alten Gottheiten zu den Töchtern der Menschen gekommen. Kraftvoll, dunkel und eingehüllt in die Nacht wie in einen Mantel.

Näher. Sie musste ihm näher kommen. Sie würde diese Kleider aus dem Weg schaffen.

»Nicht weiter.« Sie spürte die Stimme in seiner Brust, als er sprach. »Wir hören jetzt auf.«

Das Verlangen zwischen ihren Beinen pochte. Ein Pochen, das ihren ganzen Körper erbeben ließ. »Ich bin bereit, Guillaume.«

»Wir hören auf. Und zwar auf der Stelle. Sonst stoße ich Sie noch zu Boden und nehme Sie gleich hier auf diesen Decken, inmitten von Schafen und Eseln und diesem dreimal verfluchten, mordlustigen Burschen, der jeden Augenblick zurückkommen kann.« Sein rauer Atem strich durch ihr Haar. »Wir lassen das bleiben.« Er ließ sie los.

Sie atmete schwer, rieb sich das Gesicht und versuchte die Gefühle abzuwischen. »Sie sind sehr vernünftig.«

»Stimmt.«

»Dafür hasse ich Sie.«

»Mir gefällt es ja selbst nicht. Ich werde den Hügel hinabstampfen und gegen Bäume treten.«

Er tat jedoch nichts dergleichen. Das war nicht seine Art. Später hörte sie, wie er mit seiner Reibeisenstimme zu den Eseln sprach und dabei ruhig und gut gelaunt klang. Sie schlief tief und fest, als er sein Versprechen einhielt und sie für die letzte Wache vor Sonnenaufgang weckte.

14

Marguerite hatte sich nie Gedanken darüber gemacht, wie schwierig es sein könnte, in die Stadt Paris hineinzukommen. Spatzen herauszuschaffen war schon schwer genug.

Es war die letzte Stunde vor Sonnenaufgang, in der das Licht noch schwach war und die Zeit sich dehnte. Bauern reihten sich an der rechten Straßenseite ein. Zwei Dutzend standen vor ihnen, ein weiteres Dutzend traf nach ihnen ein und wartete hinter ihnen. Sie alle nahmen ihre Plätze mit einer auf langer Erfahrung beruhenden resignierten Geduld ein.

Die Männer trugen Bänder in den Farben der Revolution – blau, weiß und rot. Guillaumes Band war besonders groß. Er hatte es sich heute Morgen an den Hut gesteckt.

»Ist gut für die Verdauung: Geduld.« Guillaume trat so neben die Esel, dass sie ihn nicht attackieren konnten, und zog einen Laib Brot unter dem Gemüse hervor, das er oben in die Lastkörbe gepackt hatte. »Das wird eine Weile dauern. Nehmen Sie.«

»Ich kann nichts essen«, lehnte sie ab. »Aber danke.«

»Müde?« Er berührte sie an der Wange, als hätte er das schon tausend Mal gemacht, und legte kurz einen Finger auf ihre Lippen. Zur Erinnerung. Um zu sagen: *Sprechen Sie leise*.

Ihr Akzent verriet sie als Adlige. Und Adlige fanden dieser Tage in Paris den Tod.

Den Tod fand man auch, wenn man für einen dieser braunen, vor Spreu strotzenden Laibe von »Patrioten-Brot« anstand und dabei ein unzufriedenes Gesicht machte, oder erwähnte, dass irgendetwas – ganz gleich was – früher besser gewesen wäre.

Oder ohne eine Revolutionärskokarde am Hut auf die Straße trat. Hungrig wie ein Wolf und nicht besonders wählerisch ging der Tod in Paris um.

Sie flüsterte nicht, was nur Aufmerksamkeit erregt hätte, war aber auch nicht stumm wie ein Fisch, was genauso aufgefallen wäre. Sie stand dicht bei ihm und sprach mit gedämpfter Stimme. »Hätten diese Esel nicht so viele Zähne, würde ich mich an sie lehnen und einschlafen.«

»Lehnen Sie sich ruhig an mich. Mir wäre es ein Vergnügen.«

Er provozierte sie nur unnötig. Seit ihrer Unterhaltung in den Feldern über Bertilles Haus hatte er sie nicht angerührt. Vergangene Nacht hatten sie auf Armeslänge voneinander getrennt Seite an Seite in Laub und Moos in den Wäldern über Chaville geschlafen, doch er hatte sie nicht angerührt. Sie hatte noch lange wach auf dem Rücken gelegen und in den Himmel geschaut, während sie wusste, dass Guillaume dasselbe tat. Sie hätte schwören können, dass sie dabei im selben Rhythmus geatmet hatten.

Und jetzt neckte er sie. Vielleicht dachte er, wenn sie sich über ihn ärgerte, würde in ihrem Inneren kein Platz für Angst mehr sein. Doch da irrte er sich.

Adrian kniete mit einem anderen Jungen im Dreck und ließ Würfel im Schein der Laterne eines Karren rollen. Um sie herum scharten sich die Fahrer, um ihnen nachdenklich schnalzend und sich kratzend zuzusehen.

Guillaume hatte sich an diesem Morgen durch und durch in einen Bauern verwandelt, der mit seinen Eseln redete und sie mit Brotstücken fütterte. Ein unkomplizierter Mann. Ein uninteressiertes Arbeitstier. Sie hatte keine Ahnung, wie ihm das so perfekt gelang.

Sie holte ihr Strickzeug aus der Tasche ihrer Schürze. Es waren Bertilles Schürze und Bertilles Strickzeug, ein schlichter schwarzer Strumpf, der halb fertig von vier Nadeln baumelte. Ihre schottische Gouvernante hatte ihr das Stricken beigebracht und behauptet, dass bei der Charakterbildung Stricken gleich nach dem Essen von Hafergrütze kam. Zwar war sie mittlerweile etwas aus der Übung, trotzdem schlang sie den Wollfaden um ihre Finger und machte sich ans Werk, verwandelte sich in eine eifrige Bauersfrau, die arbeitete, anstatt untätig herumzustehen.

Und es sorgte dafür, dass ihre Hände nicht zitterten.

»Kennen Sie einen der Männer am Tor?« Sie sprach so leise, dass sie die Worte beinahe hauchte, damit die Umstehenden sie nicht hörten. »Sind wir deshalb hier, in aller Herrgottsfrühe?«

»Nein.« Er warf einen Blick auf die *barrière*. »Sind alles Fremde für mich. Sehen nach guten Revolutionären aus.«

Die Torwächter waren Sansculotten, Freiwillige aus den Distriktkomitees des Faubourg Saint-Antoine und des Faubourg Saint-Martin, dem radikalen Flügel der Jakobiner treu ergebene Männer. Man konnte den befehlshabenden Offizier durchs Fenster des Wachhäuschens sehen – die Stiefel auf einem Fass, das Kinn auf der Brust.

Sie schloss kurz die Augen. »Ich verstehe.«

»Wachsam zudem. Und sie sind schwer bewaffnet.« Guillaume zeigte sich beeindruckt wie ein Kind.

»Ein Anblick, der einen stolz macht«, stimmte sie zu.

Genauso fühlten sich ihre Spatzen unterwegs an jedem Kontrollpunkt. Ängstlich und hilflos. Ärgerlich und gefangen. Sie fragte sich, ob sie sich über ihren Kurier ebenso sehr ärgerten wie sie sich über Guillaume.

Sie war mit einer Nadel fertig und wechselte zur nächsten. Irgendwie würde dieser Strumpf größer ausfallen als beabsichtigt. Unten zwischen den Wagen gewann Adrian erneut und sammelte die Münzen ein. Sie spielten jetzt schon zu fünft, die beiden Jungs und drei erwachsene Männer. Eine kleine Zuschauermenge hatte sich gebildet.

»Ich frage mich, woher der Junge Geld für den Einsatz hat.« Guillaume fütterte Decorum mit einem Brotstück. »Andererseits will ich es gar nicht wissen.« Mit lauter Stimme wandte er sich an den Bauern, der hinter ihnen stand. »Bürger. Da drüben. Wer ist das?«

Vier Männer ritten an der Schlange aus Bauern und Fuhrleuten vorbei und wirbelten einigen Staub auf. Sie waren fein gekleidet, jung und ritten edle Pferde.

»Abgesandte«, antwortete der Bauer. »Auf dem Weg zum Wohlfahrtsausschuss.« Er sah Guillaume an.

Der Mann vor ihnen meldete sich zu Wort. »Sie waren draußen in den Dörfern, um Preiskontrollen durchzuführen, würde ich sagen.«

»Vermutlich.« Beide klangen anerkennend. »Sind früh dran.«

»Ah, *oui*.« Der Wagen des Bauern knarrte, als dieser das Gewicht verlagerte. »Arbeiten Tag und Nacht zum Wohle des kleinen Mannes.«

Wie jeder andere in der Schlange wusste auch sie, wo die Abgesandten herkamen. In den Dörfern außerhalb der Tore von Paris lebten hübsche, aber teure Frauen. Den Höchstpreis von Zwiebeln und Kohl regelte das Gesetz, den Preis für Frauen nicht.

Das Tor öffnete sich, und die *barrière* ging nach oben. Die Abgesandten ritten hindurch, fast ohne anzuhalten und Fragen beantworten zu müssen.

Der Torwächter blickte ihnen achselzuckend hinterher. Ungeduldig wandte er sich dem ersten Bauern zu. »Komm schon.«

Ein Raunen ging durch die Schlange. Männer, die sich an die Räder oder ans Wagenende gelehnt hatten, kletterten wieder hinauf und griffen nach den Zügeln. Stimmen erhoben sich, sprachen zu den Tieren. Jeder gab den Nachbarn die Nachricht weiter, dass das Tor offen war. Gingen von einer Frau zur nächsten und verkündeten, dass sie endlich hinein konnten. Der erste Wagen zog an. Ein Bauer mit einer Hühnerschar durfte sich kontrollieren lassen.

»Deine Papiere.« Der Torwächter streckte die Hand aus. Die Schlange bewegte sich langsam Richtung Tor. »Der Nächste. Papiere.«

Mit sittsam auf ihr Strickzeug gesenktem Blick schob sie sich hinter Guillaume voran. Die Schlange bewegte sich fast im Schritttempo. Die Wachposten warfen nur einen flüchtigen Blick auf die Pässe. Wagen wurden gar nicht angesehen.

»Der Nächste. Papiere.«

Jetzt waren sie an der Reihe. Sie traten an die *barrière*. Sollte ihre Beschreibung im Wachhäuschen hängen … Ein aufmerksamer Posten würde genügen. Wenn sich nun jemand ihr Gesicht ansah, ihre zarten Hände! Sie versteckte sie so gut wie möglich unter der Strickwolle.

Der Wachposten würdigte ihre Papiere keines Blickes. Sah auch sie nicht an. »Der Nächste.« Er begrüßte den Bauern hinter ihnen. »Jacques. Du bist früh dran.«

Guillaume klatschte Decorum aufs Hinterteil. Wie aus dem Nichts erschien Adrian und schlüpfte hinter den Eseln hinein. Mittlerweile konnte sie das nicht mehr erschrecken.

»Sechzehn Sous«, erzählte er. »Man könnte meinen, dass sie in diesem Land noch nie was von präparierten Würfeln gehört haben.«

»Hat keinen Sinn, mit dir zu reden, oder?«, entgegnete Guillaume.

15

Es waren kaum mehr als drei Monate, die sie nicht in Paris gewesen war, und doch hatte die Stadt sich verändert. Es gab mehr Schatten in der Stadt, sie war ängstlicher, dunkler. Furcht quoll aus den Ritzen zwischen den Mauersteinen und stieg vom Straßenpflaster auf. Unwillkürlich fühlte man sich an die zwar regelmäßigen, doch weit auseinanderliegenden Besuche bei einer alten Großmutter erinnert, die mit jedem Mal, das man sie sah, ein bisschen schwächer, ein bisschen verwirrter wirkte.

»Wir werden irgendwo einen Kaffee trinken«, sagte Guillaume.

»Das ist mir recht. Ich würde nur alle wecken und in Sorge versetzen, wenn ich zu so früher Stunde einträfe.«

Sie brauchte nichts zu essen. Sie brauchte zwanzig Minuten, die sie noch länger mit Guillaume LeBreton verbringen konnte. Sie verzehrte sich nach seinen Worten. Nach ein paar zufälligen Berührungen; danach, ihn nur noch einmal lachen zu hören.

Sie aßen in einem Café in der Rue de Lombard in der Nähe von Les Halles. Man kannte Guillaume LeBreton im *Café des Marchands*. Alle nickten ihm grüßend zu, als er sich an einen Tisch setzte. Sie wurde interessiert gemustert. Die Stammkundschaft des Cafés bestand aus Männern und Frauen, die auf dem Markt ihr Geld verdienten, alle hungrig und in großer Eile. Die Brotscheiben in den Körbchen auf den Tischen waren aus feinem Mehl gebacken und besser als alles, was sie in den Bäckereien in den besten Gegenden gesehen hatte. Es sprach einiges dafür, in einem Café zu essen, das von den mächtigen und gut organisierten Händlern von Les Halles frequentiert wurde. Sie konnten die Vorschriften missachten. Auch der Kaffee verriet ihr, dass es einen schwunghaften Handel unter dem Ladentisch gab und dieser nur bestimmten Kunden vorbehalten war.

Adrian sah sich mit schmalem Blick alles genau an, nahm eine Schale mit Milchkaffee mit nach draußen und hockte sich zu den Eseln, um aufzupassen, dass keine Karotten gestohlen wurden. Er wirkte wie eine Katze, die sich in einer neuen, ihr unbekannten Gegend befand und nicht recht wusste, ob sie ihr gefiel.

Guillaume hatte Rotwein bestellt. Er trank ihn in schnellen Zügen, ohne etwas zu schmecken, wie die anderen um ihn herum es taten, als wäre auch er in Eile, mit seinen Gedanken beim Marktstand und den Preisen, die er für sein Gemüse verlangen konnte. Er aß mit akkuraten Bewegungen, nahm einen Bissen vom harten Brot und weichte es mit einem Schluck Wein ein, ehe er anfing zu kauen. So aß die arbeitende Bevölkerung – ungehobelt, aber rationell. Eine stoische Nahrungszufuhr für den Körper. Er war sich ihrer die ganze Zeit intensiv und aufmerksam bewusst. Sie spürte, dass er über sie nachdachte, auch wenn er sie nicht ein einziges Mal ansah.

»Immer noch keinen Hunger?«, fragte er.

Sie schüttelte den Kopf.

»Ich glaube, Sie sind in Sicherheit«, sagte er mit sehr leiser Stimme. »An der *barrière* hing kein Haftbefehl aus. Ich habe genau hingesehen, als wir am Wachhäuschen vorbeikamen. Von Ihren Freunden gab es auch keine.«

Diesen Eindruck hatte sie ebenfalls. Keine Haftbefehle. Das war eine weitere Frage neben all den anderen, die sie schon beschäftigten. Sie hätte gern Guillaume gefragt, was er davon hielt, aber das konnte sie natürlich nicht machen.

Deshalb blieb sie still. Nachdem sie ein paar Mal genippt hatte, meinte sie: »Mir gefällt es hier. Der Kaffee ist sehr gut.«

»Ich komme immer hierher, wenn ich in Paris bin. Wenn Sie den Leuten hier eine Nachricht hinterlassen, bekomme ich sie.«

»Dafür wird sich keine Gelegenheit ergeben. Nach dem heutigen Tag werden wir uns nicht mehr wiedersehen.«

Schon bald würden sie das Café verlassen und zum Hôtel de Fleurignac gehen. Dann würde sie wieder Marguerite de Fleurignac sein. Welten würden zwischen ihr und Guillaume LeBreton – Buchhändler, Spitzbube und Schmuggler – liegen.

Die Uhr ließ sich nicht zurückdrehen, ein einmal zerbrochenes Ei ließ sich nicht wieder kitten. Sie würde nie wieder vergessen … sie würde bis in alle Ewigkeit wissen, wie sich sein Körper anfühlte. Eines Tages, wenn sie alt war, würde sie dieses Wissen wie einen sorgsam gehüteten Brief hervorholen. Doch dann würde ihr Schmerz nur noch dünn und brüchig sein wie altes Papier.

Auch sie würde sich verändert haben. Sie war sich ziemlich sicher, dass alte Frauen diese Art von Schmerz nicht kannten. Als würde die Luft aus lauter Messern bestehen, die bei jedem Atemzug ihre Kehle durchbohrten.

Sie war noch nicht wieder Marguerite de Fleurignac. Sie war immer noch Maggie. Sie würde die Vernunft beiseitelassen.

»Wir können nicht zwei Stunden hier sitzen, ohne Neugier zu erregen. Ich habe eine Freundin, die in diesem Stadtteil nicht weit von hier wohnt.« Sie setzte den Kaffee auf dem Tisch ab und sah ihm direkt ins Gesicht. »Sie wird mir ihr Zimmer zur Verfügung stellen. Begleiten Sie mich?«

16

Doyle ließ Hawker am Fuß der Treppe als Wache zurück und erklomm drei schmale Stiegen bis zu einem Zimmer unter dem Dach. Er brauchte Maggies Freundin nicht kennenzulernen, um nach einem Blick durch den Raum zu wissen, dass sie jung und modebewusst war. Die Kleider, die an Wandhaken hingen, gehörten einem lebenslustigen Mädchen, das als Verkäuferin auf einem der eleganten Boulevards arbeitete. Sie mochte fröhliche, bedruckte Stoffe und rote Bänder an ihren Hauben.

Maggie ging zum Fenster, zog den Vorhang zurück und öffnete das Fenster. »Meine Freundin Jeanne ist nicht da. Sie hat nichts dagegen, dass wir hier sind.«

Wir werden in ihrem Bett Liebe machen. Hoffentlich wird sie auch dagegen nichts haben.

Es war ein sauberer, vollgestellter, aber charmanter Raum. Das Fenster ging nach Osten, und es gab Dachschrägen. Er würde sich den Kopf stoßen, wenn er nicht aufpasste. Manchmal war es auch von Nachteil, wenn man so groß war wie er.

Karren und Fuhrwerke holperten schon früh am Morgen durch diesen Stadtteil und beförderten Gemüse. Es war keine ruhige Wohngegend – dieses Gepolter würde den ganzen Tag über im Hintergrund zu hören sein –, aber jemand hatte sich hier ein heimeliges Nest aus fröhlichen Farben und Lavendelduft, der von der Bettwäsche aufstieg, geschaffen.

Die Freundin war seit ungefähr einer Woche nicht da gewesen. Lange genug, um den Raum verwaist wirken zu lassen, aber zu kurz, als dass sich Staub auf dem Tisch oder der Kommode hätte ablagern können.

Diese Jeanne war ebenso Bestandteil von Maggies Heimlichkeiten wie der Zigeuner und die Frau des Fassbinders in der Normandie. Sie alle gehörten zu La Flèche, da ging er jede Wette ein. Er traute es Maggie zu, dass sie eine Organisation wie La Flèche leitete.

»Ich habe mich immer weise verhalten.« Maggie hielt den Vorhang fest. Er konnte den Schwung ihrer Wange sehen, die sich vor dem Himmel abzeichnete. »Fast mein ganzes Leben lang.«

Nicht wirklich weise. Mit jeder Stunde, die du länger in Frankreich bleibst, setzt du dein Leben aufs Spiel. Aber er war nicht mit ihr hierhergekommen, damit sie sich beide weise verhielten.

Das Bett war ordentlich gemacht und voller blauer Kissen. Der Rahmen knackte, und die Strohmatratze knisterte leise, als er sich auf die Decke setzte, um seine Stiefel auszuziehen. Seine schwieligen Hände blieben am Satin hängen, als er die Kissen beiseite schob. Er meinte förmlich die Stimme seines Vaters wieder zu hören, der sie immer ›Bauernpranken‹ genannt hatte.

Maggie schien das nicht zu stören.

Ich habe die Finger von dir gelassen, Maggie de Fleurignac. Aber das habe ich jetzt gründlich satt.

Was ihr Vater auch getan haben mochte, Maggie hatte keinen Anteil an den Morden in England. Das sagte ihm sein Gefühl, und dem vertraute er. Man konnte nicht immer und überall auf der Hut sein, nur für den Fall, dass die Frau, die man wollte, ein blutrünstiges Biest war.

Sie redete mit sich selber oder mit der Luft draußen und klang wehmütig und entschlossen. »Etwas sagt mir, dass mir nicht mehr viel Zeit bleibt. Nur dieses eine Mal würde ich gern das tun, was Marguerite will. Was Maggie will.« Er konnte sich das Lächeln vorstellen, das auf ihren Lippen lag. Die rechte Seite ihres Mundes verzog sich im Winkel, wenn sie so lächelte. »Denn es ist so … ich habe noch nie in einem richtigen Bett Liebe gemacht.«

Es war, als stünde er draußen in der Kälte und sähe die Wärme im Haus. Und als würde sich die Tür öffnen, um ihn willkommen zu heißen.

»Komm her«, sagte er, und sie kam zu ihm.

Wir werden uns jetzt lieben, dachte Marguerite.

Sie hatte ihn zu Jeannes Wohnung gebracht, war mit ihm die Treppe emporgestiegen und hatte die Tür hinter ihnen beiden geschlossen, wohl wissend, dass sie das tun würden.

Er zog sich das Hemd über den Kopf, schlüpfte aus den Ärmeln und schüttelte es nachlässig ab, um es dann über das Bettgestell zu werfen. Er saß jetzt halbnackt und ganz und gar männlich vor ihr. Sie kannte Männer wie ihn von Marmorstatuen, von Heldenbildern aus Büchern.

Jean-Paul war fünfzehn gewesen, als sie mit ihm zusammenkam. Eher ein Junge denn ein Mann. Er war glatt und schön wie Endymion gewesen.

Guillaume LeBreton war der Minotaurus. Mann und Tier in einem. Mensch zwar, doch ungezügelt. Er hatte sie nie über sein Wesen im Unklaren gelassen. Vom ersten Moment an, als sie ihn erblickt hatte, war sie sich seiner Kraft und Gefährlichkeit bewusst gewesen. Es war ihre Entscheidung, ob sie nun weglief oder auf ihn zuging.

Es schien so, als würde sie sich annähern.

Er zog sie dichter, sodass sie zwischen seinen Schenkeln stand, während er weiter auf dem Bett saß. Seine Hände lagen warm und schwer an ihrer Taille. Sie würde sich seiner Kraft ergeben und von ihm leiten lassen. Ihre Atemzüge kamen bereits kurz und stoßend. Ihre Haut zog sich an merkwürdigen Stellen zusammen. An den Brüsten. An ihren Armen. Wie Angst fühlte sich ihre Aufregung an. Doch das war es nicht. Sie begehrte ihn.

Sie hatten nicht viel Zeit miteinander. Sie durfte sie nicht verschwenden.

Sie half ihm dabei, sie zu entkleiden. Bänder lösten sich. Kleidung fiel auf die Dielen. Ihre Haube wurde zur Seite geworfen. Guillaume zog ihren Zopf herunter und kämmte die langen Strähnen mit den Fingern aus. Sie spürte die Bewegung auf der ganzen Länge ihres Haars. Als er ihr das Haar aus dem Gesicht strich, ließ die zärtliche Berührung ihren Schoß erbeben und löste ein Kribbeln in ihren Brüsten aus.

Dann stand sie in ihrem Unterkleid da. Nur noch ihrem Unterkleid. Sie konnte nicht weitermachen. Es war zu viel, zu plötzlich. Ihre Haut war zu empfindsam. Wie ein Stich würde es sein, wenn er sie berührte. Sie spürte seine Hände durch den dünnen Stoff. Sie glitten an ihrem Körper nach oben und schoben dabei das Unterkleid hoch. Ihre Atemzüge kamen jetzt fast schon keuchend. Sie versuchte nicht zu verbergen, was sie empfand.

Diese Stunde gehört mir. Er gehört mir. Später werde ich …

Seine Hände erreichten ihre Brüste. Immer wieder, auf und ab, rieb er mit dem weichen Stoff über die zarten Erhebungen. Zärtlich küsste er durch den Stoff hindurch ihre Brustwarzen und wechselte dabei von einer zur anderen.

Sie keuchte und drängte sich ihm entgegen.

»Lass uns das hier loswerden.« Mit einer schnellen, plötzlichen Bewegung zog er ihr das Hemd über den Kopf. Ihr Haar fiel zurück über ihre Haut und bedeckte sie. Seine Hände begannen ihre Brüste unter dem Schleier ihres Haars zu erforschen, ihre Form zu erkunden und ein Zwiegespräch mit ihren Brustwarzen zu führen.

»Du hast hübsche Titten«, sagte er. »Einfach absolut perfekte Titten.«

»Und du bist über die Maßen ungehobelt.«

»Ich spreche nur die Wahrheit aus.«

Er war derb und geradeaus und zog es vor, nicht wie ein Gentleman zu reden. *Er könnte, aber er entscheidet sich dagegen.*

Ich will keinen Gentleman.

Ihr Atem vermischte sich, während sie so dicht beieinanderstanden. Weil er auf dem Bett saß und sie stand, überragte sie ihn. Er überwältigte sie nicht mit seiner Kraft. Alles lag in ihrer Entscheidung, war ihre eigene Wahl. Seine Hände glitten an ihrem Körper auf und ab und schabten leicht über ihr Fleisch, weil es die Hände eines Kriegers waren. Nicht weich. Nicht zart. Er verzauberte ihren Körper, zog sie in seinen Bann.

Als sie nach seinen Oberarmen griff, umschlangen ihre Finger sie noch nicht einmal zur Hälfte.

Ich bin nicht wie meine Freundinnen, die sich viele Liebhaber nehmen und unbeschadet wieder gehen. Das hier hat seinen Preis. Es wird mich viel kosten. »Das hier ist ein Fehler. Aber das schert mich nicht.«

»Ein Fehler. Wir können ihn später bedauern«, sagte er.

»Das ist meine Absicht.« Sie hatte nicht damit gerechnet, dass sich sein Brusthaar so weich anfühlen würde, hatte nicht gedacht, dass sie so viel Kraft unter seiner Haut spüren würde. Wo immer sie ihn berührte, löste er Erstaunen in ihr aus.

Sie beugte sich über seinen Mund. Er reckte sich und begegnete ihr, als hätte sie einen Faden um einen Berg gebunden und bräuchte nur daran zu ziehen, damit er zu ihr kam. Seine Lippen waren glatt und heiß. Das Zittern, das sie spürte, war ihres. Ebenso der Zweifel und die nervöse Unruhe. Er hingegen hegte gar keine Zweifel.

Ein kleiner Kuss. Nicht zögernd, sondern einfach nur der langsame Beginn von etwas, das er nicht überstürzen würde. Mehr Küsse. Innige Küsse. Tiefe Küsse. Jeder anders. Er zog ihren Kopf näher, neigte ihn leicht. Eroberte ihren Mund. Da war Fühlen und noch mal Fühlen und nur noch Fühlen, bis die Welt nur noch aus ihm bestand und sie nach Luft schnappen musste.

Sie könnte sich in diesem Mann wie im Sturm eines Unwetters verlieren.

Sie legte die Hand an seine Wange und erforschte die Beschaffenheit seines Gesichts. Er hatte sich heute Morgen bei Kerzenschein am Fluss auf dem Feld, in dem sie übernachtet hatten, rasiert. Doch jetzt bedeckten wieder kratzige Bartstoppeln sein Gesicht. Ständig kämpfte er dagegen an.

Dann ließ sie ihre Finger forschend zu seiner Narbe gleiten. Sie wollte wissen, wie sie sich anfühlte.

Er hielt ihre Hand fest. »Nicht«, flüsterte er. Er drehte ihre Hand um und drückte einen Kuss auf die Innenfläche. Ein Schauer ging durch ihren Körper. Eine wundervolle Ablenkung, wie es auch beabsichtigt gewesen war. »Tu so, als wäre sie nicht da.«

Sie hätte sich nicht träumen lassen, dass ihm die Narbe wichtig war. Für sie war sie nicht wichtig. »Sie macht mir nichts aus.«

»Mir auch nicht. Trotzdem ist es nichts, worum wir uns heute Gedanken machen wollen.«

Er erhob sich vom Bett. Sie standen so dicht voreinander, dass seine Haut sie überall berührte, als er langsam hochkam, sich zu seiner vollen Größe aufrichtete und sie an sich zog. Sie spürte eher, denn dass sie es sah, wie er seine Hose aufknöpfte, seine Kleidung abstreifte.

Sein Glied erhob sich triumphierend und stolz an ihrem weichen Bauch; groß, schwer und steif.

Darauf war ich nicht vorbereitet … dass er so groß ist. Ich hätte bei derben Geschichten und Witzen, bei denen es darum ging, besser zuhören sollen.

Sein ganzer Körper war warm, aber sein Glied war fast schon heiß zu nennen. Sie stellte es sich in ihrem Inneren vor, wie es bald der Fall sein würde. *Wir werden dieses Problem mit seiner Größe lösen. Länge und Umfang müssen doch … zu bewältigen sein. Sonst hätte ihm das bestimmt schon jemand gesagt. Und ich bin erfinderisch.* Sie schmiegte sich an ihn und drückte ihre Wange fest an seine Brust. Kein Raum sollte mehr zwischen ihnen sein. Sie zitterte am ganzen Körper, aber ihr war nicht kalt.

Sie würde sich ihm öffnen. Das war das Tor zur Glückseligkeit. Sie würde dieses Land bereisen, das Guillaume hieß.

Er ließ ihre Münder miteinander verschmelzen, und da waren nur Staunen und Hitze. Ein Staunen, das sich zwischen ihren Schenkeln ausbreitete und immer stärker kribbelte und pochte. Sie wurde hochgehoben. Alles war unwirklich … irgendwie magisch. Sie lag auf dem Bett, auf der Decke. Die Kissen flogen in alle Richtungen. Groß und mächtig wie ein Berg lag er neben ihr. Ganz tief, aus dem Innern seiner Brust sagte Guillaume: »Das heißt … ja. Das heißt ja.«

Sie war voll atemloser Erwartung und Verlangen. Nicht der Hauch eines klaren Gedankens war mehr vorhanden. Da waren nur noch keuchendes Atemholen und das Gefühl seiner Haut an ihrer. Zu vernünftigem Handeln war sie nicht mehr in der Lage, sie konnte sich nur noch an ihn klammern.

Er kniete zwischen ihren Beinen und hob ihre Hüften an. Er war riesig, als er langsam in sie eindrang. Seine Finger berührten sie zart zwischen den gespreizten Schenkeln. Blitze durchfuhren sie jedes Mal, wenn er sie anfasste. Sie hörte ihn sagen, dass sie wunderschön sei, dass jeder Atemzug von ihr lieblich sei. Dies … und das … Vollkommenheit. Sie war eine Blume. Er streichelte sie, und sie stieß ihm entgegen, umschlang ihn mit sehnsüchtiger Glut.

Lust packte sie, als würde sich eine Hand um sie schließen und sie schütteln. Sie schrie auf, und ein heftiges Zittern überlief sie.

Sie spürte ihn in sich, spürte sein heftiges Begehren, das er nur mühsam unter Kontrolle hielt, spürte, wie er sich aus ihr zurückzog und dann am ganzen Körper erstarrte. Er drängte sich gegen ihren Bauch und warf stöhnend den Kopf zurück. Mit all seiner Kraft drückte er sie an sich.

Ganz allmählich ließ er sich keuchend auf sie sinken. Er lag schwer, angenehm schwer auf ihr, und es fühlte sich richtig und natürlich an, dass sie ihn mit ihren Armen umschlang. Sie öffnete die Augen und war in eine warme Landschaft aus Muskeln, Fleisch und Haut gehüllt.

»Ich erdrücke dich.« Er rutschte zur Seite und legte sich neben sie. Sie kuschelten sich auf dem schmalen Bett eng aneinander. Ein Arm lag über ihr, der andere umschlang ihren Kopf.

Er ist nicht das Risiko eingegangen, ein Kind zu machen. Er geht behutsam mit mir um. Noch etwas, das ich jetzt über Guillaume weiß.

»Lass mich dich halten«, sagte er. »Dafür haben wir eine Minute Zeit.« Sein Atem strich kitzelnd über ihre Wange.

Sie drückte das Ohr an ihn. *Ich habe diese Minute*. Zum Klang seines Herzschlags, seinem Lebensstrom, gingen ihre Gedanken auf Wanderschaft.

Ich habe mich verliebt. Es ändert gar nichts.

17

»Alles frei.« Guillaume kam zu ihr hochgeschlurft. »Lass uns gehen.«

Marguerite hätte nicht benennen können, wie sich dieses Schlurfen von ihm, das er in der Rue Palmier an den Tag legte, von seinem schlurfenden Gang auf dem Lande unterschied, doch es war eindeutig anders. Dort war er der durchtriebene Bauer gewesen, ein Mann mit Feldern und höchstwahrscheinlich auch noch ein oder zwei ortsnahen Lehen. Jetzt war er ein gerissener Städter, der sich mit schmalen Gassen und Cafés auf den Boulevards auskannte.

Er nahm ihren Arm, was er auf dem Lande nicht getan hatte. Wenn sie so darüber nachdachte, erkannte sie, dass auch darin der Unterschied zwischen dem Städter und dem Landmann bestand.

Es störte sie nicht, dass Guillaume LeBreton sich so unmerklich verändern konnte. Sie wusste nicht alles über ihn. Wahrscheinlich wollte sie das auch gar nicht. Aber er war auch derjenige, der sie vor einer Stunde geliebt hatte. Dies war der Mann, dem sie Auf Wiedersehen sagen würde.

»Da würden sie jemanden postieren, um nach uns Ausschau zu halten. Siehst du?« Guillaume wurde langsamer.

Adrian warf einen Blick in den schmalen Gang zwischen zwei Häusern, der nicht allzu sauber war. »Zu offensichtlich. Das ist keine Kunst.«

»Die wenigsten Leute sind Künstler. Eine bessere Stelle …« Guillaume schaute zu den Giebeln hoch, wo die Armen im

Dachgeschoss zur Miete wohnten. »Da oben, bei den Tauben, in einem dieser Fenster. Da würde ich meinen Mann postieren. Keiner sieht je nach oben.«

Das Hôtel de Fleurignac lag etwa dreißig Meter weiter auf der linken Seite. Es war vor sechzig Jahren aus dem cremefarbenen Stein errichtet worden, den man unter den Fundamenten von Paris abbaute. Es war sogar möglich, dass die Blöcke in fünfzehn Metern Tiefe unter ebendiesem Haus herausgebrochen worden waren. Das Hôtel de Fleurignac gehörte nicht zu den stattlichsten Häusern des Stadtteils, aber es war in den letzten vier Jahren auch nicht geplündert worden, was eindeutig von Vorteil war.

Guillaume ging mit dem festen Schritt eines Gemüsebauern, der in einem der Cafés oder Läden oder an einer Hintertür eines dieser Gebäude Geschäfte zu erledigen hatte. Sie waren nicht allein auf der Straße. Eine Frau mit einem Laib Brot in ihrem Korb ging eiligen Schrittes und grußlos an ihnen vorbei. Ein kleines Dienstmädchen mit schlaffer Morgenhaube fegte mit gesenktem Kopf einen Hauseingang.

»Wenn es allerdings die Geheimpolizei ist, wofür in dieser Stadt eine hohe Wahrscheinlichkeit besteht«, fuhr Guillaume fort, als sie außer Hörweite des Dienstmädchens waren, »würde man wohl die patriotischen Bürger … hm … dieses Hauses oder eines der Nachbarhäuser belästigen, um einen Beobachtungsposten in den nach vorne hinausgehenden Salon zu setzen. Wenn er unvorsichtig ist, würde man es vielleicht sogar daran bemerken, dass er eine Gardine zurückzieht, oder daran, dass ein Licht brennt.«

»Da wohnt ein Holzhändler.« Sie konnte Informationen beisteuern, weil sie das Schicksal all der Häuser hier verfolgt hatte. »Bis vor zwei Monaten war er ein Anhänger Dantons, was aber keine erstrebenswerte politische Richtung mehr ist. Jetzt ist er ein glühender Verfechter der Ansichten von Robespierre. Er würde ein ganzes Bataillon Soldaten in seinen Salon lassen, wenn ihn die Polizei darum bäte.«

Doch es würde sich keiner die Mühe machen, nach ihr Ausschau zu halten. Wenn das Komitee für Öffentliche Sicherheit etwas von ihr wollte, würde man einfach Gendarmen schicken, die an die Tür klopften. Aristokratinnen harrten angstvoll zu Hause aus, bis sie von der Polizei abgeholt wurden. Sie hatte genug von diesen Frauen gerettet, um das zu wissen. La Flèche fand sie immer. Stolz, fassungslos und dumm wie Kaninchen versteckten sie sich in ihren Salons.

Das Hôtel de Fleurignac war nicht an Holzhändler oder Immobilienspekulanten aus Lyon übereignet worden. Vor fünf Jahren hatte Lafayette persönlich dafür gesorgt, dass Wachposten stationiert wurden, um das Haus vor dem Pöbel zu schützen. Im allgemeinen Chaos der Brotaufstände hatten Dantons Männer vor dem Haus Posten bezogen, gezecht und in die steinernen Blumentöpfe gepisst. Nachdem Lafayette die Flucht ergriffen und Danton ein frühes Ende auf dem Schafott gefunden hatte, waren sie dem direkten Schutz von Robespierre und dem Komitee für Öffentliche Sicherheit unterstellt gewesen. Cousin Victor hatte für diesen Schutz gesorgt, indem er von Partei zu Partei wechselte, wie es die Umstände gerade erforderten.

Victor war der Sohn des jüngeren Bruders ihres Vaters. Er war der Letzte, der den Namen de Fleurignac weitertragen würde, nachdem alle anderen sich wenig weise gegen die Revolution gestellt hatten. Er dagegen besaß ein hervorragendes Gespür für den richtigen Moment. Er hätte ein *danseur noble* eines Ballettensembles sein können, so akkurat vollführte er seine Sprünge und Pirouetten auf der Bühne der Politik.

»Hier leben Sie also.« Adrians Blick glitt über Simse, Reliefs und die verschnörkelten Eisengitter vor den Fenstern. »Viele schöne Stellen, wo man sich festhalten kann, um ganz bis nach oben zu kommen. Da kommt man leicht rein. Fast ein Traum, echt.«

»Das wird man sehen. Ich will, dass du weitergehst. Schlage eine …« Guillaume zeichnete mit dem Zeigefinger eine Acht in die Luft, »durch ein paar Straßen und komm dann wieder her. Mach das, bis ich hier fertig bin.«

Bis ich fertig bin. Sie und Guillaume LeBreton waren fast fertig miteinander.

Da hieß es auch, von Adrian Abschied zu nehmen. Mitten auf der Straße drehte sie sich um und küsste ihn schnell auf die Stirn, was ihn verblüffte und erschreckt zusammenfahren ließ. »Sei auf der Hut.« Sie freute sich, seine kühle, lässige Fassade zum Bröckeln gebracht zu haben, wenn auch nur für einen kleinen Moment. »Wenn du je in Schwierigkeiten stecken solltest, geh zur Küchentür und sag, dass du eine Nachricht für mich hast. Sollte ich noch leben, werde ich kommen. Vergiss das nicht.«

»Das ist mehr, als du verdient hast, Junge«, sagte Guillaume. »Und jetzt verschwinde.«

Sie stand neben Guillaume LeBreton und sah Adrians Grinsen und den beiden Eseln hinterher, als diese die Straße hinuntergingen und schließlich um eine Ecke verschwanden.

»Der Junge begreift gar nicht, was du ihm da anbietest. Was es bedeutet, eine de Fleurignac in diesem Land zu sein. Und er redet nur davon, dieses Haus auszurauben.«

»Das sehe ich auch so. Ich habe noch nie einen richtigen Dieb kennengelernt. Für dich ist er bestimmt ein interessanter Reisebegleiter. Sind wir so leicht auszurauben?«

»Für ihn ja.«

Wenn man tagelang unterwegs gewesen war, um ein bestimmtes Ziel zu erreichen, mutete es schon ein bisschen töricht an, festzustellen, dass man gar nicht dorthin wollte. Sie überquerte die leere Straße, um nach Hause zu gehen. Sie hatte noch fünf Minuten mit ihm. Vielleicht auch zehn. Ziemlich wenig. Wie jemand, der einen großen Bogen um einen tiefen Sumpf gemacht hatte, um nicht zu versinken, hatte sie es bisher vermieden, darüber nachzudenken. Doch jetzt ließ sich das Thema nicht mehr umgehen. Sie waren angekommen. Wenn sie nach unten schaute, würde sie sehen, wie ihre Füße im Sumpf versanken.

Er griff nicht wieder nach ihrem Arm. Er war bereits in eine andere Rolle geschlüpft und ging einen halben Meter hinter ihr, wie gut ausgebildete Dienstboten es taten oder ein respektvoller Untergebener. Wirklich sehr überzeugend.

Sie blieb vor der Tür stehen. Sobald sie über die Schwelle trat, würden ihr mehrere wichtige Aufgaben aufgebürdet werden. Sie würde Bürgerin de Fleurignac sein. Viel lieber wäre sie noch ein wenig länger Maggie geblieben.

Als sie sich nach einer ganzen Weile immer noch nicht rührte, meinte Guillaume: »Wenn du möchtest, dass man dir öffnet, solltest du vielleicht anklopfen.«

»Du bist ein wahrer Born der Weisheit.«

Er betrachtete das Dach über der Mansarde und die Reliefs, die die Fenster umrahmten, mit vagem Interesse, ohne ihr weitere Beachtung zu schenken. Wenn sie der Meinung gewesen wäre, dass sein Gesicht auch nur im Geringsten Aufschluss über seine Gedanken gab, hätte dieses Verhalten sie verletzt.

Würde sie sich auf einem der höchsten Gipfel eines Gebirges befinden, wie es sie in der Schweiz gab, oder den hohen Ausläufern im Osten, wo die Erde in weiter Ferne lag, und sie hätte sich fallen lassen, würde sie das Gefühl haben zu schweben, während der Wind an ihr vorbeirauschte und es so schiene, als würde sie regungslos zwischen Himmel und Erde hängen. Die ganzen langen Minuten während des Falls würde sie glauben, dass der zerstörerische Aufschlag nicht unausweichlich wäre. Sie würde diese Hoffnung bis zum letzten Moment aufrechterhalten, wenn der Aufschlag ganz plötzlich erfolgte und alles zu Ende wäre.

Das Zusammensein mit Guillaume war so ein Absturz gewesen, und jetzt schlug sie hart auf dem Boden auf. Nie wieder würde sie mit ihm durch die Normandie ziehen. Sie konnte nicht einmal mit ihm in Jeannes kleines Zimmer zurückkehren. Wo es zählte, hatten sie einander bereits Lebewohl gesagt. Sie stand vor der Tür und bemühte sich, nicht daran zu denken, was als Nächstes kam, bemühte sich um einen überlegten Rückzug. Der Nutzen der Philosophie war wahrlich sehr begrenzt.

»Wir können natürlich auch noch eine Weile hier einfach so herumstehen«, sagte Guillaume. »Es ist ein schöner Tag.«

»Noch eine Minute. Dann werde ich klopfen.« Ein Stein lag statt eines Herzens in ihrer Brust. »Wirst du meinen Vater bitten, dich zu bezahlen? Wir haben noch nicht ausführlich darüber gesprochen.«

»Ich werde darauf bestehen.« Mit einem Mal wirkte er seltsam ausdruckslos, als wäre auch seine unerschöpfliche Erfindungsgabe an ihre Grenzen gestoßen. »Es würde merkwürdig aussehen, wenn ich es nicht täte.« Wieder verging eine Minute. »Ich habe dich nicht wegen des Geldes mitgenommen. Das weißt du.«

»Ich weiß nichts über dich außer einer Menge Lügen.« Sie hatte kein Recht, verstimmt zu sein. Trotzdem gab sie dem Gefühl nach. »Jetzt wirst du auch der kleinen Unannehmlichkeit enthoben, mir dauernd Lügen erzählen zu müssen. Das wird dich freuen.«

»Stimmt. So bin ich. Ich lache mir schon ins Fäustchen.«

Seine Stimme würde sie doch nicht vergessen, oder? Als würden Mahlsteine übereinanderreiben. Kein anderer sprach so.

»Es war schön. Mit dir zusammen zu sein.« Sie wählte jedes Wort sorgfältig. Ihr Intermezzo war vorbei. »Wenn alles anders wäre, würde ich …« Sie presste die Luft aus der Lunge und verstummte, weil es wirklich nichts mehr zu sagen gab. »Aber es ist nun mal so, wie es ist.«

Er hatte immer noch den Ring, den er ihr abgenommen hatte. Den Ring ihrer Mutter. Sie hatte ihn nicht gebeten, ihn ihr zurückzugeben, und er hatte es auch nicht angeboten. War es falsch von ihr, ihm den Ring zu überlassen und zu glauben, er würde ihn wie einen Schatz bewahren?

Sie würde sich vorstellen, dass er ihn behielt und ihn von Zeit zu Zeit hervorholte … um ihn zu betrachten … um ihn zu halten. Ihre Dummheit kannte wirklich keine Grenzen.

»Lass uns das jetzt hinter uns bringen.« Er griff an ihr vorbei, hob die Hand und klopfte an die Tür … laut, hohl und endgültig.

Ich habe von seinen Händen gekostet, habe mich in seiner Kraft geaalt. Er gehört mir. Das Herz verfügt über keinerlei Verstand.

Janvier, der Kammerdiener ihres Vaters, war schon wach und öffnete ihnen die Tür. Er trug ein schwarzes Jackett, Kniebundhosen und ein schlichtes weißes Hemd. Keine Livree aus Samt und Seide mehr für die Dienstboten. Das Haus ihres Vaters zeigte eine Fassade revolutionärer Ideale.

»Mademoi… Bürgerin. Aber …« Sein Mund stand offen. Er sah auf die Straße und ließ den Blick in alle Richtungen streifen. Aber er sah keine Kutsche. Keine Zofe. Keinen Lakaien, der Gepäck ausgeladen hätte. Sein Blick heftete sich auf Guillaumes Narbe. »Was ist passiert? Wo ist die Kutsche? Warum sind Sie so angezogen?«

Es waren keine Soldaten hier gewesen, um sie festzunehmen.

Der Verrat, dessen Auswirkungen in der ganzen Normandie zu spüren gewesen waren, hatte La Flèche in Paris nicht berührt. Und keiner hatte Kunde vom niedergebrannten Château überbracht.

»Sie haben keine Nachricht geschickt, Mademoiselle. Wir dachten, Sie wären sicher in Voisemont.« Janvier trat zurück, während er das alles hervorsprudelte.

»Ganz offensichtlich bin ich das nicht. Wo ist mein Vater?« Sie musste ihren Vater über mehrere schlechte Nachrichten in Kenntnis setzen. Und Victor auch. Victor würde schimpfen und ihr die Schuld geben. Er würde ihr auch die Schuld geben, wenn ein Blitz das Château getroffen hätte und es daraufhin in Flammen aufgegangen wäre.

Guillaume schob seine große Gestalt in die Eingangshalle. Die Arme hinter dem Rücken verschränkt, stand er vor einer nackten Waldnymphe aus vergoldeter Bronze und betrachtete sie aufmerksam.

»Der Herr ist nicht ...« Janvier ließ den Blick wieder über die Straße gleiten, als erwartete er, plötzlich eine Kutsche auftauchen zu sehen. Dann schloss er die Tür. Sein Misstrauen gegenüber Guillaume war ihm deutlich anzumerken.

»Mein Vater ist nicht ... was?«

»Er ist nicht hier ... um genau zu sein.«

Angst stieg in ihr auf. »Wo ist er ... um genau zu sein?«

Janvier antwortete nicht. Er war kein Dummkopf, der Kammerdiener ihres Vaters, sonst hätte er sich niemals in seiner Position halten können. Wie jeder gute Dienstbote besaß er einen stark ausgeprägten Instinkt dafür, wann es besser war zu schweigen.

Irgendetwas stimmte nicht. Es gab zwar keine Beweise dafür in dieser ruhigen, sauberen, geordneten Eingangshalle, doch sie wusste es. Als würde sie über die vereiste Oberfläche eines

Sees im Winter gehen und das leise Knacken unter ihren Füßen hören.

»Wie lange ist mein Vater schon fort? Eine Stunde?« Janvier würde es ihr irgendwann sagen, oder sie suchte sich jemand anders, der etwas wusste. »Einen Tag? Eine Woche?«

War ihr Vater verhaftet worden? War er mitten in der Nacht aus seinem Bett gezerrt und eilig von einem Trupp Gardisten fortgeschleift worden? So liefen solche Dinge dieser Tage ab. Es konnte jedem passieren. Sogar ihrem Vater. Sogar ihrem listigen Vater, der einen immer so wütend machte.

Wenn er im Gefängnis saß, konnte es bereits zu spät sein. Es war unendlich schwer, diejenigen zu retten, die schon ins Gefängnis geworfen worden waren.

Sie hatte ihrem Vater wohl an die hundert Gelegenheiten gegeben, Paris zu verlassen und Emigrant zu werden. Sie hatte mit ihm diskutiert, hatte ihm gesagt, dass er nach England gehen sollte, um in Sicherheit zu sein. Doch er hatte sich geweigert. Sie konnte nur hoffen, dass er wieder in Oslo war und sich Notizen über das Nistverhalten der norwegischen Gänse machte und sich nicht an irgendeiner Kriegsfront aufhielt, um die Fähigkeiten österreichischer Artillerieoffiziere auszukundschaften. Bei ihrem Vater wusste man nie.

Guillaume sah sie nicht direkt an. Er schaute in den hohen Spiegel und beobachtete sie darin, wobei seine Miene ausdruckslos blieb.

Hinter ihr öffnete sich eine Tür. Es war nicht ihr Vater, der aus dem Salon trat, sondern Victor. Der zu dieser frühen Stunde eigentlich nicht im Haus sein sollte.

»Cousin Victor.« Sie machte einen schnellen, kleinen Knicks, der fast schon unhöflich war. Wie häufig hatte ihr Vater schon zu ihr gesagt, sie sollte nett zu Victor sein? »Janvier hat die Sprache verloren. Sag du mir, wo Papa ist.«

»Wo bist du gewesen, Marguerite? Wir haben gehört …« Er unterbrach sich. »Warum bist du so angezogen?« Er sah zu Guillaume hin, der weiterhin in die Betrachtung der Nymphen versunken war. Es war weniger eine Kunstbetrachtung, sondern eher der anerkennende Blick eines Mannes, der Statuen nackter Frauen ansah.

»Wer ist das?«

Das war eine Frage, die sie sich schon seit längerer Zeit selber stellte. »Ich werde alles mit meinem Vater besprechen. Wo ist er? In Kurzform, bitte. Warum ist er nicht …«

Victor unterbrach sie. »Später.«

Das letzte Mal, als Victor im Haus gewesen war, hatte er noch keine Befehle gegeben. Irgendetwas stimmte ganz und gar nicht. »Warum bist du hier?«

»Nicht vor den Dienstboten«, fuhr Victor sie an. Er sah Janvier finster an – Janvier, der alle Familiengeheimnisse der letzten zwei Generationen kannte –, um sich dann mit ebenso finsterer Miene zu Guillaume umzudrehen. »Du hast mir immer noch nicht gesagt, wer dieser Mann ist.«

»Das ist eine Sache, um die sich mein Vater kümmern wird. Aber wenn du dich unter vier Augen mit mir unterhalten möchtest, können wir das gern tun. Komm mit. Gehen wir in den Salon.« *Tu so, als wäre Guillaume ein Nichts. Völlig unwichtig.* Im letzten Moment, als wäre es ihr beinahe entfallen, hielt sie noch einmal inne und sagte: »Setzen Sie sich, Bürger LeBreton, und warten Sie. Da, auf die Holzbank, und nichts anfassen. Mein Vater wird Sie bezahlen.«

Victor rührte sich nicht von der Stelle.

»Das ist nichts, worum du dich kümmern müsstest«, sagte sie.

»Doch … in der Abwesenheit deines Vaters kümmert es mich sehr wohl. Ich bin derjenige, dem Bericht erstattet wird. Und es sieht so aus, als müsste ich diese Angelegenheit für dich regeln.«

Tiefe Erschöpfung überkam sie. *Guillaume muss fort. Ich muss ihn aus dem Haus bekommen. Weg von Victor.*

Victor war nicht nur ihr Cousin und der Erbe der de Fleurignacs. Er hatte es auch aus eigener Kraft geschafft, ein mächtiger Mann zu werden. Ein Radikaler, ein Mitglied des Komitees für Öffentliche Sicherheit und ein Freund von Robespierre persönlich. Er war ein Idealist. Ein humorloser Mann, so eigennützig wie Unkraut, mit strengen Moralvorstellungen und unverrückbaren, ziemlich langweiligen Überzeugungen. Kurz gesagt: das absolute Gegenteil von Guillaume LeBreton.

Victor könnte Guillaume mit einem Fingerschnipsen töten.

Sie stieß einen lauten Seufzer aus. »Ich bin vier Tage auf staubigen Straßen unterwegs gewesen, Cousin. Ich bin unerträglich hungrig und schmutzig. Du sagst, dass mein Vater in Schwierigkeiten steckt, die zu kompliziert sind, um sie zu erklären. Bürger LeBreton kann warten.« Sie blickte sich kaum richtig um. »Gehen Sie jetzt, und kommen Sie morgen wieder. Wir sind beschäftigt.«

Kurz schaute Guillaume auf und sah sie direkt an. In seinem Blick lag keine Spur dessen, was zwischen ihnen gewesen war.

»Wer ist das?«, wiederholte Victor seine Frage. »Sag es mir, Marguerite.«

Sie warf die Hände in die Luft. »Na gut. Vielleicht bist du ja doch derjenige, der sich letztendlich um diese Sache kümmert. Das ist Bürger LeBreton, ein Hausierer, der über die Dörfer zieht. Als in Voisemont alles drunter und drüber ging – und es war schlimmer, als du dir vorstellen kannst –, war er so freundlich, mir sicheres Geleit bis nach Paris zu geben. Ich habe ihm eine Belohnung versprochen. Nimm Geld aus der Schatulle und bezahl ihn bitte an meiner Stelle.«

»Hundert Louis d'Or.« Guillaume ließ sich schwer auf die Holzbank sinken. Er verschränkte die Arme vor der Brust und verwandelte sich in den Händler Bürger LeBreton … berechnender Blick und Hände, die mit Waren umgehen konnten. Man konnte deutlich erkennen, dass Bürger LeBretons Waren manchmal nicht das vorgeschriebene Gewicht hatten. »Gold. Kein Silber. Auch kein Papiergeld.«

»Patrioten nehmen auch Assignaten.« Ein seidiger, drohender Unterton hatte sich in Victors Stimme eingeschlichen. »Nur Reaktionäre und Konterrevolutionäre fordern Münzgeld. Wissen Sie nicht, dass es gegen das Gesetz ist, Assignaten abzulehnen, wenn sie einem angeboten werden?«

»Es wurde eine Vereinbarung über Münzen getroffen.«

Wie machte Guillaume das? Ein Kräuseln der Lippen. Das Gesicht so gedreht, dass Licht auf die Narbe fiel. Eine Veränderung in der Stimme. Er wurde zu einem Mann aus den Gossen des östlichen Faubourg und dem Süden von Paris. Sogar seine Hände, die auf den Armen lagen, wirkten plötzlich grob und gefährlich. Dieselben Hände, die sich so göttlich auf ihrer Haut angefühlt hatten.

Fordere Victor nicht heraus. Nimm die Assignaten und geh.

Sie sah nicht ein Mal in Guillaumes Richtung. Sie traute sich es nicht zu, so wie er mit Gesicht und Augen zu lügen.

»Cousin.« Sie ging ungeduldig an ihm vorbei. »Wir haben wichtigere Dinge zu erledigen, als mit einem Händler zu feilschen. Lass Janvier das Geld holen, um ihn zu bezahlen, und komm mit in den Salon. Bitte.«

Wichtige Dinge würden Victor gefallen. Er war ein Mensch, der fest an wichtige Angelegenheiten glaubte, bei denen er immer eine entscheidende Rolle spielte.

Er nickte. »Du hast recht. Geh schon mal vor.«

Sie öffnete die Tür zum Salon. Hinter sich konnte sie Victor leise reden hören. Aber sie konnte alles verstehen.

»Sie sollten vorsichtig sein, Bürger LeBreton. Jeden Tag besteigen Menschen die Guillotine – oft für weniger als die Unverschämtheit, die Sie mir gegenüber an den Tag gelegt haben. Janvier wird Ihnen Geld geben. Lassen Sie sich hier nie wieder blicken.«

18

Doyle entfernte sich mit einem klimpernden Geldbeutel voller Goldmünzen vom Hôtel de Fleurignac.

Hawker näherte sich ihm erst, als er ihm das Zeichen gab. Er schloss zu ihm auf. »Sie sind einfach weggegangen und haben sie dort gelassen?«

»Richtig.«

»War ihr Vater da?«

»Keine Spur von ihm. Es gibt einen Cousin, der dort eingezogen ist. Ein interessanter Bursche. Sie mag ihn nicht.«

Seite an Seite gingen sie weiter, und die Esel bildeten so etwas wie eine provisorische Nachhut. Eine Weile stellte der Junge keine Fragen. Nach zweihundert Schritten gab er nach. »Interessant, nicht wahr?«

»Ja, die Anzahl der Männer, die er umgebracht hat.« *Für deine Neugier könnte ich dich durch halb Paris schleifen.* »Hat was von einem Denker, der an Utopia glaubt, dieser Victor de Fleurignac, was heutzutage bedeutet, dass jedem, der anderer Meinung ist, der Kopf abgehackt wird. Ungefähr ein Dutzend bisher. Er dachte darüber nach, auch meinen Kopf rollen zu lassen. Er hätte es auch getan, hätte Maggie nicht direkt danebengestanden. Ein Mann, der mich auf finstere Weise und zu Recht verdächtigt.«

Er bog nach rechts in die Rue Riquier ein, hielt an und überprüfte die Riemen der Tragekörbe bei beiden Eseln. Wahrscheinlich wurden sie nicht verfolgt, doch das war in diesem Teil der Stadt schwer zu sagen.

Hawker stand wütend daneben. »Sie haben sie bei einem Cousin gelassen, der Menschen umbringt.«

»Nicht mit seinen lilienweißen Händen. Das läuft alles ganz sauber und legal ab. Auf Befehl des Komitees für Öffentliche Sicherheit.«

»Sie gehen einfach davon und lassen sie zurück, weil Sie glauben, ihr Vater könnte auftauchen.«

»Oder sie ihn aufspüren. Das eine oder das andere.« Er klopfte auf die Riemen und schnalzte den Eseln zu. »So was wie sie nennt man einen Lockvogel.«

»Und das tun Sie ihr an. Erst nehmen Sie sie mit nach oben und dann tun Sie ihr das an.« Stapf. Stapf. Oh, der Junge war richtig wütend. »Ich hab Sie beide riechen können, als Sie wieder nach unten gekommen sind. Wie zwei Straßenkatzen. Sie haben gegrinst und sie hat geschnurrt und sich gereckt.«

Es war ein schönes Gefühl gewesen, neben ihr herzulaufen und zu wissen, dass sie nach ihm roch. »Ich hoffe, dass ihr Cousin nicht deine umfangreiche Erfahrung besitzt. Was offensichtlich nicht der Fall ist, denn dann wäre ich längst auf dem Weg zur Kurzmacherin.«

»Schön. Sehr schön. Was ist mit den beiden hier?« Hawker knuffte einem der Esel den Ellbogen in den Bauch. »Die brauchen wir doch nicht mehr, oder? Warum verkaufen wir sie nicht auch? Die haben viel leckeres Fleisch auf den Knochen. Eselfrikassee.«

»Ich dachte, du hättest selbst Appetit darauf.«

»Man isst doch nicht seinen eigenen Esel. Und man benutzt die eigene Frau auch nicht als …« Hawker trat nach einem losen Stein im Pflaster. Er kullerte über die Straße und schlug gegen eine Mauer. »Lockvogel. Das ist eine dieser feinen Unterscheidungen, die Gentlemen machen.«

Eine Kutsche fuhr an ihnen vorbei. »Was den Geschmack

betrifft, ist Maultierfleisch besser als Eselfleisch. Ich nehme dich in ein Bistro mit, wo du beides probieren kannst. Es gibt eins am linken Ufer der Seine.«

»Jetzt noch nicht, wenn es recht ist. Sie hätten eine Möglichkeit finden können, sie nicht dort zu lassen, wenn Sie gewollt hätten.«

»Ich habe viel Mühen auf mich genommen, sie genau da abzusetzen, wo sie jetzt ist.«

»Zum Teufel damit«, stieß Hawker zwischen zusammengebissenen weißen Zähnen hervor.

»Wenn sie mit ihrem Vater unter einer Decke steckt und die Ermordung von Offizieren plant, verdient sie, was sie bekommt. Und wenn nicht, ist sie trotzdem unsere einzige Verbindung, die zu ihm führt.« Es war helllichter Tag. Im Hauptquartier im Marais würden schon alle wach sein. »De Fleurignac weiß, wer sterben soll. Wenn ich ihn in die Finger bekomme, wird er es mir sagen. Jetzt hör zu. Du weißt, wo wir hier sind?«

»Da drüben ist Notre-Dame.« Hawker zeigte in die Richtung. »Das Hôtel de Fleurignac dort.« Augen, messerscharf wie Klingen, musterten ihn durchdringend. »Es hat Ihnen nicht gefallen, sie zurückzulassen.«

»Mir muss nicht alles gefallen, was ich tue.«

»Wann werden wir sie dort rausholen?«

»Wenn der richtige Moment gekommen ist. Ich werde mich jetzt in dieser Richtung entfernen – durch die Rue Cairel. Du wirst mich jetzt ein bisschen verfolgen und versuchen, mich nicht aus den Augen zu verlieren. Nur um es mal zu üben.« Mit speziellen Gesten seiner Hände und Finger gab er den gleichen Befehl. »Wenn wir voneinander getrennt werden, findest du mich am rechten Ufer der Seine, flussabwärts der Pont Neuf.«

Mit einer Handbewegung gab Hawker zu verstehen, dass er verstanden hatte.

Dann wollen wir doch mal sehen, ob wir dich abhängen können, Junge. Er ging mit den Eseln davon, ohne noch einmal zurückzuschauen.

»Abgebrannt! Das Château ist abgebrannt! Das ist unmöglich. Völlig unmöglich.« Ihre Tante kreischte wie ein Papagei und stampfte mit dem Fuß auf. »Nein! Nein. Nein. Unmöglich.«

Tante Sophie. In einer Welt voller Ungewissheiten blieb sie berechenbar. Es war der immer gleiche schockierte Zusammenbruch. Ob es nun wegen eines entflogenen Vogels war oder weil man den König gestürzt hatte. Ob wegen eines zerbrochenen Fächers oder wegen eines niedergebrannten Château.

Marguerite stand da und beschwichtigte sie, bis die Dienstmädchen ihre Tante aus dem Salon führten. Victor befahl, seiner Mutter parfümiertes Wasser für die Augen zu bringen. Einen Kräutertee aus Lavendel und Fenchel. Feuchte Tücher für ihre Stirn. In Tränen aufgelöst und unter ständigem Schluckauf verließ Tante Sophie den Salon. Nach einem erleichterten Seufzer kehrte Stille ein.

Es war dunkel und stickig im Salon, und so zog Maggie nacheinander alle Vorhänge zurück, um dann die Fenster zu öffnen, damit kühle Luft in den Raum strömen konnte. Dann löschte sie die Kerzen, die nur wenig Licht verbreiteten und zusätzliche Wärme erzeugten.

Währenddessen erteilte Victor Janvier weitere Anweisungen. Im Haus würden alle Aktivitäten eingestellt werden. Völlige Stille würde sich auf alle Räume niedersenken. Man würde das Zimmer seiner Mutter verdunkeln, während ein Dienstmädchen bei ihr blieb. Pastillen sollten zum Einsatz kommen. Victor erwog nachdenklich die Vorteile unterschiedlicher Sorten.

Cousin Victor hatte sich wohl innerhalb der letzten paar Wochen im Hôtel de Fleurignac breitgemacht. Seitdem hatte Tante

Sophie den Salon mit Konfektdosen und pummeligen Cupidos übersät. Drei tickende Uhren zeigten drei unterschiedliche Zeiten an. Aus welchem Grund brauchte jemand drei Uhren?

Es handelte sich um republikanische Beute, geplündert aus Patrizierhäusern in Paris. Sie erkannte einige der Stücke wieder. Sie stammten aus Häusern von Freunden von ihr.

Janvier ging, um das Aufbrühen der Kräutertees zu überwachen. Sie entdeckte eine weitere, ziemlich kleine Uhr auf einem Tisch hinter dem Sofa.

Victor wartete, bis sich die Tür hinter dem Butler geschlossen hatte. »Das war nicht die richtige Art und Weise, es ihr mitzuteilen. Meine Mutter ist eine höchst empfindsame Person.«

»Es gibt keine taktvolle Form, jemandem nahezubringen, dass ein ganzes Gebäude bis auf die Grundmauern abgebrannt ist.«

»Es gab keinen Grund, es überhaupt zu erwähnen. Meine Mutter braucht nicht das ganze Ausmaß der Katastrophe zu erfahren.« Er begleitete seine Ausführungen mit weit ausholenden Armbewegungen, als würde er vor einer Versammlung sprechen. »Mein Gott, dieser Verlust ist eine Katastrophe. Wie konnte das passieren? Allein die Gemälde hatten einen Wert von mehreren zehntausend Livres. Und die Bibliothek. Ist dir klar, wie viel Geld dein Vater für Bücher ausgegeben hat?«

»Fast bis auf den Sou genau. Den Dienstboten ist nichts passiert. Und ich konnte unverletzt flüchten. Danke der Nachfrage.«

»Natürlich mache ich mir Sorgen um dein Wohlergehen.« Er presste die Lippen aufeinander, und die langen Nasenflügel wurden flacher. Victor galt als gut aussehender Mann. Sie selber hatte ihn nie so gesehen. »Es ist deine Schuld, Marguerite, dass die Dorfbewohner brandschatzend zum Château gezogen sind und völlig außer Kontrolle waren. Wärest du in Paris geblieben, wie ich es dir geraten hatte, wäre das nicht passiert.«

Das war das Problem, wenn man es mit Victor zu tun hatte. Er sagte oft Dinge, die sich jeder Logik entzogen. »Die Männer, die dafür verantwortlich sind, kamen aus Paris.«

»Genau das, was ich sage. Es gibt politische Eiferer, die durchs Land ziehen und Unruhe stiften. Du hast sie förmlich eingeladen, indem du dich im Château zur Schau gestellt hast. Wärst du nicht allein und ohne Aufsicht im Château gewesen, hätten die Dorfbewohner nicht auf dem Schloss gewütet.«

»Gib nicht meinen Dorfbewohnern die Schuld. Es war Gesindel aus der Taverne. Zwei waren mit Haftbefehlen vom Komitee für Öffentliche Sicherheit gekommen und rührten …«

»Mach dich nicht lächerlich. Wären solche Haftbefehle ausgestellt worden, hätte man es mir gesagt. Glaubst du etwa, man hätte deinen Vater nie wegen seiner Eskapaden denunziert?« Er ging gemessenen Schrittes im Salon auf und ab. »Alle Anstrengungen, die in diese Richtung gingen, habe ich unterdrückt. Ich habe für die Sicherheit der de Fleurignacs gesorgt. Und lassen wir einmal meine Zuneigung zu dir beiseite …«

Oh ja. Lassen wir die beiseite.

»… kann ich natürlich auch nicht zulassen, dass meine Familie angegriffen wird. Ich bin verantwortlich für dein Handeln. Meinst du etwa, ich könnte meine jetzige Stellung innehaben, ohne Feinde zu haben? Deine Starrköpfigkeit, die Dummheit deines Vaters, dir zu erlauben, allein zu leben und zu entscheiden, hat …«

»Ich habe das Gut bei Voisemont verwaltet, seit ich …«

»Die Dummheit deines Vaters, dir völlige Freiheit zu gewähren, hat zum Verlust unseres Gutes geführt. Nur der Himmel weiß, was die Leute sagen, wenn es bekannt wird. Genau diese traurige Berühmtheit ist es, die ich vermeiden wollte. Wärst du in Paris gewesen – unter dem Schutz deines Vaters und meinem Schutz wäre all dies nicht passiert.«

»Wo ist mein Vater?«

Die Frage unterbrach den endlosen Strom der Vorwürfe.

Victor wartete einen Moment zu lange, ehe er sagte: »Ich dachte, er wäre bei dir. In Voisemont.«

Victor wusste also nicht, wo ihr Vater war. Wäre er verhaftet worden, hätte man es Victor gesagt. Ihr fiel ein Stein vom Herzen. Ihr Vater kritzelte keine mathematischen Berechnungen an die Mauern eines der Pariser Gefängnisse, wodurch er die anderen Gefängnisinsassen verärgern und die Wachen zu Mordgelüsten treiben würde. Er war einfach nur verschwunden.

»Hat mein Vater Paris verlassen? Weißt du das?«

Sie hörte das Knirschen von Zähnen. Victors Zähnen. »Ich nehme es an. Er hat eine Tasche gepackt und ist gegangen. Er hat mich nicht über sein Ziel unterrichtet.«

Fast empfand sie so etwas wie Mitleid für Victor. »Er ist nicht emigriert, falls du das befürchten solltest.« So viel gesunden Menschenverstand besaß ihr Vater nicht. »Was ihm auch widerfahren sein mag, ist ihm in Frankreich widerfahren.« Was nichts über das Ausmaß des Ärgers sagte, den er anstellen konnte.

»Ich wünschte, ich könnte das glauben«, sagte Victor.

»Wärst du in Sorge um ihn gewesen, hättest du mir schreiben müssen, um dich zu versichern, dass er bei mir ist. Aber es ist natürlich nett, dass du und auch deine Mutter zu Besuch hier seid. Auch wenn es im Moment nicht so ganz passt.« Sie durchquerte den Raum, um an der Klingel zu ziehen.

Sie hatte es hier mit mehreren Problemen zu tun. Das dringlichste von ihnen war Victor. Aber er war nicht das größte.

»Ich werde meinen Vater auf einem Hausboot in Puteaux finden, wo er den Magnetismus der Seine misst, oder in irgendeinem Mausoleum, wo er die Schädelgröße von Genies untersucht, oder … ich glaube, in seinem letzten Brief war von

Planeten die Rede. Ich habe das nicht weiter beachtet, denn es war ja nichts Politisches.«

»Alles ist politisch, Marguerite.« Victor baute sich direkt vor ihr auf. Zu dicht. »Was ist zwischen dir und diesem Proleten vorgefallen?«

»Zwischen mir und einem Hausierer?«, tat sie es ab. »Sei nicht vulgär.«

»Du bist mit diesem Abschaum über Tage zusammen gewesen.«

»Man kann ihn wohl kaum als Abschaum bezeichnen, Victor. Gewiss – er ist ein Händler, aber die haben auch ihre Wertvorstellungen und Tugenden.« *Mach das jetzt richtig. Mach das ja richtig.* »Er war die ganze Zeit fast schon peinlich respektvoll. Nicht jeder kleine Mann verspürt das Bedürfnis, mit Gewalt gegen den Adel vorzugehen. Manche erleichtert es, wenn sie wie früher einfach nur Befehle befolgen können. Er will nur Geld. Es gibt da irgend so ein Stück Land in einem Dorf am Ende der Welt«, sie ließ Erheiterung in ihrer Stimme mitschwingen, »mit einer hübschen Müllerstochter.«

»Dein Vater würde von mir erwarten, dass ich deinen Ruf wahre.«

»Mein Vater würde erwarten, dass du ihm diese Aufgabe überlässt. Oder mir. Du mischst dich in Sachen ein, die dich nichts angehen.« Wegen Victor hatte sie Guillaume verleugnet, ihn beleidigt und war einfach gegangen. Ihr Abschied hatte dadurch einen schalen Beigeschmack bekommen.

Schließlich senkte er den Blick. »Mir gefällt nicht, wie er dich anschaut.«

»Ja, er hat wirklich ein hässliches Gesicht, aber dafür kann der arme Mann ja nichts.« Sie kehrte ihm den Rücken. »Ich werde mich jetzt zurückziehen. Ich merke, dass mich das Ganze sehr erschöpft hat. Ich werde einen Kaffee mit auf mein Zimmer nehmen und Briefe schreiben. Es gibt Hunderte von Freunden, denen ich mitteilen muss, dass ich wieder in der Stadt bin.« Bewusst unhöflich gähnte sie. »Ich werde heute Nachmittag das öffentliche Bad aufsuchen. Das wird mich erfrischen. Durch die Ereignisse der letzten Woche bin ich furchtbar schmutzig.«

»Es ist wohl kaum der Moment, um einen Ausflug ins öffentliche Bad zu machen. Meine Mutter wird dich bestimmt sehen …«

»Ich habe nicht um deine Erlaubnis gebeten, Cousin.« Sie beeilte sich nicht, während sie zur Tür ging. Sie wollte nicht mit einem Lakaien zusammenstoßen, der noch immer sein Ohr ans Schlüsselloch presste. »Lass dir zum Mittagessen auftragen, was immer du möchtest. Ich werde außer Haus sein. Ich brauche dir ja wohl nicht zu sagen, dass du dich wie zu Hause fühlen sollst.«

Sie war völlig erschöpft. Nicht von der Reise – sie hätte mit Guillaume bis in die Mongolei und zurück reisen können, ohne sich so ausgelaugt zu fühlen. Es war, weil sie ihn hatte aufgeben müssen. Sie hatte sich gerade erst vor einer Viertelstunde von ihm getrennt und hatte schon alle Lebenslust verloren.

Es war nicht weiter schwer, seine Pflicht zu tun. Es war das, was danach kam, was einen innerlich zerfraß. Man lebte noch lange weiter, nachdem man seine Pflicht getan hatte – Jahre über Jahre.

Ich kam als eine de Fleurignac auf die Welt. Ich wurde zum Finken, der Anführerin von La Flèche. Keine der beiden kann sich jemals auf Guillaume LeBreton einlassen – in keiner seiner Verkleidungen.

Liebe tat weh. Sie würde sie keiner ihrer Freundinnen empfehlen.

»Wenn da irgendetwas zwischen dir und dem Hausierer ist, muss es aufhören«, sagte Victor hinter ihr.

Er sah verärgert aus. Das war ein Ausdruck, der häufig auf seinem Gesicht lag. Er war einst ein boshafter Junge gewesen, voll gemeiner Streiche und hohler Prahlerei. Jetzt war er ein unangenehmer Mann, und seine Drohungen musste man ernst nehmen.

Also schlug sie einen leichten Ton an. »Hast du etwa vor, den armen, schmuddeligen Bürger LeBreton bis in sein Zimmer in Faubourg Saint-Antoine zu verfolgen? Es steht dir nicht gut an, so rachsüchtig zu sein – insbesondere gegenüber einem Mann, der mir gut gedient hat. Aber du hast ja nie gewusst, wie man mit Dienstboten umgeht.«

Sie musste von Guillaume LeBreton reden, als wäre er ein Nichts. Nur so konnte sie ihn schützen. »Ich würde der kleinen Müllerstochter nächstes Jahr ein Taufgeschenk schicken, wenn man das heutzutage noch täte, und wenn ich noch wüsste, wo sie lebt.«

19

William Doyle fühlte sich im Marais wohl. Man konnte zu jeder Tageszeit auf die Straße gehen, ohne aufzufallen, egal wie man angezogen war. Nicht einmal die Esel zogen Blicke auf sich.

Hawker ging mit katzenhafter Geschmeidigkeit und lockeren, jederzeit einsatzbereiten Muskeln neben ihm her, wobei sein Blick von einer Seite zur anderen huschte. »Laut«, stellte er fest. »Viele Leute.«

»Sehr gemischt, was zu unserem Vorteil ist. Und schmale Straßen. Eine gute Gegend, um sich aus dem Staub zu machen, wenn man die Flucht ergreifen muss.«

Das Hauptquartier des britischen Geheimdienstes befand sich im Marais. Ein wirklich bunt gemischtes Publikum lebte hier Seite an Seite. Reiche Männer in den luftigen Erdgeschosswohnungen. Ladenmädchen und Arbeiter in den höheren Etagen, wo es billiger war. Händler und Marktfrauen gingen an ihm vorbei. Viele Bedienstete waren auf der Straße, führten kleine, bissige Hunde spazieren oder brachten Brot in eines der Herrenhäuser, die die Straße säumten. Die armen Hungerleider würden erst später aus ihren Dachwohnungen gekrochen kommen, wenn es heiß wurde.

Leute, die ihn bemerkten, würden denken, dass er Gemüse an den Hintereingängen dieser großen Häuser verkaufte, um sich um die von der Regierung diktierten Preise zu drücken.

Ich hätte sie nicht zurücklassen sollen.

Cousin Victor würde wohl erraten, was er und Maggie heute Morgen getan hatten. Er mochte zwar von Gleichheit und

Brüderlichkeit reden, aber nichtsdestotrotz besaß Victor den ganzen Stolz der de Fleurignacs. Dem Mann ging man besser aus dem Weg.

Die Rue Pierre-le-Sage war eine schmale Gasse, die nicht breit genug war, um zu zweit nebeneinander zu gehen, auch wenn man sich gut kannte. Er und Hawker nahmen jeder einen Esel und führten sie hindurch. Zwei Verkäuferinnen drängten sich nacheinander an ihnen vorbei. Beide trugen saubere, dunkle Kleidung und waren in Eile, weil sie vielleicht zu spät zur Arbeit kamen. Die Entfernung, die ihn von Maggie trennte, fühlte sich wie ein Tau an, das sich langsam hinter ihm abrollte und länger wurde, doch ihn nicht losließ.

Sie würde diesen eleganten, schmarotzenden Cousin aus dem Haus haben wollen. Noch ein Grund mehr für sie, zu ihrem Vater zu gehen. Schließlich hatte er sie nur deshalb nach Paris gebracht, damit sie den alten Mann herauslockte.

Eine Schlange hatte sich vor dem *boulanger* an der Ecke gebildet. Sie reichte fast um den halben Block. Alle waren mürrisch und hofften, dass das Brot nicht ausging, ehe sie an der Reihe waren. Ladenbesitzer stellten Tische mit Waren vor die Tür. Das Angebot war mager und so verlagerte man den Handel nach draußen.

Er hatte sie dorthin zurückgebracht, wo sie hingehörte: zu ihrer Familie. Er würde sie weiter beobachten lassen. Er würde es erfahren, wenn sie in Schwierigkeiten geriet. Es gab keinen Grund anzunehmen, dass Victor ihr etwas antun würde. Sie hatte sich im Umgang mit ihm nicht ängstlich verhalten.

Ich kann sie schließlich nicht mit nach Hause nehmen und wie ein Haustier halten.

Die Häuser dieses Stadtteils zeigten zur Straße hin ein ausdrucksloses Gesicht. Privates blieb privat. Durchgänge führten in Innenhöfe, in denen alles durch breite, hohe Doppeltüren abgeschirmt war. Sie waren fest verschlossen und wurden von misstrauischen Pförtnern bewacht.

Die Zentrale des britischen Geheimdienstes lag auf halbem Wege die Rue de la Verrerie hinunter. Das Tor war blau gestrichen.

Er war neunundzwanzig Jahre alt. Seit zwölf Jahren gehörte er dem britischen Geheimdienst an, und seit sechs Jahren war er unabhängiger Spion. Dies war das erste Mal, dass er sich wegen einer Frau komplett zum Narren machte.

Die kleine Tür im großen zweiflügeligen Tor wurde einen Spalt weit geöffnet.

»Ich bin's. Und der da.« Er zog den Jungen neben sich, damit man ihn sehen konnte. Dem Pförtner war es egal, wen die Spione mitbrachten, und wenn es ein wilder Tiger war, aber er wollte die Betreffenden immer erst sehen.

Die Tür ging auf, und der Pförtner trat zur Seite. Sie gingen durch einen dunklen Überstand in den Hof. Die Hufe von Dulce und Decorum klapperten hinter ihnen her.

Im Innern des Gebäudekomplexes war es ruhig, aber trotz der frühen Morgenstunde war schon alles wach. Die Läden vor den Küchenfenstern standen offen, und die Rahmen waren hochgeschoben. Weiße Vorhänge waren zu erkennen, die sich ganz leicht bewegten. In der offenen Tür am anderen Ende des Hofes, wo eine Treppe nach oben führte, lehnte ein Besen. Zwischen dem Becken aus Stein und den großen Töpfen mit Petunien und Lilien, die an den Wänden aufgereiht standen, war Wasser verschüttet worden, das die Gehwegplatten dunkel färbte. Unter den roten Geranien, die auf den Fenstersimsen standen, hatten sich Pfützen gebildet. Dulce trottete davon und begann, sich Geranien einzuverleiben.

»So wie Sie davon erzählt haben, dachte ich, es wäre größer.« Hawker schaute sich um und überlegte wahrscheinlich, wie man hier am besten einbrach. Es ging doch nichts über einen Jungen mit einem Handwerk.

Alle hier, die sich hinter den Fenstern befanden, die auf den Hof hinausgingen, gehörten dem britischen Geheimdienst an. Seine Leute. Wenn es einen sicheren Hafen in Frankreich gab, dann hier.

Er war erwartet worden. Die Küchentür öffnete sich. Helen Carruthers, die Leiterin für Frankreich, kannte man hier unter dem Namen Hélène Cachard. Alt, dürr, weißhaarig und in tiefes Schwarz gekleidet, trat sie mit kerzengeradem Rücken und mürrisch wie immer heraus. Ihr Schatten – Althea –, rundlich, rosig und in ein rot gestreiftes Kleid verpackt, folgte ihr strahlend.

»Wie ich sehe, haben Sie überlebt.« Carruthers streckte die Arme aus und drückte seine Schultern. Dann ließ sie ihn los und trat einen Schritt zurück. »Wir haben von Ihrer Arbeit in London gehört. Nicht schlecht.«

Aus Carruthers' Mund kam dies einer überschwänglichen Umarmung und einem herzlichen Händedruck gleich. Er fragte sich, was sie wohl über die Sache in England gehört haben mochte. Vermutlich fast alles.

Da konnte er dann wohl auch gleich den nächsten Punkt hinter sich bringen. »Adrian Hawkins. Hawker.«

Carruthers konnte sogar ihr Schweigen zu einer Waffe machen. Sie konnte es zusammenrollen und einen damit erschlagen, um einen dann im Garten zu begraben. Er war erstaunt, dass die Blumen nicht verwelkten angesichts der Kälte, die plötzlich in der Luft lag.

»Du bist hier nicht willkommen«, sagte sie zu Hawker.

»Ich habe nicht darum gebeten, herkommen zu dürfen.« Der Junge sprach sein bestes Französisch. Vornehm, aristokratisch, höflich. »Madame.«

Carruthers durchbohrte den Jungen mit ihrem Blick. »Mir bleibt keine andere Wahl, als dich hier aufzunehmen. Aber du bleibst mir aus den Augen, verstanden?« Sie hob die Stimme und rief eine junge Frau zu sich. »Claudine, bring diese … diese Ratte ins Mansardenzimmer und lass sie da. Sorg dafür, dass sie dort bleibt, bis sie gebraucht wird. Ansonsten will ich nichts von ihrer Anwesenheit bemerken. Guillaume, bitte kommen Sie mit.«

Das lief ja wunderbar.

Hawker stieg dicht hinter Claudine die schmale Treppe zur Mansarde hoch. Er war heilfroh, von der wölfischen Hexe wegzukommen.

Claudine dagegen … er hatte das deutliche Gefühl, dass er mit Claudine auskommen würde. Sie war schlicht wie ein Brett aus Kiefernholz, hatte aber einen hübschen Hüftschwung, als wäre sie es gewohnt, diesen Körperteil auch anderweitig einzusetzen. Diese Claudine kannte sich aus und war sicher für einen Spaß zu haben.

Er liebte Frauen. Ohne Frauen wäre dies eine düstere Welt gewesen, und die Hässlichen waren diejenigen, bei denen man Wärme fand. Die weichen Hängematten. Die guten Freundinnen. Wer jagte schon einer Hübschen hinterher, wenn es Frauen wie diese gab?

Claudine musterte ihn, als sie oben angekommen waren. »Dein Zimmer.«

Sie fragte sich, ob sie ihn wie einen Jungen oder wie einen Mann behandeln sollte. »Sie sind sehr freundlich, *Mademoiselle*.«

»Bürgerin«, verbesserte sie ihn kleinlich. »Ich bin Bürgerin Claudine. Wir achten darauf, hervorragende Bürger der Republik zu sein, *mon petit bonhomme*. Hast du alles, was du brauchst? Wir bringen dir deine Sachen später, wenn die Tiere abgeladen worden sind.«

Den Mann, der diesen Auftrag bekommt, beneide ich nicht. Er hoffte, dass keiner die gefälschten Papiere nachzählte, die sie aus den Körben holten. Er hatte ein paar Bündel an sich genommen.

»Da in dem Krug ist Wasser«, sagte Claudine. »Du kannst dich später an der Pumpe im Hof waschen.«

Das klang wie ein Vorschlag. Die Angehörigen des britischen Geheimdienstes liebten wohl weltweit das Waschen. Er gewöhnte sich allmählich daran.

Das Zimmer hatte Vorhänge und auf dem Fußboden lag ein Flickenteppich. Es sah ganz so aus, als würde er das Bett mit niemandem teilen müssen. Saubere Laken. Eine Kommode mit einer Schüssel aus Porzellan und einem Krug. Und Handtücher. Gefaltete weiße Handtücher. Das war ein richtiger Palast.

Es roch sauber. Er raubte Häuser aus, die wie dieses rochen, er wohnte nicht darin.

»Hübsch.« Er hatte ein Kellerverlies erwartet und vielleicht sogar Ketten. Die wussten, wer er war und was er getan hatte.

»Althea macht die Zimmer zurecht. Wenn, dann musst du dich bei ihr bedanken – und bei Bürgerin Cachard, die die Anweisung erteilt hat, dir dieses Zimmer zu geben.«

Dann steckte wahrscheinlich eine Falle dahinter. Er ließ sich nichts anmerken und machte ein ausdrucksloses Gesicht. Claudine brachte wahrscheinlich viele Talente in diesen Haushalt ein. Vielleicht war sie sogar diejenige, die man schickte, um ihn im Schlaf zu ersticken. Das gab der ganzen Situation etwas – wie würde Lazarus es ausdrücken? – Pikantes.

»Du bleibst hier, bis Bürgerin Cachard nach dir ruft.« Ihre Augen funkelten verschmitzt. »Wenn du geduldig bist, werde ich dich vielleicht sogar füttern.«

Sie sah noch einmal nach, ob Wasser im Krug war, ehe sie ging und die Tür hinter sich abschloss.

Je länger er lebte – und das waren bis jetzt immerhin zwölf oder dreizehn Jahre –, desto weniger verstand er die Frauen.

Er war auf sich selbst gestellt. Das geziemte sich für ihn … War das nicht ein schönes Wort? Geziemen. Er wusste zwar nicht genau, was es bedeutete, hatte es aber Doyle sagen hören. Es geziemte sich für ihn, ein bisschen Unternehmungsgeist zu zeigen.

Der Abstand vom Fenster bis zu den Pflastersteinen unten würde einen im Falle eines Absturzes gleich mehrfach töten, und das auch noch auf eine ziemlich schmerzhafte und gründliche Weise. Aber das Dach war vom Fenster gut zu erreichen. *Wenn du erst auf dem Dach bist, gehört das Haus dir*. Lazarus sagte das. Im Gegensatz zu manch anderen Dingen, die der Mistkerl sagte, war das goldrichtig.

Lazarus hatte ihn in diese Bredouille gebracht. Denn es war Lazarus gewesen, der ihn geschickt hatte, die Meeks Street, die Zentrale des britischen Geheimdienstes in London, zu durchstöbern. Als er in Schwierigkeiten geraten war, hatte Lazarus ihn geradezu mit Kusshand dem Geheimdienst überlassen.

Es war ganz reibungslos angelaufen. Ein Ding, das wie jedes andere gedreht wurde. Er war den Schornstein kopfüber hinuntergeklettert, wobei er wie eine Spinne am Seidenfaden hing. Es gab immer so einen Blödmann, der ein Feuer im Kamin machte, aber das Feuer war schon vor einer Weile ausgegangen. Die Ziegelsteine hatten sich so weit abgekühlt, dass er sie sogar berühren konnte. Nichtsdestotrotz fiel es einem immer schwer, in Schornsteinen zu atmen. Es brannte in der Lunge.

Von unten drang Licht nach oben und bildete ein graues Viereck. Man hatte eine weit heruntergedrehte Lampe auf einem Tisch stehen gelassen, ehe man zu Bett gegangen war.

Er ließ sich ein Stück des Seils herab. Und dann noch ein bisschen mehr. Die letzten paar Meter waren heiß genug, um einen Schellfisch zu braten. Er überwand sie rasch, streckte den Kopf heraus und sah einen leeren Raum. Gut. Jetzt war nur noch wichtig, dass er nicht gegen die Scheite stieß, während er herauskletterte.

Er wischte die Füße am Teppich ab, der vor dem Kamin lag. Es brachte nichts, Asche im ganzen Haus zu verteilen. Lazarus hatte ihm einen Plan vom Grundriss des Hauses gezeichnet. Dabei handelte es sich allerdings vornehmlich um Vermutungen. Galbas Büro befand sich in der hinteren Ecke des Hauses. Galba war der Leiter des gesamten verdammten britischen Geheimdienstes. Wenn es irgendwelche Papiere gab, die belegten, dass Lazarus gemeinsame Sache mit den Franzosen machte, dann lagen die in Galbas Schreibtisch.

Finde die Papiere, klettere wieder den Schornstein hoch und hau ab. Es war nicht vorgesehen, dass er jemanden umbrachte.

Dass Galba hereinplatzte, war nicht seine Schuld.

Claudines Holzpantinen waren am Fuß der Treppe zu hören. Der Hof unten war leer. Er kletterte aus dem Fenster. Um die Schultern herum war es ein bisschen eng. Er bekam langsam Muskeln.

Er balancierte auf dem Fenstersims, während unter ihm der harte Boden wartete. Er klammerte sich mit den Fingerspitzen in den Ritzen zwischen den Ziegelsteinen fest. Gleichzeitig streckte er die Hand nach dem Dach aus. Das war ein etwas brenzliger Moment. Dann zog er sich hoch und über die Dachkante. Jetzt war es sein Dach.

Gut gemacht. Wenn er sich nicht selbst lobte, wer würde es dann tun?

Es war keiner draußen, der ihn hätte bemerken können. Er krabbelte übers Dach, bis er Doyle in einem der unten liegenden Räume sprechen hören konnte. Doyle und diese Carruthers. *Wollen wir doch mal sehen, was die zu bereden haben.*

Dinge in Erfahrung zu bringen war, als würde man Diamanten und Rubine von der Straße aufheben. Es gab ihm das Gefühl, reich zu sein. Vielleicht blieb er dadurch auch lange genug am Leben, um seinen vierzehnten Geburtstag zu begehen.

Das Abflussrohr, das an der Innenkante des Gebäudes verlief und bis in den Hof führte, erwies sich als so stabil, dass er darauf stehen konnte. Er hangelte sich ein paar Meter nach unten, wobei er sich an der Wand abstützte und ein bisschen Haut zurückließ. Sein linkes Knie machte ihm wieder Schwierigkeiten, doch er beachtete es nicht.

Dann konnte er gut hören.

»… tollwütiges kleines Wiesel. Ich dreh ihm höchstpersönlich den Hals um, wenn Sie zu zimperlich dafür sind.«

Die alte Schachtel dachte wohl, sie könnte ihn umbringen. Sehr unwahrscheinlich.

Er bekam nicht alles von dem mit, was Doyle antwortete. »… reißen wieder schlechte Gewohnheiten ein.« Wirklich dumm, dass er nicht verstehen konnte, bei wem wieder schlechte Gewohnheiten einrissen. Bei allen wahrscheinlich. »… wir brauchen …«

Dann sprach wieder die Frau. »Sie sehen dabei nur die englische Seite. In Österreich waren es in den letzten sechs Monaten sieben. Zwei gehörten der Theresianischen Militärakademie an. Gerade mal zwanzig. Die Besten.« Er konnte das leise Klirren von Porzellan hören. Sie tranken Tee. »Es ist ekelhaft.«

Der Geheimdienst machte sich Sorgen wegen Österreich. Sah ganz so aus, als hätte de Fleurignac mehrere Listen angefertigt. Nicht nur die eine für England.

Ihm entging Doyles Antwort. Dann sprach wieder die alte Frau. »… Leute aus. Wir halten uns bedeckt, während die Franzosen einander guillotinieren. Aber bestimmt kann ich ein paar Männer dazu abstellen, de Fleurignac zu beobachten.«

»… mir Bericht erstatten. Ich will, dass sie noch heute Posten beziehen. Sie sollen ihr jedes Mal folgen, wenn sie einen Fuß vor die Tür setzt. Ich brauche …«

Es war klar, was Doyle brauchte. War das nicht die sprichwörtliche Ironie des Schicksals? Da brauchte ein Mann wie Doyle nur mit den Fingern zu schnipsen, und er bekam alles, was er wollte. Aber er verwehrte es sich, die Frau zu nehmen.

Sie sprachen zu leise, als dass er etwas hätte verstehen können. Doyle erwähnte die gefälschten Papiere in den Körben und meinte, dass es eine Erleichterung wäre, sie aus der Hand zu geben. Dann ergriff Carruthers das Wort und sagte: »Es steht zwar nicht ganz oben auf meiner Liste, aber es wird mir eine Freude sein, dieses giftige kleine Reptil, dass Sie uns ins Haus gebracht haben, zu erwürgen.«

Damit war er gemeint. Erst ein tollwütiges Wiesel und dann auch noch ein Reptil. Ganz offenbar war er ein Mann mit vielseitigen Talenten.

Dann wieder die tiefe Stimme von Doyle. »… es gehört schon ein bisschen mehr dazu, Galba umzubringen … hat sich wieder erholt, kann jetzt aber nicht mehr auf seiner verdammten Violine spielen und …« Ein paar Wörter verstand er nicht, und dann: »… gehört mir. Fragen Sie mich erst. Ich habe einiges mit ihm vor.«

Es war an der Zeit, dass er sich aus dem Staub machte. Das spürte er genau. Kein Dieb, dem dieser Instinkt fehlte, lebte lange. Lazarus sagte, dass seine Instinkte gut seien. Und diese befahlen ihm jetzt, sich schnellstens davonzumachen.

Er konnte nach oben, zurück in sein Zimmer klettern. Oder aber den Weg nach unten in den Hof wählen, über die Mauer klettern und in Paris verschwinden.

Das würde Doyle voreilig nennen.

Er hangelte sich auf den Boden und drückte sich flach an die Wand neben dem Abtritt, wo man ihn nicht sehen konnte, als Doyle den Kopf aus dem Fenster streckte und sich umschaute. *Nicht schlecht, Mister Doyle. Sie sind einer der Besten, die ich je kennengelernt habe.*

Aber ich bin besser.

Dieses Haus hatte mehr Löcher als ein Sieb. Innerhalb von drei Minuten stand er draußen auf der Rue de la Verrerie. Er spazierte davon und pfiff dabei ein Lied, das er heute das erste Mal gehört hatte. Das Lied handelte vom Töten.

Eine Wahnsinnsstadt, dieses Paris.

»Ich kann ihn nicht sehen.« Doyle ließ den Vorhang wieder zurückfallen. »Aber er ist da draußen hinter dem Verschlag. Sie schulden mir einen Louis.«

Carruthers verzog das Gesicht. »Der ist wie eine Eidechse über die Wand gekrabbelt. Widerliches kleines Ungeheuer. Ich gebe zu, dass ich nichts gehört habe.«

»Sie können in seinem Zimmer nachsehen, wenn Sie wollen. Er wird nicht dort sein.« Er drückte ein Brötchen mit dem Daumen auf und schob Käse hinein. Während er einen Schluck Tee trank, behielt er es in der Hand.

»Nur weil man ihn an Sie übergeben hat, heißt das noch lange nicht, dass man ihm trauen kann. Das wissen Sie selber.«

»Er wurde nicht übergeben. Ich habe ihn bei einem Kartenspiel gewonnen.«

»Er wird Ihnen eines Nachts, wenn Sie schlafen, die Kehle durchschneiden wollen.«

»Soll er doch. Bis jetzt hat er es noch nicht versucht.« Er fischte Zuckerstückchen aus einem Döschen, das auf dem Tablett stand, und stopfte sie sich in die Hosentasche. »Ich glaube, dass er mich genau in diesem Moment zu dem Mann führen wird, der die De-Fleurignac-Liste nach England gebracht hat. Auf jeden Fall sucht er da draußen etwas. Ich muss gehen. Wer leitet La Flèche? Wissen wir das?«

Carruthers zog eine Augenbraue hoch. »In Paris wird die Organisation von einem Botaniker aus dem Jardin des Plantes geleitet. Jean-Paul Béclard. In der Normandie ist es eine Frau. Der Fink.«

»Dann ist Marguerite de Fleurignac der Fink. Ich habe beobachtet, wie sie unterwegs Gott und der Welt Befehle erteilt hat. Ich werde Ihnen davon erzählen, wenn ich zurück bin.«

»In allen Einzelheiten.« Carruthers sammelte jedes Geheimnis, das durch Frankreich ging. Seins auch. »Eine Frau von altem normannischem Adel. Das klingt logisch. Ja. Die de Fleurignacs haben immer nur das getan, was sie wollten.«

»Helen, ich brauche die Gewissheit, dass sie in Sicherheit ist. Es geht hierbei nicht nur um die Arbeit.«

Sie warf ihm einen forschenden Blick zu. »Ich werde für ihre Sicherheit sorgen.«

Sechs Wörter. Mehr brauchte er von Carruthers nicht. »Das überlasse ich dann Ihnen. Ich will Pax dabeihaben.«

»Er gehört Ihnen. Ich habe es ihm bereits mitgeteilt.«

Sein Hut lag auf dem Tisch neben der Tür. Ein kurzer Blick aus dem Fenster sagte ihm, dass Pax im Hof auf ihn wartete. Die Tür zur Straße stand offen. »Bringen Sie meine Ratte nicht um, wenn er von allein zurückkommt.«

»Wenn er zurückkommt.«

»Es besteht immer die Möglichkeit.«

»Glauben Sie wirklich, dass Sie etwas aus diesem bösartigen

kleinen Scheusal machen können? Es ist unklug, Baby-Skorpione aufzunehmen. Sie werden irgendwann giftig.«

»Er wird einer von den ganz Großen werden, Helen. Einer von uns. Entweder das, oder ich bringe ihn höchstpersönlich um.«

20

»Der Agent William Doyle ist mir auf dem Markt von Les Halles entwischt. Mit den Eseln. Er ist durch den Stallhof einer Wirtschaft gegangen, und dabei habe ich die beiden Esel zwischen all den anderen Packtieren aus den Augen verloren. Ich bin selber ein Esel, Madame, und ich schäme mich.« Justine ließ den Kopf hängen.

Madame lachte sie aus. Oh nein, nicht mit dem Mund. Dafür war sie viel zu nett. Sie lachte mit den Augen. »Er ist sehr gut.«

»Ich bin auch sehr gut. Mein Herz ist gebrochen. Ich hätte schwören können, dass es keinen Menschen gibt, dem ich nicht durch mein Paris folgen könnte. Und jetzt bin ich von einem Engländer geschlagen worden.« Das machte das Ganze noch schlimmer. »Der Junge ist auch irgendwann, nachdem sie vom Hôtel de Fleurignac weggingen, verschwunden. Ich bin ihm zwar nicht richtig gefolgt, aber es ist eine weitere Demütigung, dass ich mir nicht sicher bin, wann oder wohin er gegangen ist. Ich bin dumm wie Bohnenstroh.«

Sie befand sich im Salon, der der schönste von mehreren geschmackvoll eingerichteten Räumen im Bordell war. Alles besaß eine leichte Eleganz – die hellcremefarbenen Wände, die blauen Vorhänge mit goldfarbenen Girlanden, die zierlichen Möbelstücke aus Mahagoni. Nichts war einfach nur zufällig da oder harmonierte nicht mit dem Ganzen. Eines Tages würde sie selber solche Räume erschaffen.

Madame bereitete ihr einen Becher mit Schokolade zu, eigenhändig, aus heißer Milch, die Babette aus der Küche hochgebracht hatte. Madame hatte ihren seidenen Schal genommen, der auf der Sofalehne lag, und ihn über den Staub und Dreck der Dienstbotenkleidung gezogen, damit Justine sich in diesem wunderschönen Raum nicht schäbig vorkam.

»Als ich mir eingestehen musste, dass ich diesen schrecklichen Monsieur Doyle aus England verloren hatte – und das passierte nicht schnell, denn ich bin sehr eigensinnig – und dazu noch zwei ausgewachsene Esel, bin ich nach Hause gekommen, um zu gestehen.«

Madame unterbrach sie nicht und wartete geduldig.

Sie trank ihre Schokolade und zog das Geständnis eine weitere Minute in die Länge. Sie musste geradeheraus gestehen, was sie getan hatte. »Ich habe meinen Posten verlassen. Sie haben mir die Aufgabe gegeben, das Hôtel zu beobachten und über jeden Bericht zu erstatten, der Victor de Fleurignac aufsuchte. Stattdessen heftete ich mich an die Fersen des Engländers. Ich nahm an, dass das in Ihrem Sinne sein würde.«

»Genau richtig. Du hast genau das Richtige getan. Ich kann jedes der Mädchen dazu abstellen, Haustüren im Auge zu behalten und Bericht zu erstatten. Du aber bist jemand, der weiß, wann man seinen Posten verlassen muss, um einen Befehl zu befolgen, der nicht gegeben worden ist.«

»Ich schäme mich, dass ich ihn im Gewirr des Marktes verloren habe. Ich werde es das nächste Mal besser machen.«

Madame hatte einen weißen Teller mit Rosinen auf den Tisch gestellt. Jetzt schob sie ihn ein Stück in ihre Richtung. Sie waren nicht sehr süß, diese Rosinen, aber ihnen haftete ein Duft an, der sie zum Träumen brachte. Sie waren aus Trauben aus Burgund hergestellt worden. Burgund war einst ihr Zuhause gewesen.

Sie hat mich aus der Hölle geholt und gerettet. Nachdem ich ihr meinen Fehler gestanden habe, tröstet sie mich mit diesem kleinen Geschenk aus meiner alten Heimat. Madame warf ihr ihre Dummheit nicht vor, sondern lächelte nur und goss noch mehr Schokolade aus der Kanne in den Becher.

»Du kannst die Rosinen mitnehmen und mit deiner Schwester teilen. Sie wird sich darüber freuen. Und jetzt überleg mal mit mir zusammen. Wir haben also herausgefunden, dass der bewundernswerte William Doyle in Gesellschaft der Tochter von Bürger de Fleurignac reist.«

»Sie reisen nicht nur miteinander. Ich habe ihr Gesicht gesehen, als sie zu ihm aufsah. Sie sind ein Liebespaar.«

»Das ist raffiniert von ihm, was? Er verführt die Tochter, damit sie ihn zu ihrem Vater führt.«

»Das wäre sehr dumm von ihr.«

»Ja, leider. Aber sogar kluge Frauen begehen im Namen der Liebe Dummheiten.«

»Liebe.« Justine zuckte verächtlich mit den Schultern. »Wir verkaufen Liebe an jeden, der bezahlen kann.« Sie lebte in einem Bordell. Sie wusste den genauen Preis für alles, was zwischen verschwitzten Leibern in einem Bett ablief.

Ein Funkeln huschte über Madames Silberring, als sie ihn an ihrem Finger drehte. »Du sagst es. Hoffen wir, dass die Frau nicht so zynisch ist. Wir wünschen Monsieur Doyle Erfolg bei seiner Suche nach de Fleurignac. Vielleicht wird er so wütend, dass er de Fleurignac den Schädel einschlägt. Dann wären wir den ganzen Ärger los. Vielleicht findet er sogar heraus, wer hinter de Fleurignac steht.«

»Und die Morde in England in Auftrag gibt …«

»Die nur Vergeltung herausfordern, wenn wir ihnen kein Ende setzen.« Madame sprach mit sich selber und wusste, dass ihre Worte nicht weitergetragen werden würden. »Es gibt einen tollwütigen Hund auf dem Spielfeld. Ich fürchte, dass es sich dabei um einen nicht ganz unwichtigen Franzosen handelt.«

»Die Geheimpolizei hat schon wichtige Männer erledigt.«

»Stimmt. Aber mir wäre es lieber, wenn die Engländer ihn umbringen würden. Wie Rousseau bin auch ich eine Verfechterin der natürlichen Ordnung.« Madame war ans Fenster getreten, um den Blick über Paris schweifen zu lassen. »Ich habe eine Aufgabe für dich, Justine. Keine einfache Aufgabe.«

»Dieses Mal werde ich Sie nicht enttäuschen. Ich …«

Madame gebot ihr mit einer Handbewegung zu schweigen. »Du hast mich nicht enttäuscht. Hör zu, Kind. Ich habe erfahren, dass Marguerite de Fleurignac der Fink ist.«

»Der Fink? Die de Fleurignac ist der Fink?« Nachdem es ausgesprochen war, erschien es logisch. Wenn La Flèche den Rückhalt aus dem alten Adel der Normandie besaß, erklärte das vieles. »Und ich habe es nicht herausgefunden. Trotz all der Monate, die ich für Sie bei La Flèche spioniert habe.«

»Du hast andere Dinge herausgefunden.«

»Ich habe nie auch nur einen Blick auf sie erhascht. Wir hier in Paris sind alle ein bisschen eifersüchtig, weil der Fink so auf Distanz bedacht ist. Sie trifft sich mit den immer gleichen, wenigen Freunden, die von Anfang an mit ihr zusammengearbeitet haben.«

»Und verbirgt somit ihr Gesicht vor Spionen der Geheimpolizei. Ich hoffe, dass du eines Tages genauso gerissen sein wirst.« Sie stellte den Milchkrug aufs Tablett neben eine Schüssel mit Blumenmuster. An der feuchten Asche, die in der kleinen Schüssel schwamm, erkannte sie, dass Madame vor kurzem Nachrichten erhalten und verbrannt hatte. »Hier ist deine Aufgabe. Du wirst sie, genau wie diesen William Doyle, beobachten. Wenn sich der passende Moment ergibt, wirst du dich ihr nähern und ihr Vertrauen erringen.«

»Ich würde sie gern kennenlernen.« Sie knabberte an einer

Rosine. »Sie hat mehrere Anhänger Dantons aus Paris geschmuggelt. In Mistkarren. Ich bewundere das.«

»Ich habe mich auch sehr darüber amüsiert. Du wirst dich ihr als die Eule nähern und die Passwörter nennen. Versuche möglichst viele überzeugende Geschichten parat zu haben. Sie wird scharfsichtiger sein als dein Gärtner, dieser Jean-Paul. *Peste*. Was ist das?«

Von unten drangen das Geräusch reißenden Stoffs und ein wütender Aufschrei. Zwei Mädchen aus dem Haus schrien einander an und stritten um einen Schal, den keine der anderen überlassen wollte. Madame wandte sich resigniert der Tür zu. »Ich muss unten mal für Ruhe sorgen. Nein, steh nicht auf. So eine Leuteschinderin bin ich nicht. Du wirst erst deine Schokolade austrinken und dann auf dein Zimmer gehen. Und du wirst dich nicht waschen, meine arme Kleine. Du musst noch eine Weile weiter die Straße kehren. Aber du kannst vier Stunden schlafen. Ich werde Babette zu dir schicken, um dich zu wecken. Geh dann zum *Café des Marchands* und fege dort in der Gegend vor den Häusern. Bürger Doyle wird bestimmt wieder dorthin zurückkommen. Folge ihm und schau, was für ein interessantes Leben der Engländer führt.«

Justine blieb nicht sitzen, um ihre Schokolade auszutrinken, nachdem Madame gegangen war, sondern ging damit die Treppe zur Dachkammer hinauf, damit Séverine den Rest trinken konnte. Die Rosinen in der kleinen Schüssel nahm sie ebenfalls mit.

Séverine saß in ihrem gemeinsamen Zimmer auf dem Bett, summte ihrer Puppe, Belle-Marie, etwas vor und erzählte ihr Geschichten. Sie setzten sich alle zusammen aufs Bett und hielten eine kleine Feier auf den Decken ab, wobei sie den Becher und die Rosinen hin und her gehen ließen und darauf achteten, dass auch die Puppe ihren Anteil abbekam. Séverine aß dann auch Belle-Maries Anteil, weil diese aufgrund von Verdauungsproblemen nichts essen konnte.

Das Zimmerfenster befand sich auf der Rückseite des Bordells, und man konnte von dort die Stallungen und den dahinterliegenden Schuppen sehen. Männer kamen und gingen bereits mit ihren Pferden. Die Geschäfte des Hauses waren angelaufen.

Séverine legte sich hin und drückte Belle-Marie fest an sich. Justine nahm Séverine in die Arme.

Sie würde ein bisschen schlafen und dann mit ihrer Arbeit beginnen, wenn es Abend war und somit kühler. Schon bald würde eine leichte Brise durch die Straßen wehen. Die Leute vom Land nannten die Stunde zwischen Abenddämmerung und Nacht die »Stunde zwischen Hund und Wolf«. Sie hatte beschlossen, in Zukunft der Wolf zu sein und nicht der zahme Hund.

21

Marguerite hatte die Kutschfenster geöffnet und schaute während der Fahrt auf die Straße.

Die heiße Sonne stand hoch am Himmel. Die Straßen waren überfüllt. In den Cafés auf dem Boulevard des Italiens drängten sich die Menschen. Auf den ersten Blick hatte sich nichts verändert.

Vor fünf Jahren hatten wir keine Angst.

Gastwirte zogen wie immer Tische auf den Bürgersteig. Frauen in hellen, bedruckten Kleidern und großen Hüten tranken Wein oder Kaffee. Wie Vogelschwärme versammelten sie sich unter den Bäumen, hockten mit weit ausgebreiteten Röcken auf Binsenstühlen, schwangen ihre Fächer und plauderten, während sie von ihren Dienstmädchen, Kindern und Hunden umgeben waren. Junge Männer, die über die Boulevards flanierten, wanderten gemächlich von Gruppe zu Gruppe. Sie beugten sich über die Rückenlehnen der Stühle, flirteten und tauschten geistreiche Bemerkungen aus.

Das Lachen und die Kuchenkrumen, die den Tauben zugeworfen wurden, bezeugten in gewisser Weise Mut. Denn keinen Kilometer entfernt, im Osten von Paris, starben Menschen unter der Guillotine. Tod und grausame Brutalität bestimmten den Alltag, doch nicht hier. Dieser Boulevard war die vorderste Linie im Kampf gegen die Barbaren, die ihr Paris zerstört hatten. Geistreiches Geplauder, Bonmots und Gespräche übers Theater leisteten den Widerstand an diesen Barrikaden. Die Schleife an einer Haube, Spitze an einem Hut waren die Waffen.

Mit einem letzten Ruck kam die Kutsche vor dem Chinesischen Bad zum Halten.

Ein beim Bad angestellter Junge kam angerannt, um den Schlag zu öffnen und den Tritt herunterzulassen. Wie ein Eichhörnchen kletterte er zum Fahrer hinauf, um ihm ihr Geld auszuhändigen. Dann folgte er ihr nach drinnen, wobei er ihren Korb trug und über die Hitze plauderte. Oh ja, viele gute Bürger, viele flotte junge Männer, würden heute kommen, um sich im Wasser zu entspannen. Er sei seit heute Morgen damit beschäftigt, Limonade und Kaffee nach oben zu tragen. Was für eine Hitze. Alle klagten darüber.

Künstliche Berge zu beiden Seiten bildeten den Eingang, wenn man das eleganteste der öffentlichen Bäder betrat. Statuen von Chinesen, die Schirme in der Hand hielten, hatte man auf Felsvorsprüngen arrangiert. Im zentralen Innenhof gab es eine rotgelbe Pagode, in der ein Café untergebracht war, und einen Garten, in dem die Badenden sich erfrischen konnten. Die Räume mit den Bädern befanden sich oben. Auf der linken Seite waren die Räumlichkeiten der Männer, auf der rechten Seite die für die Frauen untergebracht.

Ob dieses chinesische Bad einer Musterung in Peking oder Shanghai standhalten würde, wusste sie nicht. Aber für Paris war es chinesisch genug. Sie stieg die Treppe auf der rechten Seite hoch und traf auf eine alte Freundin, Olivie Garmand, die hier arbeitete und gerade die Oberaufsicht hatte. Die korpulente Frau mit glattem, tiefschwarzem Haar stand an der Rezeption. Bei La Flèche trug sie den Namen Wachtel. Sie war so unauffällig und zurückhaltend wie ihre Namensvetterin.

Olivie war die Torhüterin zu einem Weg, der aus Frankreich herausführte. Männer und Frauen betraten die Bäder und wurden nicht mehr gesehen, bis sie sich im für sie sicheren England befanden.

Olivie begrüßte sie mit einem Nicken, zwar höflich, doch ohne Knicks, als wäre sie eine Revolutionärin durch und durch. »Bürgerin. Es ist lange her. Schön, Sie wiederzusehen.«

»Bürgerin Olivie. Guten Tag.« Sie drückte dem Jungen eine Münze in die Hand und schickte ihn weg. Während sie ihren Korb auf den Tresen stellte, steckte sie ihr heimlich eine Nachricht zu, die sie schon in der Hand hielt. »Für den Gärtner«, flüsterte sie.

Ein schneller Blick durch den Raum, dann verschwand das Briefchen. »Wie können wir Ihnen dienen?«, fragte Olivie, und dann ganz leise, sodass kein anderer sie hören konnte: »Gibt es neue Befehle?«

»Nein.« Sie hob die Stimme. »Heute das heiße Bad, auch wenn es draußen unangenehm warm ist.«

Daraufhin kam eine Magd mit Handtüchern und einer *robe de chambre*. Alles lag flach über ihren Armen, und sie hielt die Sachen vorsichtig, denn sie waren noch heiß, weil sie über kleinen Kohlenpfannen erwärmt worden waren. Olivie führte sie persönlich zu einem Zimmer am Ende der Reihe, wo Stille und Abgeschiedenheit herrschten. Links von ihr befand sich die unauffällige Tür, die den Herren- und Damenbereich voneinander trennte. Diese Räumlichkeiten hatten schon viele heimliche Treffen gesehen. Es war schon traurig, dass Ehebruch und die Aktivitäten von La Flèche so viel miteinander gemein hatten.

Das Badezimmer war ein heller Raum mit riesigen Fenstern, die mit Blenden versehen waren, um das Licht durchzulassen. Die Wände waren in einem Muster bemalt, das den Eindruck hervorrufen sollte, sie bestünden aus Marmor. Die Magd legte den Stapel Handtücher und den zusammengefalteten Hausmantel auf eine Kommode und ging dann, um das Bad vorzubereiten.

Olivie, die den Korb mitgebracht hatte, stellte ihn ab, nahm die Abdeckung herunter und begann, die saubere Kleidung, Bürste und Badeöle herauszuholen. »Dürfen wir Ihnen Wein bringen? Oder eine kleine Mahlzeit? Nicht? Sie haben recht. Es ist viel zu warm, um zu essen. Da ist eine Kompresse mit zerstoßenen Minzeblättern für die Stirn, falls Sie die ausprobieren möchten.« Olivie entkorkte eine der Flaschen mit dem Badeöl. »Das riecht gut. Neroli und Koriander?«

»Genau. Aus einem Laden im Palais Royal. Fast ganz am Ende, wo die Fächer verkauft werden. Sie kennen ihn.«

Olivie schnupperte noch einmal an der Flasche. »Der Duft würde nicht zu mir passen. Für Sie aber ist er genau richtig. Frisch und kräftig. Ungewöhnlich. Ich hätte normalerweise gesagt, dass es kein Duft für ein junges Mädchen ist.«

Ich bin gar nicht so jung. Über der Kommode hing ein Spiegel. Darin sah sie unauffällige braune Haare. Einen breiten, eigensinnig wirkenden Mund. Auf der Nase hatte sie einen Sonnenbrand. Ihre Augen waren vor Erschöpfung tief eingesunken. Die eine Gesichtshälfte war durch eine Prellung leicht verfärbt.

Guillaume sagte, sie sei wunderschön.

Was soll an diesem Gesicht denn so hübsch sein? Was sieht er darin? Vielleicht war es ja Maggie, die Guillaume schön fand. In den letzten paar Stunden war ihr Maggie abhandengekommen. Im Spiegel sah sie nur noch Marguerite.

Die Magd beugte sich nach vorn und wischte die Badewanne aus Kupfer ein letztes Mal aus. Das sollte nur noch deutlicher zeigen, dass alles absolut sauber und frisch war. In diesem Haus gab es keine Nachlässigkeit beim Reinigen. Die Frau legte die Wanne mit Handtüchern aus, damit man beim Baden nicht mit kaltem Metall in Berührung kam, und drehte die Wasserhähne, warm wie auch kalt, auf, ehe sie den Raum mit der umsichtigen Ruhe verließ, die einen gut ausgebildeten Dienstboten ausmachte.

Alles war leise und ohne Aufhebens erledigt worden. »Ist sie eine von uns?«, fragte Marguerite. »Ich kenne sie nicht.«

»Nein, wir nehmen an, dass sie ein Polizeispitzel ist. In den nächsten ein bis zwei Stunden werde ich sie wegschicken und woanders etwas erledigen lassen. Irgendetwas Unangenehmes, wenn ich das hinbekomme.«

In Paris war jedes Café, jeder Buchladen und jedes Eckgeschäft politisch. Genauso das Chinesische Bad. Es war eine Hochburg der radikalsten Jakobiner, leidenschaftlichen Anhängern von Robespierre. Für La Flèche war es natürlich ein hervorragender Ort, wo man sich förmlich im Schoße der Fanatiker verstecken konnte. Aber in einem solchen Schoß musste man vorsichtig sein.

Olivie schnürte ihr das Kleid im Rücken auf. »Das ist hübsch.« Das Gewand war nach der neuesten Mode geschneidert. Weich und kühl, doch unpraktisch im Rücken zu schließen. »Ich traue mich nicht, so etwas anzuziehen, aber Sie haben die Figur dafür. Haben Sie alles, was Sie brauchen?«

»Alles, bis auf das Bad. Ich bin unglaublich schmutzig – geradezu eine Ansammlung allen Schmutzes der Welt. Wenn ich gründlich bade, bin ich in ein oder zwei Wochen vielleicht wieder ein Mensch.«

Nachdem Olivie sie allein gelassen hatte, zog sie das Mieder aus und ließ das Unterkleid zu Boden fallen. Dann stieg sie in die Wanne, lehnte sich zurück und schloss die Augen.

Offenbar konnte sie an nichts denken, was nicht wehgetan hätte. Also würde sie überhaupt nicht denken. Sie hatte eine Stunde, vielleicht auch mehr, ehe Jean-Paul die Seine überquerte und vom Jardin des Plantes am linken Ufer zu ihr kam. Sie würde noch genug Zeit zum Nachdenken haben, wenn er da war.

22

Hawker stand einen Augenblick lang da, nahm alles in sich auf und kratzte sich unter dem Arm gemäß dem Motto, dass jemand, der sich kratzte, harmlos wirkte.

Es war schon seltsam, in einer Stadt zu sein, in der einem nichts vertraut war. Überall um ihn herum, kilometerweit in alle Richtungen, gab es Orte, an denen er noch nie gewesen war. Überall das Gemurmel einer Sprache, die er nicht von Kindheit an gelernt hatte. Und dieses Nachdenken jedes Mal, ehe er etwas sagte.

Und dann diese Kleidung. Zu Hause hatte er Sachen getragen, die auch mal ein bisschen Farbe besaßen. Man kannte ihn in London. Er hatte einen Ruf, dem er gerecht werden musste. Drei Jahre lang war er die rechte Hand von Lazarus gewesen. Er hatte Menschen getötet. Seine Kumpane erwarteten da schon ein gewisses Maß an Stil.

In Paris war er unsichtbar; er verschmolz mit der Stadt.

Sogar die Gerüche waren falsch. Saurer Wein statt Bier. Brandy, nicht Gin. Knoblauch und irgendwelche Kräuter, deren Duft aus den Essstuben wehte. Alles einfach nur fremdländisch.

Es war seltsam, so ohne die verdammten Esel durch die Straßen zu wandern.

Schon komisch, wie es ihm schließlich klar geworden war. Diese Esel waren nur ein Vorwand gewesen. Keiner sah den Mann an, der die Esel führte. Man sah immer nur die Tiere. Wenn man zwei Esel dabeihatte, konnte man stehen bleiben, wo man wollte, und niemand fand es seltsam. Man konnte die Hufe untersuchen. Wenn man es richtig machte, war das ohnehin eine Aufgabe, die einen den größten Teil des Tages in Atem hielt.

Die Daumen in den Bund seiner Hose gehakt, spazierte er die Straße entlang. Osten war in der Richtung. Man brauchte sich nur ein paar Sekunden an den Schatten zu orientieren, um das zu wissen. Das war noch so ein Trick, den er von Doyle gelernt hatte. Behalt die Sonne im Auge. Leg dir im Kopf eine Karte an. Behalt immer im Kopf, wo du bist. Überleg dir jede Sekunde, in welche Richtung du flüchten kannst. Diese Kerle mit den strengen Gesichtern in der Meeks Street hatten an die hundert Karten voller Anmerkungen. Sie hatten ihn stundenlang darüber brüten lassen. Er hatte Paris bereits wie seine Westentasche gekannt, ehe er auch nur einen Fuß in die Stadt gesetzt hatte.

Früher hatte er sich nie wegen irgendwelcher Karten Gedanken machen müssen. Nicht in London.

Seh so aus, als wüsstest du, wo du hin willst. Das war auch etwas, was Doyle so beiläufig fallen ließ. Es waren so endlos viele Dinge, die Doyle über seine Arbeit wusste. Er nannte sie »das Spiel«. Das klang irgendwie richtig. Das Spiel.

Er musste so viel wie möglich von Doyle lernen, ehe sie sich trennten. Ehe einem von beiden die Kehle durchgeschnitten wurde.

Rue de Montreuil. Er wusste, wo er war. Mehrmals formte er mit den Lippen den Namen Rue de Montreuil und übte die Aussprache. Man gab den Straßen hier Namen. Ritzte sie mancherorts gleich in die Hauswand. Man sollte doch annehmen, dass die Leute, die hier lebten, wussten, wo sie waren. Und wen scherte es schon, wenn jemand nicht aus der Gegend kam und zu dumm war zu fragen, wo er sich befand.

Komisches Volk, diese Franzosen.

Le Brochet würde nicht schwer zu finden sein. An einem Tag wie diesem, heiß wie im Hades, würde er in irgendeiner Taverne sitzen und seine Kehle kühlen. Er würde sich im Umkreis von hundert Metern befinden. Männer wie er hielten sich an ihr Zuhause und erledigten das Trinken mit Freunden. Es war gefährlich, hinter einem Kerl her zu sein, der mit seinen Kumpels zusammen war.

Doyle gab Pax mit einem Zeichen zu verstehen, die Position an der Spitze einzunehmen, und fiel selber zurück. Man brauchte drei Männer, um jemanden wie Hawker zu verfolgen. So war das beim Geheimdienst. Man hatte nie genug Leute.

Pax setzte das Brett ab, das er trug, und zog eine Mütze aus der Tasche.

Hawker sah wie ein Franzose aus. Er ging wie ein Franzose, er bewegte seine Hände wie ein Franzose. Er ging mit der gleichen Geschwindigkeit wie die Männer vor ihm und wurde einfach zu einem weiteren Fisch im Schwarm, ein bisschen schlampiger und weniger interessant als die anderen. Er hatte Talent. Das konnte man keinem beibringen.

Er bewegte sich in östlicher Richtung, hinunter zur Seine, was bedeutete, dass er eine Brücke überqueren würde. Wenn man in Paris jemanden verfolgte, musste man immer die Brücken mit einbeziehen. Man konnte am anderen vorbeischlüpfen und auf der anderen Seite des Flusses warten. Das Täubchen würde genau auf einen zukommen.

Doyle nahm eine Seitenstraße, die zum Fluss hinunterführte.

Hawker spürte seinen Mann schließlich im *L'Abondance* auf, der zehnten Taverne, die er nach ihm durchsuchte. Le Brochet saß mit ein paar Freunden hinten. Das war vielleicht ein unappetitlicher Haufen! »Erinnerst du dich an mich?«

Le Brochet sah ihn eine Weile aus zusammengekniffenen Augen an. »Du bist der Junge, den ich von Lazarus kenne … Hawker. Ja, genau. Man nannte dich die Hand. Ich erinnere mich an dich.«

Nur dass Le Brochet *»'awker«* sagte. Wenn die Franzosen seinen Namen aussprachen, knallten sie nicht noch so ein heulendes h vorneweg, wie es ein feiner englischer Pinkel tat. Sie sagten *'awker,* und es klang einfach richtig. Schon verrückt, wenn so ein Haufen Franzmänner seinen Namen besser als ein Engländer aussprechen konnte.

»Du hast mir doch damals dieses Mädchen gebracht. Polly. Das war vielleicht ein lebhaftes Ding.«

»Eine wahre Künstlerin im Bett, dieses Mädchen.« Hawker setzte sich mit dem Rücken zum Raum hin, was ihn als Dummkopf auswies. Allerdings waren die Weingläser auf dem Tisch wie Spiegel, wenn man sehen wollte, wer von hinten auf einen zukam. »Lass uns reden.«

»Allein«, fügte er hinzu, als Le Brochets Kumpel keine Anstalten machten zu gehen.

Le Brochet grinste. Nicht gerade der schönste Anblick auf Erden. Die anderen entfernten sich, um in Ruhe über Dorcas, Fat Legs Lucy und noch ein paar andere zu reden. Le Brochet hatte angenehme Erinnerungen an seinen Aufenthalt bei Lazarus.

Nach einer Weile war es an der Zeit, Wein bei der alten Frau hinter der Theke zu bestellen. Er schlug den Tonfall an, den Doyle heute Morgen benutzt hatte, und legte genau wie er eine Münze auf den Tisch. Sein Glas wurde kaum bis zur Hälfte gefüllt – das war heute Morgen anders gelaufen –, und zwar mit Wein, der kaum besser als Hundepisse war. Es gab einfach keinen Grund, nicht immer Gin zu trinken.

»Ich habe etwas zu erledigen«, erklärte er. »Für Lazarus. Ich dachte, du könntest mir vielleicht helfen. Ich muss den Mann finden, der Lazarus für den Mord bezahlt hat.«

Le Brochet stieß ein Lachen aus, das wie Husten klang. »Den? Solche Typen kommen nicht her.«

»Aber wo ist er denn dann? Es geht um Geld, und ich kann dieses verdammte Land erst verlassen, wenn ich das erledigt habe.«

»Geld?« Le Brochets Miene heiterte sich auf.

»Wir können den Vertrag nicht einhalten. Deshalb sagt Lazarus: ›Gib das Geld dem Mann zurück, der bezahlt hat. Dem Franzosen. Geh und finde ihn.‹« Wenn Le Brochet die Geschichte schluckte, kannte er Lazarus schlecht. Er berührte den Geldgürtel, in den er die gefalteten Assignaten gesteckt hatte. Ließ sie knistern, um ein bisschen Gier zu entzünden. »So lautet mein Auftrag. Das Problem ist nur, dass ich nicht weiß, wie ich den Mistkerl finden soll.«

Er tat so, als würde er einen Schluck nehmen, und wischte sich den Mund mit dem Ärmel ab. »Ich weiß einfach nicht, wo ich suchen soll. Und ich trage ungern so viel Geld mit mir herum.«

Wieder berührte er den Gürtel und besiegelte damit sein Schicksal. Er sah in Le Brochets Blick den Entschluss aufflackern, ihn umzubringen.

Sei nicht ungeduldig. Das sagte Lazarus immer wieder. Sei großzügig mit deiner Zeit. Wenn es eine Sache wert ist, erledigt zu werden, ist sie es auch wert, das Warten auszuhalten.

Er ließ sich fünfzehn Minuten von Le Brochet bearbeiten, der ihn unbedingt in den Hof hinter der Taverne locken wollte. Er ließ ihn ›Ich muss dir was erzählen‹ drei Mal wiederholen und mindestens sechs Mal sagen: ›Mag es nicht hier drinnen sagen‹, ehe er sich von Le Brochet aus der Schankstube, an der Küche vorbei in den stinkenden Hof führen ließ.

»Hier ist es schön ruhig.« Ihm gefiel der Hof sehr. Er war so abgeschieden, dass man hier fünf oder sechs Männer umbringen konnte. Im Gehen krempelte er den rechten Ärmel bis zum Ellbogen hoch, was für jemanden, der sich auskannte, ein Warnsignal gewesen wäre.

Le Brochet trat hinter ihm nach draußen. Das Rascheln von Stoff und die beschleunigte Atmung sagten ihm, dass Le Brochet sein Messer gezogen hatte.

Wenn ein Mann nicht weiß, wie man mit einem Messer kämpft, sollte er es zu Hause lassen. Wenn man ein Messer hält, kann man mit der Hand nichts anderes mehr machen. Wenn man es schlecht hält, bringt es einen aus dem Gleichgewicht. Ein Dummkopf versucht, immer wieder nach einem zu stechen, statt sich mit dem ganzen Körper in den Kampf zu stürzen.

Also begann der Kampf damit, dass Le Brochet auf ihn zugetaumelt kam, was bedeutete, dass er unter Le Brochets Arm hindurchschlüpfte, ihm den Ellbogen in den Mund rammte, damit er still blieb, und ihm dann in die Eier trat. Ihm das Messer wegnahm. Ungefähr zehn Sekunden wirklicher Kampf.

Er schwang ein Bein über Le Brochets Rücken und nahm ihn fest zwischen beide Schenkel. Dann packte er ein Büschel Haar und zog den Kopf hoch, sodass die Kehle freilag. Er legte sein Messer unter Le Brochets Ohr. Es würde ein sauberer Schnitt sein. Mit dem hochgerollten Ärmel würde er sich noch nicht einmal das Hemd besudeln. Noch ehe der Leichnam aufhörte zu zucken, würde er schon über die Mauer gesetzt haben und Faubourg Saint-Marcel hinter sich gelassen haben.

Doyle wird das nicht gefallen.

Der Gedanke störte seine Konzentration. Le Brochet fing an zu gurgeln. Deshalb drückte er mit dem Messer etwas fester zu, um den Mann an seine Sterblichkeit zu erinnern.

Lazarus hatte ihm befohlen, den Kerl zu töten. »Lose Enden versäubern«, nannte er das. Keiner missachtete Lazarus' Befehle.

Doyle wollte die Namen auf der Liste. Er wollte Männer retten, die eigentlich sterben sollten. Bestimmt würde er auch gern erfahren wollen, welche französischen Spione in England arbeiteten. Aus einer Leiche bekam keiner mehr irgendwelche Informationen heraus.

Zur Hölle mit Doyle.

»Ich schwöre dir«, brabbelte Le Brochet, »ich wollte dir nur ein bisschen Angst einjagen. Das schwöre ich bei Gott. Lieber Saint Vincent, verzeih mir. Ich wollte dich nicht umbringen. Wollte nicht Hand an dich legen.«

Anders als manche hatte Hawker keinen Spaß daran, wenn Männer anfingen, zu betteln und zu flehen. Das war auch der Grund, warum er seine Arbeit so gut machte. Er ließ sich nicht ablenken.

Doyle würde sagen, dass jeder Narr einen Menschen töten kann. Sogar ein Hund kann einen Menschen töten. Eine Laus, die man kaum sieht, kann einen Menschen töten. »Halt's Maul. Ich kann nicht nachdenken, wenn du so winselst.«

»Ich hab Geld. Schmuck. So'n Aristokratenzeug. Richtig gute Sachen. Ich sag dir, wo. Werde alles mit dir teilen. Ich wollte dir nichts tun. Ich schwör's. Bei Saint Vincent. Wollte nur ein bisschen Spaß machen. Wollte dich nicht …«

Wenn ich diesen Abschaum am Leben lasse, wird Lazarus mir mit einem Ruck das Genick brechen. Er wird lachen, während er das tut. »Lass uns über einen Besuch in England reden. Nur wir beiden von Kumpel zu Kumpel. Du wirst mir jeden Einzelnen nennen, den du gesehen hast. Jedes Papier, das du befördert hast. Du wirst mir von jedem Mal erzählen, bei dem du am Straßenrand gepisst hast.«

Es dauerte eine Weile. Sein Arm, der Le Brochets Kopf hochhielt, fing an müde zu werden.

»Ich weiß nichts. Ich weiß nichts. Da war nur ein Mann. Ein Gentleman. Ich kann nichts über ihn sagen. Das schwöre ich. Er traf mich auf der Straße. Er kannte mich. Ich kannte ihn nicht.« Le Brochet saugte Blut ein. Auf seinem Gesicht waren mehrere kleine Schnitte, die seine Erinnerung hatten auffrischen sollen. »Ich überbringe Nachrichten. Transportiere Sendungen. Das habe ich schon immer gemacht. Er hat mir Geld gegeben und gesagt, wohin ich damit sollte. Zu Lazarus. Zu einem Mann namens Crawford. Zu irgendeiner Taverne. Frag nach Mr Phineas. Übergib einen Umschlag. Dann geh da und da hin und frag nach Mr Tuckahoe.«

Er habe sich nicht gemerkt, wie sie aussahen. Er wusste nur, dass es Männer waren. Ganz normale Männer. Einige seien Franzosen gewesen, vermutete er. Einige waren Engländer, glaubte er. Nein, er habe die Papiere, die er beförderte, nicht angesehen.

Er erinnerte sich an jedes Mädchen, mit dem er geschlafen hatte, in allen obszönen Einzelheiten. Doch was die Mörder anging, die er für die Morde an Menschen bezahlt hatte, erinnerte er sich an rein gar nichts.

Was für eine Verschwendung, diesen Narren abzustechen. Eine noch größere Verschwendung wäre es, es sein zu lassen. Keiner wird ihm glauben, wenn er über Lazarus redet.

»Ich schwöre bei Gott«, keuchte Le Brochet. »An mehr erinnere ich mich nicht.«

Das war das Problem, wenn man so eine Wanze am Leben ließ. Man musste sich verdammt noch mal mit ihr unterhalten. Er war ganz nass und klebrig vom Blut. Bei dieser Sauerei hätte er den Kerl auch gleich töten können.

Es war an der Zeit aufzubrechen. Hawker trat Le Brochet

in den Bauch, damit der Mann nicht die Chance bekam, ihn mit einem Messer zu durchbohren, das er irgendwo an seinem massigen Körper versteckt hielt. Er zog sich an der Mauer hoch, sprang darüber und machte sich davon.

Ein paar Straßen weiter bog er um eine Ecke und stand plötzlich vor einem öffentlichen Springbrunnen. Er blieb stehen, um das Blut abzuwaschen. In der Ferne hörte er, wie Le Brochet Morddrohungen brüllte.

Er hatte die Treffpunkte herausgefunden, die von französischen Spionen in England benutzt wurden. Er hatte ein paar Beschreibungen, die nicht viel wert waren, und ein paar Passwörter, die von den Franzosen benutzt wurden. Das war ein Anfang. Vielleicht genügten die Informationen dem Geheimdienst, um ein paar von ihnen aufzuspüren. Keiner hätte mehr aus dem Kerl herausholen können.

Ziemlich gut für ein tollwütiges Wiesel.

Doyle schob den Spanner der Pistole zurück und ließ sie sinken. Es hatte einen Moment gegeben, in dem er sie fast benutzt hätte. Der Junge hatte eine Weile gebraucht, um zu überlegen, ob er diesem Le Brochet die Kehle aufschlitzen sollte.

Es war kurz davor gewesen.

Die Dachkammer war ein Brutofen. Darum war auch keines der Mädchen aus der Taverne hier oben, um auf der schmierigen Liege in der Ecke ihrem Gewerbe nachzugehen. Wenn er sich ganz dicht hinter den Läden ans Fenster stellte, konnte er nach unten in den schmutzigen Hof der Taverne sehen. Er konnte sehen, ohne gesehen zu werden, und alles hören.

Der Junge holte alle Informationen aus Le Brochet heraus und ließ ihn am Leben. In ganz Paris gab es keinen Agenten, der die Sache besser erledigt hätte.

Freunde und Konsorten von Le Brochet stürmten unter

lautem Geheul aus der Taverne. Hawker war längst fort, über die Mauer und die Straße runter.

Es war an der Zeit, ihn zu finden und zu Carruthers zu bringen, damit er angebrüllt und sauber gemacht wurde. Es war an der Zeit, dass der Junge der Leiterin des Geheimdienstes seinen ersten Bericht erstattete.

Ich bin froh, dass ich ihn nicht töten musste.

Er war ein Risiko eingegangen, als er seiner Straßenratte erlaubt hatte, sich um Le Brochet zu kümmern. Es hätte sich auch als Fehler erweisen können. Es hätte die Art von Fehler sein können, die dafür sorgte, dass ein Mann den Geheimdienst verlassen musste.

Ich hoffe, du bist es wert, Junge.

23

Das Bad war natürlich über jeden Verdacht erhaben und völlig achtbar. Die anständigsten und ehrbarsten Frauen suchten es auf. Aber es hätte auch niemanden verwundert, von weniger anständigen Aktivitäten im Zusammenhang mit dem Bad zu hören. Es war ein guter Ort, um Dinge im Geheimen zu erledigen. Marguerite hatte Jean-Paul schon so häufig hier getroffen, dass sie die Gelegenheiten gar nicht mehr zählen konnte.

Draußen vor der Tür hörte sie jemanden mit schwerem Schritt näher kommen. Es war der Schritt eines Mannes, nicht das leichte Trippeln der Mägde. Jemand kratzte ganz leise an der Tür.

»Herein«, sagte sie.

Die hohen Fenster und das Oberlicht über der Tür waren geöffnet, um den Dampf vom Baden abziehen zu lassen. Doch es war unmöglich, im Gang oder im Garten Gespräche heimlich zu belauschen, ohne dabei von Olivie gesehen zu werden. Und alle anliegenden Räume wurden freigehalten.

Er öffnete die Tür. Der vertraute, verlässliche, liebe Jean-Paul. Olivie hätte es ihr sofort mitgeteilt, wenn er verhaftet worden wäre. Marguerite hatte gewusst, dass ihm nichts passiert war; trotzdem war es eine große Freude, ihn mit eigenen Augen zu sehen. Während der ganzen Reise von der Normandie bis nach Paris hatte sie Angst um ihn gehabt.

Sie rannte zu ihm, um ihn zu umarmen, und er drückte sie kurz und fest an sich, ehe er sie wegschob. »Ich wünschte, du würdest etwas anhaben.«

»Aber das habe ich doch.« Sie hatte sich nach dem Baden in den Hausmantel aus dickem, weißem Leinen gehüllt. Alles ganz züchtig. Er bedeckte sie bis zu den Fußknöcheln. Wenn sie auf die Straße ging, hatte sie weniger an. »Weißt du was? Ich hätte nicht gedacht, dass du irgendwann mal prüde sein würdest. Das liegt wohl an der Ehe. Sie hat dir deinen Humor genommen. Du bist sehr ernsthaft geworden, seit du geheiratet und Kinder bekommen hast.«

»Ich bin älter geworden. Viel, viel älter.« Jean-Paul stieß einen Seufzer aus und schloss die Tür hinter sich. »Gäbe es in der Stadt Kirchen statt all dieser Tempel der Vernunft, würde ich vor Dankbarkeit fünfzig Kerzen anzünden. Marguerite, als ich gehört habe, dass das Château abgebrannt ist, dachte ich, du seist tot.«

»Ich bin noch nicht einmal ein bisschen geröstet worden. Nur meine Handflächen hatten ein wenig abbekommen, was aber schon wieder verheilt ist. Als ich bei Bertille war, hat sie mir Butter auf die Wunden getan. Sie meint, das sei das beste Heilmittel gegen Brandwunden. Es machte die Hände allerdings ziemlich klebrig.«

»Gabrielle hat zwei Tage lang geweint. Am liebsten würde ich dich so fest durchschütteln, dass deine Zähne klappern.«

Ich bin auch froh, dich zu sehen, Jean-Paul. »Ich dachte, ich würde zu spät nach Paris kommen. Ich fürchtete, man hätte dich schon verhaftet. Oder du wärst tot. Ich hatte Angst um dich.«

»Und ich war ganz krank vor Sorge bei dem Gedanken, dass du ganz auf dich allein gestellt bist.« Er streckte den Arm aus, um ganz kurz ihren Handrücken mit den Knöcheln zu berühren. »Und dann finde ich dich frisch gewaschen, rosig und glücklich vor. Natürlich bin ich wütend.«

»Oh ja, natürlich. Ich würde dich auch gern ein bisschen verhauen, nur um meiner Erleichterung Ausdruck zu verleihen.«

Er zog sein Jackett aus, um den Anschein eleganter Sittenlosigkeit zu erwecken, falls jemand hereinkommen sollte. Weil es aber Jean-Paul war, hängte er seine Jacke ordentlich über die Rückenlehne eines Stuhls. Das war eine Angewohnheit, die einen in den Wahnsinn treiben konnte.

Natürlich war er groß und schlank. Als Chefbotaniker im Jardin des Plantes musste er den ganzen Tag schwere, exotische Pflanzen hin und her bewegen. Er sah gut aus – hatte immer gut ausgesehen – mit dem blonden Haar und den schönen Zügen, wenn auch sein Rücken voll tiefer Narben war. Onkel Arnault hatte ihm das angetan, als er die beiden zusammen erwischt hatte. Sollte sie je ins Bad kommen, um sich die Zeit mit einer Tändelei zu vertreiben, würde sie sich trotzdem ihn dafür aussuchen.

Er hatte mit fünfzehn keine Erfahrung im Liebesspiel gehabt. Später hatte er bestimmt dazugelernt. Sie war immer unsicher gewesen, wie sie Gabrielle danach fragen sollte.

Seine Weste folgte der Jacke auf den Stuhl. »Hier hört man nur Gerüchte. Was ist in der Normandie passiert?«

»Alles Mögliche. Das Château ist abgebrannt. Das zuallererst.«

»Ich hatte gehofft, dass das nicht wahr ist.«

»Es ist bis auf die Grundmauern abgebrannt. Wären wir von den Hunnen angegriffen worden, hätte die Zerstörung nicht schlimmer ausfallen können. Den Dienstboten ist nichts geschehen, der Bürgermeister wird sich um sie kümmern. Ich habe Geld geschickt.«

Er stützte sich einen Augenblick lang auf der Rückenlehne des Stuhles ab. »Du hast deine Arbeiten verloren. Deine Aufzeichnungen, deine Bücher. Es tut mir so leid.«

»Von den meisten habe ich hier in Paris Zweitschriften.«

»Aber nicht von allen«, sagte er.

»Nicht von allen.« Er wusste, was sie verloren hatte. Jean-Paul war mit ihr zu den Bauernkaten gegangen, um den Geschichten der alten Frauen zu lauschen. Während alle anderen sie auslachten, hatte er sie ernst genommen. »An manche Geschichten erinnere ich mich fast Wort für Wort. Ich habe bereits angefangen, alles noch einmal aufzuschreiben.«

Er öffnete den Knoten seines Halstuchs. »Ich werde helfen, wo ich kann. Aber ich habe nicht dein gutes Gedächtnis.« Er hielt die Enden seines Tuches fest, während er sie anschaute. »Als die Männer kamen, um das Château niederzubrennen, haben sie da auch … hat einer von ihnen …«

»Mir ist nichts passiert.«

»Natürlich sagst du das, aber …«

»Noch einmal, ehe du offen aussprichst, was uns beiden peinlich wäre. Mir ist nichts angetan worden. Gar nichts. Der Zaunkönig war auch da, musst du wissen, und wir haben wie die Amazonen gekämpft. Wirklich und wahrhaftig. Der Zaunkönig wird es dir eines Tages erzählen. Lass dir besonders ausführlich die Szene schildern, als ich den Mann mit einem Brieföffner aufgeschlitzt habe. Ich war über die Maßen kühn und unerschrocken.«

Er lachte. Er klang plötzlich wie ein Junge und wirkte sehr erleichtert. »Daran zweifle ich nicht. Wo ist der Zaunkönig jetzt?«

»Ich habe sie nach England geschickt. Nein, murr nicht. Sie ist zu bekannt geworden. Es ist an der Zeit, dass sie sich zurückzieht.«

»Du nimmst mir meine rechte Hand.« Er setzte sich hin, um die Stiefel auszuziehen. Ein Rendezvous in Stiefeln wirkt wenig überzeugend. »Aber du wusstest doch, dass irgendwann die Zeit kommen würde, sie wegzuschicken.«

»Wir sind nicht gierig. Das ist der Grund, warum wir auch

nach vier Jahren, in denen wir uns so großer Gefahr ausgesetzt haben, immer noch am Leben sind.«

»Fünf Jahre. Es sind bereits fünf Jahre.« Er ächzte und kämpfte mit seinen Stiefeln. »Lieber Himmel. Erinnerst du dich noch, dass wir dachten, innerhalb eines Monats würde alles vorbei sein? Dass alle wieder zu Verstand kommen und die Hinrichtungen aufhören würden?«

»Bis Oktober. Ich erinnere mich, dass du sagtest, bis Oktober sei alles vorbei. Wir trafen uns damals mit den anderen in diesem Café. Wir waren sieben, tuschelten wie Schulmädchen und errichteten die ersten Zwischenstationen, über die wir sie von Paris aus zur Küste brachten. Wir schleusten fünfzig oder sechzig Spatzen raus und lösten dann die Gruppe auf. Mehr brauchten wir nie zu tun. Komm. Lass mich das machen.« Wie schon wohl hundert Mal zuvor kniete sie sich vor ihm hin, packte seinen Stiefel und zog. Mit einem Ruck landete sie auf den Hacken, weil er sich so plötzlich löste. Wohl hundert Mal war sie schon so zurückgetaumelt.

»Ich wünschte, du würdest das nicht tun.« Er klang gereizt, setzte sich aber anders hin, um auch den anderen Stiefel in ihren Schoß zu legen.

»Zieht Gabrielle dir denn nicht abends die Stiefel aus?«

»Gabrielle ist im siebten Monat, woran du wohl auch gedacht hättest, würdest du uns häufiger besuchen. Ich habe einen kräftigen Diener für Arbeiten, die schnell erledigt werden müssen – Kohlen und Wasser schleppen und mir abends die Stiefel ausziehen. Würdest du jetzt bitte aufstehen?«

»Natürlich.« Es machte Spaß, ihn zu ärgern. Er war so seriös geworden. Betont sittsam zog sie ihren Hausmantel zusammen und knotete ihn neu, damit er es auch wirklich bemerkte und sich über sie ärgerte. »Was du aber vielleicht noch nicht gehört hast, ist, dass Jakobiner aus Paris die Männer zum Château geführt haben, die mit viel Brandy und Hasstiraden in wütenden Pöbel verwandelt worden sind. Es heißt, sie hätten offizielle Dokumente bei sich gehabt. Leider war unser Verhältnis nicht so, dass ich danach hätte fragen können.«

»Es gibt keinen Haftbefehl. Das ist dir klar, oder? Trotz all des Durcheinanders, das in den Komitees herrscht, hätte man deinen auf keinen Fall verloren. Ich habe unseren Mann darauf angesetzt, überall nachzuschauen. Es gibt nichts.« Er war aufgestanden und lief jetzt im Badezimmer auf und ab. Sie hatte die Baumwollvorhänge um die Wanne zugezogen. Er berührte sie jedes Mal mit dem Arm, wenn er daran vorbeiging, sodass sie sich leicht blähten. »Es gibt keine offiziellen Dokumente, die dich oder einen von uns betreffen. Niemand ist beim Komitee für Öffentliche Sicherheit angezeigt worden.«

»Victor sagt das Gleiche. Ich höre normalerweise nicht auf das, was er sagt. Aber in diesem Fall …«

»Er würde es wissen.« Jean-Paul krempelte sich im Gehen die Ärmel bis über den Ellbogen hoch. Man konnte die schmalen Narben auf seinen Oberarmen erkennen. »Ich habe gehört, dass er mit seiner Mutter aus seinen bisherigen Räumlichkeiten ausgezogen ist und sich in eurem Haus eingenistet hat.«

»Das entzückt mich über die Maßen. Und mein Vater ist verschwunden. Es sagt viel über mein Leben aus, dass dies die geringste meiner Sorgen ist.«

Jean-Paul zog das Hemd aus der Hose. »Ich dachte, er sei nach Voisemont gegangen, und nahm an, dass du ihn endlich dazu gebracht hättest, sich irgendwo zu verstecken.«

»Wieder so ein Irrglaube. Ich habe keine Ahnung, wo er ist. Eine der wenigen Gnaden, die mir in dieser letzten Woche zuteilwurde, ist, dass ich Vater nicht am Hals hatte. Aber jetzt wird er vermisst, und das wird langsam beunruhigend. Und lästig.«

»Ich werde unsere Leute informieren. Wir werden versuchen, ihn für dich zu finden.«

»Das müssen wir wohl.« Sie begann ihr Haar mit dem Holzkamm zu entwirren, den ihr Vater ihr aus England mitgebracht hatte. »Victor ist höchst verärgert, dass es das Château nicht mehr gibt. Es sieht so aus, als wäre ich nicht sehr erfolgreich darin, den Reichtum der de Fleurignacs zu bewahren, der eines Tages an ihn übergehen wird.« Sie verzog das Gesicht. »Ich hätte das Feuer wohl besser nicht überleben oder auf eigene Faust durch Frankreich ziehen sollen. Mein Ruf ist jetzt nicht besser als der einer streunenden Katze.«

»Dein Ruf ist über jeden Verdacht erhaben, und dein Cousin ist ein Schwein. Er war schon mit zwölf ein Schwein, als er es genoss, mich zu verprügeln. Er hat sich nicht geändert.«

Jean-Paul fuhr sich mit den Fingern durchs Haar. Er trug das schlichte Halstuch eines Künstlers oder Intellektuellen. Es hing jetzt lose um seinen Hals, vorn über seinem Hemd. Was für ein schönes zerzaustes Paar sie abgaben. Sie würden ganz wie Ehebrecher aussehen, wenn jemand zufällig hereinkommen sollte.

»Man hat versucht, den Silberreiher zu verhaften«, erzählte sie. »Hat Krähe dir davon erzählt?«

»Ich habe es von Silberreiher selber erfahren. Er versteckt sich. Der Mann hat an die hundert Blutsbrüder entlang der Küste. Sogar in den Fluten Noahs würde ihm nichts passieren.«

»Sie waren auch hinter Bertille her.«

»Mein Gott. Nein.«

»Ich würde nicht hier sitzen und lächeln, wäre einer von uns mitgenommen worden. Sie konnte fliehen – mit den Kindern und Alain. Keinem ist etwas passiert. Sie ist fest entschlossen weiterzuarbeiten. Sie ist und bleibt Bertille.«

Sie hatte dieses Wissen tagelang mit sich herumgeschleppt. Jetzt ließ sie ihn einen Teil der Last tragen. »Die Soldaten, die kamen, um sie zu verhaften, kannten ihren Namen. Sie wussten, wo sie lebt. Sie kannten uns alle – den Zaunkönig, den Silberreiher, die Krähe, mich. Zwölf von uns, die in der Normandie arbeiten. Aber keiner aus Paris.«

»Ach, Marguerite.«

»Es ist nicht irgendwer von La Flèche.« Sie hatte das Gefühl, als würde sie einen Stein im Magen haben. »Der Verräter gehört zu meinen engsten Vertrauten.«

»Es ist einer der Spatzen. Sie gehen nach England. Sie reden.«

»Es gibt keinen Spatzen, der so viele Namen von so vielen Routen kennen könnte. Nur einer von uns.« Sie hatte sich ein Tuch um die Schultern gelegt, damit ihr Haar nicht den Hausmantel durchnässte. Sie nahm es ab und rieb sich damit über das Gesicht. »Es ist jemand, der mir ganz nahe steht. Wem vertraue ich am meisten? Das ist derjenige, der mich verraten hat.«

»Wir wussten, dass das eines Tages passieren würde. Wir haben uns darauf eingestellt. Deine Leute haben neue Namen. Neue Zwischenstationen. Wir werden auch die Passwörter ändern. Wir machen weiter.«

»Und der Verräter macht mit uns zusammen weiter. Schick mir bald neue Spatzen.«

»Nicht bald. Heute. Eine fünfköpfige Familie. Ihr Haftbefehl wurde heute Nacht ausgestellt. Die Eule wird sie erst einmal auf dem Dachboden im Bordell unterbringen.«

»Ich kann nicht …«

»Sie werden Paris am frühen Morgen mit den Wäschereiwagen verlassen.«

»Wen wirst du zu ihnen schicken?« Jean-Pauls Blick war auf die Wand hinter ihr gerichtet, die wie weißer Marmor mit schwarzen Adern aussah. »Der Sohn ist vierzehn. Alt genug, um zusammen mit seinem Vater auf die Guillotine zu steigen.«

Die Wasserrohre in den Bädern waren nie ganz still. Mal erinnerte das Rauschen des Wassers an einen Bohrer, dann wieder war es ein Pochen, ein leises Summen. »Du sagst, ich habe keine andere Wahl. Sogar jetzt, wo wir alle in Gefahr sind, machen wir weiter.«

»Ich kann den Spatzen auch sagen, dass sie sich selber einen Weg aus Frankreich suchen sollen.« Er wartete. Jean-Paul, der Junge, den sie damals gekannt hatte, war zum Mann geworden.

Bertille hatte es bereits gesagt. Keiner von La Flèche tat das alles, um ein ruhiges Leben zu führen. »Linnet. Ich werde Linnet schicken. Sag Olivie, dass sie die Nachricht weitergeben soll. Mit ihrer Schrift.«

Sie dachte an all die Katastrophen, die sich daraus möglicherweise ergaben, aber ihr fiel nichts ein, wie sie diese hätte abwenden können. Jean-Paul wartete geduldig, dass sie weiterredete.

Ihre Leute würden sich nicht zurückziehen. Ihre Aufgabe war es, die Helden zu bleiben, die sie waren, während es Marguerites Aufgabe war, sie der Gefahr auszusetzen.

»Nichts hat sich geändert«, sagte Jean-Paul. »Nichts hat sich geändert seit der Nacht, in der du uns den Namen La Flèche gabst. Wir können nicht zurück.«

»Dann sind wir dumm. Und stecken bis zum Hals in Spatzen. Robespierre wird Paris zu einer Stadt der Toten machen, wenn es nach ihm geht. Oh, ich will dir von einem schlauen Plan erzählen, den ich mir ausgedacht habe, während ich heute Morgen an der *barrière* stand und nur darauf wartete, dass irgendein Unheil über mich kommt.« Sie kämmte sich das Haar und erklärte einen Plan, bei dem Spatzen in der Uniform von Armeerekruten am frühen Morgen die Stadt verlassen sollten. »Die Stiefel werden das größte Problem sein. Es gibt keine Stiefel, die genau wie Armeestiefel aussehen.«

»Wir könnten welche stehlen.«

Sie schüttelte den Kopf. »Wir werden sie ganz offen bestellen und sagen, dass sie für Lyon bestimmt sind. Du wirst ein paar Befehle fälschen. Keiner weiß, was in Lyon vorgeht. Nicht einmal die Armee. Es befindet sich alles in einem so heillosen Durcheinander, dass wir sogar Unterröcke für die Armee bestellen könnten und keiner würde …«

Ein ganz leises Geräusch drang aus dem Flur an ihr Ohr. Vielleicht hatte jemand nur eine Tür geöffnet und wieder geschlossen. Es könnten auch Schritte gewesen sein.

Dann ging die Tür auf. Guillaume LeBreton stand in der offenen Tür, und das Licht fiel von hinten auf ihn.

24

Guillaume trug einen der weißen Hausmäntel des Bades. Er sah nicht aus wie jemand, der sich entspannte, sondern wirkte eher wie ein besonders gefährlicher Zenturio in einem römischen Bad. Einer, der sein Leben lang gegen die Barbaren gekämpft hatte und jetzt selber ein halber Barbar war.

»Sie sind im falschen Zimmer, Dummkopf.« Jean-Paul stellte sich vor sie. »Hinaus.«

»Na, na, na …« Guillaumes Blick ging von ihr zu Jean-Paul und dann wieder zurück. »Dann hatte ich also recht mit meiner Annahme, dass du dich mit jemandem treffen wolltest. Hinsichtlich der Person habe ich mich jedoch geirrt. Stell mich vor, Maggie.«

»Ich will nicht, dass ihr beiden euch kennenlernt. Komm nicht herein.«

Aber er war bereits in den Raum getreten. Das Haar hing ihm nass und glatt in die Stirn, sodass er noch mehr wie ein Römer aus der Antike aussah. Die Narbe auf seiner Wange trat deutlich weiß und glänzend hervor. Sie hatte vergessen, wie furchteinflößend er wirkte.

Jean-Paul griff ruhig nach seiner Jacke, die über der Rückenlehne des Stuhles hing. Er zog ein langes Messer hervor, wie man es wohl in der Küche benutzte.

Jean-Paul mit einem Messer. »Hör damit auf.« Sie drehte sich zu Guillaume um. »Guillaume, tu ihm nichts. Das meine ich ernst.«

»Ich?« Guillaume breitete die Arme aus und zeigte seine

Hände. Sie waren leer, was ihn nicht weniger gefährlich machte. »Ich habe keine Waffe dabei.«

»Und mach nicht so ein dummes Gesicht. Es reicht mir allmählich, dass du immer ein dummes Gesicht machst. Jean-Paul, leg das bitte weg, ehe Guillaume dich in der Luft zerreißt.«

»Er wird mich nicht zerreißen«, sagte Jean-Paul.

»Seit wann schleppst du eigentlich ein Messer mit dir herum? Wir sind doch keine Banditen oder Straßenräuber. Wofür brauchst du ein Messer?«

»Ich öffne damit Kisten, die Proben enthalten«, erwiderte er, ganz der nüchtern-sachliche Jean-Paul. »Außerdem teile ich damit Wurzelstämme.« Er sah Guillaume an, nicht sie. Sie hatte nicht gewusst, dass Jean-Pauls Blick so kalt sein konnte.

»Dann solltest du dein Messer auch fürs Öffnen von Kisten benutzen und damit nicht vor den Gesichtern von Leuten herumfuchteln. Was willst du damit erreichen? Eine Horde Drachen aufhalten? Du führst dich lächerlich auf.«

»Ich habe es zweimal benutzt, Marguerite.«

Sie begriff, dass er ihr damit sagen wollte, dass er schon getötet hatte. Er hielt das Messer wie der Junge. Wie Hawker. Eng am Körper, mit nach oben weisender Klinge. Jean-Paul hatte sich eines Tages geändert, als sie gerade nicht hingeschaut hatte. Er war zu einem Mann geworden, den sie nicht wirklich kannte.

Guillaume schloss die Tür hinter sich. Das Bad wurde zu einem sehr kleinen Zimmer, wenn er sich darin aufhielt.

»Das verkommt allmählich zu einer Farce.« Sie stand zwischen den beiden Männern. »Guillaume, du wirst nichts tun. Verstanden? Jean-Paul, ich weiß nicht, warum dieser Mann hier ist, aber er tut mir nichts.«

Guillaume musterte Jean-Paul ganz gelassen und nachdenklich. Wenn Guillaume nachdachte, sah das aus, als würde ein

Berg erwägen, sich auf einen Menschen fallen zu lassen, so reglos und unbezwinglich wirkte er. »Das muss ein Freund von dir sein.«

»Sie sind der, mit dem sie in der Normandie war. Der Buchhändler.« Jean-Paul ließ den Blick über Guillaume LeBretons Muskelberge wandern. »Ich habe von Ihnen gehört.«

»Dann wissen Sie ja auch, dass ich ihr nichts getan habe. Würden Sie bitte diesen Schweinepiekser weglegen, ehe ich Ihnen das Handgelenk breche?« Guillaume sah das Messer an.

»Marguerite hat nichts von Ihnen erzählt. Ich frage mich, warum.« Aber dann senkte Jean-Paul doch das Messer.

»Über Sie hat sie auch nicht gesprochen«, erwiderte Guillaume. »Ich nehme an, Sie sind ein alter Freund.«

»Wir sind sehr alte, sehr gute Freunde. Ich gehöre zu der Art von Freunden, mit denen man sich unter vier Augen unterhält.«

»Ich bin die Art Freund, mit der man die Normandie durchquert.«

Beide ignorierten sie völlig. »Ich bin darauf vorbereitet, den Skandal über mich ergehen zu lassen, weil ich mich mit einem Mann im Bad getroffen habe. Worauf ich nicht vorbereitet bin, ist ein Skandal, weil ich mich mit zwei Männern im Bad getroffen habe. Da würden sogar Ziegen rot werden. Ich möchte, dass ihr beiden jetzt einfach geht. Sofort.«

Guillaume lehnte sich mit dem Rücken an die Tür und verschränkte die Arme vor der Brust. »Na gut. Musst du vor mir beschützt werden, Maggie?«

»Ich bin wunderbar in der Lage, selber mit dir fertig zu werden, sogar mit einer Hand. Du bist nicht …«

»Willst du, dass ich gehe?«

»Es ist aus zwischen uns.«

»Das hast du schon ein paar Mal gesagt. Soll ich gehen oder bleiben?«

Sie hatte keine Ahnung, was sie wohl zu ihm sagen würde, wenn sie allein waren. Manchmal stürzt man sich in einen Fluss und geht davon aus, dass man das Schwimmen schon lernen würde, wenn man erst einmal im Wasser war. »Bleib.«

»Dann bleibe ich.« Er trat zur Seite, sodass der Weg zur Tür frei war. Dadurch verlor die Situation nicht ein Jota an Bedrohlichkeit. Er setzte Zeichen. »Sie können sie mit mir allein lassen«, sagte er zu Jean-Paul. »Sie wird diesen Stuhl da nehmen und ihn mir über den Kopf hauen, wenn ich sie verärgere.«

Jean-Paul musterte ihn. »Sie wird Schlimmeres als das tun. Sie wird schreien, sodass plötzlich dreißig halb bekleidete Frauen in der Tür stehen und fragen, was Sie hier tun.«

»Oh. Nun, das würde unendliches Entsetzen bei mir auslösen, weshalb ich hoffe, dass sie es nicht tun wird.«

Jean-Paul zögerte noch einen Moment. Dann traf er eine Entscheidung, die nicht die Benutzung seines lächerlichen, gefährlichen Messers einbezog. Das war gut. Er setzte sich auf den Stuhl, um seine Stiefel anzuziehen. »Ich werde hier nicht gebraucht.«

»Keiner von euch beiden wird hier gebraucht«, erklärte sie. »Tatsächlich werde ich mich jetzt anziehen, nach unten in den Garten gehen und mich in den Schatten setzen. Ich werde mir von den Angestellten medizinische Tees und kleine, geeiste Dessertstückchen bringen lassen. Ich habe das Bedürfnis, mir etwas Gutes zu tun.«

»Du verabscheust Tee und Kuchen. Lass dir Limonade bringen.« Jean-Paul hielt sich nicht erst damit auf, sich wieder vollständig anzukleiden, sondern griff nur nach seinen Sachen, um sie mitzunehmen. Vorher schob er noch das Messer, das er so unerwartet gezückt hatte, in ein verstecktes Futteral im Innern seines Jacketts. Seinen Schneider konnte man nicht darum bitten, solch eine Änderung vorzunehmen. Gabrielle musste wohl für ihn zur Nähnadel gegriffen haben.

»Du lässt mich im Stich«, warf sie ihm vor.

»Ich ergreife die Flucht. Nenn mich gern einen Feigling, aber mir steht nicht der Sinn danach, zwischen euch beiden zu stehen.« Völlig unnötigerweise drückte er einen Kuss auf ihre Stirn und ging. Auf seinem Gesicht lag ein Lächeln.

Plötzlich war sie mit Guillaume LeBreton allein.

Er stand wie immer unergründlich da, was eines seiner größten Talente war. Im blendend weißen Hausmantel wirkte er auf einmal besonders dunkel und exotisch. Die langen Bahnen und die weiten Ärmel machten aus ihm einen Mandarin.

Wie kann er sich unbemerkt auf den Straßen der Stadt bewegen? Als würde keiner es merken, wenn sich ein Löwe einem Hunderudel anschließt. »Bist du mir von zu Hause aus gefolgt?«

»So in etwa. Du hast kein Geheimnis daraus gemacht, wo du hin wolltest.«

»Es war absolut überflüssig, mir zu folgen. Zwischen uns ist es aus. Wir wissen beide, dass es unmöglich ist. Wir haben uns Lebewohl gesagt.« Plötzlich gingen ihr die Worte aus.

»Ich habe meine Meinung geändert.«

Bis auf das Auf und Ab seiner Brust beim Atemholen stand er völlig reglos da. Er wirkte wie ein Götzenbild aus glattem, hellem Stein, doch gleichzeitig sehr lebendig. Seine Hände ruhten neben dem Bindegürtel an seiner Taille. Der doppelte Knoten war ein bisschen zur Seite verrutscht. Ihn zu öffnen wäre eine Sache von Sekunden.

Sie nahm ihren Kamm, damit ihre Hände etwas zu tun hatten. Dann legte sie ihn wieder hin. Ihr wäre wohler gewesen, wenn er mehr geredet hätte.

»Ich durchschaue deinen Plan«, sagte sie. »Du willst nicht, dass ich die Trennung von dir bedauere. Du bist hergekommen, um mir noch einmal eine Stunde Gesellschaft zu leisten, damit ich froh bin, wenn ich dich nicht wiedersehen muss. Das entbehrt nicht einer gewissen Logik. Verbrächten wir eine Woche Seite an Seite, würde ich dich dahin wünschen, wo der Pfeffer wächst, oder auf eine Insel im Pazifik, wo die Vögel so groß wie Hunde sind und nie gelernt haben zu fliegen.«

Er achtete nicht auf das, was sie sagte. Er löste den Knoten des Gürtels, der den Hausmantel zusammenhielt.

»Es gibt keinen Grund für dich, deine Kleidung in dieser drohenden und höchst ungehörigen Art und Weise abzulegen. Wir werden nichts tun, was das Ablegen von Kleidung notwendig macht. Als ich sagte, du solltest bleiben, habe ich …« *Habe ich deinen Körper nicht angeschaut. Ich habe gar nicht daran gedacht. Ich kann nicht mehr klar denken, wenn du in der Nähe bist.* »… habe ich gemeint, dass wir reden sollten.«

Der Hausmantel hing lang und schwer an seinem Körper. Wie Säulen. Drei langsame Schritte, und er stand vor ihr. Sie versuchte nicht zu fliehen. Er zog sie an sich, bis ihre Haut sich berührte.

Alle Hemmungen, die sie eben noch gehabt hatte, lösten sich auf. Sie legte die Hände auf seine Brust und schob den Stoff beiseite, sodass sie ihn dort küssen konnte.

Sie konnte nicht sprechen. Keinen Ton konnte sie hervorbringen. Ihre Muskeln trafen Entscheidungen, ohne sich mit ihrem Gehirn zu beratschlagen. Hitze stieg in ihr auf, strömte durch ihr Blut, sammelte sich in ihrem Bauch und überschwemmte ihren Kopf, in dem momentan Leere herrschte.

Er war warm und nackt. Ihre Hände schoben sich unter den Stoff, glitten nach oben und über seine Schultern, um all die dunklen Haare, die braune Haut und die Wölbungen aus Knochen und Muskeln zu erforschen, die den Körper von Guillaume LeBreton bildeten. Wenn sie zu intensiv darüber nachdachte, würde sie ihn wegstoßen und das hier beenden. Aber sie wollte ihn nicht gehen lassen, also dachte sie lieber nichts.

Wohin war ihr Hausmantel verschwunden? Wie hatte er sich überhaupt geöffnet?

Das war völlig unwichtig.

Sie war abgelenkt. So abgelenkt. Fast war es so, als könnten ihre Finger Farben sehen. Das tiefe Braun seines Gesichts. Es war, als würden die Stoppeln in seinem Nacken sichtbar werden, wenn sie sie mit den Fingern erforschte. Er war viel zu lebendig, als dass man ihn nur über das Fühlen erfuhr. Er nahm alle Sinne für sich ein.

Ich sollte das nicht tun … Sie sagte es nicht laut. Sie dachte es noch nicht einmal laut.

Er streichelte ihren Körper, ließ die Hände hinauf- und wieder hinabgleiten. Dann legte er sie auf ihre Hüften. Raue Hände, die ihr Fleisch kneteten, die Knochen unter der Haut ertasteten, als wäre sie eine Skulptur und er der Künstler, der sie formte. Ehrfurcht sprach aus seinen Berührungen. Er fand sie schön. Mehr als nur schön. Fast schien er ihr zu huldigen.

Er war eine süße, verbotene Frucht. Aus Tausenden von Gründen war er für sie verboten. Ein einziges Mal hatte sie trotzdem nachgegeben. Dann hatte sie sich von ihm abgewandt und war wehen Herzens gegangen, denn sie kannte die Grenzen ihrer Freiheit. Doch jetzt war es wie ein Nachhausekommen, wo die verbotene Frucht ganz unerwartet in ihrem Garten wuchs. Guillaume.

Küsse tief in ihrem Mund. Küsse, die voller Glückseligkeit ihre Lippen erforschten. Küsse, die wie warmer Regen auf ihr Gesicht und ihren Hals niedergingen, sodass sie mit geschlossenen Augen den Kopf hob und keuchend Luft holte. Bebend vor Erwartung harrte sie mit jeder Faser ihres Seins auf die nächste kleine Berührung, den nächsten kleinen Biss. Er war ein Mann, der wusste, auf welch vielfältige Art man eine Frau mit dem Mund lieben konnte. Bei dem Gedanken ging ein Zittern durch ihren Körper. Sie presste sich an ihn, verlor sich in ihm.

Er war einfach so stark. Sie spürte keinerlei Anstrengung bei ihm, als er sie hochhob, zur Kommode trug und auf das kühle Holz setzte. Was eben noch darauf gelegen hatte, wurde zur Seite gewischt und fiel zu Boden. Nichts davon war wichtig. Sie schob die Finger tief in sein Haar. Es war warm, ein bisschen borstig, aber glatt und angenehm, sodass sie nicht loslassen wollte.

Sie legte die Beine um ihn. Der Stoff seines Hausmantels rieb über die Innenseite ihrer Schenkel. Sie erinnerte sich nicht mehr, wann sie beschlossen hatte, sich töricht zu verhalten. Denn das hatte sie eindeutig getan.

Er spreizte ihre Beine weiter, berührte sie dazwischen, was ihren Verstand endgültig in den Wahnsinn trieb. Jede zarte Berührung machte die Verführung unausweichlicher.

Sie konnte sich nur noch an ihn klammern. Und keuchen. In einem Moment wie diesem versagte bei jedem Menschen das Denken. Es war dumm, gerade diesen Moment zu wählen, um es überhaupt zu versuchen.

Die Rückseite ihrer Schenkel berührte die glatte Kante der Kommode. Sie rutschte nach vorn und ließ sich dann Zentimeter für Zentimeter an ihm heruntergleiten, sodass Haut über Haut strich. Es waren nicht ihre Hände oder ihre Haut, die diese Empfindungen in sich aufnahmen, sondern das viel zu empfindsame, sprachlose Feuer zwischen ihren Beinen, das nichts mehr unterscheiden konnte, sondern nur noch wusste, welche Lust sie erfuhr. So viel Freude. So viel Begehren. Ihr ganzer Körper gab sich dieser Lust hin: Notstandsgebiete einer Stadt, die in Flammen stand.

Mit beiden Beinen fest im Boden verankert hielt er sie, zog er sie an sich, und sie spürte, wie er in sie eindrang. Sich langsam Zentimeter für Zentimeter ganz in ihr versenkte. Sie schlang die Beine um ihn und klammerte sich an ihn, als er begann, sich zu bewegen. Sie hing an ihm, während er sie mit starken Armen hielt und immer wieder in sie eindrang.

Tief in ihr vergraben hielt er inne, sodass sie sich um ihn zusammenzog. Er war riesig in ihr, füllte sie vollständig aus. Ein ganzes Universum.

»Was sind wir doch zwei wunderbare Dummköpfe«, sagte er.

Das entsprach so genau ihren eigenen Gedanken, dass sie nicht wusste, ob sie seine Stimme gehört hatte oder es eine Stimme in ihrem Kopf war. »Wir sind dumm wie zwei Federvieh.«

Sein Lachen erregte sie. Mehr als das, es brachte jede einzelne Zelle von ihr zum Beben. »Lass uns das Beste daraus machen«, sagte er.

Ich halte es nicht mehr aus.

Sie keuchte. Der Höhepunkt packte sie und ließ sie erbeben. Sie wölbte sich ihm entgegen, hob die Hand, um sich den Mund zuzuhalten, und biss hinein, um ihre Schreie zu ersticken.

Stark und regungslos verharrte Guillaume unter ihr. Sie schloss sich fest um ihn. Immer wieder. Schluchzend holte sie Luft, bis ihr Kopf schlaff nach hinten fiel.

Er packte sie, hielt sie fest und stieß wieder tief in sie hinein. Oh, so unglaublich tief. Und dann noch einmal und noch einmal und immer schneller.

Dann ließ er von ihr ab und kam auf ihrem Bauch, während er sich keuchend an sie klammerte.

Coitus interruptus. Guillaume war besonnen. Es würde kein Kind geben. Keinen Skandal und kein übles Gerede. Er passte auf sie auf, während sie völlig den Kopf verloren hatte. Er bewahrte die Vernunft, während sie so leichtsinnig geworden war wie das Gänseblümchen, nach dem sie benannt war.

Er hielt sie in seinen Armen, als würde sie nichts wiegen. Hielt sie beide vereint. Dann ließ er sie langsam an sich heruntergleiten, bis sie wieder festen Boden unter den Füßen hatte.

Ich kann ihn nicht haben. Ich werde ihn jeden einzelnen Tag meines Lebens wollen.

Als ihre nackten Füße die kühlen Fliesen berührten, ließ sie den Kopf an seine Brust sinken, sodass er ihr Gesicht nicht sehen konnte. Tränen quollen zwischen den fest zusammengekniffenen Lidern hervor. Wenn sie ihr Gesicht ganz vorsichtig an seiner Brust rieb, würde er es nicht bemerken.

Sie standen da und hielten einander, ohne etwas zu sagen. Nach einer Weile meinte er: »Jetzt riecht es so, als hätte jemand hier drin Liebe gemacht. Das wird die Zimmermädchen davon abhalten, Fragen zu stellen.«

»Du bist so unfassbar romantisch.« Sie löste sich von ihm.

Er hob seine großen Hände und legte sie schwer und überzeugend auf ihre Schultern. Er gab ihr einen festen, zärtlichen Kuss und ließ sich Zeit dabei. Als er damit fertig war, hielt er sie fest und schaute sie an. »Ich kann nicht auf dich aufpassen, oder? Ich kann mich nicht zwischen dich und die Dinge stellen, die auf dich zukommen.«

»Du kannst überhaupt nicht mit mir sein.«

Er war … jenseits all ihrer Erfahrungen. Sein zerfurchtes, grobes Gesicht. Seine schreckliche, durchsichtig glänzende Narbe. Man musste schon hinter all diese Hässlichkeit zu schauen wissen. Doch wenn es einem gelang, sah man nur noch Kraft.

Das ist der Grund, warum ich ihn liebe. »Ich dachte, wir hätten uns getrennt. Ich kann mich nicht immer wieder aufs Neue von dir verabschieden. Ich kann es ja noch nicht einmal zweimal tun.«

»Nein, du kannst es nicht. Du siehst anders aus, wenn du feucht bist und dein Haar schwarz wie Tinte an dir herunterfließt. Deine Knochen treten hervor …«, er berührte ihre Wangen und strich mit dem Finger an ihrem Kiefer entlang, »hier und hier. Du bist völlig entblößt, sodass nur noch Schönheit da ist.«

»Zwischen uns sollte keine Zuneigung sein.«

»Aber sie ist da«, erwiderte er. »Hat dich denn keiner je vor Männern gewarnt?« Er legte seine Hand an ihr Gesicht und berührte sie dabei so zart, als wäre sie eine Blume, die er nicht zerdrücken wollte. »Dann werde ich der Erste sein, der dir etwas über die Männer verrät. Man kann uns nicht trauen.«

Ihre Stimme war nicht fest genug, um etwas zu sagen. Der Atem, der durch ihre Kehle ging, schmerzte. »Wir beenden es jetzt, *mon ami*. Ich will dich nicht wiedersehen.«

Der Moment des Zögerns, ehe er seine Hand von ihr nahm, war seine Antwort. Ach, wie beredsam dieses leichte Zögern war. Dann richtete er sich auf und zog den Hausmantel fest um sich. Er ging hinaus, ohne noch etwas zu sagen, und schloss die Tür so behutsam hinter sich, dass dies noch nicht einmal einen Hauch durchs Zimmer gehen ließ.

25

Hawker stieg fünf Treppen hoch und machte dann vorsichtig die dritte Tür auf der rechten Seite auf. Ein magerer Typ saß dicht neben dem Fenster auf einem Stuhl. Er bestand nur aus sehnigen Muskeln. Ein Meter achtzig groß. Völlig farbloses Haar. Britischer Geheimdienst.

»Hallo, Ratte«, sagte der Kerl.

»Dir auch ein fröhliches Hallo. Du bist … lass mich mal überlegen. Sie sprachen von einem wiederbelebten Leichnam, der herumläuft. Der hieß … Pox. Pocket. Nein … Pax. Das war der Name.«

»Paxton. Für dich bin ich Paxton, Ratte.«

Die alte Schachtel hatte ihm diesen Namen aufgehalst. Ständig sagte sie: »Aha, du bist also zurückgekommen, Ratte.« »Geh und wasch deine Hände, Ratte, du triefst ja vor Blut.« »Mach den Mund zu, wenn du isst, Ratte. Du bist kein Tier.« »Ratte, geh zur de Fleurignac und übernimm die Nachtwache.« Und deshalb war er jetzt hier, übernahm die Wache und musste sich von einem Kerl Ratte nennen lassen, der nur zwei oder drei Jahre älter war als er selber. Und das schlimmste war, dass er ihn dafür noch nicht einmal abstechen konnte. Das war ein trauriger Abstieg.

Der weißhaarige Junge stand auf. »Sie sagten, du würdest mich entlasten. Sie haben mich nicht nach meiner Meinung gefragt. Stiehl nichts.«

Er erwiderte den freundlichen Empfang mit ein paar Worten, die er in Le Brochets Taverne aufgeschnappt hatte. Offensichtlich eine saftige Beleidigung. Er musste unbedingt herausfinden, was es bedeutete.

Er bekam keine Antwort. Pax kehrte ihm den Rücken zu und streckte sich ein paar Mal. Er sammelte seine Sachen ein, die auf dem Tisch lagen. Hut, Gehstock, ein Fernglas, das sich zusammenschieben ließ, und ein faustgroßes Stück Brot. »Alle sind zu Hause. Victor de Fleurignac ist seit einer Stunde wieder da. Doyles Frau ist gegen sechs vom Chinesischen Bad zurückgekommen.«

»Schön.« Es würde interessant sein herauszufinden, wo Maggie hinging, wenn sie dachte, dass niemand sie beobachtete.

»Deine Wache geht bis Tagesanbruch«, sagte der Junge zu ihm. »Beobachte das Haus. Folge der de Fleurignac, wenn sie das Haus verlässt. Die Nachtgläser liegen auf dem Tisch. Mach sie nicht kaputt. Und schlaf nicht ein.«

»Ich schlafe nie ein, wenn ich arbeite.«

»Dann fang jetzt nicht damit an.« Pax warf einen letzten Blick aus dem Fenster zum Hôtel de Fleurignac. »Merke dir, wer kommt und geht. Auch die Dienstboten. Und mach um Gottes willen kein Licht an.«

»Ich weiß, was ich zu tun habe.« *Er behandelt mich so, als wäre ich ein blutiger Anfänger. Dabei ist er selber noch gar nicht so lange dabei.*

»Auf der Straße wird Licht sein. Du wirst sehen, wenn jemand zur Tür kommt. Wenn es interessant aussieht, kommst du runter und folgst der Person. Du bist nicht hier, um faul herumzusitzen. Und lass dich nicht sehen.« Pax musste anscheinend die ganze Liste durchgehen. »Einer von unseren Männern steht an der Ecke, in der scharfen Kurve am Ende der Straße. Falls du rausgehst, gib ihm ein Zeichen, wenn du an ihm vorbeigehst.«

»Das mache ich. Schließ die Tür leise, wenn du gehst.«

Das brachte ihm einen bösen, misstrauischen Blick von Bürger Weißhaar Paxton ein. Dann war er endlich allein.

Vom Fenster aus hatte man einen schönen geraden Blick auf Maggies Haus. Das war die bessere Art, ein Haus auszukundschaften. Von drinnen, wo keiner einen dabei erwischte, dass man sich an Wände drückte, und einen wegjagte.

Das Holz des Stuhles war immer noch warm, als er sich hinsetzte. Es gefiel ihm nicht sonderlich.

Er legte die Ellbogen auf das Fenstersims und beugte sich nach draußen. Er machte sich keine Sorgen, dass jemand ihn so hoch oben bemerken würde. Die Luft roch nach Stadt; der Geruch hatte Körper und Gewicht. Sie war auch voller Stadtgeräusche: ein ständiges Summen und Rauschen, das nie ganz aufhörte. Es war eine Erleichterung, nicht mehr auf dem Lande zu sein. Es störte ihn nicht zuzugeben, dass ihm das Landleben überhaupt nicht gefiel.

Auch der Raum wirkte vertraut. Den größten Teil seines Lebens hatte er an solchen Orten verbracht. Dieser Dachboden war das Zuhause von jemandem. Tatsächlich das Zuhause vieler Menschen, wenn man einmal die Fliegen beiseiteließ. Auf dem Boden lagen sechs Strohmatten. Sechs Jungen schliefen hier. Es sah ganz so aus, als würden sie sich mit Schuheputzen ihren Lebensunterhalt verdienen.

Doyle hatte ihnen Geld gegeben, damit sie wegblieben. Das war seine Vorgehensweise. Er verscheuchte sie nicht, sondern er bezahlte sie.

Er würde noch zwei Stunden mehr oder weniger Tageslicht haben. Dann begann die Nachtwache. Er wusste, wie man bei Nacht Wache hielt. Einer wie Paxton der Weiße brauchte ihm nicht zu sagen, was er zu tun hatte. *Dieser Paxton ist nichts Besonderes. Wenn er für den Geheimdienst arbeiten kann, kann ich das auch.*

Es würde nicht so viel anders sein als bei Lazarus. Außer dass der britische Geheimdienst Menschen nicht mit der gleichen Begeisterung und Hingabe wie Lazarus ermordete. Aber das könnte er lernen, wenn es sein musste. Er war schon dabei, den Dreh rauszukriegen.

Man schaue sich nur heute Morgen an. Er hatte Le Brochet nicht umgebracht, oder? Er war richtiggehend barmherzig gewesen.

Er hatte die Sache mit Le Brochet durchgezogen und war unbeschadet davongekommen. Das Gesindel war in die falsche Richtung gerannt. Es gab nichts Schöneres im Leben, als die Hunde Richtung Osten bellen zu hören, während man sich Richtung Westen aus dem Staub machte.

Er hatte eine Karte im Kopf gehabt, wie Doyle es immer ausdrückte. Die hatte ihm den Weg zu einer ruhigen Straße gewiesen, die einen scharfen Bogen machte. Ganz abgeschieden. Am Ende gab es einen alten Springbrunnen aus Kupfer. Der Wasserspeier war wie ein Delfin geformt.

Er schöpfte ein bisschen Wasser und kam sich ziemlich clever vor, weil er sich das Blut aus dem Hemd wusch. Das Wasser spritzte aus dem Maul des Delfins, als wollte er eine Katze vertreiben, die die ganze Nacht getrunken hatte. Schon merkwürdig, was den Leuten so gefiel und was sie sich hinstellten. Das war der Moment, in dem Doyle ganz leise von hinten an ihn herantrat und sagte: »Schön. Da bist du ja«, was ihm einen riesigen Schrecken einjagte.

Ein großer, schwerer Mann sollte nicht in der Lage sein, so leise zu gehen. Das war unheimlich. Jawohl.

Doyle hatte kein Messer gezückt. Er kam einfach ganz freundlich und entspannt auf ihn zu. »Das war ja ein nettes Verhör. Du hast ihn richtig ausgequetscht. Warum lebt er noch?«

Es hatte keinen Sinn, auch nur Vermutungen darüber anzustellen, von wo Doyle gekommen war und woher er von Le Brochet wusste. »Ich dachte mir, es wäre eine gute Idee, ihn weiteratmen zu lassen.«

»Ach ja?« Doyle war so geduldig wie ein verdammter Panther oder Ähnliches. Einfach unheilvoll.

»Ich kann jederzeit zurückgehen und ihn später töten.«

»Guter Gedanke.«

Nun, es war klar, dass Doyle das gefiel. Schließlich hatte er es selber ein paar Mal gesagt. »Es ist leichter zurückzukommen und jemanden zu töten, als zurückzukommen und zu enttöten. Und wenn einem später noch ein paar Fragen einfallen, wäre er nicht sehr gesprächig, falls er tot ist.«

Doyle wartete weiter, als gäbe es da noch mehr.

Er holte tief Luft. *Verdammt, versuch's mal mit der Wahrheit*. »Und ich wusste, dass es Ihnen nicht gefallen würde, wenn ich ihm die Kehle aufschlitze.«

»Das ist ein Anfang. Nimm dir ein bisschen Dreck von da drüben und schmier ihn dir vorne aufs Hemd, damit man das Blut nicht sieht.«

Keiner schien überrascht, als Doyle mit ihm ins Haus im Marais zurückkehrte. Die alte Schachtel hörte sich an, was er über Le Brochet zu erzählen hatte, und schickte ihn dann zum Essen in die Küche. Sie nannte ihn Ratte.

26

Marguerite beendete einen Brief an ihren Bankier in Rouen und begann einen weiteren an den Bürgermeister von Voisemont. Es mussten Anweisungen für die Heuernte erteilt werden. Ein Dutzend Frauen aus dem Dorf stand völlig ohne Unterstützung da, seit die Armee ihre Söhne rekrutiert hatte. Die Rüpel in der Taverne hatten gut reden, dass alle Aristokraten getötet werden sollten. Aber sie hatten nicht darüber nachgedacht, wer den Schulmeister bezahlen und diesen Frauen zu essen geben sollte. Das musste sie nun tun.

Es waren noch mehrere andere Briefe zu schreiben: bezüglich des Waisenhauses in Rouen, bezüglich der Fabrik in Lyon und der fünfzig Frauen, die dort arbeitslos waren. Es würde noch etwas dauern, ehe sie sich in Ruhe hinsetzen und wieder an ihren Märchen arbeiten konnte.

Als die Dämmerung anbrach, zündete sie Kerzen an. Vier auf ihrem Tisch, eine neben ihrem Bett, eine auf jeder Seite der Kaminumrandung. Sie nahm sich einen neuen Bogen und begann einen weiteren Brief.

Die Tür ihres Schlafzimmers wurde geöffnet. Sie sah auf und erblickte im Spiegel Victor mit einer Tasse in der Hand.

In Spiegeln sehen Menschen immer klein aus. Victor stand in der Tür und sah aus wie eine Puppe, die sie in die Hand nehmen konnte. Am liebsten hätte sie nach ihm gegriffen und ihn aus dem Fenster geworfen. Leider lebte er nicht im Spiegel.

»Du solltest nicht in mein Schlafzimmer kommen.« Sie sprach in Richtung seines kleinen Spiegelbildes, ohne sich umzudrehen. »Es gehört sich nicht; nicht einmal für Cousin und Cousine. Deine Mutter hätte viel darüber zu sagen.«

»Ich habe nicht die Absicht, es ihr zu erzählen.« Er trug die Tasse mit Untertasse vorsichtig in den Raum und stellte sie neben ihrem Ellbogen auf den Tisch. »Ich wünschte, du würdest dich nicht ständig mit *Maman* streiten. Es wäre viel hochherziger von dir, ihr die kleinen Zeichen des Respekts zu zollen, auf die sie so sehr wartet. Es kostet dich nichts.« Er tippte die Tasse an. »Kamillentee. Die Köchin sagt, es sei dein Lieblingstee. Ich erinnere mich, dass du immer über die Felder gezogen bist … zusammen mit deiner kleinen Magd … Berthe, Berenice …«

»Bertille.«

»Genau – die. Du hast Blumen gesammelt und eine stinkende Brühe daraus gebraut. Kamille gehörte auch dazu.« Er lehnte sich mit der Hüfte an ihren Tisch und machte es sich bequem. Offensichtlich wollte er bleiben. »Wir sind immer ehrlich miteinander gewesen, nicht wahr, Marguerite?«

Ich habe es vermieden, mit dir zu reden. Das ist etwas anderes. »Ich bin müde. Könnten wir morgen …«

»Wir sind Freunde und Cousin und Cousine. Du warst immer mein Liebling, selbst als kleines Mädchen.«

Wie seltsam, dass sie auf dieselbe Kindheit zurückblickten und so unterschiedliche Dinge sahen.

Vor der Familie konnte man nicht fliehen. Wenn sie den Kräutertee austrank, den er ihr gebracht hatte, könnte sie ihm vielleicht die leere Tasse geben und ihn bitten, sie wieder zurückzubringen.

»Sag mir, was du willst.« Sie schob den Brief, an dem sie geschrieben hatte, zum Trocknen an die Tischkante und griff dann nach einem Tuch, um die Feder abzuwischen.

»Du bist eine intelligente Frau, Marguerite. Gebildet. Verantwortungsvoll. Du bist eine vernünftige Frau.«

»Danke.«

»Dein Vater ist kein vernünftiger Mann.«

»Mein Vater ist vollkommen verrückt. Das ist er schon immer gewesen.« Sie legte die Feder auf den Tisch neben den Tee, den er ihr gebracht hatte. »Du erzählst mir nichts Neues.«

»Wusstest du, dass er in den letzten sechs Monaten zweimal in England gewesen ist? Im Geheimen. Nur Kriminelle und Konterrevolutionäre gehen nach England.«

Sie versuchte, sich daran zu erinnern, was ihr Vater ihr von seinen Reisen nach England erzählt hatte. Er hatte nicht darüber gesprochen. Warum erzählte er so wenig? Unbehagen machte sich in ihr breit. »Sobald ich ihn gefunden habe, wird er mir eine vollkommen einleuchtende Erklärung dafür geben. Er ist nach London gereist, um neue Stiefel zu kaufen oder um die Mondphasen vom Dach der St.-Paul's-Kathedrale aus zu beobachten. Als Nächstes wird er dann nach Mailand wollen, weil man dort einen neuen Mechanismus für die Turmuhr entwickelt hat. Es ist immer dasselbe.«

»Das ist der Grund, weshalb du mir helfen musst, ihn zu finden. Du kennst ihn besser als jeder andere.« Victor hatte die Arme hinter dem Rücken verschränkt, sein Blick war umwölkt. »Es ist zu seinem eigenen Besten. Robespierre ist dieser Tage jedem gegenüber misstrauisch. Überall sieht er Umsturzpläne … sogar in den ziellosen Reisen eines verrückten alten Mannes. Sogar ich habe in der Hinsicht keinen Einfluss auf ihn. Wenn man deinen Vater bei dem Versuch aufgreift, Frankreich zu verlassen, wird man ihn nach Paris bringen und verurteilen. Dich könnte man dann festnehmen, weil du die Tochter eines Emigranten bist. Die Besitztümer werden konfisziert, und …« Er sah sie mit finsterer Miene an. »Dein Vater muss aufgehalten werden.«

Sie brauchte Victor nicht, um sich an die unerfreulichen Möglichkeiten zu erinnern. »Wenn mein Vater zurückkommt …«

»Darauf können wir nicht warten. Die Polizeispitzel sind überall. Dein Vater ist keine unauffällige Person. Denk nach, Marguerite. Wo ist er? Wo könnte er sein? Wo würde er hingehen?«

»Überallhin. Er war einmal zehn Wochen lang in Strasbourg, um die Strömung des Flusses zu messen. Er kommt immer zurück.«

»Er hat nie an den Rest der Familie gedacht. Nie.« Ihr Cousin ging jetzt auf und ab. Ärger und Verzweiflung wallten hinter ihm auf wie das Kielwasser eines schwarzen Fisches in einem dunklen Teich. »Dieses Mal wird er uns alle mit ins Verderben ziehen. Du bist diese letzten paar Wochen nicht in Paris gewesen. Du weißt nicht, was sich hier mittlerweile alles abspielt.«

Doch, sie wusste es. Die Spatzen wurden immer mehr, immer verzweifelter, immer fassungsloser, weil sie merkten, dass sie bald zwischen die Räder der Revolution geraten und in Stücke gerissen werden würden.

Sie war bald am Ende ihres Lateins, was sie mit ihnen machen sollte. Jeder sichere Unterschlupf in Paris war mittlerweile besetzt. Das Netzwerk zur Rettung der Aristokraten in der Normandie war zerstört. Prüfend strich sie über die Briefe, die sie geschrieben hatte. Sie waren noch nicht trocken genug, um sie zusammenzufalten. Irgendwann würde Victor zur Sache kommen oder gehen. Man musste geduldig sein.

Schließlich stieß Victor einen lauten Seufzer aus und blieb stehen. »Du kannst mir nicht helfen.«

»Ich werde seine Freunde fragen. Manchmal erzählt er ihnen …«

»Lass es. Ich möchte nicht, dass sich irgendwelche Gerüchte verbreiten.« Er zupfte an seiner Manschette und rückte sie um einen Zentimeter zurecht. Dann fing er an, nervös mit einem Knopf an seiner gestreiften Weste zu spielen. »Ich werde ihn selber ausfindig machen.« Abrupt setzte er sich Richtung Tür in Bewegung, so bestrebt, den Raum zu verlassen, wie er ihn zuvor betreten hatte.

»Trink den Tee, solange er noch heiß ist.« Er ging, ohne sich noch einmal umzudrehen.

Nachdem Victor gegangen war, nahm sie einen Schluck Tee, doch er war bitter und lauwarm, und es hatte sich ein Film darauf gebildet, sodass sie nur noch einmal kurz daran nippte und ihn dann stehen ließ. Die Meissner Uhr auf der Kaminumrandung schlug zehn Uhr.

Ihre Fenster gingen zum kleinen Garten hinter dem Haus hinaus. In der Luft hing das Dröhnen der Stadt. Nach Wochen der Stille auf dem Lande musste sie sich erst wieder daran gewöhnen. Der Verkehr auf den Straßen hörte nicht auf, nur weil die braven Bürger zu Bett gegangen waren, eher im Gegenteil. Weil die Straßen jetzt leer waren, lieferten Händler Holz, Fisch und Mehl in Paris aus.

Das helle Viertel des Mondes hielt sein Dunkel in den Armen. Nur die hellsten Sterne waren zu sehen. Der Rauch der Kohlefeuer und die diesige Feuchtigkeit, die vom Fluss aufstiegen, verhinderten einen klaren Blick in den Himmel.

Sie sollte nach Agnès klingeln, in ihr Nachtgewand schlüpfen und schlafen gehen. Sie war müde, wie sie es ja auch zu Cousin Victor gesagt hatte. Sie hatte morgen viel zu erledigen, und am darauffolgenden Tag und die vielen kommenden Tage ebenfalls.

Die fünf Spatzen von Jean-Paul würden bei Tagesanbruch Paris im Karren mit der Schmutzwäsche verlassen. Heute Nacht würden andere Spatzen von La Flèche auf einen Kohlekahn gebracht werden. Man hatte sie wahrscheinlich bereits an Bord genommen und versteckt. Es war die dritte von vier Wochen, in denen sie den Kahn dafür benutzten. Damit hatte er als Fluchtmittel ausgedient. Jeder Fluchtweg musste frühzeitig durch einen neuen ersetzt werden, ehe er entdeckt wurde.

Doch egal, wie viele Spatzen sie rettete, es kamen immer noch mehr. Es war, als würde sie versuchen, das Meer mit einer Teetasse leer zu schöpfen.

Sie sehnte sich danach, sich mit Guillaume zu unterhalten.

Vielleicht sah er auch gerade den Mond an. Er könnte sich gerade eine Straße weiter aufhalten. Oder vielleicht war er auch auf dem Weg nach Rouen, schlief unter freiem Himmel und beobachtete, wie der Mond über den Baumwipfeln aufging. Doch egal, wo er sich gerade befand, er war unermesslich weit von ihr entfernt.

Sie beugte sich nach vorn, um den Vorhang zuzuziehen. Ein Gesicht schwebte in der Luft. Der weiße Schädel eines Skeletts vor ihrem Fenster. Er kam auf sie zu.

Keuchend sprang sie nach hinten, fing sich, ehe sie fallen konnte, und erkannte, was sie da sah.

Das war kein Geist. Sie lachte, ja, sie lachte, obwohl sie immer noch zitterte. Es war Nico, der Affe der Peltiers. Er war an der Hauswand hochgeklettert, und hier war er nun, um sie zu Tode zu erschrecken. Als sie die Arme ausstreckte, sprang er auf sie zu und landete unsanft auf ihr. Er stieß mit der Nase gegen ihre Haut, leckte ihre Wange, schnüffelte und schnatterte.

»Du solltest still sein. Das empfehle ich dir mit aller Strenge.« Nico war ein Kapuzineräffchen und ein schlauer Vertreter seiner Gattung, doch jetzt war er aufgeregt. »Beruhige dich. Nein, du willst nicht die Bekanntschaft von Tante Sophie machen. Und ich bin mir sicher, dass sie dich auch nicht kennenlernen möchte.«

Sein aufgeregtes Schnattern und Tschirpen, so durchdringend wie das Kreischen eines exotischen Vogels, würde noch dazu führen, dass jemand in ihr Zimmer kam. »Du musst ruhig sein.« Sie zog ihn an sich, streichelte ihn, und er beruhigte sich.

Nico gehörte Madame Peltier. Bestimmt war er gut versorgt zurückgelassen worden, als die Peltiers nach Genf hatten fliehen müssen. Es gab ein altes Kindermädchen, das sich um ihn kümmerte. Wie hatte er es geschafft, durch halb Paris in ihren Garten zu finden? Natürlich kannte er ihn. Jahrelang war er mit Sylvie Peltier zu Besuch gekommen und hatte in den Blumenbeeten gespielt, während Sylvie ihre Affäre mit Marguerites Vater pflegte. Nico kannte sich mit den Hauswänden und Abflussrohren des Hôtel de Fleurignac gut aus.

»Du hast mich gefunden. Du bist so flink und schlau wie … nun ja … wie ein Affe. Warte, ich gebe dir eine Nuss. Ich muss nur erst suchen. Schsch.« Es gab keine Nüsse oder Rosinen in ihrem Schlafzimmer, aber in einer Dose aus Limogesporzellan, die auf ihrem Tisch stand, waren Anisbonbons. Nico liebte sie.

»Die können nicht gut für dich sein. Das habe ich dir wieder und wieder gesagt.« Aber er wusste genau, wie er sie überreden konnte, und am Ende gab sie ihm drei. Er stopfte sich zwei ins kleine Mäulchen, in jede Backe einen, und gab keinen Ton mehr von sich. Den dritten Bonbon behielt er in der Hand, während er sich mit der anderen weiter an ihr festklammerte.

Als sie wieder zum Fenster ging, um zu sehen, wie er es geschafft hatte hochzuklettern, schlang er einen Arm um ihren Hals und umklammerte sie. »Du hattest Angst da draußen, ganz allein, *pauvre petit*. Aber jetzt bist du in Sicherheit. Morgen gehst du dann wieder nach Hause.« Er hatte ein Jäckchen in einem hellen Kirschrot an. Verziert war es mit goldenen Epauletten und einer rot-blau-weißen Kokarde in den Farben der Revolution, die vorne befestigt war. Das Jäckchen hatte lange Schöße mit einem Schlitz im Rücken, sodass er sein langes Schwänzchen ungehindert bewegen konnte. »Du siehst sehr hübsch aus, was? Und sehr patriotisch. Ich weiß nicht, was das über unser Leben heutzutage in Paris aussagt, wenn einem der Anblick eines Affen in den Farben der Revolution völlig normal erscheint.«

Sein Jäckchen hatte große Taschen. In der einen befand sich ein zusammengefaltetes Stück Papier.

Kein Mensch, der noch einigermaßen bei Verstand war, würde einen Brief von einem Affen überbringen lassen.

Aber ja, somit blieb nur noch die andere Sorte Mensch übrig, nicht wahr? Ihr Vater. Als sie Nico den Brief abnahm – der arme Nico; er wollte ihn partout nicht hergeben –, war sie nicht überrascht, darauf den Anfangsbuchstaben ihres Namens zu entdecken. Ein verschnörkeltes *M*.

Nico sprang von ihren Arm und begann ihren Schreibtisch zu erforschen. Er tauchte mit den Füßchen in den kalten Tee und hinterließ Affenabdrücke auf der Schreibunterlage.

Sie entfaltete das Papier. Es standen zwei Wörter in der Handschrift ihres Vaters darauf: *Tuileries* und *Geld*.

Ihr Vater hatte offensichtlich Nico im Garten freigelassen und war dann zum – sie schaute noch einmal auf den Zettel, obwohl das unnötig war – Jardin des Tuileries weitergegangen. Er wusste, dass ihr sofort klar sein würde, welche Stelle genau er in dem riesigen Gartengelände meinte. Er wusste, dass sie sofort zu ihm eilen würde.

Er war verrückt und durch und durch egoistisch. In allen wichtigen Belangen gingen ihre Ansichten auseinander. Aber sie verstanden einander genau. Es war doch schön, eine Familie zu haben.

Nico befand, dass dies ein Abend war, an dem man sich verrückt und exzentrisch verhalten durfte, und plünderte die Bonbondose.

27

Hawker übte sich in der Kunst des Unsichtbarseins, mit der er schon ein bisschen vertraut war. Es war die verletzliche Phase der Nacht. Die Zeit, in der man leicht Beute machen konnte. Falls man sich versteckt halten wollte, gab es dunkle Ecken. Und wenn man nicht an einer Stelle lauern wollte, konnte man sich unter die Menge mischen, die von den Cafés oder vom Theater nach Hause strömte. Auf der Straße gab es Arme, denen es in ihren Zimmern noch zu heiß war, um dort schlafen zu können. Und Reiche, die auf der Suche nach einer Frau waren. Zu dieser späten Stunde waren alle möglichen Leute unterwegs.

Zu Hause in London würden seine Kumpel bei der Arbeit sein und gerade in einen Laden einbrechen oder ein Schiff ausrauben, das auf der Themse vor Anker lag und bei dem die Offiziere nachlässig waren.

Er lehnte sich neben einem Hauseingang gegen die Wand und tat so, als würde er einen Stein aus seinem Stiefel schütteln. Das Haus, das er beobachtete, befand sich etwa fünfzehn Meter weiter in der Rue Honoré. Vor ein paar Jahren war das noch die Rue Saint-Honoré gewesen, ehe in Paris alles entheiligt worden war.

Fünf Männer gingen an ihm vorbei. Jeder einzelne hatte Wichtigeres vor, als ihn überhaupt zu bemerken.

Wäre er in London gewesen, würde er mit Beets, Rory und Sticker zusammen sein. Nach getaner Arbeit würden sie bei einer Garküche in St. Giles Halt machen, um Würstchen zu essen, ehe sie in ihre Absteige zurückkehrten, um Lazarus ihre Beute auszuhändigen. Oder, falls sie nichts erbeutet hatten, würden sie schließlich in einer Taverne landen, wo sie sich betranken und Entschuldigungen zurechtlegten.

Er ging immer noch seiner Arbeit nach, raubte immer noch Häuser aus. Doch jetzt tat er es im Dienste des britischen Geheimdienstes. Das Leben war schon seltsam.

Die ganze Straße entlang standen Laternen, und manche Hausbesitzer hatten ebenfalls einige davon vor ihre Türen gehängt. Er würde diesen ganzen verdammten hell erleuchteten Bereich durchqueren müssen, um da hinzugelangen, wo er hin wollte.

Das hier … das war Robespierres Haus.

Der mächtigste Mann Frankreichs – fast schon ein König, wobei der kleine Unterschied auch keine Rolle mehr spielte – wohnte in einem Haus, das absolut nichts Besonderes war und im Hof sogar eine Holzhandlung beherbergte. Wenn man Robespierre sehen wollte, tja … brauchte man wahrscheinlich nur um ein paar Balken herumzugehen und an seine Tür zu klopfen.

»Er ist einer aus dem Volk.« Das hatte die Frau, die Zeitungen auf der Straße verkaufte, gesagt, als er fragte, wem das Haus gehörte. »Er ist einer von uns, unser Robespierre, kleiner Bürger. Er lebt so wie wir … ohne Bestechungsgelder und Günstlinge. Er ist der Unbestechliche. Es ist gut, wenn du kommst und siehst, was er ist.«

Es gab keine Wachen, keine dreihundert berittenen Männer in schicken Uniformen, keine großen Eisentore, die alles und jeden aussperrten. Keine Kronjuwelen. Es sah fast so aus, als hätten die Franzosen es irgendwie richtig gemacht.

Entspannt zuckte er die Achseln, übte es, und fast fühlte es sich schon ganz natürlich an, das Kinn mit einem kleinen Ruck zu heben, um nein zu sagen. Oder die Hand zu drehen, um ja zu sagen. Langsam bekam er den Dreh raus. Er lernte, französisch auszusehen. Warum auch nicht? Vielleicht war er ja von einem Franzosen gezeugt worden.

Bei der ganzen Sache ging es um mehr als nur das richtige Schulterzucken. Zum Beispiel auch Kleidung. Doyle hatte ihm komplett neue Kleider besorgt, ehe sie den Kanal überquerten. Er hatte seine Haare geschnitten. Hatte ihm immer wieder erklärt, wie er zu essen, zu sitzen und zu gehen hatte.

Zehntausend Feinheiten hatte er ihm beigebracht. Doyle kannte sie alle. Hawker hätte sogar darauf gewettet, dass Doyle in der Lage war, einen Franzosen von einem Engländer am Geruch seiner Winde zu unterscheiden.

Der Diener, der Maggies Haus verlassen hatte, war auf direktem Wege hierhergekommen und hatte einen Brief an der Tür am anderen Ende des Hofes abgegeben. Er hatte nicht auf eine Antwort gewartet. Es würde interessant sein zu erfahren, wer aus Maggies Haus zu dieser nachtschlafenden Zeit Briefe schickte. Noch interessanter würde es sein, zu erfahren, was man in einem Brief an den mächtigsten Mann Frankreichs schrieb.

Was Robespierres Haus anging: Doyle hätte gesagt, dass der direkte Weg manchmal der beste wäre. Geh einfach hinein.

Keiner schenkte ihm Beachtung, als er durch die breite Einfahrt auf den Hof der Zimmerei schlenderte. Er verschwand zwischen Stapeln langer Bretter, für die man in den nächsten Tagen noch Verwendung finden würde.

Er würde ein bisschen warten. Eine Stunde vielleicht, um ganz sicher zu sein.

Das war ein gutgläubiger Haushalt. Im Innern brannten keine Kerzen. Die Läden waren geschlossen, und die Schiebefenster standen offen. Hier schlief man den Schlaf der Gerechten. Wahrscheinlich machte es müde, wenn man den ganzen Tag so unbestechlich war.

Doyle stellte fest, dass Talbot nicht mehr in der Rue Palmier war. Talbot war nicht unbedingt der beste Mann, den England je hervorgebracht hatte, aber er war ein gewissenhafter Geheimdienstmitarbeiter, und wenn er nicht auf seinem Posten war, dann folgte er jemandem, der das Hôtel de Fleurignac betreten oder verlassen hatte. Wenn man die Uhrzeit berücksichtigte, war das bestimmt eine interessante Persönlichkeit.

Oben in der Dachkammer fand Doyle einen leeren Stuhl vor. Hawker war nicht da.

Beunruhigend war allerdings, dass jemand – wohl Hawker – sich eine Bürste und Stiefelwichse aus den verstreut herumliegenden Sachen genommen und damit etwas in großen Buchstaben an die Wand gemalt hatte.

Schriftbild und Orthografie ließen allerdings doch einigen Raum für Vermutungen, aber Doyle nahm an, dass es der Versuch des Jungen gewesen war, das Wort *suivre* – folgen – zu schreiben, um damit zu sagen, dass er sich jemandem an die Fersen geheftet hatte.

Er hatte eine Fleischpastete für den Jungen mitgebracht, aber da Hawker nicht in Sicht war, machte es ihm nichts aus, sie selbst aufzuessen.

Es sah ganz so aus, als würde er jetzt die Nachtwache übernehmen. Das war das Schöne am Geheimdienst. Man stieg nie so hoch auf, dass einem ein wenig Pech erspart geblieben wäre. Er setzte sich auf einen Stuhl und legte die Füße auf einen anderen, während er es sich für die Beobachtung von Maggies Haus bequem machte.

Ihr Zimmer befand sich im ersten Stock auf der Rückseite des Hauses. Von seinem Beobachtungsposten aus konnte er ihr Fenster nicht sehen. Zu dieser Nachtzeit würde ihr Schlafzimmer ohnehin dunkel sein. Sie würde im Bett auf der Decke liegen, sodass sie eventuell in den Genuss einer leichten Brise kam. Heute Nacht schlief sie in einem richtigen Bett, angetan mit einem züchtigen Baumwollnachthemd. Aber sie würde nicht steif und züchtig daliegen, sondern bäuchlings mit dem Kissen zwischen den Beinen. Sie schlief, als hätte sie gerade ein anstrengendes Liebesspiel hinter sich. Als wäre sie ganz entspannt und befriedigt und würde sich jetzt ein paar Minuten Schlaf holen, ehe sie mit ihrem Liebhaber weitermachte. So schlief sie immer. Er hatte es jede Nacht während ihrer gemeinsamen Reise beobachten können.

Dieser dünne Blonde, mit dem sie sich im Bad getroffen hatte, war wohl Jean-Paul Béclard, ihr Partner bei La Flèche. Offensichtlich handelte es sich bei ihm um einen alten Liebhaber. Einen früheren Liebhaber, wenn er seine Bemerkung nicht falsch verstanden hatte. Das bedeutete, dass er den Mann nicht würde aufspüren müssen, um ihm eine aufschlussreiche Tracht Prügel angedeihen zu lassen.

Allmählich verebbte der Lärm der Stadt. Es wurde ruhig. Es war die Stunde, die Lazarus den schändlichsten Taten vorbehielt.

Hawker trat aus seinem Versteck. Der Hof wurde vom Mond und der verdammten Straßenlaterne hell erleuchtet. Er hielt sich an den Rändern des Hofes im Schatten verborgen. Es roch nach Hund. Von oben war ein prustendes Schnarchen zu hören, vielleicht von einem schlafenden Hund. Was eindeutig zeigte, dass einige Hunde wirklich nichts taugten, wenn es um die Bewachung eines Hauses ging.

Den Eingang des Hauses erreichte man über den Hof des Zimmermanns. Die Tür war so massiv, dass sie sogar einem Rammbock standhalten würde. Das Fenster daneben war mit leichten Holzläden gesichert, die durch einen Riegel gehalten wurden. Himmel, man könnte meinen, es gäbe keine Diebe in dieser Stadt.

Er holte sein Messer hervor, schob es zwischen die Läden und zog den Riegel hoch. Er hielt den Atem an, bis die Läden lautlos aufschwangen. Es dauerte nur noch Sekunden, dann war er im Haus.

Für einen Mann, der mehrere Hundert Leute die Woche köpfen ließ, wirkte Robespierre recht sorglos, was seine eigene Sicherheit anging. Im oberen Stockwerk war das Schnarchen von fünf oder sechs Personen zu hören, an dem man erkannte, dass alle fest schliefen. Der tiefe Schlaf der Gerechten. Offensichtlich gehörte auch der Hund zu den Gerechten.

Durch den geöffneten Laden drang Licht ins Haus. Es genügte, um sich im Zimmer umschauen zu können. Mitten auf dem Tisch aus dunklem Holz lag ein Brief. Das musste der Brief sein, den der Dienstbote von Maggies Haus hierhergetragen hatte.

Mit einer schnellen Bewegung nahm er ihn mit, als er an dem Tisch vorbeiging. Durch die Tür zur Rechten gelangte er in die Küche, wo im Herd noch ein Feuer glühte. Er steckte ungern ein gutes Messer in ein Feuer. Die Auswirkungen auf die Schärfe der Klinge konnten verheerend sein. Aber manchmal war man im Rahmen eines Auftrags gezwungen, etwas zu tun, was man gar nicht wollte. Als die Klinge heiß genug war, öffnete er damit das Siegel des Briefes.

Er blickte auf eine Menge schwarzes Gekritzel. Er konnte es nicht lesen. Schon bei gedruckten Texten hatte er Schwierigkeiten, aber bei verschnörkelter, französischer Handschrift war es ganz aus. Doch an der Unterschrift war zu erkennen, dass Victor den Brief geschrieben hatte.

Sollte er ihn mitnehmen oder wieder verschließen und zurück auf den Tisch legen, sodass keiner merkte, dass jemand da gewesen war?

Lazarus hatte ihn gern vor solche Probleme gestellt und ihm

dann für die Entscheidung einen Atemzug lang Zeit gegeben. Beim zweiten Atemzug hatte Lazarus ihm eine Ohrfeige verpasst, die ihn durch das halbe Zimmer fliegen ließ, falls er zu keinem Ergebnis gekommen war.

In einer großen, eckigen Kiste neben dem Herd lagen Bögen mit schönem Schreibpapier, das zu langen, festen Rollen zusammengedreht war. Damit zündete man Kerzen an oder trug Feuer von einem Raum in einen anderen. Das Papier war beschrieben.

Es lag nicht nur ein beschriebener Bogen in der Kiste. Es waren viele.

Unwillkürlich fragte man sich, wie achtlos der Haushalt hier geführt wurde. Ein mächtiger Mann lebte in diesem Haus. Wie groß war die Wahrscheinlichkeit, dass in diesen Papieren etwas Interessantes stand?

Er stopfte sich das Papier vorne in sein Hemd. Alle zusammengerollten Bögen. Den Brief von Victor de Fleurignac. Dann kletterte er aus dem Fenster, durch das er eingestiegen war.

Über den Hof ging er auf die Straße. So schnell wie möglich verließ er die Rue Honoré und suchte sich seinen Weg durch kleinere Straßen, bei denen man sich nicht die Mühe einer Beleuchtung machte. Er hielt sich stets in der Mitte der Straße, wo sich niemand unbemerkt auf ihn stürzen konnte, ging, ohne sich zu beeilen, durch das Dunkel der Nacht auf den Marais und das Haus mit den blauen Fensterläden zu.

28

Marguerite wusste, wo ihr Vater zu finden war: mitten im Park, am Ende einer Pappelallee, wo eine jedem Wetter ausgesetzte Statue der nackten Diana stand, die für alle Ewigkeit in dem Moment erstarrt war, als sie einen Bogen aus ihrem Köcher zog. Hier befand sich auch ein ovalförmig angelegter Rosengarten. Sie waren einmal hierhergekommen, als Marguerite noch sehr jung war. Er hatte ihr die Theorie der Zahlenfolgen erklärt, während sie im Gras saß und heruntergefallene Rosenblätter sammelte. Sie hatte ihm von den Feen erzählt, die in den Rosenbüschen lebten. Er hatte währenddessen erklärt, wie man die Kreisbahnen der Jupitermonde berechnete.

Er war dort und wartete zwischen den Rosenbüschen auf sie.

»Die schlechte Nachricht erzähle ich zuerst«, sagte sie. »Man hat das Château niedergebrannt.«

Doch einer der Dienstboten ihres Vaters – er sagte ihr nicht, welcher es war – hatte ihm diese Nachricht bereits überbracht. Den ersten Schock hatte er schon überwunden. Sie brauchte ihm nur noch alles andere zu berichten, was nicht viel Zeit in Anspruch nahm. In diesem Zusammenhang musste sie ihm auch gestehen, dass sie seine Bibliothek nicht gerettet hatte. *Ich habe nicht einmal meine eigenen Aufzeichnungen in Sicherheit gebracht, sondern war damit beschäftigt, mich selber zu retten.* Noch einmal gab sie zu, seine Bibliothek nicht gerettet zu haben. Sie gab es mehrfach zu. Außerdem stimmte sie ihm zu, dass er die vollständige Zerstörung gewiss verhindert hätte, wäre er dort gewesen. Sie hörte sich die Worte an, die er von den Stufen des Châteaus an den Pöbel gerichtet hätte, um ihn aufzuhalten. Es waren sehr bewegende Worte.

»Auf mich hätte man gehört«, erklärte er. »Und du bist sicher, dass wirklich die gesamte Bibliothek vernichtet worden ist?«

Er war seltsam gekleidet, sogar für ihren Vater, der immer seltsam angezogen war. Er hatte einen Dreispitz auf dem Kopf und trug einen dunkelblauen Armeerock, der ihm viel zu groß war. Selbst im herrschenden Dämmerlicht schimmerten die Kupferknöpfe. Das Scharlachrot seiner Weste war so grell, dass es sogar im Licht der Laternen der Cafés auf der anderen Straßenseite zu erkennen war. Das Haar hing ihm zerzaust ins Gesicht. Sein ganzer Aufzug wirkte gleichzeitig schäbig und extravagant.

Ihr Vater sah zum Himmel über Paris auf und seufzte. Er hätte sie gern noch einmal gefragt, ob nicht doch ein paar seiner Bücher von ihr gerettet worden waren.

Nach einem langen Moment voller Melancholie meinte er: »Wir bringen unsere Besitztümer auf dem Altar der Geschichte dar. Es war unausweichlich, dass das Château eines Tages zerstört würde. Es hat länger überdauert, als ihm zustand. Die Republik wird sich am Ende alle großen Häuser nehmen und sie einer sinnvollen Nutzung zuführen, um daraus Schulen, Gefängnisse, Fabriken, vielleicht sogar Waisenheime oder Krankenhäuser zu machen.«

»Man hat das Château keinem guten Zweck zugeführt. Man hat es dem Erdboden gleichgemacht.«

Darauf sagte er nichts. Er besaß die ausgeprägte Fähigkeit, nur das zu hören, was er hören wollte.

»Alle fragen sich, wo du bist, Papa. Manche von uns machen sich Sorgen.« Sie strich sich mit der Hand übers Haar. »Was machst du eigentlich mit Nico? Er sollte doch im Haus der Peltiers sein.«

»Ich habe ihn mitgenommen. Sylvie hatte ihn bei irgendwelchen Dienstboten gelassen, und ich brauchte ihn.«

»Du wolltest einen Affen haben?«

»Ich bin ein Leierkastenmann. Ich brauche einen Affen. Es ist dieser Tage nicht leicht, in Paris einen Affen aufzutreiben.«

Bei ihrem Vater wusste man nie, selche seiner Worte zu einer List gehörten, was man dem leichten Anflug von Wahnsinn zuschreiben musste und was davon eigentlich ganz vernünftig war, aber durch seine sehr eigene Wortwahl seltsam klang. Zu seinen Füßen lehnte eine Kiste am Baum. Jetzt erst erkannte sie an den bunten Farben und der Handkurbel, was es war: die Truhe eines Leierkastenmannes. Eine Drehorgel. »Du bist ein Straßenmusikant?«

»Irgendetwas muss man doch tun. Wenn ich zu Hause bleibe und schreibe, wird man mir gegenüber argwöhnisch. Keiner bleibt dieser Tage zu Hause. Mit Nico bin ich über Misstrauen erhaben.«

»Du sammelst Geld in einem Hut?«

»Sei nicht albern. Das tut der Affe. Ich mache die Musik.«

»Das hätte mir klar sein müssen.« Sie lehnte sich an eine niedrige Marmorwand, die den geharkten Kiesweg von den Blumenbeeten des Rosengartens trennte. Nico kuschelte sich in ihre Armbeuge. Er liebte es, wenn man ihn hinter den Ohren kraulte und ihn über den Kopf streichelte, also tat sie es. »Fütterst du ihn auch ordentlich? Er sieht dünn aus.«

»Natürlich füttere ich ihn. Ich gebe ihm mein eigenes Essen. Marguerite, bleibst du bitte beim Thema? Hast du Geld mitgebracht?«

Sie hatte alles Geld mitgebracht, das sie in ihrem Zimmer gefunden hatte, und das war eine ansehnliche Summe. Schließlich wusste sie nie, wann La Flèche ihre Rücklagen benötigen würde. »Ich gebe es dir, sobald ich verstehe, was hier eigentlich vorgeht.«

»Ich bin Italiener. Ich spiele Musik auf der Straße. Ich spreche nur Italienisch und lebe mit den Italienern aus der Stadt zusammen. Ich bin aus Padua.« Er sann einen Moment lang darüber nach. »Padua war ein Fehler. Es ist eine Stadt, die ich verabscheue. Aber nachdem ich es einmal durch Zufall erwähnt hatte, konnte ich es nicht mehr zurücknehmen. Ich habe denen allerdings erzählt, dass mein Vater aus Sospel stammen würde; deshalb bin ich auch Franzose und habe französische Papiere.«

Manchmal, wenn sie mit ihrem Vater zusammen war – und dies war einer dieser Momente –, hätte sie am liebsten gebrüllt und auf den Boden getrommelt.

Sie griff in ihre Tasche – die linke Tasche, in der sich mehrere nützliche Kleinigkeiten befanden, nicht die rechte, in der das Geld war – und gab Nico noch eines der Bonbons, die er eigentlich nicht essen sollte. Hoffentlich hatte er einen Rossmagen.

Ihrem eigenen Magen ging es gerade nicht so gut. Auf dem Weg in die Tuilerien war ihr ganz plötzlich und unerwartet schlecht geworden. Ihr war immer noch übel. Bestimmt hatte sie etwas gegessen, was ihr nicht bekommen war. »Du gibst vor, Italiener zu sein.«

»Habe ich das nicht gerade gesagt? Hör doch zu. Übrigens habe ich mir in der Rue Manon für siebenundzwanzig Livres Papiere gekauft. Das ist sehr billig. Ich war überrascht.«

»Es gibt einen schwunghaften Handel mit gefälschten Ausweispapieren, Vater. Das ist für uns alle ein Schock. Warum hast du auf einmal beschlossen, Italiener zu werden?«

»Ich bin untergetaucht.« Er dachte nach. Ihr Vater dachte häufig und sehr gründlich nach. »Um meinen Feinden zu entkommen. Vielleicht hätte ich Deutscher werden sollen. Die Deutschen sind ein ernsthafteres Volk.«

»Du hast keine Feinde, Vater. Dass das Château in Brand gesteckt wurde, geschah nicht auf Befehl von Paris. Es gibt keinen Haftbefehl gegen dich. Ich habe Victor gefragt.«

»Die wollen mich nicht verhaften. Die wollen mich umbringen. Das ist etwas ganz anderes. Auch in den Zeiten der Revolution gibt es immer noch Mord. Man hat versucht, mich zu erstechen.«

»Wer?«

»Zwei Männer in einer dunklen Gasse. Ich kenne sie nicht.« Oben auf der Drehorgel war eine dünne, geflochtene Schnur befestigt. Nicos Leine. Ihr Vater nahm sie und ließ sie durch die Finger laufen, um das Ende zu fassen zu bekommen. »Es könnten Martinisten sein oder Leute, die von Fouché geschickt worden sind. Aber wahrscheinlich sind es die Engländer. Die Engländer sind höchstwahrscheinlich sehr verärgert. Sie könnten auch das Château in Brand gesteckt haben.« Er ließ es sich noch einmal durch den Kopf gehen. »Um mich auszuräuchern. Ja. Es sind die Engländer.« Er nickte. »Ich hoffe, du hast genug Geld mitgebracht. Es gibt in der Rue Percée ein Exemplar von Rahns *Teutsche Algebra*, das ich unbedingt haben muss. Man wird es mir nur für Münzgeld verkaufen. Und die haben da noch mehrere andere interessante Texte.«

Ihr Vater war in England gewesen. Nicht nur einmal, sondern mehrmals im Verlauf des letzten Jahres. »Was hast du in England gemacht, Vater?«

»Nichts Besonderes. Und ich habe auch nicht vor, wieder nach England zu gehen. Das Essen dort ist schrecklich. Du solltest mir jetzt das Geld geben, das du mitgebracht hast, und wieder nach Hause gehen. So spät abends ist es auf der Straße nicht sicher für dich. Die Leute beobachten einen, und überall lauern Verbrecher.«

Um sie herum waren viele Leute. Zwanzig Meter weiter

zogen Männer und Frauen in fröhlichen Scharen über die Promenade und genossen die abendliche Brise. Keiner von ihnen verirrte sich in diesen stillen Winkel.

Was konnte ihr Vater nur angestellt haben?

Ihr Vater hielt die Leine jetzt nur noch mit einer Hand und stieß einen leisen Pfiff aus. Gehorsam sprang Nico von ihrem Arm auf den Boden. Er kletterte an ihrem Vater hoch, klammerte sich mit gebogenem Schwänzchen am Revers fest und tastete die Westentasche ab.

»Was hast du in England gemacht?« Sie holte die Geldbörse hervor und behielt sie in der Hand.

Er wandte den Blick ab und sah zu den Straßenlaternen hin. »Ich bin meiner Forschung nachgegangen. Meiner Forschung über Genies. Daran habe ich in England gearbeitet.«

Seine Genies. Das war eine weitere der seltsamen Forschungen ihres Vaters; vergleichbar mit der Berechnung der Umlaufbahn des Jupiter oder mit den Aufzeichnungen der Regenfälle. Nur ihr Vater konnte auf die Idee kommen, sich die Frage zu stellen, ob sich junge, potenzielle Genies schon frühzeitig auffinden ließen. Chemiker, Physiker, Mathematiker, Ingenieure, Erfinder aller Art, Strategen, politische Philosophen. Es war sicherlich harmlos. Er sammelte Informationen, fertigte Listen an. Im Anfertigen von Listen war er ein Meister. Er würde überprüfen, ob diese Engländer, Deutschen, Italiener in zehn oder zwanzig Jahren zu Berühmtheiten geworden waren. Bei manchen mochte er vielleicht sogar richtig gelegen haben. Ihr Vater war wirklich brillant.

»Das wird in England ja wohl keinen gestört haben, wenn du sagst, dass es dort Genies gibt«, meinte sie.

»Ich habe es Victor erzählt. Er hat Robespierre eine Abschrift gegeben. Er war begeistert. Jeder einzelne dieser Namen wird in Frankreich tausend Leben retten.«

Sie ließ sich von ihrem Vater die Geldbörse aus der Hand nehmen. Er steckte sie hinter seinen Gürtel, wo sie nicht wegrutschen konnte, und wirkte sehr zufrieden mit sich selbst. Er hob Nico auf die rechte Schulter und bückte sich, um die Drehorgel hochzunehmen.

»Robespierre war begeistert?« Die Nacht erstarrte, als wäre Paris stehen geblieben und hätte den Atem angehalten. Sie hatte plötzlich ein Pfeifen im Ohr. »Welche Leben sind damit gemeint? Was hat Robespierre so gut gefallen? Was bringt Leute aus England dazu, herzukommen und nach dir zu suchen?«

Ich kenne einen Mann, der von der Küste zum Château in Voisemont gekommen ist. Ich glaube, er hat nach dir gesucht. Ich glaube, er ist der Engländer, vor dem du dich fürchtest.

Sie stellte sich ihm in den Weg und wartete.

»Wir befinden uns im Krieg. Jeden Tag sterben Soldaten der Republik für Frankreich. Robespierre hat dafür gesorgt, dass ein paar englische Soldaten sterben, ehe sie das Schlachtfeld betreten.«

»Vater …«

»Ein paar Männer. Die genialen Militärstrategen.« Er strich über seine Jacke. Rückte den Gurt der Drehorgel zurecht. »Nur Männer, die Uniformen angezogen und beschlossen haben, unsere Feinde zu sein. Das hat er mir versprochen. Nur in Ländern, die uns den Krieg erklärt haben. Nur Angehörige der Armee.«

»Vater, was hast du getan?«, flüsterte sie.

»Ich muss jetzt zurück in meine Räumlichkeiten. Die Nacht ist voller Männer, die uns nachspionieren.«

»Sag mir, wo ich dich finden kann.«

»Ich habe eine Wohnung in der Rue Ventadorn in der Nähe vom *Café de Chanticleer*. Frag nach Bürger Gasparini. Bring mir mehr Geld, wenn du welches hast.« Er drängte sich an ihr vorbei. »Robespierre hat es mir erklärt. Auf Kosten von ein paar englischen Soldaten rette ich das Leben von vielen Franzosen. Und die Republik noch dazu.« Er hatte sich schon ein paar Schritte entfernt, als er sagte: »Ich wünschte, ich hätte ihm die Liste nicht gezeigt.«

Seine Schritte verhallten, und dann verschmolz sein Schatten mit den größeren Schatten der Straße.

29

Hawker klopfte ans Tor des Hauses im Marais.

Der Pförtner – schlief dieser Mann eigentlich je? – ließ ihn ein. Carruthers wartete im Hof auf ihn. Es gab wirklich nichts Zäheres als eine alte Frau. Die hier bestand nur aus Haut und Knochen, zusammengehalten von purer Bosheit.

»Du bist zurückgekommen. Ich hatte gehofft, dich nie wiederzusehen, Ratte.« Worte der Liebe von Carruthers.

»Ich bedaure die Notwendigkeit, Madame. Ich hatte ebenfalls gehofft, Sie nie wiederzusehen.« In seiner Antwort schwang der ganze hochnäsig-arrogante Tonfall eines wahren Aristokraten mit, den er von dem Mädchen übernommen hatte, das ihn in der französischen Sprache unterrichtet hatte. Sie hatte dem Adel von Toulouse angehört. »Ist Bürger LeBreton im Haus?«

»Du hast deinen Posten verlassen.«

»Ich habe meinen Posten verlassen, um …«

»Einem Lakaien zu folgen. Er kam zurück. Du nicht. Wo bist du fünf Stunden lang gewesen, Ratte?«

Sie würde ihn nicht in die Küche lassen, damit er unter vier Augen mit ihr darüber sprechen konnte. Die glatten Wände zu allen Seiten trugen ihre Stimme nach oben. Das Haus war dunkel, aber hinter jedem Fenster gab es einen Geheimagenten mit leichtem Schlaf, der jetzt aufwachte und zuhörte, was die alte Schachtel sagte.

»Ich stehe nicht unter Ihrem Befehl, Madame Cachard, so erfreulich das auch für uns beide wäre. Ich bin Doyles Ratte.«

Er hatte den schneidenden Tonfall eines Gentleman angeschlagen. »Hat er Ihnen gesagt, wo er ist?«

Carruthers verfiel in beredtes Schweigen. »Im *Café des Marchands*. Erkläre ihm das.«

Er kannte einige gefährliche Frauen. Doch diese hier ließ ihn bis ins Mark erstarren. Sie hatte die gleichen Augen wie Doyle, den gleichen abschätzenden Blick, dem nichts entging.

Jetzt war dieser Blick voller Verachtung. »Die Welt wird eine bessere sein, wenn jemand dir den Hals umdreht.«

Am liebsten hätte er sich unsichtbar gemacht, um davonzuschleichen und nie wieder zurückzukommen. Also setzte er ein freches Grinsen auf. »Wenn ich eine Ratte bin, Madame, bin ich die gefährlichste Ratte, der Sie je außerhalb Ihrer Albträume begegnen werden. Ich wünsche Ihnen eine gute Nacht.« Er kehrte ihr den Rücken und ging denselben Weg, den er gekommen war. Eher wischte er sich den Hintern mit Robespierres Papieren ab, als dass er sie dieser alten Hexe gab.

Zur Hölle mit ihr. Zur Hölle mit allen.

30

Marguerite erwog, zum Hôtel de Fleurignac zurückzukehren. Aber dort waren Victor, seine Mutter und ein ganzes Haus voller Dienstboten. Die brauchten ihr nur ins Gesicht zu schauen, um zu erkennen, dass irgendetwas nicht stimmte. Man würde ihr Spezereien bringen und Kräutertees aufbrühen … und ihr nicht mehr von der Seite weichen.

Sie konnte nicht. Sie konnte einfach nicht. Sie schlang die Arme um die Taille und setzte sich in Bewegung.

Ihr Vater hatte etwas Schreckliches getan, oder besser gesagt: Er hatte es nicht selber getan, sondern einfach zugesehen, wie man seine Arbeit für schreckliche Zwecke benutzte. Guillaume war nicht durch Zufall zum Château in Voisemont gekommen. Er war auf der Suche nach ihrem Vater gewesen. Wie enttäuscht er wohl gewesen sein musste, als er nur sie vorgefunden hatte.

Jetzt musste sie diese Sache wieder in Ordnung bringen.

Irgendwo in der Stadt würde sie eine leichte Brise finden. In irgendeinem Park. In irgendeiner Straße, die zur Seine hinunterführte. Sie würde einfach stehen bleiben und sich von ihr das Gesicht kühlen lassen, während sie beobachtete, wie die Sonne aufging. Vielleicht würde sie sich dann besser fühlen.

Von einer der gewundenen Straßen zu ihrer Linken her drang der Klang einer Violine. Vielleicht spielte jemand in einem Café Geige. Es waren schöne, zarte Klänge, die an Vogelstimmen erinnerten, wie man sie manchmal in einem ganz stillen Wald hörte. Sie ging auf die Musik zu.

Hätte sie gewusst, wo Guillaume war, hätte sie nur den kleinsten Hinweis gehabt, wo er sein könnte, wäre sie in diese Richtung gegangen. Es wäre keine bewusste Entscheidung gewesen. Ihre Füße hätten sich einfach von selbst in Bewegung gesetzt und wären so lange weitergegangen, bis sie vor ihm gestanden hätte.

Ich bin ein Dummkopf. Sie stieß sich die Zehen an den unregelmäßigen Pflastersteinen. In den engen, alten Straßen dieses Stadtteils waren Vorsprünge angebracht, damit Karren nicht an den Wänden entlangschabten. Diesen Hindernissen musste man auch ausweichen. Ihr ganzer Körper schien nur aus Schmerzen zu bestehen. Ihr Magen verkrampfte sich.

Er ist Engländer. Warum habe ich das nicht erkannt? Er war kein Schmuggler, kein Buchhändler oder Kleinkrimineller und nicht einmal ein Angehöriger der Geheimpolizei. Er war ein englischer Spion. Man hatte ihn geschickt, um ihren Vater aufzuspüren und Rache an ihm zu nehmen.

Sie war wohl eine weite Strecke gelaufen. In irgendeiner Gasse, die von der Rue d'Anduza abging, wurde ihr wieder übel, und sie musste sich heftig übergeben. Danach fühlte sie sich besser. Doch mit dem frühen Morgen wurde es kühler, und sie ging jetzt zitternd weiter. In der Rue Montmartre kam sie an Cafés vorbei, in denen alle Tische besetzt waren. Gut gekleidete Männer ließen die Nacht mit Cognac, lauten Gesprächen und den neuesten Ausgaben der Zeitungen ausklingen, die bereits verkauft wurden. Um sie herum saßen andere Männer, die gerade erst aufgestanden waren und sich offensichtlich darauf vorbereiteten, ihr Tagewerk zu beginnen. Fast schien es so, als würde sich auf diesen Straßen die Menschheit in Männer des Tages und Männer der Nacht aufteilen.

Guillaume war beides. Tag und Nacht. Er konnte sich zu beiden setzen, und man würde ihn willkommen heißen. Im

Café des Marchands, wo sie mit Guillaume gegessen hatte. Wo er ihr gesagt hatte, dass sie ihm dort eine Nachricht zukommen lassen könnte. Wo sie ihm gesagt hatte, dass sie ihn nicht brauchte.

Ich brauche dich nicht, Guillaume LeBreton. Ich will dich nicht. Ich weiß noch nicht einmal, wie du wirklich heißt.

Sie setzte sich an einen der Tische draußen vor dem Café, denn es war egal, ob sie sich nun entmutigt niederließ oder weiter wie ein Gespenst durch die Straßen zog. Als die Wirtin ungeduldig neben ihr stehen blieb, bestellte sie einen Kaffee und ein Brötchen.

Der Kaffee wurde sanft auf dem Tisch abgestellt, damit er nicht überschwappte, und das Brötchen daneben gelegt.

»Geht es Ihnen gut, Bürgerin?«, fragte die Frau.

Sie schüttelte den Kopf, sagte aber nichts. Die Frau ging.

Sie wollte nichts essen. Sie wollte zu Hause sein, im Château in Voisemont, an ihrem Schreibtisch, und Märchen voller Schönheit und hehrer Abenteuer niederschreiben. Sie wollte nicht selber Abenteuer erleben. Die taten weh.

Als sie sich das Gesicht mit den Händen abwischte, stellte sie fest, dass sie nicht mehr nach dem Liebesspiel mit Guillaume roch. Sie roch nach Affe.

Doyle stand am anderen Ende der Straße und sah Maggie draußen an einem Tisch sitzen. Sie hatte den Kopf gesenkt, sodass er ihr Gesicht nicht sehen konnte. Sie trug schlichte, robuste Kleidung, sodass sie in dem Café nicht weiter auffiel. Vielleicht hatte sie sich bewusst so angezogen, doch wahrscheinlich nicht.

Er hatte ihr gesagt, dass sie ihn hier finden könne. Er hatte nicht damit gerechnet, dass sie es tun würde.

Sie hatte den Tisch gewählt, der am weitesten von der Tür entfernt war, wo sie nicht von den ein- und ausgehenden Männern gestört wurde. Eine unberührte Tasse Kaffee stand vor ihr, außerdem ein ebenfalls unangetastetes Brötchen.

»Hallo, Maggie.«

Mit einer geschmeidigen Bewegung hob sie den Kopf. Ihr Haar glitt zurück und umrahmte ihr Gesicht. Der klare Blick ihrer braunen Augen richtete sich auf ihn.

»Ich setze mich zu dir«, sagte er.

Ich ertrinke in dieser Frau und habe gar nicht das Bedürfnis, wegzuschwimmen. Das ist sie. Das ist die Frau, für die ich den Geheimdienst aufgebe. Gestern, vielleicht auch einen Tag davor oder gleich beim ersten Mal, als er sie gesehen hatte, hatte er diese Entscheidung gefällt. Er hatte es nicht gemerkt, aber sein Kopf hatte sich schon alles überlegt, das Für und Wider erwogen und dann den Entschluss gefasst. Seine Maggie. Es klang schon ganz natürlich.

Er zog den Binsenstuhl heraus bis an die Wand, sodass er die Straße im Auge behalten konnte, und setzte sich dicht neben sie. Sie sah müde, erschöpft und traurig aus. »Du bist früh auf.«

»Nicht früh. Ich bin die ganze Nacht wach gewesen.«

Sie sei durch die halbe Stadt gelaufen, hatte Talbot gesagt. Talbot war ihr die ganze Nacht in sicherer Entfernung gefolgt. Sie war an einem Dutzend Cafés vorbeigegangen, hatte sich im Park mit einem Leierkastenmann unterhalten, mit dessen Affen gespielt, in einer Gasse eine Katze hinter den Ohren gekrault und viel Zeit damit verbracht, auf den Fluss zu schauen. Wenn sie sich mit jemandem hatte treffen wollen, so war dieser nicht aufgetaucht.

Talbot hatte gesagt, sie sei krank. Sie habe sich in einer Nebenstraße ihrer Aktiva entledigt.

Ich möchte sie nach Hause bringen. Ich möchte ein Zuhause haben, wohin ich sie bringen kann. Ich möchte sie in mein Bett legen und sie einfach nur halten, während sie schläft. Ich möchte die ganze Nacht lang jederzeit die Hand ausstrecken können und sie neben mir finden.

Er konnte es nicht. Er musste sie zum Hôtel de Fleurignac zurückbringen und dort lassen. Verdammt. Es fühlte sich nicht richtig an. »Ich halte es für keine gute Idee, nachts allein durch Paris zu spazieren. Man begegnet gefährlichen Leuten.«

»Wie dir. Aber das erste Mal habe ich dich am helllichten Tage gesehen. Es gibt also keine Garantie. In Voisemont gehe ich häufig nachts spazieren.« Maggie nahm einen Schluck von ihrem Kaffee. Er schmeckte fast nach nichts. »Ich bin dort häufig spazieren gegangen.«

Die Witwe, die das *Café des Marchands* führte, trat hinter dem Tresen hervor und brachte ihm Brot, ein Stück Hartkäse und einen Becher Wein, ohne dass er hätte bestellen müssen. Sein Aussehen gefiel der Witwe, und da sie auf der Suche nach einem neuen Mann war, ließ sie ihn das wissen. Ihr scharfer Blick wanderte von ihm zu Maggie, sie zuckte die Achseln und ging.

»Bist du hierhergekommen, weil du nach mir gesucht hast?«, fragte er.

»Ich glaube nicht. Ich bin nicht sicher, warum ich hier bin.« Sie saß da und starrte in ihre Tasse. »Es ist einfach passiert. Vielleicht war es ein Teil meiner Seele, der nach dir gesucht hat; der Teil, der sehr dumm ist und nicht weiß, dass es nicht mehr erlaubt ist, mit dir zusammen zu sein. Wie ein Hund, der nicht weiß, dass sein Herrchen tot ist. Er geht auf die Straße, läuft die gewohnten Wege und sucht dabei überall nach seinem Herrn. Klingt das nicht furchtbar traurig und erbärmlich?«

»Es hört sich nach jemandem an, der alte Geschichten aufschreibt. Das würde eine schöne Fabel ergeben.«

»Vielleicht. Aber ich bin hergekommen, weil ich nicht nach

Hause gehen will. Ich konnte nicht schlafen. Dieses Café war das Letzte, was du vor mir erwähnt hattest, und ich hatte es noch nicht aus meinen Gedanken verdrängt. Deshalb haben meine Füße diese Richtung eingeschlagen, ohne vorher darüber mit mir zu reden.« Sie trank noch einen Schluck Kaffee. »Du musst vorsichtig sein mit dem, was du zu mir sagst.«

Einfach jede Bewegung von ihr war wunderschön. Wahrscheinlich war sie gar nicht das lieblichste Geschöpf auf Erden. Er hatte einfach nur seine Urteilskraft verloren.

Sie stellte ihre Tasse ab. »Ich brauche eine Weile, um deine Worte von der Schwelle meiner Gedanken zu fegen. Ich neige zu unüberlegten Handlungen. Du würdest nicht wollen, dass ich diese Dinge tue.«

»Nein, das würde ich nicht wollen.«

»Ich bin dumm. Ich komme an einen Ort, den du häufig aufsuchst, und bin überrascht, dich hier zu sehen. Jedes Mal, wenn wir uns begegnen, denke ich, es wird das letzte Mal sein. Es bringt mich völlig durcheinander, wenn ich dich wiedersehe.«

»Es war nie das letzte Mal. Auch dieses Mal wird es nicht das letzte Mal sein.«

»Vielleicht doch. Ich wünschte, mir würde dieser Kaffee besser schmecken.« Sie rollte die Tasse zwischen den Handflächen. »Aber zumindest kann man sich die Hände daran wärmen. Ich habe alte Freundinnen, die viele Liebhaber hatten. Sie genießen das Drama. Den Flirt, die hastigen, leidenschaftlichen Begegnungen, die verrückten Pläne, die Eifersucht, die Anschuldigungen … den unausweichlichen Verrat. Bei so vielen Emotionen wäre ich am Ende völlig erschöpft. Es strengt mich schon an, wenn ich nur davon höre.«

»Ich bin für ein ruhiges Leben.«

Sie nickte. »Und für Unkompliziertheit.«

Solche Worte aus dem Munde seiner Maggie. Aus dem Munde einer Frau, die Hunderte sorgfältig geplanter Fluchten organisiert hatte. »Unkompliziertheit ist etwas Schönes.«

»Ich bin eine große Anhängerin davon. Ich habe in meinem Leben nur zwei Liebhaber gehabt. Den ersten habe ich ins Unglück gestürzt. Mein Onkel hat ihn mit einer Peitsche fast zu Tode geprügelt. Der zweite hat mich ins Unglück gestürzt. Ich finde diese Sache mit den Liebhabern nicht sehr erfreulich.«

»Ich bin also der zweite.«

»Ja. Manchmal mache ich Fehler.« Sie sah ihn nicht an. »Ich habe gesehen, wie du auf mich zugekommen bist, Guillaume. Du wusstest, dass ich hier war. Es hat dich nicht überrascht.«

»Was willst du damit sagen?«

»Hast du mich verfolgen lassen? Bei deinem Beruf lässt sich so etwas bestimmt leicht arrangieren.«

Sie weiß es. Irgendwann in den letzten Tagen hatte sie erkannt, dass er ein Spion war. Er spürte es daran, dass sich das Verhältnis zwischen ihnen verändert hatte. Sie wusste es.

»Wir werden uns gleich darüber unterhalten.«

Nicht hier. Man kannte ihn hier. Er aß regelmäßig im *Café des Marchands*, wenn er in Paris war. Er nahm sich ein Zimmer sechs Straßenzüge weiter in Richtung Norden. Er kaufte beim immer selben Brennholzverkäufer und Wasserträger. Er ließ seine Stiefel jede Woche vom selben schmuddeligen Schuhputzerjungen reinigen. Er kaufte die Zeitung immer am selben Kiosk am Ende der Straße. Die Leute hier kannten sein Gesicht. »Ah, Bürger LeBreton«, sagten sie. »Ein guter Patriot. Er lebt in meinem Stadtteil. Er reist und verkauft Bücher. Ich kenne ihn gut.«

»Ich werde in Zukunft bei der Wahl meiner Liebhaber vorsichtiger sein.« Maggie entfernte sich also von ihm, machte ihn zu ihrer Vergangenheit. Jetzt war er nur noch ein ehemaliger Liebhaber.

Dafür ist es eindeutig zu spät, Maggie. Mich wirst du nicht wieder los.

Er griff nach ihrem Brötchen und bot es ihr an, aber sie schüttelte den Kopf.

»Man darf kein Essen bestellen und es dann stehen lassen«, erklärte er. »Nicht an einem Ort wie diesem. Man könnte sich fragen, ob du zu viel Geld hast.« In zwei Bissen verspeiste er das Brötchen zusammen mit dem restlichen Käse. »Trink etwas von dem Kaffee, wenn du ihn verträgst. Wir brechen gleich auf. Dann kannst du mir erzählen, warum du die ganze Nacht draußen warst, und ich kann dich dann eine Närrin schelten.«

»Ach, du bist ja so gütig.« Sie nahm die blauweiße Tasse in die Hand. »Wie immer.« Sie trank. »Ich bin fast versucht, mir Dummheiten auszudenken, nur damit du dich freust. Ich bin sehr erfinderisch.«

Weißt du eigentlich, wie sehr ich dich will? Gibt es irgendwelche Worte auf Erden, mit denen ich das ganze Ausmaß ausdrücken könnte?

»Es war nicht die ganze Zeit Nacht«, erklärte sie. »Sobald sich auch nur ein Anflug von Helligkeit am Himmel zeigt, kommen die anständigen Frauen heraus. Hier im Café sind nur anständige Frauen, bis auf die Huren natürlich, und ich bin nicht wie eine Hure gekleidet. Es ist nur so kalt geworden. Ich hatte nicht damit gerechnet, dass es kalt sein würde.«

Sie zog die Arme eng an den Körper. Wenn ihr kalt war, dann lag es nicht an der Luft. Die Kälte kam bei ihr von innen. Es war an der Zeit, sie nach Hause zurückzubringen, damit man sie ins Bett brachte. Nicht in sein Bett. Leider.

»Wusstest du, dass man den Prostituierten von Paris den Krieg erklärt hat?« Sie hielt die Tasse mit beiden Händen fest und schenkte ihr ihre ungeteilte Aufmerksamkeit. »Man hat Hunderte auf den Straßen eingesammelt und damit die Gefängnisse noch voller gemacht. Gott sei Dank bringen sie sie nicht um. Sie bessern sie nur, indem sie sie Strümpfe für die Soldaten stricken lassen.«

»Nachdem wir das wissen, fühlen wir uns doch alle viel sicherer auf den Straßen, nicht wahr?« Maggie hatte schon bezahlt, doch er legte trotzdem noch einen zusätzlichen Sou auf den Tisch, wie ein Mann es tat, wenn er eine Frau beeindrucken wollte. Dass er ihren Arm nahm und ihr beim Aufstehen half, passte nicht in dieses Café oder zu der Kleidung, die er anhatte. Doch jeder Mann verhielt sich so bei der Frau, der er den Hof machte.

»Es kommt nicht unbedingt gut bei allen an, dass die Huren eingesammelt werden, aber natürlich sagt das keiner öffentlich, aus Angst, dann in den Korb zu niesen, wie man das unter der Guillotine tut. Ich glaube nicht, dass man mit der Besserung der Moral weit kommen wird. Die Franzosen mögen ihre Huren. Man wird Mitleid mit ihnen haben.«

Wäre er ein weniger standfester Mann gewesen, hätte er jetzt geseufzt. »Wollen wir uns hier noch länger darüber unterhalten, wo alle uns hören können, oder möchtest du nicht lieber gleich herumschreien und laut auf die Regierung schimpfen? Es wäre doch schade, wenn wir für weniger verhaftet würden.«

»Du hast vollkommen recht. Man sollte nur in wichtigen und ernsten Angelegenheiten ein Risiko eingehen. Bei allem anderen sollte man äußerst vorsichtig sein. Für Leichtsinn wird man von den Göttern nicht belohnt.«

Er würde sie bis direkt vor die Tür bringen und sie jemandem übergeben, der sich um sie kümmerte. Nicht Victor. Maggie musste in dem Haus doch jemanden haben, dem sie vertraute. »Bringen wir dich jetzt mal nach Hause. Vielleicht hat ja gar keiner bemerkt, dass du bei Tagesanbruch außer Haus mit einem Lumpen Kaffee getrunken hast.«

Sie ging vorsichtig, als hätte sie Schwierigkeiten, einen Fuß vor den anderen zu setzen. Noch ein Grund für ihn, sie festzuhalten.

Er wartete, bis keiner sie mehr belauschen konnte. »So. Jetzt erklär mir mal, was du meinst, über mich zu wissen.«

31

Es war ganz früh am Morgen, als sie Seite an Seite mit Guillaume durch die in tiefem Schlaf liegenden Straßen ging.

Ihr Vater hatte Angst vor diesem Mann. Er hatte allen Grund dazu. »Bist du nach Frankreich gekommen, um meinen Vater umzubringen?« Sie war der Lügen gegenüber Guillaume LeBreton überdrüssig und wollte auch von ihm keine mehr hören.

»Wie kommst du darauf?«

»Mein Vater glaubt, dass die Engländer Männer geschickt haben, die ihn umbringen sollen. Ich werde dich nicht bitten zuzugeben, dass du ein englischer Spion bist, obwohl ich mittlerweile fest davon überzeugt bin. Ich sage nur, dass du meinen Vater nicht umbringen darfst. Er ist ein Narr und halb verrückt, aber deshalb darf ihn niemand töten.« Und weil ihr der Gedanke erst nachträglich gekommen war, fügte sie noch schnell hinzu: »Und du wirst auch nicht zulassen, dass Adrian ihn tötet.«

»Der Junge bringt niemanden um. Und ich auch nicht.« Er betastete seine Narbe. »Wenn du meinst, ich schlafe mit einer Frau und bringe dann ihren Vater um, kennst du mich schlecht.«

»Ich glaube, du würdest es bedauern, Verrat an einer Frau zu begehen, aber du würdest es tun.«

Sie gab Guillaume Zeit, in Ruhe darauf zu antworten. Sie waren mittlerweile auf ihrem Weg um so viele Ecken gebogen, dass der Lärm aus der Stadt nicht mehr zu hören war. Da es inzwischen dämmerte, wurden an jedem Haus, an dem sie vorbeikamen, die Lampen hereingenommen. Es war die Aufgabe der Dienstboten, die als Erstes aufstanden, die kleinen Kerzen zu löschen, die die ganze Nacht über gebrannt hatten, um die Stumpen wieder benutzen zu können. In diesen Zeiten wurde gespart.

Es war sehr still. Sie und Guillaume gingen im Gleichschritt, und man hätte meinen können, dass nur eine Person durch die Straßen wanderte.

Nach einer ganzen Weile und unzähligen Schritten sagte Guillaume: »Ich will deinem Vater nichts tun. Kannst du ihm eine Nachricht zukommen lassen?«

»Nein.« Damit hätte sie zugegeben, dass sie seinen Aufenthaltsort kannte.

»Du wolltest doch mit ihm reden. Darum warst du die ganze Nacht draußen. Er ist also immer noch in Paris.«

»Sagst du mir, warum du nach ihm suchst?«

»Tja, das kann ich leider nicht.«

Sich mit Guillaume LeBreton zu unterhalten, war wie Wasser in eine Tasse zu gießen, die unten ein Loch hatte.

»Wenn du nicht zugibst, dass du ein englischer Spion bist, und auch nicht sagst, was du von meinem Vater willst, dann hat dieses ganze Gespräch keinen Sinn, und wir brauchen es nicht fortzusetzen. Irgendwann werde ich es schon herausfinden. Ich werde dich gar nicht mögen, wenn ich die Wahrheit über dich erfahre.«

Sie kehrten nicht auf direktem Wege zu ihrem Haus zurück. Immer wieder nahm Guillaume Nebenstraßen. Man hätte auch denken können, dass er große Wagen und laute Kutschen mied, denen man in diesen engen Straßen seltener begegnete. Doch inzwischen begriff sie, dass es aus Umsicht geschah. Er wurde nicht gesehen … und sie auch nicht.

Guillaume ergriff Hunderte solcher Vorsichtsmaßnahmen, weil er ein Spion war. Vorher hatte sie nicht darüber nachdenken wollen.

Er war groß und es war angenehm, neben ihm zu gehen. Er war zu dem Schluss gekommen, dass er sich in seiner derzeitigen Rolle fürsorglich verhalten durfte, und so hatte er ihren Arm genommen und half ihr, über die Gossen in der Mitte der Straße zu steigen. Er verkörperte etliche der beliebtesten männlichen Tugenden. Zwei achtbare Frauen mittleren Alters nickten ihm zu, als sie an ihnen vorbeigingen. Eine Katze saß auf einem Fensterbrett und putzte sich. Eine Wäscherin trug flach zusammengefaltete Laken in ihrem Korb. Die ganze Zeit über hatte Guillaume den Arm um sie gelegt. Sie ließ es zu, ohne sich über den Eindruck, den das machte, den Kopf zu zerbrechen.

Irgendwann standen sie schließlich vor ihrem Zuhause.

Guillaume sah sie mit gerunzelter Stirn an. Der Himmel hinter ihm sah aus wie Feuersglut, die durch Papier schimmerte, kurz bevor es in Flammen aufging. Es würde wieder ein heißer Tag werden. »Es gefällt mir nicht, dich hier allein zu lassen. Komm mit mir. Ich bringe dich irgendwohin. Wir können …«

Sie schüttelte den Kopf. Er kannte selber all die tausend Gründe, warum das unmöglich war.

»Es geht dir nicht gut.«

»Agnès wird mich ins Bett stecken und mir in Tücher gewickelte warme Backsteine bringen, die ich mir an den Bauch drücken kann. Dann wird es mir nicht mehr so schlecht gehen. Ich werde Kräutertees und Limonade trinken, und morgen geht es mir dann besser.«

»Dann geh jetzt rein. Gütiger Himmel, man sieht nur noch deine Augen. Geh ins Bett. Lass dich von den Dienstboten versorgen.«

Wie schon einmal griff er an ihr vorbei und klopfte an die Tür. Doch anders als beim letzten Mal hielt er sie weiter fest. »Ich komme heute Abend zum Hintereingang bei der Küche. Sag Bescheid, dass man mich dann einlassen soll.«

»Nein.« Die Sonne war überall, und es wurde immer heller. Sie spürte die Wärme nicht. Sie fühlte sich leer und krank, ihr war kalt, und sie sagte Guillaume Lebewohl. Wieder einmal. »Du darfst nicht herkommen. Nie.« *Weder werde ich zulassen, dass du meinen Vater ausfindig machst, noch soll Victor dich aufspüren.* »Mein Cousin«, sie schluckte und schmeckte Galle, »ist bösartig. Wer immer du auch sein magst … er ist gefährlich für dich. Du musst dich von mir fernhalten. In einer Woche oder in einem Monat werde ich wieder zum Café kommen. Irgendwann. Ich werde hinkommen und wieder auf dich warten. So viel kann ich dir versprechen.«

Sie hörte, wie der Schlüssel im Schloss umgedreht wurde.

Guillaumes Hand lag immer noch auf ihrem Arm. »Das zwischen uns ist nicht vorbei. Denk an mich. Gewähre mir zumindest das.«

»Ich muss an hundert schreckliche Dinge denken. Neunundneunzig davon betreffen dich.«

»Maggie. Nein. Sieh wieder her. Sieh mich an.« Er griff nach ihrem Kinn und drehte ihr Gesicht in die Sonne. Das grelle Licht tat ihr weh. »Mach die Augen auf. Nimmst du irgendwelche Tropfen? Belladonna?«

Hinter ihr öffnete sich die Tür. »Mach dich nicht lächerlich. Und lass mich los. Ich kann nicht bleiben.«

»Maggie. Bleib noch einen Moment. Irgendetwas stimmt hier nicht.«

Sie entwand sich seinem Griff und war schon durch die Tür geschlüpft, ehe Janvier sie ganz geöffnet hatte. Die Worte, mit denen Guillaume sie hatte zurückhalten wollen, hingen ungehört in der Luft.

Nirgends war ein Dienstbote zu sehen. Sie wankte nach oben und durchquerte die ganze Länge des Hauses, bis sie in den Salon gelangte, dessen Fenster auf die Straße hinausgingen. Sie zog den Vorhang zurück. Sie würde noch einen letzten Blick auf Guillaume erhaschen, während er ging.

Er war ein Spion. Sie war ihm völlig egal. Er benutzte sie nur, um ihren Vater ausfindig zu machen. Das wusste sie. Es war ihr absolut klar. Ihre ganze Beziehung bestand nur aus Ehrlosigkeit, Lügen und Dummheit.

Er blieb noch eine volle Minute an der Tür stehen. Sie sah ihn gerade noch weggehen, als sie ans Fenster trat.

Guillaume entfernte sich auf einer grauen Straße. Sein Schritt war nicht eilig, aber auch nicht langsam. Er wirkte wie jemand, der diesen Vormittag zwanzig Dinge zu erledigen hatte, von denen er bereits drei abgehakt hatte, um sich nun der nächsten Aufgabe zu widmen, die er genauso erfolgreich abschließen würde wie alle anderen. All das drückte er allein mit seinem Gang aus. Niemand konnte sich so intelligent und beredt fortbewegen wie er.

Sie hielt den Vorhang aus rotem Brokat fest und drückte das Gesicht an die Scheibe, um ihm so lange wie möglich mit dem Blick zu folgen.

Ich bin kein liebeskrankes Mädchen, das am Fenster steht und um etwas weint, das es nicht haben kann. Sie weinte nur, weil sie so müde war.

Und weil sie sich wegen Guillaume so närrisch benahm, sah sie, wie er verhaftet wurde.

32

Sie sah, wie Guillaume sich entfernte. Im Eingang des letzten Hauses der Straße war ein junges Dienstmädchen dabei, auf Händen und Knien die Stufen zu schrubben. Guillaume ging an dem Mädchen vorbei. Sie hob den Kopf, um ihm hinterherzuschauen. Plötzlich sprang sie auf.

Soldaten kamen um die Ecke. Fünf Männer, die die Uniform der Nationalgarde trugen. Stadttruppen. Ihnen voraus ging ein dünner Mann, den sie sofort wiedererkannte. Er hatte den Verband abgenommen, doch sein rotes, wütendes Gesicht war von dem Schlag gezeichnet, den sie ihm verpasst hatte. Es war der Jakobiner, der zum Château nach Voisemont gekommen war.

Er wies auf Guillaume, und die Soldaten umringten ihn.

Das Ganze wirkte wie ein Theaterstück, bei dem die Zuschauer so laut redeten, dass man die Schauspieler nicht hören konnte. Sie konnte nur zusehen. Wie ein dummer Bauer, der zum ersten Mal in der Stadt war und ins Theater ging, wäre sie am liebsten von ihrem Sitz aufgesprungen und hätte geschrien: »Flieh, lauf weg«, damit das Stück einen anderen Verlauf nahm. Am liebsten wäre sie auf die Bühne gerannt, um den Helden des Stückes zu retten.

Fragend hob Guillaume die Hände, er wirkte verwirrt. Erhob Einspruch. Aus allen seinen Gesten sprach Unschuld.

Die Haustür wurde aufgerissen, und Victor eilte auf die Straße. Die Soldaten verharrten kurz, während sie zuhörten, dann nahmen sie Haltung an. Von Gesten begleitet gab Victor seine Anweisungen. Sie sah das Ja der Soldaten, sah sie nicken.

Er sagt ihnen, dass sie Guillaume verhaften sollen.

Man stieß Guillaume grob an und nahm ihn in die Mitte. Im letzten Moment blickte er zum Haus zurück. Zu ihr. Er musste gesehen haben, dass sie am Fenster stand.

Er schüttelte den Kopf. *Nein*.

Er bedeutete ihr, sich ruhig zu verhalten und im Haus zu bleiben. *Tu nichts*. Das war seine Anweisung. Zum Teufel mit diesem Dummkopf.

Dann verschwand die Gruppe um die Ecke eines Gebäudes.

Victor troff förmlich vor Befriedigung. Er stand genau neben dem Jakobiner, der nach Voisemont gekommen war. Sie wirkten sehr vertraut, wie sie sich dort freundlich miteinander unterhielten und zusahen, wie Guillaume abgeführt wurde. Die beiden kannten einander. Sie machten hier gemeinsame Sache, und nur Gott wusste, wo sonst noch.

Plötzlich war ihr alles klar. *Victor hat diese Männer nach Voisemont geschickt, um mir etwas anzutun. Warum? Warum?*

Hinter ihr öffnete sich die Tür zum Salon. Tante Sophie kam herein, schimpfte und erfüllte den Raum mit Gejammer, Unruhe und hohlem Geplapper.

Gleich würde Guillaume fort sein und in eine der Kasernen oder ins Gefängnis gebracht werden … und sie würde ihn nie wiedersehen.

Das lasse ich nicht zu.

Sie stieß Tante Sophie beiseite und ging zur Hintertreppe. Die Köchin sah sie mit großen Augen an, als sie durch die Küche rannte. Sie lief durch den Garten, stolperte über den gepflasterten Weg, zog den Riegel vom Tor hoch, durch das man auf die hintere Straße gelangte, und war draußen.

Victor durfte sie nicht sehen. Sie machte einen Umweg, indem sie die Straße hinunterlief, die zur Rue Martin führte. Hier würden sie mit Guillaume entlangkommen. Sie rannte, wie sie sonst nur auf den Feldern zu Hause in Voisemont gerannt war, halb blind durch das grelle Sonnenlicht.

Dort am Ende der Straße stand Guillaume, umringt von Soldaten.

Sie stieß mit jemandem zusammen, der ihr in den Weg trat und kleiner als sie war. Dunkles Haar und ein schmales, waches, hungriges Gesicht. Eine weite, dunkle Jacke. Eine gestreifte Weste. Adrian. Er packte ihren Arm und hielt sie fest, während sich seine Finger in ihr Fleisch bohrten, bis es wehtat. »Halt.« Er war so unnachgiebig wie ein Pfosten.

»Die haben Guillaume. Ich muss weiter …«

»Du hältst jetzt die Klappe und hörst mir zu. Bleib stehen. Bleib sofort stehen.«

»Die haben …«

»Das seh ich, verdammt noch mal.«

»Die bringen ihn ins Gefängnis. Du verstehst das nicht. Er wird sterben.«

»Du kannst gar nichts für ihn tun, wenn sie dich in die Zelle nebenan sperren. Du wolltest doch tatsächlich direkt auf sie zu rennen. Verdammt, hat Gott dir denn nicht mehr Verstand als einem Kohlkopf gegeben?«

Er sprach Englisch mit einem so ausgeprägten Dialekt, dass sie ihn kaum verstand. Das war nicht mehr der gerissene, mürrische, sarkastische Junge, mit dem sie durch halb Frankreich gereist war. Das Geschöpf, das sie jetzt ansah, war verschlagen, brutal und vollkommen skrupellos. Er jagte ihr Angst ein.

Sie versuchte, ihm ihren Arm zu entwinden. »Ich hatte nicht vor, mich mit bewaffneten Männern anzulegen. Ich bin kein Dummkopf.«

»Dann ist es ja gut. Sehen Sie mich an.« Jetzt sprach er wieder Französisch. Er drückte ihren Arm. Schmerzhaft. »Schauen Sie mich an, nicht ihn. Wir unterhalten uns miteinander, Sie und ich. Wir machen einen Bummel, wollen Eier, Federn und Ziegenlämmer kaufen. Wir gehen in die gleiche Richtung, aber wir sehen ihn nicht. Wir schauen ihn überhaupt nicht an. Schauen Sie mich an.«

Du bist Engländer. »Sag mir nicht, was ich zu tun habe. Wir lassen ihnen einen kleinen Vorsprung. Dann folgen wir ihnen.« *Dann hatte ich also recht. Guillaume ist ein englischer Spion.*

Adrian atmete schnell. »Schon besser. Wir folgen ihnen. Das ist meine Welt. Ich weiß, was ich tun muss.«

»Und ich sage dir, Paris ist meine Welt, Adrian. Jetzt komm, ehe sie um eine Ecke gehen und wir sie verlieren.«

Guillaume und seine Bewacher waren um die Ecke geboten und marschierten weiter. Aber so viele und so entschlossene Männer waren nicht schwer wiederzufinden. Die Leute blieben stehen, starrten, zeigten mit dem Finger und tuschelten. An der Kirche von Saint-Grégoire wartete eine Kutsche. Sie ließen Guillaume einsteigen, dann folgten ihm drei Gardisten, und die Kutsche setzte sich in Richtung Süden in Bewegung.

Hinter der Ecke eines Hauses verborgen beobachtete sie die Geschehnisse. »Sie können ihn überall hinbringen. In Paris gibt es überall Gefängnisse.«

»Dann müssen wir uns an ihre Fersen heften. Halten Sie Schritt, sonst lasse ich Sie zurück, das schwöre ich.« Er warf ihr einen ungeduldigen Blick zu.

Sie hielt nicht nur Schritt, sie kannte die Stadt besser als Adrian. Sie wusste schon im Voraus, dass die Kutsche Richtung Pont Neuf fuhr. Sie schlüpften durch den dichten Verkehr auf der Uferstraße und überquerten die Brücke vor der Kutsche.

Am Conciergerie-Gefängnis blieb die Kutsche vor dem Tor stehen. Ein Gardist stieg aus. Nach nur einer Minute war er wieder zurück, und die Kutsche setzte sich wieder in Bewegung. Man hatte ihn abgewiesen. Nicht einmal für einen weiteren Gefangenen war in dieser großen Festung Platz.

Sie drangen tiefer in die ältesten Bezirke von Paris vor. Es war ein weiter Weg. Sie kannte die Sorbonne und Sainte-Geneviève wie ihre Westentasche. Sie nahm Abkürzungen durch enge Straßen, während sie immer wieder überlegte, welche Richtung die Kutsche wohl einschlagen würde. Eine Kutsche kam hier nicht schneller als im Schritttempo voran, und das, obwohl der Kutscher die weithin sichtbare, leuchtend rote Jakobinermütze trug.

Wieder hielt die Kutsche an – auf der Rue Tessier. Dieses Mal kam der Mann zufrieden nickend zurück. Man hatte ihn nicht abgewiesen. Sie erhaschte einen kurzen Blick auf Guillaume, als dieser von den Gardisten in die Mitte genommen wurde, sodass jeder Fluchtweg verstellt war, und eiligen Schrittes ins Gefängnis geführt wurde.

Sie ließ Adrian vor dem Gefängnistor stehen und taumelte um die nächste Ecke, wo er sie nicht mehr sehen konnte. In der schmalen Gasse stützte sie sich mit einer Hand an der Hauswand ab, um nicht umzufallen. Ihr war wieder übel. Ihr Herz klopfte so stark, dass ihr ganzer Körper zitterte.

»Sie haben ihn hineingebracht.« Hinkend und mit zusammengekniffenen Lippen kehrte Adrian zurück, um Bericht zu erstatten.

Sie zitterte und wusste nicht, ob aus Angst oder weil sie so schnell durch Paris gelaufen oder weil ihr so schlecht war.

»Die Kutsche ist weggefahren«, sagte der Junge. »Mit den Gardisten.«

Sie presste die Handballen tief in ihren Bauch. »Ich muss … ich muss ins Gefängnis und denen sagen, dass ein Irrtum vorliegt. Sie überzeugen.«

»Wenn Sie versuchen, da reinzugehen, tue ich Ihnen was an.«

»Du verstehst es nicht.« Ein dumpfes Dröhnen füllte ihren Kopf, das sie am Denken und Erinnern hinderte und ihr das Sprechen beinahe unmöglich machte. »Wenn ich warte, bis er unter Anklage gestellt ist und die Papiere beim Tribunal eingereicht sind, gibt es für ihn kein Zurück mehr. Ab jetzt kann ich vielleicht noch eine Stunde lang etwas erreichen. Ich werde mit ihnen reden ...«

Adrian baute sich unbeugsam und überhaupt nicht jungenhaft dicht vor ihr auf. »Was ist das hier?«

»Ein Gefängnis. Früher war es mal ein Kloster. Jetzt ist es ein Gefängnis. Warte kurz. Sprich eine Minute lang nicht. Ich muss nachdenken.«

Sie atmete tief durch und versuchte, Angst und Übelkeit zu verdrängen. Victor war für all das verantwortlich. Die Klage war bereits eingereicht, der Haftbefehl gestern Abend ausgestellt worden. Es war zu spät, um es noch mit Bestechung zu versuchen oder jemanden mit Vernunft oder Flehen zu erweichen.

»Ihnen ist hundeelend, nicht wahr?«, fragte der Junge. »Ihre Augen sehen komisch aus. Die sind ganz schwarz. Nehmen Sie Opium?«

»Nein. Natürlich nicht. Lass mich nachdenken.«

Es war bereits zu spät gewesen, als sie heute Morgen Kaffee trank; als Guillaume sie nach Hause brachte; als Victor auf die Straße trat, um den Gardisten Anweisungen zu erteilen. Die Soldaten hatten auf der Lauer gelegen. Victor hatte damit gerechnet, dass Guillaume früher oder später zum Haus zurückkommen würde, hatte ihm eine Falle gestellt und gewartet.

»Sind Sie schwanger?«

»Wie bitte? Nein. Es sind ...« Wieder verkrampfte sich ihr Magen. »Ich habe wohl etwas gegessen, das mir nicht bekommen ist. Das kann jedem passieren.« Sie taumelte, als sie sich von der Hauswand abstieß. »Das ist das Kloster Saint-Barthélémy. Man nutzt solche Gebäude jetzt für Gefangene, weil es keine Nonnen mehr gibt, dafür aber viele Gefangene.«

Sie ging bis ans Ende der Gasse, um zu dem Gefängnis hinüberzusehen, in das man Guillaume gebracht hatte – wo man ihn festhalten würde, bis Victor dafür sorgte, dass man ihn umbrachte.

Es handelte sich um ein sehr altes Kloster, das wie eine Festung gebaut war. Eine hohe, glatte Mauer bildete den Abschluss zur Straße. Jenseits der Mauer waren das Dach einer Kirche und das rot-blaue Fenster einer Kapelle zu erkennen, das während der Unruhen nicht zerstört worden war. Die Mauer war mit Spitzen bewehrt, und ein Mann mit einem Gewehr ging davor auf und ab.

»Egal wie viele sterben, die Gefängnisse sind immer voll. Es ist eine schreckliche Rechnung.« Das grelle Licht ließ ihre Augen schmerzen, sodass sie nicht richtig sehen konnte. Doch in ihrem Innern war alles dunkel und kalt. »Guillaumes Name steht bereits auf der Liste des Tribunals.«

»Werden Sie ja nicht ohnmächtig. Ich hau Ihnen eine runter, wenn Sie ohnmächtig werden. Und weinen Sie nicht.«

»Ich weine nicht.« Sie schloss die Augen. »Aber mir könnte gleich wieder schlecht werden. Das ist sehr wahrscheinlich.«

»Wenn Sie das tun, geh ich weg und lass Sie allein. Das schwöre ich. Verflixt und zugenäht. Die alte Hexe wird mich bei lebendigem Leibe räuchern. Die glaubt mir doch nie, dass ich das nicht mit Absicht gemacht habe.«

Welche alte Hexe? Aber das war unwichtig. »Es ist meine Schuld. Victor hat das veranlasst.«

»Ich weiß. Dieser fischgesichtige Mistkerl.« Das ausdruckslose Gesicht des Jungen wirkte durch die unnatürliche Stille, die sich ausgebreitet hatte, noch erschreckender. »Aber es ist Doyle, der in die Falle gegangen ist. Er hätte gar nicht erst in die Nähe Ihres Hauses gehen sollen. Wenn Sie unbedingt jemandem die Schuld geben wollen, dann Doyle.«

»Das werde ich. Und ich werde ihn auch da rausholen.« *Jetzt weiß ich, wie er heißt. Er heißt Doyle. Doyle.* »Ich muss irgendwo hin und mich setzen. Wir können hier nicht stehen bleiben.«

Sie mussten zu einem der geheimen Unterschlüpfe von La Flèche. Die Rädchen in ihrem Gehirn wollten sich nicht drehen, wie bei einem kaputten Uhrwerk, das stehen geblieben war und nicht wieder in Gang kam. Was liegt in der Nähe? Was steht leer? Sie hatte sich nie darum bemüht, alle Unterschlüpfe in Paris zu kennen. Sie trug bereits den Schlüssel von zu vielen Leben in ihrem Kopf.

Hinter ihnen ertönte eine Stimme. »Es wäre klug, von hier zu verschwinden.«

Marguerite drehte sich um. Ein gepflegtes Dienstmädchen kam auf sie zu. Das Mädchen war nicht aus dem Nichts erschienen. Es war einfach nur so unauffällig, so jung, dass sie nicht bemerkt hatten, wie es mit dem Korb über dem Arm und hochgesteckter, weißer Schürze, um sich nicht schmutzig zu machen, auf sie zugekommen war. Vielleicht war es ein Kindermädchen, obwohl es selber kaum der Kindheit entwachsen zu sein schien. Es gab Zehntausende in Paris wie sie. Man sah sie gar nicht mehr, so sehr gehörten sie zum Straßenbild.

Doch an ihrem Blick war nichts Unauffälliges. Er war bitter und wissend. Spöttisch. »Wenn Sie weiter hier so rumstehen und gaffen, werden bald Gardisten kommen und fragen, warum Sie vor einem Gefängnis herumlungern, in dem die Feinde der Republik untergebracht sind.«

»Ich hab dich schon mal gesehen«, sagte Adrian.

Seinem Tonfall nach würde er gleich sein Messer ziehen und etwas Drastisches tue. Und Guillaume war nicht da, um ihn aufzuhalten, also musste sie das tun. »Sei still, Adrian. Tu nichts, solange ich es dir nicht sage.«

»Ja, Junge, sei still.« Das Mädchen grinste frech. »Vielleicht hast du gesehen, wie ich eine Treppe geschrubbt habe. Ich interessiere mich schon länger für Sie.« Der Blick des Mädchens richtete sich auf sie. »Ich möchte Ihnen nur sagen, dass man den Duft der Rosen riecht, wenn der Wind günstig steht, ehe dieser blutrünstige Junge mich angreift.«

Sie ist eine von uns. Sie gehört zu La Flèche. »Die Rosen sind wunderschön, aber es ist verboten, sie zu pflücken. Wer bist du?«

»Ich bin die Eule. Man hat mir aufgetragen, Ihnen zu helfen, falls es notwendig sein sollte. Jetzt ist es notwendig. Ich kenne noch mehr Losungen, wenn Sie die auch hören wollen.«

Die Eule. Sie gehört zu Jean-Paul. Er hat von ihr gesprochen. Ich hätte nicht gedacht, dass sie so jung ist.

»Ich mag es nicht, wenn man sich für mich interessiert«, sagte Adrian.

»Dann solltest du dich bemühen, langweiliger zu sein, was? Und Sie auch, Bürgerin«, sagte sie wieder zu Maggie gewandt. »Wenn Sie erlauben, besorge ich eine Droschke und bringe Sie zu einem Unterschlupf. Dann lassen wir den Gärtner kommen.«

Jean-Paul. Ja. Ich brauche Jean-Paul.

Was sollte sie mit Adrian machen? La Flèche hatte im Laufe der Jahre Dutzenden von Engländern das Leben gerettet. Aber einen englischen Spion unter die Fittiche zu nehmen war etwas völlig anderes. Er hätte die Eule gar nicht sehen oder die Losung hören dürfen, und schon gar nicht durfte er mit in einen der Unterschlüpfe von La Flèche mitkommen. Sie wollte erst gar nicht darüber nachdenken, was er alles nicht hören durfte.

Inwieweit konnte ein Junge seines Alters schon ins Spionagehandwerk verstrickt sein?

Doch trotz seiner Jugend war er nicht vor Verhaftungen gefeit. Jemand konnte ihn mit Guillaume gesehen haben.

Was machen sie mit Guillaume?

»Der Heuboden im Freudenhaus ist leer«, sagte das Mädchen. »Da können wir hin. Nur ein paar von unseren Unterschlüpfen sind heute frei.«

»Jeder könnte die sechs oder acht Wörter der Losung kennen. Ich selber kenne sie jetzt ja auch. Das ist nichts Besonderes.«

»Und du bist ein Narr. Wenn ich dir Schaden zufügen wollte, bräuchte ich nur die Stimme zu erheben, den Wachposten da zu rufen und dich zu denunzieren. Das dauert nicht länger als eine Minute. Ich muss doch keine Zeit damit verschwenden, Losungen mit einem Dummkopf auszutauschen.«

Die beiden würden sich noch eine Stunde lang so weiterstreiten. »Es reicht. Wir müssen gehen. Eule, geh vor, damit keiner fragt, warum wir uns hier getroffen haben.«

»*Bien*. Der Wachposten schaut her.« Die Eule nickte und zeigte die Straße runter, als hätte man sie etwas gefragt und sie antwortete darauf. »Ich gehe voraus. Kommt nicht zu dicht hinterher.«

Sie hüpfte fröhlich davon, wobei die Bänder ihrer Haube hinter ihr herflatterten.

»Sie hält sich für schlau.« Der Junge sah ihr finster hinterher. »Ich bringe Sie überall hin, wo Sie hin wollen. Sagen Sie mir nur, wohin.«

Victor würde bereits nach ihr suchen. Jeden Moment, den sie länger auf der Straße verbrachten, wuchs die Gefahr. »Wir werden ihr vertrauen.«

»Sie vertrauen ihr. Ich werde das nicht tun.« Sie blieben, bis das Mädchen fast außer Sichtweite war, ehe sie ihr die Straße hinunter folgten.

33

Doyle lehnte sich mit dem Rücken an die Wand, dann ließ er die Beine unter sich einknicken und rutschte auf den Boden, sodass er die Arme um seine Knie schlingen konnte.

Keiner sah ihn an. Er legte den Kopf auf die Arme und holte ein paar Mal tief Luft. In seinem Innern war ein Eisklumpen, um den sich sein Fleisch eng zusammenzog. Verdammt, er hatte Angst.

Ich werde sterben.

Er griff dieses Wissen auf und betrachtete es von allen Seiten. Sein Tod. Hier in Frankreich. Bald. *Auf jeden warten ein Zeitpunkt und ein Ort. Meine Zeit ist gekommen. Mein Ort. Jetzt weiß ich es.* Das war schon irgendwie seltsam. Sein Vater hatte immer gesagt, er würde eines Tages hängen. Es sah fast so aus, als hätte er sich geirrt.

Zwischen ihm und dem Earl hatte es keine Liebe gegeben. Als kleiner Junge hatte er einmal irgendetwas richtig Dummes gemacht, den für einen Jungen typischen Unsinn. Er war ins Arbeitszimmer seines Vaters gerufen und so lange mit dem Stock geschlagen worden, dass er im Bett nicht auf dem Rücken liegen konnte. Er hatte sich immer gefragt, was er getan hatte, dass sein Vater ihn so sehr hasste.

Eines Tages hatte wieder einmal eine Züchtigung angestanden, als er seinen Vater angesehen hatte … und auf seinen Vater hinabschaute. Der Earl war kleiner als er. Keiner der beiden sagte etwas, aber er wurde nie wieder mit dem Rohrstock verprügelt.

Es war fünf oder sechs Jahre her, seit er das letzte Mal mit dem alten Mann gesprochen hatte. *Ich frage mich, ob er mich wohl immer noch als ›diesen katholischen Bastard‹ bezeichnen würde.*

Als er sicher war, dass sein Gesicht wieder leer und ausdruckslos wirkte, hob er den Kopf. Hier war man nie ungestört. Es gab keine Möglichkeit, sich zurückzuziehen. Die Männer waren eingepfercht wie Sardinen im Fass. Sie schliefen auf Strohmatten auf dem Boden, zwischen denen kaum genug Platz blieb, um hindurchzugehen. Am Fußende standen Reisetaschen oder lagen Kleidungsstücke, die zumindest einen kleinen eigenen Bereich kennzeichnen sollten.

Fünfundzwanzig Strohmatten. Also auch so viele Männer ... mehr oder weniger. Manche hatten die Matten zusammengezogen und bildeten Gruppen. Freunde. Bekannte. Abends, wenn alle sich hinlegten, würde er ein Gefühl für die Männer bekommen und herausfinden, wer die Anführer waren.

Wenn er es nachts schaffte, in den Raum der Aufseher zu gelangen und zwei oder drei Männer zu töten, überlebte er das hier vielleicht und konnte fliehen. Ein paar der Mitgefangenen waren vielleicht bereit, es mit ihm zu versuchen.

Zumindest würden sie kämpfend sterben.

Auf dem Gang wurde Brot ausgegeben. Die Männer kamen mit Schwarzbrotlaiben zurück und hockten sich auf ihre Matten, um zu essen. Die Aristokraten saßen auf der einen Seite, gewöhnliche Kriminelle auf der anderen. Unwillkürlich fragte er sich, welcher Gruppe man ihn wohl zuordnete.

Der zehn mal fünfzehn Meter große Raum war das ehemalige Refektorium des alten Klosters. Der Stuck und die Deckenmalereien stammten aus dem sechzehnten Jahrhundert. Keiner hatte sich bisher die Mühe gemacht, hochzuklettern und sie zu zerstören. Die Wände waren älter als die Decke und bestanden aus Kalkstein, den man aus den unterhalb von Paris liegenden Steinbrüchen geholt hatte. Große Quader, armlangtief, verputzt und getüncht.

Da werde ich mich nicht durchgraben können.

Der Raum hatte nur eine Tür, die jetzt offen stand, um Luft hereinzulassen, nachts wurde sie abgeschlossen. Das Schloss war ein Witz. Es würde ein Leichtes sein, es aufzubrechen. Dann wäre er schon mal im Gang draußen. Ob ihm das etwas brachte, würde man später sehen müssen.

Was sonst noch? Vier hoch oben eingelassene Fenster, die mit Gitterstäben gesichert waren. Allein der Anblick nahm ihm den Mut, sein Glück dort zu versuchen. Im Kopf zeichnete er einen Lageplan. Durch eines dieser Fenster gelangte man in den Klostergarten, wo man auf vier Meter hohe, eisenbewehrte Mauern stieß. Und auf der anderen Seite befanden sich Wachposten. Jeder Plan, aus dem Kloster zu fliehen, wollte gründlich durchdacht sein.

Er wischte sich über den Mund. Sein Bart war so rau wie ein Stoppelfeld. Die künstliche Narbe würde bald anfangen, sich zu lösen, wenn er weiter so schwitzte. Er hatte drei Ersatznarben bei sich. Vielleicht blieb er ja lange genug am Leben, um sie noch zu brauchen.

Er wünschte, er hätte mehr Zeit mit Maggie gehabt, und wenn es auch nur ein Tag gewesen wäre. Irgendetwas stimmte mit ihr nicht, und er hatte sie allein gelassen –

Denk nicht darüber nach.

Er schloss die Augen und spürte den Raum, der ihn umschloss. Vierhundert Jahre lang hatten Nonnen hier gegessen, Nadelarbeiten ausgeführt, Bücher geführt, Äpfel geschält. Eigentlich hätten die Wände von ihren Gebeten durchdrungen sein müssen. Die Frömmigkeit musste diese Mauern fingerdick bedecken.

Doch alles, was hier einst gewesen sein mochte, war fort. Zu viele Männer hatten genau hier, wo er saß, auf ihren Tod gewartet. Die Mauern strahlten Trostlosigkeit aus. Die Luft legte sich schwer auf seine Brust, als hätten die Toten sie geatmet.

Er nahm den Hut ab und ließ den Kopf nach hinten an die Wand sinken. Sein Haar war schweißnass, ebenso wie sein Hemd unter der Weste. Angstschweiß. Er war daran gewöhnt, schmutzig zu sein, wenn ein Auftrag es erforderte, aber jetzt fühlte er sich schmierig und klamm.

Für einen Spion war es eine elende Art zu sterben – nur weil ein eifersüchtiger, kleiner Franzose die Familienehre schützen wollte.

Maggie konnte selber auf sich aufpassen, aber nicht, wenn sie krank war. Ihre Augen waren seltsam gewesen, die Pupillen ganz geweitet. Irgendetwas stimmte nicht. Stimmte ganz und gar nicht. Er musste hier raus. Er musste zu Maggie. Er musste …

Vergiss es. Vergiss es, bis du dich wirklich damit befassen kannst. Carruthers würde sich um Maggie kümmern. Das würde sie für ihn tun. In der Hinsicht konnte er sich auf sie verlassen.

Draußen auf dem Gang setzte ein allgemeines Geschlurfe ein. Noch mehr Männer kamen in den Raum, dreiundzwanzig Männer insgesamt. Sie setzten sich inmitten ihrer Habseligkeiten auf die Matten, lehnten sich an die Wände oder gingen auf und ab, wobei sie immer wieder über Sachen hinwegsteigen mussten – alle redeten, stanken, husteten, atmeten die Luft der anderen ein, und ihre Leiber erwärmten die stickige Luft noch mehr.

Keiner kam in seine Nähe, keiner sah ihn direkt an. Keiner blieb stehen, um sich mit ihm zu unterhalten. Sie wussten, wie man neue Gefangene behandelte. Sie ließen einen allein, damit man die Zeit hatte, sich mit der Situation abzufinden.

Er brauchte diese Zeit.

Vorsichtig legte er seinen Hut neben sich ab und achtete darauf, gleichmäßig und ruhig durchzuatmen, um eine weitere Minute zu überstehen, ohne zu zerbrechen und sich gegen die Wände zu werfen.

Der Boden, auf dem er saß, bestand aus schwarzer Eiche. Die Dielen waren ganz glatt, nachdem sie jahrhundertelang regelmäßig geschrubbt worden waren. Doch jetzt waren sie mit einer schmierigen Schicht bedeckt, die aus Angst, Staub, Schweiß und Schlimmerem bestand. Seit Ausbruch der Revolution hatte hier keiner mehr sauber gemacht.

Victor de Fleurignac hatte auf ihn gewartet.

Ich habe ihm in die Hände gespielt. Liebe ist doch der schlimmste Verräter, den es gibt.

Maggie. Seine Brustmuskeln spannten sich an und wollten sich nicht mehr lockern.

Ein Wachposten, den er vorher noch nicht gesehen hatte, trat in die Tür. Also wechselten mittags die Wachen. Der Mann war mittleren Alters, durchschnittlich groß, wog ungefähr hundert Kilo und trug die Jakobinermütze, die ihn als wahren Revolutionär auswies. Er war besser gekleidet als die anderen Wärter. Vielleicht hatte er eine Frau, die sich gut um ihn kümmerte. Vielleicht war er auch ein Dandy unter den Sansculotten. Oder vielleicht ließ er sich bestechen.

Außerdem konnte er lesen. Er ging eine Liste durch, schaute immer wieder auf und glich Namen mit Gefangenen ab.

Sie geben uns mittags zu essen. Dann zählen sie uns. Wie viele Stunden dauert es, bevor sie uns wieder zählen?

Als der Wärter fertig war, ging er zum nächsten Raum, um auch dort die Insassen zu zählen. Im anderen Raum waren Frauen untergebracht, zu denen auch einige Nonnen gehörten. Er hatte sie über den Gang gehen sehen.

Galba würde derjenige sein, der seinem Vater mitteilte, dass sein jüngster Sohn auf dem Schafott in Frankreich den Tod gefunden hatte. Das würde dem Alten ein Dorn im Auge sein. Ein Markham starb nicht durch eine öffentliche Hinrichtung – nicht einmal ein nichtsnutziger Sohn. Am Ende hatte er nun doch das Wappen der Markhams beschmutzt, wie es sein Vater immer vorausgesagt hatte.

Vielleicht würde er diesen Gedanken mit auf die Guillotine nehmen, um sich in der letzten Minute daran zu erwärmen, damit er am Ende nicht doch zu zittern anfing.

Er würde seine letzten Minuten nicht mit Gedanken an einen verbitterten alten Mann verschwenden. Er würde an Maggie denken.

Er schluckte. Vor Angst hatte er einen schlechten Geschmack im trockenen Mund. Auf dem Weg nach drinnen hatte er einen Brunnen im Hof des Klosters gesehen. Wenn sie die Männer das nächste Mal nach draußen ließen, würde er daraus trinken.

Er würde sich nicht so eingesperrt vorkommen, wenn er freien Himmel über sich hatte.

Seit ein paar Minuten spürte er, dass jemand ihn beobachtete. Ein Priester, angetan mit einer schwarzen Soutane, kam in seine Richtung. Er ging gebückt, als hätte er Schmerzen, und blieb immer wieder stehen, um sich auszuruhen und mit dem einen oder anderen zu reden. Es war wohl einer jener Geistlichen, die nicht auf die Republik hatten schwören wollen. Davon gab es nicht mehr viele in Paris. Die Guillotine hielt reiche Ernte unter ihnen.

»Ein Neuankömmling.« Es war die klare Stimme eines gebildeten Parisers. »Bitte nicht aufstehen. Ich werde mich zu dir setzen, wenn es dir nichts ausmacht, mein Sohn. Stühle sind hier Mangelware, deshalb muss ich mit dem Boden vorliebnehmen.«

Die Hand, die sich an ihn klammerte, um sich auf Doyles Schulter zu stützen, war erstaunlich kräftig. Doch mit den Beinen des Mannes stimmte irgendetwas nicht, und der Priester wog fast nichts – er bestand nur aus zarten Knochen und dem zähen, ledrigen Fleisch alter Menschen.

Doyle streckte ihm die Hände entgegen und fasste nach den Unterarmen des Mannes, um ihm beim Hinsetzen behilflich zu sein. Die Soutane war am Saum eingerissen, bestand aber aus schwerer, schwarzer Seide. Ein Priester von Adel also.

»Vater.« Doyle ließ sich ebenfalls wieder zurück an die Wand sinken.

Der Priester holte drei- oder viermal mühsam Luft, ehe er zu sprechen anhob. Der Mann litt Schmerzen, das sah man ihm an. In ihm war nicht mehr viel Leben. Kaum genug, dass es der Republik der Mühe wert sein sollte, ihn zu töten. Vielleicht hoffte man ja, dass er im Gefängnis sein Leben aushauchte. »Ja«, sagte der Priester. »Danke.« Wieder holte er Luft. »Wie heißt du, mein Sohn?«

»Guillaume, *mon Père*. Guillaume LeBreton.«

»An deiner Stimme erkenne ich, dass du weit von zu Hause weg bist, Guillaume LeBreton. Ich bin es gewohnt, Briefe für diejenigen zu schreiben, die dessen bedürfen. Ich werde versuchen, auch für dich einen zu senden. Auch bis nach England, wenn es dich tröstet.«

»Es gibt dort niemanden, dem ich einen Brief schicken könnte. Keiner erwartet meine Rückkehr.«

Der Priester berührte seinen Ärmel mit dünnen, knochigen Fingern, wie man sie von Vogelscheuchen kannte. »Dann sorgt sich also niemand dort um dich. Das ist zwar ein schwacher Trost, aber er ist zumindest echt. Ich bin Vater Jérôme, Priester von Saint-Sulpice, der für ein vergeudetes Leben mit einem unangenehmen Ende bezahlt.« Unter dem Arm hatte er eine schwarze Schachtel. Als er sie sich auf den Schoß legte, sah Doyle, dass der Deckel mit schwarzen und weißen Quadraten bedeckt war. Es war kein Buch, sondern ein Schachbrett. »Ich habe zum Schluss festgestellt, dass ich doch ein Gewissen besitze. Das ist wirklich ein höchst unbequemes Requisit. Und du, mein Sohn? Warum bist du hier?«

»Durch einen Irrtum.«

»Wir sind hier fünfzig Irrtümer.« Das Kichern des Priesters übertönte das Murmeln und Husten der anderen Männer. »Na ja, vielleicht bis auf ein paar wenige unserer kriminellen Brüder, die ein paar kleinere Unzulänglichkeiten in ihrer Ehrlichkeit eingestehen. Wir haben hier ein paar Diebe, ein paar Huren und so einen armen Fälscher, der dumm genug war, politische Schriften zu drucken, als er gerade nicht am Fälschen war. Wenn du ein Dieb bist, habe ich da ein paar schöne Moralpredigten, die ich dir halten könnte.«

»So viel Glück habe ich leider nicht. Es sieht so aus, als hätte ich mich gegen die Revolution vergangen. Aber ich bin so verblödet, dass ich mich nicht daran erinnern kann, es getan zu haben.«

»Das ist wirklich unerfreulich, Guillaume. Aber du wirst feststellen, dass der Erfindungsreichtum des Tribunals fast unbegrenzt ist. Es wird dich überraschen, was du alles im Schilde geführt hast.« Vater Jérôme bewegte sich und stieß den trockenen Seufzer eines alten Mannes aus. »Abends nehme ich oben die Beichte ab. Die Wärter drücken eine Stunde lang die Augen zu. Du bist ein großer Kerl. Du wirst mir heute Abend die Treppe hochhelfen. Die beiden, die mich sonst gestützt haben, sind heute Morgen gegangen.«

»Gegangen« hieß, dass man sie zur Conciergerie gebracht hatte, um ihnen den Prozess zu machen. Inzwischen waren sie tot oder auf dem Weg zum Schafott.

»Wird mir eine Freude sein. Ich habe einen breiten Rücken.«

»Dann werden wir deinen Rücken einer guten Verwendung zuführen. Wenn man uns heute Abend zählt und Brot und Suppe bringt, nimm dir einen zusätzlichen Laib für die Hostie. Der Wärter wird so tun, als würde er nichts merken. Bring ihn später mit nach oben. Wir werden uns den Aufstieg mit dem Gespräch über deine Sünden vertreiben, die zweifellos zahlreich sind.«

»Es gibt schon ein paar.«

»Du wirst der Erste sein, den ich heute von seinen Sünden freispreche. Die Bußen, die ich dieser Tage verlange, sind nicht schwer. Ich bleibe dann oben im Dunkeln, wo du mich hingebracht hast. Das ist mein Beichtstuhl. Diejenigen, denen morgen der Prozess gemacht wird, kommen als Letzte. Wenn die fertig sind, hol mich wieder ab. Ich werde die Messe auf der Treppe abhalten. Wie viel Zeit ist seit deiner letzten Beichte vergangen, Guillaume?«

»Jahre.« Vielleicht hatte er als Kind an einen gütigen Gott geglaubt. Doch wohl nicht lange. »Das ist ein Schachbrett.«

Der Priester setzte sich ein bisschen gerader hin. »Spielst du?« Er berührte die Schachtel. »Man hat mir das hier und mein Brevier gelassen. Ich gebe es ungern zu, aber beides spendet mir Trost. Mein letzter Schachpartner ist leider gegangen.«

»Ja, ich spiele.« Schweigend sah er zu, wie der Priester die Schachtel öffnete und die Schachfiguren auf den Boden stellte. Es war ein altes Spiel. Bemaltes und vergoldetes venezianisches Pappmaschee. Jede Figur war detailgenau und filigran mit Banner und leuchtender Kleidung nachgebildet. Was hatte so ein schönes Spiel an einem so gottverdammten Ort verloren? »Wunderschön.« Er nahm das weiße Pferd in die Hand.

»Der junge Mann, der eine Weile mein Schachpartner war, hat es mir gegeben. Er hatte es von jemand anders bekommen, der es auch wieder von jemand anders hatte. Keiner weiß, wie lange dieses Spiel schon von Gefangenem zu Gefangenem gegangen ist.« Der Priester legte die geöffnete Schachtel umgekehrt auf den Boden, sodass sie ein Spielbrett hatten. »Du und ich spielen am Rande des Verderbens. Dem wohnt eine gewisse christliche Moral inne, mein lieber Breton, aber mir fällt keine Formulierung ein, die nicht geschwollen klänge. Nimm Weiß, wenn du so gut sein willst.« Er setzte die schwarzen Figuren mit einer Gewandtheit aufs Brett, die von viel Spielerfahrung sprach.

»Ich habe nichts dagegen, das Spiel zu eröffnen.« *Was passiert gerade mit Maggie? Sie ist krank und mit ihrem Cousin allein im Haus. Ich kann nicht zu ihr.*

Wenn er weiter daran dachte, würde er doch noch anfangen zu versuchen, mit bloßen Händen ein Loch in die Steinwand zu graben. Er musste seine Sorgen für eine Weile beiseitelassen. Sie verdrängen.

Doyle zog seinen Bauern vor. »Erzählen Sie mir von den Männern, die uns bewachen. Ist einer darunter, den ich besonders im Auge behalten sollte?«

34

Marguerite saß auf dem provisorischen Bett und lehnte mit dem Rücken an der Wand, während immer wieder Wellen des Schwindels und der Übelkeit sie erfassten. Sie hätte sich lieber hinlegen sollen, doch sie wollte der Krankheit, die jetzt so ungelegen war, nicht nachgeben. Aufrecht sitzen zu bleiben war ein kleiner Sieg. Sie brauchte solche kleinen Siege.

Sie ließ sich von Jean-Paul den Puls messen. »Gleich werde ich mich wahrscheinlich wieder übergeben. Auf dich.« Bei Jean-Paul waren keine Förmlichkeiten vonnöten. Ganz abgesehen davon, dass sie ein Liebespaar gewesen waren, hatten sie mit vier Jahren zusammen auch nackt im Fischteich von Voisemont geplanscht.

Jean-Paul zählte, während er die goldene Taschenuhr im Auge behielt, die er von seinem Vater bekommen hatte.

»Damit kannst du mich nicht beeindrucken, und du bist auch kein Arzt.« Sie lehnte den Kopf nach hinten an die Wand und zog die Knie fest an sich, damit sie nicht zur Seite kippen konnte. »Ich werde morgen losgehen und sehen, was ich tun kann. Unmöglich ist es nicht. Es gibt zu jeder Tür einen Schlüssel. Ich werde den Schlüssel zu diesem Gefängnis finden. Wäre mir nicht die ganze Zeit schlecht, würde ich es schon heute tun.«

Sie ließ es zu, dass Jean-Paul seinen Handrücken auf ihre Stirn legte. »Du hast kein Fieber«, sagte er.

»Danke. Vielleicht kannst du mir ja eine Auflistung der Krankheiten ersparen, die ich nicht habe. Lepra. Gicht. Pocken. Ich merke nämlich, dass mich das gerade nicht aufmuntert.«

Er runzelte die Stirn und wollte ihre Zunge sehen. Dann hielt er eine Hand vor ihr Gesicht und bedeckte jeweils kurz nacheinander ihre Augen. »Hast du angefangen, Opium zu nehmen? Das tut dir nicht gut. Das weißt du.«

»Warum wollen alle wissen, ob ich Opium nehme? Ich habe keine Zeit, mir den Verstand mit so etwas zu vernebeln …«

»Deine Pupillen sind geweitet. Du hast irgendetwas eingenommen. Wächst im Garten hinter dem Haus immer noch Fingerhut?«

»In Massen. Und ja, ich weiß, dass er giftig ist. Aber ich grase nicht wie eine Ziege im Garten, deshalb spielt es keine Rolle, ob im Garten Fingerhut wächst oder nicht.« Sie schob ihn weg. »Wenn du mich davon überzeugen willst, dass ich zu krank bin, um zum Gefängnis zu gehen, wird dir das nicht gelingen. Morgen früh werde ich zu Guillaume gehen und mir die Mauern und Gitterstäbe dieses Hauses ansehen.«

»Wäre Guillaume hier, würde er dir sagen, dass du nicht hingehen sollst.«

»Auf ihn würde ich auch nicht hören.«

»Dann hör zumindest auf den gesunden Menschenverstand.« Jean-Paul war mit ihrer Untersuchung fertig. Er warf seinen Hut zur Seite, knöpfte seine Weste auf und ließ sich in einen Sessel neben dem für sie hergerichteten Bett fallen. Die Polsterung des Sessels quoll überall hervor, und man hatte eine Decke über ihn geworfen, um das zu verbergen. Als Fußschemel diente eine kleine Kiste. »Victor wird dort sein und auf dich warten.«

»Er kann nicht wissen, in welches Gefängnis Guillaume gebracht worden ist. Noch nicht. Die Papiere werden dem Tribunal erst morgen vorliegen. Morgen Nachmittag, denke ich.«

»Das vermutest du nur.«

»Manchmal sind es sehr begründete Vermutungen.«

»Und manchmal stellt man auch dumme Mutmaßungen an. Leg dich hin, ehe du ohnmächtig wirst.«

Sie würde sich erst hinlegen, wenn sie Jean-Paul von ihrem Vorhaben überzeugt hatte.

Das Bett, auf dem sie hockte, bestand aus einem Türflügel, den man über Kisten und Bänke gelegt und dicht an die Wand geschoben hatte. Gepolstert war das Ganze mit einer dicken Schicht Heu, über das man eine peinlich saubere, raue Decke gebreitet hatte. Es war recht bequem und roch wunderbar. Sie hatte schon an schlimmeren Orten geschlafen. Das Heu, das hie und da pikte, beachtete sie gar nicht.

Die Eule – ihr Name war Justine – hatte sie zu einem der sichersten Unterschlüpfe von La Flèche gebracht – einem Unterschlupf, der größten Notlagen vorbehalten war. In das Versteck gelangte man über eine Leiter im Pferdestall des angesagtesten Freudenhauses von Paris. Im raffinierten Durcheinander des Dachbodens war das geheime Nest versteckt. Zwischen ausrangierten Möbelstücken waren Kisten, alte Truhen und große Vorratsfässer an den Wänden aufgetürmt. Eigentlich sah der Abstellraum eines berüchtigten Bordells genau wie jeder Dachboden eines bürgerlichen Hauses aus.

Justine hatte nur zehn Minuten gebraucht, um schnell und gewandt das Türblatt herzurichten, Heu für ein weiches Bett aus dem Stall nach oben zu tragen, ein Tuch über eine Truhe zu werfen, damit man sie als Tisch benutzen konnte, und den verschlissenen Sessel unter einer Decke zu verstecken.

So sah ein Unterschlupf von La Flèche aus. Alles geheim, raffiniert und verborgen. Man brauchte das Türblatt nur wieder an die Wand zu lehnen, das Heu zu verstreuen und die Decken zu falten, dann würde es keinen Hinweis mehr geben, dass jemand hier gewesen war.

Adrian hatte sich am anderen Ende des Dachbodens vor dem

Fenster postiert. So hatte er den ganzen Dachboden und den Hof bis zum Zaun im Blick. Justine stand auf der Mitte der Leiter, sodass sie sofort sehen würde, wenn jemand hereingeschlichen käme, um zu lauschen. Ohne dass irgendwer Anweisungen erteilte, hatten alle ganz selbstverständlich ihre Wachposten bezogen, von denen sie alles im Auge behalten konnten. Zwei so stille, erfahrene, unkindliche Kinder waren beunruhigend.

Mit Jean-Paul musste sie sich auch befassen. Er wirkte müde und frustriert. Seine Hände, die sich auf den Armlehnen des Sessels in die Decke krampften, sahen wie die knochigen, fein ziselierten Fäuste eines asketischen Heiligen aus. Sie würde nicht zulassen, dass sie seinetwegen weich wurde und sich von ihren Plänen abbringen ließ.

»Mit deinem Puls stimmt etwas nicht«, sagte er. »Ich glaube, man hat dir Gift gegeben.«

»Vermutlich habe ich etwas Schlechtes gegessen. Morgen wird es mir besser gehen. Dann werde ich auch wieder klar denken können. Wie schwierig ist es wohl, einen Aufruhr anzuzetteln? Einen kleinen Aufruhr?«

»In der Rue Tessier? Es wäre schwierig und es würde nicht klappen. Marguerite, wir können nicht zu ihm. Es tut mir so unendlich leid.«

»Ich brauche dein Mitleid nicht. Ich brauche deine Hilfe. Solche Spielchen haben wir schon mal gemacht.«

»Auch wenn es machbar wäre, haben wir doch keine Zeit, um etwas zu planen. Wir haben uns schon früher an Rettungsaktionen in letzter Minute versucht. Ich habe Claude und Virginie vor meinen Augen sterben sehen. Hast du das vergessen?«

Das war auch in einem alten Kloster gewesen, wo Claude und Virginie auf dem mit Feldsteinen gepflasterten Hof gestorben waren. Sie schluckte. »Erzähl mir nicht von deinen Kriegserinnerungen, Jean-Paul. Die Frage, ob ich es mache, steht nicht zur Disposition. Ich teile dir mit, was ich tun werde, und bitte um deine Hilfe.«

»Damit wirfst du dein Leben weg. Und du wirst andere mit in den Abgrund reißen.«

»Dann werde ich eben nur auf die Männer und Frauen zurückgreifen, die ich selber angeworben habe. Nicht deine Leute. Vielleicht sind meine Leute nicht so besonnen und vorsichtig, wie du es geworden bist.« Sofort schämte sie sich für das, was sie gesagt hatte. »Nein. Das nehme ich zurück. Verzeih mir.«

Auf der umgedrehten Truhe, die als Tisch diente, stand ein Korb mit Brot, einer Flasche Wein und einem mit Wasser gefüllten Krug. Sie trank etwas Wasser direkt aus dem Krug und stellte ihn wieder hin. »Ich werde nicht das Leben anderer aufs Spiel setzen. Es wird keine Toten geben, das verspreche ich.«

»Du setzt bereits dein eigenes Leben aufs Spiel.«

»Nicht einmal das. Ich werde vorsichtig sein.«

Über dem Bett am Rande der Traufe war ein Fenster eingelassen. Im Stallhof ging es laut und beruhigend normal zu. Dies war ein Etablissement, in das mächtige Männer kamen, um sich zu amüsieren. Hier war man ungestörter als auf dem dunkelsten Friedhof um Mitternacht. Keiner sah – und vor allem keiner sagte – irgendetwas. Eine Frau, die kam und ging, fiel gar nicht weiter auf. Hier herrschten Blindheit und Wortlosigkeit in epidemischem Ausmaß.

Jean-Paul sah sie weiter finster an. »In der Normandie wäre es sicherer für dich. Wenn der Mann deiner würdig wäre, würde er das Gleiche sagen. Verlass Paris. Geh und beschütz deine Leute. Bau dein Netzwerk wieder auf.«

»Nachdem ich das hier beendet habe.«

»Victor wird in der ganzen Stadt nach dir suchen.«

»Wir sind Experten darin, zu verstecken, was Leute wie Victor finden wollen.«

»Wir sind aber keine Experten darin, eine Festung wie dieses Kloster zu stürmen. Wenn du das versuchst, wirst du sterben.«

»Das werde ich nicht. Bis jetzt habe ich mich noch nicht umgebracht.«

»Du bist so stur wie ein Holzstamm.« Sie merkte, dass sie gewonnen hatte, weil er der Kiste, die ihm als Fußschemel diente, einen Tritt versetzte. »Und entsetzlich dumm. Wie willst du diese idiotische Aktion überhaupt durchführen?«

»Mir fällt schon etwas ein.«

»Das erfüllt mich mit Schrecken. Und ich verschwende meinen Atem. Ich kenne dich doch sehr gut.« Er stand auf und streckte ihr seine Ärmel entgegen »Zieh mal. Hilf mir aus dieser Jacke. Ich kann nicht denken, wenn ich fast brate.«

Sie zog an seinen Ärmeln und half ihm, aus seiner Jacke zu schlüpfen. Er warf sie über einen alten Paravent. »Überzeug mich davon, dass es machbar ist. Und lassen wir die jungen Gefolgsleute nach draußen gehen. Je weniger sie wissen, desto besser.«

»Der Junge ist schon in die Sache verstrickt. Er reist zusammen mit Guillaume. Ich hätte das Mädchen nicht zu diesem Unterschlupf geführt, aber sie scheint ihn gut zu kennen.«

Jean-Paul rutschte unbehaglich hin und her.

»Aha, ich verstehe«, sagte sie. »Die Eule arbeitet hier. Dem müssen wir ein Ende setzen.«

Er knöpfte seine Manschetten auf und krempelte die Ärmel hoch. »Natürlich.«

»Das meine ich ernst, Jean-Paul. Ich erlaube es nicht.«

Er stieß einen Seufzer aus. »Du änderst dich auch nie, Marguerite. Und du hast recht. Na gut, wir werden dafür sorgen, dass sie mit dem Huren aufhört, falls das wirklich das ist, was sie tut. Könnten wir uns darum aber bitte kümmern, *nachdem* wir deinen Guillaume gerettet und uns dabei den Hals gebrochen haben?«

»Ich kann warten. Ich bin nicht unvernünftig.«

»Du bist so stur und unvernünftig, dass es zum Himmel schreit.«

»Ich bin nicht stur. Ich werde einfach nicht zusehen, dass ein Kind dieses Alters in einem Bordell arbeitet. Allerdings steht dieses Bordell gar nicht in dem Ruf, Mädchen ihres Alters zu verkaufen.«

»Wer hat mit dir über Freudenhäuser gesprochen? Verdammt noch mal, Marguerite, wenn du etwas über Freudenhäuser wissen willst, solltest du mich fragen.« Er hielt inne. »Das habe ich nicht so gemeint. Was ich meine, ist …«

»Ich kann Sie hören, müssen Sie wissen.« Justine stand auf der Leiter und stützte sich mit den Ellbogen auf dem Boden des Speichers ab. »Das ist ein sehr teures Bordell, Monsieur. Wenn Sie möchten, sorge ich dafür, dass man Sie heute Abend unterhält. Den Jungen natürlich nicht. Seine Unschuld muss unter allen Umständen bewahrt werden. Aber Sie und das wohltätige Fräulein, das mich meines Lebensunterhalts berauben will, dürfen mitkommen. Wir gehen hier auf alle Wünsche ein.«

»Wenn ihr beim Einbruch in das Gefängnis nicht alle umkommt, werde ich das erledigen«, hörte sie Adrian murmeln.

Jean-Paul schloss kurz die Augen. »Kümmern wir uns um eine Katastrophe nach der anderen. Wenn ihr beiden nichts weiter zu sagen habt, solltet ihr gehen.« Er wartete und fügte dann sanft hinzu: »Nicht etwa, weil ihr jung seid. Ich würde das zu jedem von La Flèche sagen. Ihr solltet wirklich gehen.«

Justine hob das Kinn. »Wenn ich so wenig getan habe …«

Wir sind taktlos gewesen. Jean-Paul und ich. Das sind keine Kinder. Schnell sagte sie: »Ich stehe in deiner Schuld.«

Und es war kein Kind, das sie daraufhin mit ernstem Blick

musterte. »Ich werde meinen Lohn einfordern, Mademoiselle«, sagte sie. »Seien Sie versichert.« Sie verschwand. Man konnte hören, wie sie unten durch den Lagerraum ging.

Adrian war nur einen Schritt hinter ihr. Geschickt und leise schwang er sich auf die Leiter. Unten stapften die beiden geräuschvoll durch den Raum und gingen nach draußen. Das war ihr Kommentar dazu, dass man sie entlassen hatte, und bestätigte Jean-Paul, dass sie seinem Befehl gefolgt waren.

Es war eine harte Welt, in der Kinder sich so subtil mitteilten. »Wenn ich Guillaume in Sicherheit gebracht habe, müssen diese beiden Kinder mit den Spatzen nach England. Das hier ist kein Leben für sie.«

»Schön. Wir werden sie nach England schicken. Wir werden sie in einer Schule unterbringen, wo sie ihre Klassenkameraden in Erstaunen versetzen. Könnten wir uns jetzt wieder dem eigentlichen Thema zuwenden? Ich werde versuchen, jemanden ausfindig zu machen, der schon mal im Kloster gewesen ist, um an einen Grundriss zu kommen.«

»Das kannst du gern versuchen, aber wir haben keine Zeit. Morgen muss ich entscheiden, wie diese Nuss zu knacken ist.«

Einen Moment lang verengte die Dunkelheit, die sie die ganze Zeit zurückgedrängt hatte, ihr Blickfeld. Eine sanfte Leere lud sie ein aufzugeben. Aber das würde sie natürlich nicht tun.

»Setz dich hin«, sagte Jean-Paul. Er drückte sie in den weichen Sessel. »Steh einen Moment lang nicht auf. Was brauchen wir?«

Sie bekam den Schwindel wieder in den Griff, aber ganz wollte er nicht verschwinden. »Grundrisse. Auch von den anderen Häusern in der Straße. Jedes Haus, das Wand an Wand mit dem Kloster steht. Dein Mann aus der Stadtverwaltung kann das besorgen. Außerdem brauche ich die Entfernungen draußen. Ich habe so etwas schon einmal gemacht. Wir brauchen vor allem Karten.«

Jean-Paul setzte sich auf das Bett. »Karten. Maßangaben. Damit können wir heute anfangen. Was sonst noch?«

35

Carruthers' ineinander verkrampfte Hände pressten sich auf die Schreibunterlage ihres Tisches. Auf ihrem Gesicht lag ein grimmiger Ausdruck. »Zumindest wissen wir, wo er ist.«

Althea stellte das Tablett auf einem kleinen Tischchen neben dem leeren Rost des Kamins ab. »Im Kloster Saint-Barthélémy in der Rue Tessier.«

»Ich habe es von draußen gesehen. Ein unzugänglicher Steinhaufen. Haben wir irgendwelche Verbindungen zum Kloster? Kennen wir irgendjemanden, der etwas darüber weiß?«

»Noch nicht. Ich ziehe gerade Erkundigungen ein.« Althea goss kochendes Wasser aus dem schwarzen Kessel in die Teekanne.

In Carruthers' Gesicht sah man jedes einzelne Lebensjahr. Die Disziplin, mit der sie sich beherrschte, war deutlich zu spüren. Unter ihrer Oberfläche brodelte Zorn. »Wir werden uns natürlich die Wärter vornehmen und versuchen, sie zu bestechen.«

»Wir können nicht dafür sorgen, dass die Anklage zurückgezogen wird. Sie wurde von Victor de Fleurignac eingereicht.«

»So verlieren wir also unsere Spione. Irgendein Dummkopf hebt einen Rock. Und so ein Schwein muss dann unbedingt die Ehre seiner Cousine verteidigen.« Sie zerknüllte die Zeitung, die vor ihr lag, und warf sie in den Eimer, der neben dem Schreibtisch stand. »Nicht aus politischen Gründen. Nicht wegen irgendwelcher Ideale. Es wurden auch keine nützlichen Informationen gewonnen. Sondern alles geschah nur wegen einer Frau. Und sogar bei einem Mann wie Will Doyle passiert so etwas. Wo ist sie?«

»Sie wurde nicht verhaftet. Und ist auch nicht nach Hause zurückgekehrt.« Althea zuckte die Achseln. »Sie wird wohl gut im Verstecken sein.«

»Dann werden wir gut im Aufspüren sein.« Carruthers betrachtete die Strahlen der Nachmittagssonne, die schräg in den Hof fielen. »Wir haben ja auch unsere Leute in La Flèche.«

»Keiner, der dem Fink nahestünde. Sonst hätten wir schon vor Monaten gewusst, wer sie ist.« Ein Zuckerstück fiel klickend in die Tasse. Thea goss Tee ein und fügte dann drei Tropfen Milch hinzu.

»Ich habe gesagt, ich würde mich um sie kümmern. Um das zu tun, muss ich jedoch wissen, wo sie ist und was sie macht.«

»Sie wird Pläne machen, wie sie Will retten kann.«

»Oder ihn noch mehr verraten kann.« Carruthers kniff die Lippen zusammen. »Mach nicht den gleichen Fehler wie Will. Wir haben keinen Grund, ihr zu vertrauen.«

»Alles, was wir über den Fink wissen, spricht dafür, dass sie eine gute Frau ist.«

»Sie ist eine gute Französin. Sie ist die bewundernswerte Anführerin von La Flèche. Das bedeutet jedoch nicht, dass sie auf unserer Seite ist. Marguerite de Fleurignac ist keine von uns.«

Althea rührte den Tee um und reichte die Tasse weiter. »Na, na, Helen …«

»Mich fasziniert eine junge Liebe nicht so sehr wie dich. Ich habe mehr von Doyle erwartet. Ich habe ihn besser ausgebildet. Was für törichte Sachen macht er da mitten in einem Auftrag?«

»Du wirst allmählich eine Zynikerin. Will macht bei der Einschätzung von Menschen keine Fehler. Wenn er sein Leben in ihre Hände gelegt hat, dann sind das vertrauenswürdige Hände.«

»Du bist eine Romantikerin, Thea.« Ungeduldig stand Carruthers auf und trat ans Fenster. Einen Moment lang stand sie nur da, die zarte Tasse in der Hand. »Nun gut. Nehmen wir an, sie versucht, ihn zu retten.«

»Sie könnte Erfolg haben. Der Fink von La Flèche ist besser als jeder andere, den wir kennen. Niemand vom Geheimdienst kann es mit ihr aufnehmen.«

»Wir kennen ihre Arbeit.«

»Wenn du jemanden auswählen müsstest, Will zu befreien, würdest du zu ihr gehen.«

»Vielleicht.« Carruthers betrachtete den jüngsten ihrer Agenten, der sich gerade auf der anderen Seite des Hofes aufhielt. Paxton. Er war siebzehn. Jeder Einzelne ihrer Männer und Frauen konnte schon morgen im Gefängnis einsitzen und nächste Woche tot sein. Doch sie hätte nie gedacht, dass das dem zähen, unverwüstlichen Will Doyle passieren könnte. »La Flèche hat schon früher versucht, Leute aus dem Gefängnis zu befreien, und ist gescheitert.«

»Es ist auch gelungen. Häufig. Sie wird ihren Guillaume herausholen, Helen. Es gibt keine größere Kraft auf Erden als die einer entschlossenen Frau.« Althea räumte das Tablett auf. Als sie das Gefühl hatte, dass genug Zeit verstrichen war, meinte sie: »Wir müssen ihr helfen.«

»Sie kann sich auf La Flèche stützen.« Carruthers nahm einen langen, nachdenklichen Schluck von ihrem Tee. »Aber du hast recht. Wenn wir sie finden und falls Hilfe notwendig ist, werden wir sie anbieten. Sag das den anderen. Und wir werden dafür sorgen, dass sie am Leben bleibt. In dieser Hinsicht betrachten wir sie als eine der Unsern. Wen schickst du zum Gefängnis?«

»Mich. Ich werde selber hingehen.«

»Nimm etwas von dem Falschgeld mit, das Will dabeihatte. Sei vorsichtig beim Bestechen. Die Gefängnisse sind voller

Fanatiker.« Unter ihr war Claudine an der Küchentür gerade damit beschäftigt, die Gehwegplatten zu wischen, und stellte jetzt kurz den Besen beiseite, um Wasser in einen Eimer zu pumpen, den sie in das Bassin aus Stein gestellt hatte. »Idealisten sind wirklich die Schlimmsten. Ist diese Ratte, dieser Junge, schon wieder zurück?«

»Nein.«

Der Hof war ein Blütenmeer aus roten und gelben Blumen und strahlend grünen Blättern. Althea lebte ihre Gärtnerinnenleidenschaft auf wenigen Quadratmetern aus. »Geh beim Gefängnis kein Risiko ein. Ich kann es mir nicht leisten, dich zu verlieren.«

»Wir können es uns nicht leisten, William Doyle zu verlieren.«

»Ich fürchte, das werden wir aber.« Immer noch wirkte Carruthers' Gesicht, als wäre es aus Marmor gehauen. »Wenn man auch des Jungen habhaft geworden ist, wird er uns verraten. Er könnte Guillaume bereits verraten haben.« Vorsichtig setzte sie die Teetasse genau in der Mitte des Fensterbretts ab. »Sag den Männern, sie sollen Adrian Hawkins ausfindig machen. Und ihn töten.«

36

Marguerite ging mit einem Korb und bewaffnet mit Geld und ihrem Verstand zum Gefängnis.

Sie war keine schöne Frau. Einmal die Woche bedauerte sie das für ein paar Minuten. Doch jetzt kam es ihr gelegen, dass sie so unscheinbar war. Für ein hübsches Gesicht würden die Wärter sich interessieren und sich an sie erinnern, doch die Frauen von La Flèche versuchten nicht hübsch zu sein.

Am großen Tor kniff sie die Lippen zusammen. Sie wirkte wütend. Sie behielt diesen Gesichtsausdruck bei, während sie durch den äußeren Hof bis ins Zimmer der Aufseher am Eingang ging.

Aus dem, was früher das Besucherzimmer des Klosters gewesen war, hatten sie einen Schweinestall gemacht. Es stank nach abgestandenem Wein und Schweiß. Die Wände waren mit revolutionären Parolen und obszönen Zeichnungen vollgekritzelt. Drei dicke, widerliche Knüppel lagen auf dem Tisch. Die benutzte man wohl, um die Gefangenen zu bändigen. Guillaume hatte sich nicht zur Wehr gesetzt, als man ihn festnahm. Er hätte es mit fünf bewaffneten Männern aufnehmen müssen. Hatte er hier schließlich angefangen zu kämpfen, als er erkannt hatte, dass er sich nicht herausreden konnte? Hatte man ihn geschlagen, ihm wehgetan – hier, wo keiner es beobachtete?

»Guillaume LeBreton ist hergebracht worden.« Sie stieß es als Feststellung hervor, denn sie wollte nicht gefragt werden, woher sie das wusste.

»Was haben Sie mit ihm zu schaffen?«, fragte der Mann, der an dem langen Tisch saß, gelangweilt. Wenn man sich mit Wärtern abgeben musste, war es gut, wenn sie von einem gelangweilt waren. »Zeigen Sie mir, was Sie dabeihaben.«

Es gab alle möglichen Arten von Gefängnisaufsehern. Manche waren idealistische Revolutionäre, manche waren kleine Despoten, die aufgrund der Macht, die sie plötzlich hatten, ganz aufgeblasen waren. Manche Männer erfüllte ein tiefsitzender Groll gegen die oberen Klassen, an denen sie sich jetzt rächten, andere waren schlicht und ergreifend Raufbolde, denen es Spaß machte, jedem, der Furcht zeigte, Angst einzujagen oder Schmerz zuzufügen.

Also zeigte sie keine Furcht. Sie war wie eine Verkäuferin gekleidet: sauber und ordentlich, aber nicht teuer. Sie trat nicht zögerlich und verhalten auf, sondern stürmte wütend vor.

»Sie haben meinen Mann verhaftet und hierherverschleppt.« Sie knallte ihren Korb auf den Tisch. »Warum, weiß ich nicht.«

Sie riss das Tuch weg, das den Korb bedeckte. »Er ist ein Taugenichts.« Sie klatschte einen Laib Brot auf den Tisch. »Er ist ein Raufbold und ein Trinker.« Eine lange, schwarze Wurst der billigsten Sorte landete daneben. Eine braune Weinflasche. Dann drei unansehnliche, saure gelbe Pflaumen, die wegrollten, bis sie schwankend liegen blieben. »Aber er ist ein guter Patriot.«

»Gute Patrioten werden beim Tribunal nicht denunziert. Wenn Bürger LeBreton unschuldig ist, wird man ihn freilassen.«

Wenn sie widersprach, würde man es als Verrat ansehen. Deshalb sah sie ihn nur finster an und sagte nichts.

Der Wärter nahm die Weinflasche an sich und bedeutete ihr, alles andere wieder einzupacken.

Der Wein ist ein guter Test. Jetzt weiß ich Bescheid.

Sie hatte vier Wärter gesehen. Der ranghöchste Offizier befand sich zu ihrer Rechten am Ende des Tisches. Ein Mann mit zottigem grauem Haar und tiefen Falten im Gesicht. Er beschäftigte sich mit der öden Aufgabe, die kleinen Federn aus seinem Gewehr herauszunehmen und sie vor sich auf ein weißes Taschentuch zu legen. Er sah aus, als wüsste er, was er tat.

Der also nicht. Jemand, der solch komplizierte Arbeiten so sorgfältig ausführte, war einer, der zu viel dachte. Er würde zögern und sich alles noch einmal durch den Kopf gehen lassen, auch wenn er das Geld schon in Händen hielt. So einen konnte man nicht gut bestechen.

Aber dieser Mann hier – der, welcher hatte wissen wollen, was sich in ihrem Korb befand –, hatte die schlaffen Lippen und den selbstgefälligen Blick eines Menschen, der sich gerne etwas gönnte. Dieser Langfinger, der sich den billigen Wein geangelt hatte, konnte ihren Zwecken da schon besser dienen.

Er setzte den Zeigefinger auf die *carte de sûreté*, die sie vor ihm hingelegt hatte. Es war eine frische Fälschung, doch völlig trocken. Das hatte sie noch überprüft, ehe sie den Dachboden verlassen hatte.

»Sie sind also Bürgerin LeBreton? Sie sind seine Frau?«

Er kann nicht lesen. »Ich bin Bürgerin Odette Corrigou. Ich gehöre der *Section des Marchés* an. Weder bin ich seine Frau, noch werde ich es wohl je sein, da Sie ihn ja eingesperrt haben. Was ich jetzt machen soll, wo ein Baby unterwegs ist und ich keinen Ehemann habe, der mich unterstützt, weiß ich nicht.«

Das war ein mehr als guter Grund, verärgert zu sein und Bürger LeBreton im Gefängnis besuchen zu wollen. Sogar um ihn mehrmals zu besuchen. Die Wärter würden einer Freundin gegenüber mehr Mitgefühl haben als einer Ehefrau. Männer mochten ihre Freundinnen meist lieber als ihre Ehefrauen.

Sie packte wieder alles in den Korb. »Lassen Sie mich zu ihm?«

Der ranghöchste Wärter gab mit einem Nicken die Anweisung, dass man sie ins Gefängnis einlassen sollte. Ein Anflug von Mitgefühl huschte über sein Gesicht, bevor er sich wieder den kleinen Metallteilchen und seiner Waffe zuwandte. Der Wärter mit dem großen Schwabbelbauch – er war vom anderen Hyppolyte genannt worden – führte sie in den Vorraum, von dem aus man ins eigentliche Gefängnis gelangte. Sie merkte sich die Anzahl der Schritte und die Richtung. Später würde sie anhand dessen eine Karte anfertigen.

Früher einmal hatte diese Tür die Nonnen von der Außenwelt abgeschnitten. Jetzt bildete sie die räumliche Trennung zwischen Wärtern und Gefangenen.

Hyppolyte hatte die Flasche dabei, denn offensichtlich wollte er seine Beute nicht an seine Kollegen verlieren.

»Ich würde Guillaume gern den Wein mitbringen«, sagte sie. »Wein ist eine seiner kleinen Freuden.« Es war ihr egal, ob Guillaume den Wein bekam oder nicht. Sie wollte wissen, ob man Hyppolyte bestechen konnte. Ein Mann, der sich im kleinen Rahmen bestechen ließ, würde auch eine größere Summe nicht ausschlagen.

Sie zog eine Geldbörse aus der Tasche und entnahm ihr einen zusammengefalteten Schein, eine Assignate über fünfzehn Sous. Es war ein gefälschter Schein – eine von vielen gefälschten Assignaten, die Adrian ihr gegeben hatte –, aber das wusste der Wärter ja nicht. Mit fünfzehn Sous konnte man leicht eine Flasche dieses Weins kaufen. *Jetzt werden wir sehen*.

Hyppolyte hielt seine Hand hin. Er nahm den Schein, hielt die Hand aber weiter ausgestreckt und nahm dann auch noch den nächsten Schein und die Münzen. Als die Börse leer war, hielt er die Flasche hoch.

Damit zeigt er mir, dass er sie mir geben, sie aber auch behalten kann. Jetzt sehen wir mal, ob er vorausschauend genug ist, an zukünftige Bestechungsgelder zu denken.

Er warf ihr die Flasche zu. Sie konnte sie schnell genug auffangen, ehe sie herunterfiel und zerbrach.

Ich habe den Mann gefunden, der bestechlich ist.

»Sag deinem Liebhaber, er soll auf mich trinken.« Er rasselte mit dem Schlüsselbund, öffnete die Tür und ließ sie in das Gefängnis. Hinter ihr drehte sich der Schlüssel im Schloss. Sie verdrängte den Gedanken, wie furchteinflößend das war. Erst sechs Minuten hier, und schon hatte sie etwas Nützliches in Erfahrung gebracht.

Sie blieb stehen, wo sie war. Gedämpft durch die Tür konnte sie Adrians Stimme hören. »Mir ist es nicht wichtig, Bürger. Öffnen Sie ihn oder lassen Sie ihn meinetwegen auch versiegelt. Ich bekomme mein Trinkgeld auf jeden Fall.« Er hatte das Gefängnis nach ihr betreten und sollte einen sehr überzeugenden Brief ausliefern, der an einen unglückseligen Getreidehändler adressiert war, dem das Horten von Ware zur Last gelegt wurde. Der Schreiber des Briefes wollte wissen, ob er Michael LaMartine, der Neffe von Naoille LaMartine aus Quesmy in der Picardie sei. Sie habe ein paar Verbindlichkeiten bezüglich ihres Anwesens zu regeln.

»Ich soll auf die Antwort warten«, hörte sie Adrian sagen. »Ich habe den ganzen Vormittag Zeit.«

In Gefängnissen gingen ständig Botschaften ein und aus. Es wurden Geschäfte geführt, Briefe geschrieben … niemand achtete da auf irgendwelche Botenjungen. Adrian würde so gut wie unsichtbar sein und überall herumstöbern können.

Sie entdeckte Guillaume im dritten Raum, der vom Flur abging. Das waren die Unterkünfte der gewöhnlichen Gefangenen, die es sich nicht leisten konnten, ein besseres Quartier zu bezahlen. Er saß im Schneidersitz auf einer grauen Strohmatte, die auf dem Boden ausgebreitet war, und unterhielt sich mit zwei anderen Männern. Er trug keine Kopfbedeckung, und da er zufällig so saß, dass ein Sonnenstrahl auf sein Haar fiel, strahlte es in einem hellen, vollen Haselnussbraun. Er hatte weder Weste noch Jacke an, und es lag auch kein Tuch um seinen Hals. Man hatte ihn nicht geschlagen, so weit sie das sehen konnte.

Als er sie bemerkte, stand er auf. Nur mit Hemd und Hose angetan, wirkte er wie ein einfacher Bauer. »Was für eine Überraschung.« Im Vorbeigehen griff er nach seiner Jacke, ehe sich seine Hand um ihren Arm schloss und er sie mit beredtem Schweigen aus dem Raum zog, in dem die Männer schliefen. »Hier können wir uns nicht miteinander unterhalten.«

Im Gang drängte er sich brüsk an den anderen Männern und Frauen vorbei, die in Zweier- und Dreiergruppen herumstanden, und führte sie zu einer schmalen Treppe, über die man nach oben gelangte.

Er wollte mit ihr allein sein und zog sie deshalb energisch hinter sich her. Wenn sie allein waren, könnte sie sich an ihn klammern. Ihn einfach nur halten. Inmitten der gelangweilten, neugierigen und vom Schicksal verdammten Mitgefangenen war das nicht möglich.

»Bist du verletzt?«, fragte sie, und als er nicht antwortete: »Wir wollen beide das Gleiche. Eine kurze Berührung und ein Nicken reichen aus, um mir zu sagen, wohin ich mitkommen soll. Es ist nicht nötig, dass du mich wie ein ungebärdiges Kind hinter dir herziehst.«

Sein Gesicht war wie immer völlig ausdruckslos, und sie hatte nicht die Muße, nach Hinweisen zu suchen, was er vielleicht fühlen mochte.

An seinen angespannten Muskeln und seinem Griff erkannte sie, dass er zornig war. Das überraschte sie nicht weiter. Sicher war er wütend, weil sie überhaupt hergekommen war, auch wenn er sich freute, sie zu sehen. Sie war schon froh, dass sie ihn einfach nur berühren konnte, doch auch voller Angst und Wut. In beiden von ihnen tobten widerstreitende Gefühle – es war ein Wunder, dass es sie nicht wie schlecht verpackte Pakete zerriss.

Da es nirgends Stühle gab, saßen Männer und Frauen auf den unteren Treppenstufen. Unter Guillaumes finsterem Blick rückten sie zur Seite oder wurden von ihm zur Seite gedrängt. Es war ein weiter Weg bis nach oben in den dunklen, nackten Flur, der nur von einem kleinen, hohen Fenster am anderen Ende erhellt wurde. Drei Männer saßen oben auf dem Treppenabsatz und spielten mit Würfeln. Zwei von ihnen waren sehr ärmlich gekleidet, der Dritte trug einen zerknitterten violetten Gehrock und Kniebundhosen.

»Verschwindet.« Guillaumes Ton hätte sogar hungrige Löwen vertrieben, die sich gerade an einer frisch erlegten Antilope gütlich taten. Die drei Würfelspieler machten sich sofort davon.

Guillaume ging mit ihr durch den halben Flur, ehe er stehen blieb und sie losließ. Er sah sie finster an.

»Ich werde nicht lange bleiben«, erklärte sie. »Wir haben nur ein paar Minuten.« Das wusste er. Sie ließ ihn nur wissen, dass sie es auch wusste. »Es gibt keinen Grund, mich so finster anzustarren.«

»Sag mir, dass du aus diesem Haus raus bist.«

»Meinem eigenen Haus? Ja. Vollständig. Ich habe mich zurückgezogen und es Cousin Victor überlassen. Das ist wirklich feige von mir, aber ich habe nicht die Zeit, mich mit ihm zu befassen, wenn ich dich hier rausholen will.«

Sie legte die Hand auf seinen Arm. Einen Moment lang rührte er sich nicht, als würde er warten, während in seinem

Innern eine Veränderung vor sich ging, er eine Entscheidung fällte oder einen Kampf verlor, den er mit sich selber ausfocht.

Er streckte die Hand nach ihr aus, um nach einer Strähne ihres Haars zu greifen, die sich gelöst hatte. Er hielt sie fest, als wäre es das erste Mal in seinem Leben, dass er eine Frau berührte.

»Du hättest nicht herkommen sollen«, sagte er.

37

Stimmen drangen von unten herauf und brachen den kurzen Bann, unter dem sie gestanden hatten.

Guillaume trat zurück. Marguerite verstand nicht, was er sagte. Vermutlich war es nicht für sie bestimmt gewesen. Er griff in die Innentasche seiner Jacke, die über seinem Arm hing, und holte eine lange Pfeife hervor, die er immer bei sich hatte und bei ganz seltenen Gelegenheiten benutzte.

Er nahm den Pfeifenkopf in die flache Hand. Ganz plötzlich schlug er ihn kräftig gegen die Wand. Er zerbrach. Bruchstücke von grauweißem Ton flogen in alle Richtungen. Zwischen den Tonstücken in seiner Hand lagen zwei dünne Metallstäbe. Er klopfte die Reste des Tons weg, pflückte etwas Weißes von den kleinen Stahlstäben und kratzte die gebogenen Enden mit dem Daumennagel sauber.

»Und einen Dietrich haben wir auch.« Unvermittelt tauchte Adrian auf, wie ein kleiner Dschinn, den man aus seiner Flasche befreit hatte. »Alles ohne meinen Einfallsreichtum.« Er warf einen Blick auf das Türschloss. »Ich weiß nicht, warum ich überhaupt meinen Hals riskiere, Sie hier rauszuholen. Das schaffen Sie auch ganz allein.«

»Bewach die Treppe«, brummte Guillaume. »Keiner von euch beiden sollte hier sein.« Er verteilte die Tonscherben mit dem Stiefel und stieß sie teilweise bis ans andere Ende des Ganges. Dann hockte er sich hin und schob den ersten Metallstift in das Türschloss. Genau daneben steckte er den zweiten Stift.

»Ich bin beeindruckt, wie schlau du bist«, sagte sie.

»Gar nicht so schlau.« Er drehte die Stäbe vorsichtig, schob sie ins Schloss hinein und zog sie wieder heraus, wobei man seinen großen, groben Händen ihr natürliches Geschick ansah.

»Ich könnte das auch machen.« Adrian beobachtete alles mit höflichem Interesse.

»Pass auf die Treppe auf.« Guillaume blickte nicht von seiner Arbeit auf. Ein leises Knirschen von Metall, das über Metall schabte, ertönte.

»Ich könnte das schneller.«

Das Schloss schnappte. Guillaume drückte die Tür auf, trat hindurch, zog Marguerite hinter sich her und schloss die Tür vor Adrians interessiertem Gesicht.

Guillaume sah sie schwer atmend an.

»Das ist eine Wäschekammer«, sagte sie zu ihm. Manchmal gab man allzu Offensichtliches von sich, wenn es zu viele wichtige Dinge zu sagen gab und man nicht wusste, wo man anfangen sollte.

»Ich weiß. Ich habe mit einer der Nonnen gesprochen. Drei von ihnen sind unten eingesperrt.«

Dieser Raum wurde von zwei kleinen, vergitterten Fenstern erhellt, die hoch über ihren Köpfen in die Wand eingelassen waren. Sie hatten die Nonnen vermutlich nicht dazu ermuntert, einen Blick auf die Stadt zu werfen, oder doch? Ein stabiler Tisch stand in der Mitte des Zimmers. Die Regale zu beiden Seiten waren mit ordentlichen Stapeln aus Laken, Kissenhüllen und Handtüchern gefüllt. »Die Sachen werden wohl an die Armee gehen, wenn jemand sich daran erinnert. Darum ist der Raum nicht geplündert worden. Es ist wirklich erstaunlich, in welcher Weise …«

Seine Hand legte sich leicht wie ein Sonnenstrahl auf sie. Und wie bei einem Sonnenstrahl, der ihr plötzlich in die Augen fiel, erschrak sie. Konnte irgendetwas offensichtlicher sein als das, was er mit ihr vorhatte? Er drehte sie um, und seine Hände lagen weiter schwer auf ihr, während er sie langsam und mit eindeutiger Absicht berührte.

Er griff nach ihrem Schultertuch und zog es von ihrer Brust. Der Knoten, mit dem sie es gebunden hatte, löste sich so schnell auf, als wäre er nie da gewesen. »Du bist ja putzmunter wie ein Eichhörnchen.«

»Morgens bin ich eigentlich immer gut gelaunt.«

Er war groß und schön. Er hätte einer der ersten Männer auf Erden sein können. Jene Männer, die den Göttinnen zu Anbeginn der Welt beigelegen hatten.

Wenn griechische Göttinnen ihn so sehen könnten, würden sie ihn begehren. »Es ist eine Frage der Persönlichkeit, ob man gleich nach dem Aufwachen beschwingt den Tag beginnt. Die Gelehrten sprechen in diesem Zusammenhang von den Körpersäften. Ich weiß es nicht genau.« Sie erwiderte seinen Blick unverwandt. Sie wollte von ihm ausgezogen werden. Langsam. Wollte, dass er weitermachte mit dem, was er beabsichtigte.

»Körpersäfte. Daran wird es wohl liegen.« Mit den Fingerspitzen strich er genüsslich über ihr Haar. Es schmiegte sich in seine Hände, löste sich und schlang sich um seine Finger, wo er es hielt. Irgendwann würde er sich ihrer Kleidung zuwenden. Sie hatten nur sehr wenig Zeit, aber er würde sie hervorragend zu nutzen wissen.

»Ich hatte einmal eine Katze«, erzählte sie ihm, »die so wild wie Caligula war. Jeden Morgen weckte sie mich damit, dass sie über meine Füße unter der Decke herfiel. Sie hatte viel von Merkur …« Ihr Schultertuch fiel flatternd zu Boden. Und damit war es auch um ihre Gelassenheit geschehen. Innerlich war sie ganz heiß und unruhig, und sie wusste nicht recht, was sie tun sollte. Außer Reden fiel ihr nichts ein. Auch das fühlte sich falsch an, aber sie schien nicht aufhören zu können. »Ich sprach gerade von Merkur. Sie hatte auch viel von Merkur … meine Katze. Wusstest du, dass Merkur sowohl Gott der Diebe als auch der Reisenden war? Das ist wohl auch der Grund, warum man auf Reisen so häufig ausgeraubt wird.«

»Ist das so?« Er hätte auch einer der Steindolmen sein können, denen man auf dem Lande so häufig begegnete und der zum Leben erwacht war. Er war genauso hart und standhaft wie diese Steine. Unnachgiebig. Entschlossen. Im Licht, das durch die Fenster fiel, wirbelten goldene Staubpartikel, die wie aus eigenem Antrieb um seinen Kopf tanzten, als würden sie es genießen.

Seine Handflächen lagen auf ihren Brüsten, wo die Haut nackt war. Er war nicht unsicher – nichts, was er getan hatte, seitdem sie ihn das erste Mal gesehen hatte, war je von Unsicherheit bestimmt gewesen – doch er hielt sich zurück. Die Sehnen und Knochen seiner Hände zeugten von unbeschreiblicher Anspannung. Er wartete, wie wohl ein Pferd auf den Startschuss wartete; angespannt und voll kontrollierter Kraft.

»Ich bin hier, weil ich dich will«, erklärte sie schlicht.

»Sag das noch einmal. Ich muss es hören.« Seine Finger lagen auf den Knöpfen ihrer Jacke. Knöpfe, die aufgingen, als würden sie schmelzen. Er streifte ihr die Jacke ab. Ihre Brüste, die nur von einem Hemdchen bedeckt waren, schmerzten vor Erwartung. Er brauchte nur einmal zu ziehen, und ihr Mieder löste sich. Das dünne Band glitt aus den Löchern, und dann hatte sie auch kein Mieder mehr an.

»Ich will das hier. Ich will dich.« *Habe ich das Mieder heute Morgen so locker gebunden, weil ich hoffte, dass er das hier tun würde?*

Er zog den Ausschnitt ihres Hemdchens nach unten und entblößte ihre Brüste, legte ihre Haut frei, sodass er sie berühren konnte.

Sie wisperte: »Ja«, und er floss über sie wie die Nacht, die hereinbrach, sanft und machtvoll, umhüllte sie von allen Seiten und ließ die Außenwelt verschwinden.

Sie befand sich in einem Zustand, in dem sie nur noch ihn wahrnahm. Sein Haar streichelte liebkosend ihr Gesicht. Sein Mund hauchte zarte Küsse auf ihre Stirn und die Augenbrauen, berührte ihre Lider mit seinen Lippen, ihre Wangenknochen. Sein Atem strich heiß über ihre Ohrmuschel. Fast meinte sie, die tosende Brandung des Meeres zu hören.

Das Universum wirbelte um sie herum, und sie war der Mittelpunkt des Ganzen. Sie und Guillaume im regungslosen Mittelpunkt. Er hob sie vom Boden hoch, drückte sie an sich und setzte sie auf den Tisch.

Wie vorsichtig er sie auch halten mochte, war es doch die entschlossene Annäherung des Mannes einer Frau gegenüber. Sie war seine Geliebte, bedeutete Freude und Lust, sie war die Frau, die er wollte. Er begehrte sie mit der unbeirrbaren Entschlossenheit, die ihn, Guillaume, ausmachte, mit seinem riesigen Körper, mit all seiner Kraft.

Doch er huldigte ihr auch. Er seufzte kehlig vor Vergnügen, als er die Haut an ihrer Schulter küsste. Er knabberte an ihrer Halsbeuge, um von ihr zu kosten. Er drückte ihr Gesicht an sein Hemd, um ihr Haar zu heben und mit der Zunge über jeden einzelnen ihrer Nackenwirbel zu gleiten. Fast schien es, als würde jeder Zentimeter ihres Körpers ihm gehören, und er kannte jede Wölbung, jede Erhebung, jedes Tal. Als würde er nichts von ihr übersehen oder für unwichtig erachten.

Es war wunderbar, in dieser Weise verehrt zu werden. Erregender als alles, was sie je erlebt hatte … dieses Bewusstsein, wie sehr er sie begehrte. Ihr Körper war bereit für ihn, mehr als bereit, als er die Bänder seiner Hose löste, die Knöpfe öffnete und sie an die Tischkante zog. Er drängte sich an sie, suchte sie, bis sie zusammen und vereint waren.

Sie packte sein Hemd, wo es von den Schultern üppig nach unten fiel. Klammerte sich daran. Sie atmete tief ein und aus. Immer schneller gingen ihre Atemzüge, während sich ein Feuer in ihr ausbreitete und Guillaume sie von innen weitete.

Beide standen kurz vor der Erfüllung ihrer Lust. Sie waren ihr so nah. Er zögerte es hinaus, damit sie es noch mehr genießen konnte. Dehnte die Lust von Minute zu Minute, während sie miteinander verschmolzen. Jeder Zentimeter ihrer beider Leiber kribbelte und pochte.

»Gut?«, wisperte er fragend. Sie verharrten, waren aber so bereit, dass sogar sein Atem, der über ihr Ohr strich, Erschütterungen auslöste.

»Sehr gut.« Die Schwingungen ihrer eigenen Stimme ließen sie erbeben. Ihr war ganz schwindelig vor lauter Begehren. Sie war so voller Lust, dass sie zu zerspringen glaubte.

Seine Hände legten sich auf ihren Hintern und zogen sie dicht an sich, wobei er sie leicht wiegte. Doch in seinem Griff lag nichts Zartes, und seine Arme schienen aus hartem Eichenholz zu bestehen.

Sein Hemd stand bis zur Mitte der Brust offen. Sie legte ihren Mund auf seine Haut, ohne ihn zu lecken oder zu küssen, und berührte einfach nur sein Fleisch und die Haare auf seiner Brust mit den Lippen, atmete seinen Duft ein und erkundete die Beschaffenheit seiner Haut. Als sich ihre Zähne um die angespannten Sehnen an seinem Hals schlossen und nicht wieder locker ließen, schwoll er pochend noch weiter in ihr an. Sein ganzer Körper spannte sich noch mehr.

Sie schlang die Beine um ihn, drängte sich noch enger an ihn und verhakte die Knöchel hinter seinem Rücken, sodass er in ihr blieb, tief in ihr. Sie drückte jeden Zentimeter von ihm so eng an sich, wie sie konnte.

»*Mon cœur. Mon âme*.« Sie hauchte die Worte in sein Fleisch, in seine Haut, an seine breite Brust, zu seinem Herzen. Sprach sie zum pochenden Zentrum seines Lebens. »*Je t'aime, Guillaume*.«

»Ich heiße William«, erwiderte er. »Heirate mich.«

Ihre Atemzüge waren nur noch ein flaches, schnelles Keuchen. Ihr Höhepunkt kündigte sich mit einem scharfen Trommelwirbel an. *In so einem Moment macht er mir einen Heiratsantrag.*

Er strich ihr das Haar aus dem Gesicht. »Ich bin Engländer. Aus einer guten, englischen Familie. Mit englischen, irischen und französischen Wurzeln. Die Narbe ist nicht echt. Ich kann sie abnehmen. Ich …«

»Ja.« Sie biss ihn wieder. Diesmal in die Brust, ohne ihn loszulassen.

Er knurrte etwas. Irgendein Wort. Eine Forderung. Und stieß dann triumphierend in sie hinein. Wieder und wieder und immer wieder.

Sie hielt ihn während der langen bebenden Momente aus Lust und wilder Begierde. Fast schien es so, als würde sie sich im Zentrum eines Erdbebens befinden. Sie drängte sich ihm entgegen. Rieb sich an ihm. Wellen der Lust strömten von ihm in sie.

Er gehört mir.

Er warf den Kopf in den Nacken. Sein ganzer Körper erstarrte. Er zog sie an sich, schrie auf und kam in ihr.

Und hielt sie weiter fest, während sich auch ihr Höhepunkt in krampfenden Zuckungen entlud. Hielt sie, während hinter ihren Augenlidern alles rot wurde. Während sie am ganzen Körper zitterte, zog er sie fest an sich, gab ihr Geborgenheit und Wärme.

Es konnte nicht bis in alle Ewigkeit andauern. Langsam löste sie sich aus der Lust, ließ sie verebben.

Guillaume legte sie auf den Tisch. Er zog ihren Rock nach unten, ließ aber ihre Brüste unbedeckt. Er legte sich neben sie auf den breiten Tisch und stützte sich auf den Ellenbogen auf. Seine Hand ruhte auf ihrer Brust. Er wirkte – um es einfach auszudrücken – äußerst zufrieden mit sich.

Er strich mit dem Daumen über ihre Brustwarze und sie erschauderte. Vor Erregung zog sich ihr Innerstes zusammen, als hätte sie nicht gerade einen überwältigenden Höhepunkt erlebt. Es war beschämend.

»Du bist ein Licht im Dunkel, Maggie. Ich nehme dich beim Wort. Wir werden heiraten.« Er stand auf, schloss schnell die Knöpfe an seiner Hose und griff dann nach ihren Händen, um sie hochzuziehen.

Sie war noch nicht wieder ganz bei sich. Sie hatte keine Worte und nur sehr wenige Gedanken.

»Dann wollen wir dich mal anziehen. Verdammt, aber ich hasse es, dich zu bedecken.« Er hob ihr Mieder auf, wo er es im Eifer der Leidenschaft hingeworfen hatte. Schnell, gewandt und entschlossen legte er es um sie, ehe er begann, es zu schnüren. »Wenn es nicht darum ginge, dafür zu sorgen, dass du am Leben bleibst, würden wir es gleich noch einmal machen. Aber Tatsache ist, wir könnten es ein halbes Dutzend Mal machen und uns würde immer noch etwas Neues einfallen. Nein. Bleib einfach stehen. Ich werde mich um deine Kleidung kümmern.«

»Ich würde dich gerne noch einmal lieben. Geht das nicht?«

»Nein. Jetzt der andere Arm. Sehr schön.« Er zog ihr die Jacke an und begann, die Knöpfe zu schließen.

»Sich so hastig anzuziehen ist recht würdelos. Ich bin gerade gar nicht in der Stimmung, mich zu bewegen. Ich würde mich viel lieber hinlegen und mich wie ein zufriedenes Tier strecken. Vielleicht auch schnurren. Überhaupt würde ich jetzt viel lieber …«

»Hast du irgendwelche Einwände dagegen, mich zu heiraten?«

»Es besteht keine Veranlassung …«

»Es besteht *jede* Veranlassung, Frau. Wir reden jetzt nur darüber, ob du es tun wirst.« Er machte noch einen schnellen, schiefen Knoten in ein Band, das ihr Hemdchen hielt. »Da. So gut wie neu.« Er schlang das Schultertuch um ihren Hals und steckte die Enden gespielt unpersönlich in ihren Ausschnitt. So komplett und schnell war sie seit ihrer Kindheit nicht mehr angezogen worden. »Deine Haube ist irgendwohin verschwunden.«

Sie erinnerte sich nicht, wann sie sie verloren hatte. Ihr Kopf … wo hatte sie nur ihren Kopf … »Meine Haube liegt unter dem Tisch. Du hast ein bisschen Übung darin, Damen beim Ankleiden zu helfen. Ich finde das sehr anziehend bei einem Mann. Es spricht von einer gewissen Gründlichkeit.«

»Oh, ich bin gründlich. Davor habe ich ja Angst. Ich hole dir die Haube. Das ist dann das Letzte. Verdammt, du bist so schön.«

»Ich sehe aus wie eine Vogelscheuche.« Sie kämmte sich das Haar mit den Fingern, sodass es ordentlich und glatt ihr Gesicht umrahmte. Kaum war sie fertig damit, hatte er auch schon ihre Haube unter dem Tisch hervorgeholt und setzte sie ihr auf den Kopf.

»Du bist die schönste Frau auf Erden. Wir gehen jetzt nach unten und heiraten. Ich glaube, das bekomme ich hin.«

»Jetzt? In diesem Moment?«

»In diesem Moment.« Seine Miene war vollkommen nüchtern. »Ich habe Geld. Genug, um dir ein standesgemäßes Leben zu bieten. Ich bin nicht nur ein …« Er deutete auf seine Kleidung. Auf sich selber. »Ich bin nicht nur das hier. Meine Familie ist den de Fleurignacs zwar nicht ebenbürtig. Aber …«

»Ich weiß, was du bist. Du bist ein Sohn aus sehr ehrwürdigem Hause, das mit dir aber auch gar nichts anzufangen weiß. Der de Fleurignac, der am Kreuzzug teilgenommen hat, war ein Mann wie du. Er belagerte viele Städte mit großem Erfolg und führte ein Schwert mit sich, das so lang war wie ich groß. Er schrieb auch Gedichte. Ich bin keine Idiotin, Guillaume.«

»Ich habe dich nicht eine Minute lang zum Narren halten können, nicht wahr?«

»Jedenfalls nicht viele Minuten. Und über eine Heirat werden wir uns irgendwann in Zukunft mal unterhalten, wenn dein Leben nicht mehr in so großer Gefahr ist.«

»Darüber werden wir nicht reden. Ich will, dass du von hier fort bist, ehe Victor kommt. Welcher Teufel hat dich geritten, hierherzukommen, wo er jeden Moment auftauchen kann?«

»Er wird nicht jeden Moment hier auftauchen. Da müsste schon ein Wunder geschehen, sollte er noch vor heute Nachmittag herausfinden, wo du überhaupt bist.«

»Du hättest dieses Risiko trotzdem nicht eingehen sollen.« Guillaume war nicht richtig wütend, aber er war eindeutig nicht in der Stimmung, in der man sich vernünftig mit ihm unterhalten konnte. Er hielt noch einmal inne, ehe er die Tür öffnete. »Warum bist du hergekommen, Maggie? Du bist doch nicht dumm.«

»Ich habe vor, dich zu retten. Dafür müssen wir beide einiges tun. Als Erstes …«

»Herr im Himmel!« Er stürmte aus dem Zimmer.

»Ich weiß zwar noch nicht, wie, aber ich bin sehr gut in solchen Dingen. Das mache ich seit Jahren … Leute retten.«

»Du wirst hier niemanden retten. Du verlässt Paris.« Er war bei Adrian angekommen, der im Schneidersitz auf dem oberen

Treppenabsatz saß. »Er wird dich nach London bringen.« Ein finsterer Ausdruck lag auf Guillaumes Gesicht, als er an ihm vorbei auf die Treppe trat und begann, sie hinabzusteigen. »Hawker, du bringst sie hier raus, verstanden? Raus aus dieser Stadt, dieser Todesfalle. Raus aus Frankreich. Steck sie in einen Sack und wirf sie dir über die Schulter, wenn es sein muss.«

»Verstanden.« Flink rutschte er zur Seite. Sicherheitshalber. Er war ein Junge, der schon vielen lehrreichen Schlägen ausgewichen war. »Jetzt?«

»In einer Minute. Erst muss ich sie heiraten.«

»Kein Problem.« Der Junge folgte den beiden die Treppe hinunter.

38

»Ich habe doch gesagt, dass ich dich heiraten werde.« Sie hätte es vorgezogen, oben in dem Zimmer zu bleiben und mit ihm zu schlafen, aber das wäre nicht vernünftig gewesen. Sie konnte mindestens genauso vernünftig sein wie Guillaume LeBreton. »Du wirst zugeben, dass es da ein paar kleinere Schwierigkeiten gibt.«

»Das wird uns nicht aufhalten.«

Der Kreuzgang war quadratisch, nach oben offen und bestand aus behauenen Steinbögen und wunderschönen Säulen. Er bildete den Mittelpunkt des alten Klosters und lag zwischen der Kapelle auf der einen und dem Refektorium und den Schlafsälen auf der anderen Seite. In der Mitte des Kreuzgangs befand sich ein überdachter Brunnen. Zwei Männer wechselten sich ab, immer wieder einen Eimer herunterzulassen und mithilfe einer Winde gefüllt wieder nach oben zu ziehen.

Die Kette quietschte. Der Eimer schwappte und klapperte. Die Männer schütteten eimerweise Wasser in einen langen Trog, der im Schatten stand. Ein Dutzend Mädchen und Frauen hatten die Ärmel hochgekrempelt und wuschen Wäsche. Die Absprache besagte, dass die Frauen den Garten vormittags und die Männer ihn am Nachmittag benutzten, erklärte ihr Guillaume.

Er drang nun in die Welt der Frauen ein und beanspruchte eine Ecke des Hofes für sich. Mit reiner Willenskraft bildete er eine unsichtbare Mauer um sie herum. Innerhalb von zehn Minuten hatte er einen verkrüppelten Priester, eine gut gelaunte Nonne in mittleren Jahren, die steife, verbitterte Marquise de Barillon, die sich ihrer voller Missbilligung aus Versailles erinnerte, und Adrian um sich versammelt.

Es sah ganz so aus, als würde sie heiraten. Jetzt gleich. Sie war bereit dazu, hatte sich aber gedanklich noch nicht so recht darauf eingestellt.

Zehn Meter weiter arbeiteten Frauen in einer Reihe an dem langen Trog und plauderten miteinander, wie Frauen das wohl in jedem Dorf am Waschplatz machten. Hier stand nun eine Nonne Seite an Seite mit einer Prostituierten. Eine braungebrannte Frau vom Lande schrubbte ihre Wäsche neben einer vornehm blassen, edlen Dame, die auf sieben Generationen Adel zurückblicken konnte. Sie wuschen ihre Kleidung. Sie wuschen sich selber. Eine alte Frau kämmte ihr langes, graues Haar, damit es schneller trocknete. Der Mut der Frauen drückte sich in all den hundert kleinen Heldentaten aus. Es war einfach nur bewundernswert.

Auch sie musste kleine Heldentaten vollbringen. Natürlich hatte sie auch schon ans Heiraten gedacht. Aber sie hatte geglaubt, es würde aus Pflichtbewusstsein geschehen, wie es sich für eine Frau ihres Standes gehörte. Sie hatte nicht damit gerechnet, den Mann zu heiraten, den sie wollte. Im Gefängnis.

Wie unwahrscheinlich es war, einen englischen Spion zu heiraten, darüber mochte sie gar nicht nachdenken.

Père Jérôme vollzog die Trauung. Sie wäre hinterher nicht weniger verheiratet gewesen, hätte er irgendeinen Unsinn von sich gegeben, doch es war tröstlich zu wissen, dass dieser Irrsinn von einem echten Priester vollzogen wurde, der die Worte verstand, die er sprach.

Zehn Minuten zuvor hatte sie neben einem Birnbaum in der Ecke, wo niemand sie belauschen konnte, die Beichte bei ihm abgelegt. Es war eine hastige und dennoch ernsthafte Beichte gewesen, bei der sie von ihrem Versuch, den Jakobiner zu töten, der sie im Château angegriffen hatte, und der Fleischeslust, der sie sich mit Guillaume hingegeben hatte, berichtet hatte. Bei bereits zwei Todsünden, von denen sie freigesprochen werden musste, hatte sie dann lieber ihre lieblosen Gedanken gegenüber ihrer Tante, die vielen Lügen und anderen kleineren Fehler gar nicht erst erwähnt. Ihr Kopf war wie leergefegt, und sie konnte sich an nichts mehr erinnern.

Der Priester war nicht so schockiert, wie sie erwartet hatte. Aber schließlich hatte er vor ihr auch Guillaume die Beichte abgenommen.

Die lateinische Liturgie hing in der schwülen Luft. Die niedrigen Mauern, Büsche und Äste der Bäume waren voller trocknender Wäsche. Die Sonne strahlte blendend weiß vom Himmel, sodass der Kreuzgang wie eine Radierung aussah. Es gab keine zarten Übergänge, nur die Gegensätze zwischen dunklen Schatten und hellem Licht. So war der Juli in Paris.

Die Beete auf allen vier Seiten des Innenhofes waren voller Blumen. Jemand, vielleicht auch mehrere dieser Frauen, hatte sie immer wieder gegossen.

Sie hatte immer gedacht, es würde einen Festzug zur Kirche und einen seidenen Baldachin über ihrem Kopf geben. Dass hinterher alle tanzen, viel essen und angeheitert vom Wein sein würden. Und dass sie ein viel hübscheres Kleid tragen würde. Der Priester hielt nicht die ganze Heilige Messe ab, sondern sprach nur den Segen mit Brot und Wein, als müssten sie sich, wie auf einem Schlachtfeld, auf das Notwendigste beschränken.

Wenn der Tod die Klauen nach einem ausstreckte und kurz davor stand, einen am Schlafittchen zu packen, erkannte man erst, was wirklich wichtig und notwendig war. Marguerite de Fleurignac konnte Guillaume tatsächlich heiraten. Sie würde sich dafür entscheiden. *Das ist es, was ich will.*

Die Frauen am Trog schauten immer wieder auf und warfen ihnen kurze Blicke zu. Sie wollten sich hinsichtlich der Zeremonie, die auf der anderen Seite des Kreuzgangs abgehalten wurde, keine Neugier anmerken lassen, doch hinterher würde man wahrscheinlich in aller Ausgiebigkeit darüber reden.

Guillaume stand ruhig und ernst neben ihr. Im grellen Sonnenlicht trat seine hünenhafte, große Gestalt noch stärker hervor. Die Narbe sei nicht echt, hatte er gesagt, doch sie schien ein Teil von ihm zu sein. Sie würde sie vermissen. Sie hatte ihn nie ohne diese Narbe gesehen. Sie war ein Teil von ihm, wie die Furche, mit der ein Blitz einen Baum zeichnete, ihn dadurch aber zu nichts Geringerem machte. Eines Tages würde sie ihn ohne diese Narbe sehen, und er würde jemand ganz anderes sein. Noch eine weitere Facette von Guillaume, die sie kennenlernen würde.

Sie kniete sich hin, um das kleine Stückchen Brot aus den Händen des Priesters anzunehmen. Guillaume tat das Gleiche, und darauf die Marquise und die Nonne, die vortraten.

Der Wein war eine sehr saure Angelegenheit. Das billige Glas war in seiner Schlichtheit fast schon wieder elegant. Es war ihre Hochzeit, also verteilte der Priester neben Brot auch Wein. Nachdem sie und Guillaume getrunken hatten, wischte der Priester den Rand des Glases mit einem weißen Tuch ab und leerte den Rest gewissenhaft auf einen Zug, obwohl er das Gesicht dabei verzog. Seine Ärmel waren ganz ausgefranst. Er war schon so lange im Gefängnis, dass er mittlerweile zerlumpt aussah.

Vater Jérôme setzte das Glas ab und legte das zusammengefaltete Tuch darüber. »Wieder eine Messe, die verbotenerweise in Paris abgehalten wurde. Ich spucke Robespierre gern ins Gesicht. Wir könnten jeden Moment unterbrochen werden, deshalb erspare ich euch meine Ansprache über den heiligen Bund der Ehe. Sie ist ein wenig langweilig.«

Er öffnete sein Brevier, sodass Guillaume einen goldenen Ring auf die geöffneten Seiten legen konnte.

»Kommen wir jetzt zur Trauung. Guillaume, *vis accípere Marguerite hic praeséntem in tuam …*«

Guillaume unterbrach ihn.«William. Ich heiße William Doyle Vaudreuil Markham.«

Das ist sein richtiger Name; also wird unsere Ehe rechtskräftig sein. Wenn irgendjemand davon berichtet, spricht er sich damit selber sein Urteil. Er zögert nicht.

Vater Jérôme nickte. Nichts konnte ihn wirklich überraschen. »William, *vis accípere Marguerite …*«

Guillaume sagte: »*Volo.*« *Ich will.*

»Marguerite, nimmst du William …«

Jetzt war es an ihr zu entscheiden, zuzustimmen und damit seine Frau zu werden. Hinter ihr standen schweigend Adrian, die Nonne und Madame la Marquise de Barillon.

Ich sollte Guillaume in Unruhe versetzen … nur ein ganz kleines bisschen. Das hat er verdient.

Aber sie tat es nicht. »*Volo.*«

»… ihr in allen Dingen treu sein, wie ein Mann seiner Frau treu sein soll. So wie Gott es befiehlt?«

Guillaume antwortete voller Ernst, ohne den Blick vom Priester abzuwenden.

Er ist nicht das, was ich erwartet habe. Nicht das, wovon ich geträumt habe. In vielerlei Hinsicht ist er stärker als jeder Mann, den ich kenne.

Auf Versailles hatte sie mit den großen Männern Frankreichs gelebt; den brillanten, einflussreichen Männern, die die halbe Welt regierten. Männer mit Privilegien und alten Titeln, mit Witz und Verstand. Guillaume dagegen war der Krieger, der den Königssaal in schwarzer Rüstung betrat und den Fehdehandschuh hinwarf. Neben Guillaume wirkten die Männer des Hofes wie bösartige Kinder, die beim Spielen betrogen.

Er war ihr plötzlich fremd und fern, als er den Ring aus der Hand des Priesters nahm und ihn ihr auf den Finger schob. Guillaume heiratete sie mit dem Ring ihrer Mutter, dem Trauring ihrer Großmutter, den er ihr während ihrer Reise abgenommen hatte. Guillaume, der William Doyle hieß und noch andere Namen führte, an die sie sich nicht erinnern konnte. Guillaume, der ein Spion war. Und Engländer. Den sie davon abbringen musste, ihren Vater zu bedrohen. Der aus diesem Gefängnis befreit und vor dem Tod bewahrt werden musste.

Sie war verheiratet. Irgendwann zwischen zwei Worten war es passiert. Sie hatte ihren Namen geändert und ihre Nationalität. Genau in diesem Augenblick war sie zur Engländerin geworden. Das ging ihr alles nach und nach auf. Es war fast so, als würde sie durch einen unbedachten Zauberspruch in einen Baum, eine Statue aus Gold oder ein Reh verwandelt werden.

Als sie aufschaute, sah Guillaume sie stumm an – mit jedem Zentimeter seines undurchsichtigen, durchtriebenen Daseins. Vielleicht wusste er, was sie dachte. Dass sie gerade einen Ausbund an List heiratete.

Ich wüsste nicht, wie ich ihn nicht lieben sollte. Ohne ihn gab es für sie keine Luft zum Atmen, keine Sinne, die ihre Nervenbahnen reizten, kein Licht, das sie sehen ließ.

Vater Jérôme sagte: »*Dóminus vobíscum.*«

Ich werde nicht zulassen, dass Guillaume stirbt. Ich werde ihn von diesem schrecklichen Ort wegholen. Alles, was ich war, alles, was ich mit La Flèche in diesen vergangenen fünf Jahren getan habe, ist in diesem einen Augenblick zusammengeflossen. Ich werde ihn aus diesem Gefängnis herausholen.

»Wie auch immer das bürgerliche Recht in diesen Tagen

besagt«, erklärte der Priester, »in Gottes Augen seid ihr jetzt Mann und Frau.«

»Gut.« Guillaume strahlte eine Ungeduld aus, die er kaum bändigen konnte. Bei den meisten Hochzeiten war der Ehemann ganz erpicht darauf, seine frischgebackene Ehefrau ins Bett zu tragen. Doch Guillaume war versessen darauf, sie loszuwerden. »Wir brauchen Beurkundung.«

Der Priester öffnete sein Brevier. »Hinten. Hier. Meine Brüder in Saint-Sulpice werden eure Namen ins Pfarrregister eintragen. Für deine Frau werde ich eure Ehe auch schriftlich bestätigen. Ich brauche Papier.«

Guillaume gab Adrian ein Zeichen. »Geh rein. Schnell. Finde Papier. Ich will euch beide von hier forthaben.«

»Ich weiß was Besseres.« Adrian zog bereits im Gehen sein Hemd aus der Hose, während er auf eine Säule aus Stein zusteuerte. »Ich will nicht, dass es die ganze Welt sieht. Ich habe …«

Unter dem Hemd des Jungen kam ein breiter Streifen Stoff zum Vorschein, den er sich um Brust und Bauch gewickelt hatte. Es handelte sich um eine Art Geldgürtel. Er löste das Ende und wickelte den Stoff ab. »Ich habe Papier.«

»Du hast dich am Geld bedient, wie ich sehe.« Guillaume klang nicht missbilligend.

»Es stellte eine unwiderstehliche Versuchung dar. Sie haben genau gewusst, wann ich es mir genommen habe.« Adrian schaute sich um. Keiner sah in seine Richtung. Er reichte einen dicken Stapel Assignaten weiter. »Ich würde Ihnen ja alles geben, aber wir werden es noch brauchen. Hier ist Ihr Papier. Ich hab es letzte Nacht mitgehen lassen, mich dann aber entschieden, es nicht an die Frau weiterzugeben, für die Sie arbeiten.«

»Ich arbeite nicht für sie«, sagte Guillaume.

»Natürlich nicht. Und wenn diese Frau Ihnen auch keine

Angst einflößt, dann fehlt es Ihnen einfach an Fantasie.« Er glättete mehrere Bögen blass cremefarbenen Briefpapiers. »Hier. Mein Weihnachtsgeschenk.«

Guillaume nahm den obersten Bogen. Die eine Seite war leer. Er strich das Papier an einer Säule glatt und reichte es dem Priester. »Nehmen Sie das hier für die schriftliche Bestätigung der Heirat für Marguerite.«

»Das werde ich sofort machen.« Der Priester setzte sich auf die niedrige Mauer. »Das hier ist kein Ort für Ihre Frau.«

Guillaume nahm ihre rechte Hand und sah den Ring an. »Wenn ich überlebe und du es möchtest, werde ich dir einen anderen Ring geben.«

»Ich bin zufrieden mit ihm.«

»Dann werde ich dir dazu passende Rubine schenken.« Er drückte einen Kuss auf den Knöchel oberhalb des Rings. »Das muss genügen. Hawker – Adrian – wird dich zu Freunden von mir bringen. Sie werden für deine Sicherheit Sorge tragen.«

»Ich habe selbst Freunde in der Stadt. Durch die Heirat mit dir habe ich mich nicht in eine hilflose Idiotin verwandelt.«

Das Lächeln, das über sein Gesicht huschte, ließ nur seine Augen auffunkeln, wie ein Sonnenstrahl, der auf Wasser fällt. Dann war es auch schon wieder verschwunden. »Ich möchte, dass du spätestens in einem Monat in London bist.«

»Ich werde nicht …«

»Maggie, hör zu. Geh nach England. Zu einem Mann namens Galba, in London. Hawker kennt ihn.« Wieder blitzte ein Lächeln auf. »In der Meeks Street Nummer sieben. Falls du ein Kind bekommst …« Sein Griff wurde fester. Sie spürte die Anspannung in seinen Sehnen, in seinem Innern, wo man es nicht sehen konnte. »Falls du ein Kind bekommst, wird Galba dafür sorgen, dass es alle Rechte bekommt und als ehelich gilt.«

»Wenn ich nach London gehe, dann nur mit dir zusammen,

und dann wirst du dich um alle Formalitäten kümmern.« Ihr Tonfall ließ keinen Widerspruch zu.

»Wenn es ein Mädchen ist, gib ihr den Namen Camilla. So hieß meine Mutter.«

Sag es nicht, als würdest du nicht da sein. »Camilla. Und William, wenn es ein Junge ist.«

Der Priester saß auf der Bank aus Stein und schrieb. Das Tintenfass klapperte jedes Mal ganz leise, wenn er die Feder eintauchte.

Die rundliche, geschäftige Nonne nahm die Papiere, die Adrian auf der Mauer liegen gelassen hatte. »Die sind ja ganz schmutzig. Mit gerunzelter Stirn ging sie die Blätter durch. »Die sind ja alle beschrieben. Ich laufe mal schnell nach drinnen und hole saubere Bögen.«

»Das hier genügt.« Der Priester hörte mit dem Schreiben auf. »Madame, wenn Sie jetzt im Buch und auf diesem Papier, das ich vorbereitet habe, unterschreiben möchten.« Er hielt ihr das Brevier mit geöffneter letzter Seite hin. Dort standen in altmodischer Schrift der Name der Pfarrgemeinde Saint-Sulpice und das Datum.

Wenn man einen Mann wie Guillaume heiratete, durfte man nun mal kein normales Ehestandsregister in der Ecke einer Kirche, eine Horde kichernder Mädchen, Tanz und eine Hochzeitstorte erwarten. Sie schrieb mit einer tropfenden Feder ihren neuen Namen in ein altes Brevier, und dann unterschrieb sie noch die Bestätigung des Ehegelöbnisses, die auf der Rückseite eines achtlos weggeworfenen Briefes festgehalten worden war.

»Guillaume, mein Sohn. Jetzt deine Unterschrift.«

Er nahm ihren Platz ein und unterschrieb im Brevier schnell mit seinem englischen Namen.

Die Marquise setzte als Zeugin ihre Unterschrift darunter. »Dein Vater wird das Ganze wohl nicht missbilligen. De

Fleurignac war immer ziemlich seltsam.« Sie musterte Guillaume. »Ich bin mir aber nicht sicher, ob ich das genauso sehe.«

»Schwester Anne. Wenn Sie so gut wären.« Der Priester ließ geduldig die Feststellungen der Nonne über sich ergehen, dass es sich beim Brevier um kein Ehestandsregister handelte, kein Aufgebot bestellt worden war und das Papier schmutzig und zerknittert war. Er schaute auf. »Und dann noch du.«

»Ich?« Adrians Stimme überschlug sich.

»Ja, du.« Der Priester tauchte die Feder wieder in die Tinte und strich den überschüssigen Tropfen ab. »Hier.«

Adrian hielt die Feder, als könnte sie sich jeden Moment umdrehen und zubeißen. Buchstabe für Buchstabe schrieb er langsam seinen Namen.

Der Priester will ihn als Zeugen haben, weil er überleben könnte. Alle anderen, die unterschreiben, werden das vielleicht nicht tun.

»Es ist vollbracht.« Der Priester übergab ihr die schriftliche Bestätigung. Sie hielt das Papier am Rand fest. Die Unterschriften waren noch nicht getrocknet. Die Rückseite war Zeile um Zeile mit Schrift gefüllt.

Guillaume gab Adrian Anweisungen. Den Atem hätte er sich eigentlich auch sparen können. »Falls sie in Paris ist, wenn man mich zerhackt, sorge dafür, dass sie es nicht sieht. Sperr sie irgendwo ein. Dir wird schon was einfallen, wie du das bewerkstelligst.«

»Wenn Sie mir auftragen wollen, den Mond in eine Kiste zu sperren – dann nur zu«, sagte Adrian. »Aber meinen Sie ja nicht, dass dabei was rauskommt.«

Er schätzte die Situation sehr realistisch ein, dieser Adrian. Und was stand überhaupt auf der Rückseite ihrer Ehebestätigung?

»… Götzenverehrung, die Korruption, Schwäche, Laster und

Vorurteile bei Männern toleriert, die der Ideale der Revolution unwürdig sind.« In dieser Tonart ging es weiter. »… Monster, die wahre Patrioten ins Verlies sperren und überall Angst und Furcht verbreiten … macht erforderlich, dass wir diejenigen unter uns auslöschen, die einen politischen Umsturz planen …«

Dann kamen Namen. Namen, die hinzugefügt, ausradiert und wieder hinzugefügt worden waren. Joseph Fouché, Tallien, Vadier, d'Herbois und noch ein Dutzend andere.

»Dieses Papier ist sehr merkwürdig«, meinte sie. »Ich weiß natürlich, wer diese Männer sind. Wo hast du das her, Adrian?«

Guillaume nahm den Zettel, warf einen nachdenklichen Blick darauf, gab ihn ihr zurück und ging dann zu den anderen Zetteln, die auf der Steinmauer lagen und wie Federn an einem Flügel flatterten. Er ging die Papiere Seite für Seite durch und wurde dann ganz still. Eine weniger intelligente Ehefrau hätte ihn jetzt mit Fragen belästigt. Sie war nicht so dumm.

Guillaume sah den Jungen an. »Sprich.«

Es war rasch erklärt.

»Lass mich das noch einmal klarstellen. Du bist also in Robespierres Küche gegangen.«

»Ich wollte wissen …«

»Du bist mit seiner nächsten Rede abgezogen.« Guillaume ging noch einmal alle Zettel durch. »Das sind die Namen.«

»Was für Namen?«, fragte Adrian.

Sie gab sich selber und auch ihm die Erklärung und erkannte die Möglichkeiten, während sie sprach. »Er hat gesagt, er würde vor dem Nationalkonvent seine Feinde nennen und ihren Tod fordern. Ganz Paris wartet gespannt darauf, welche Namen er nennen wird.«

»Viele wollen wissen, ob ihre Namen hier stehen. In dieser Rede.« Guillaume schob die Papiere zusammen.

»Robespierre ist sich selber auch nicht sicher. Schau her.

Er denkt mal an den einen, dann den anderen, streicht, setzt wieder dazu.«

»Wie viele sind es? … Sieben … acht Namen.«

»Wir können sie warnen«, sagte Marguerite. »Sie haben Zeit genug, sich in Sicherheit zu bringen.«

»Ich will nicht, dass sie sich in Sicherheit bringen. Ich will, dass sie sich erheben und kämpfen.« Nachdenklich betrachtete Guillaume das Blatt, das er in der Hand hielt. »Schau dir die Namen an. Das sind Männer, die kämpfen, wenn man sie in die Enge treibt. Wenn die wüssten, dass sie auf der Todesliste stehen, und wenn sie genügend Leute wären …«

Sie sah ihn an und wusste, was er gerade dachte. Was für einen Plan er hatte. »Du willst Abschriften hiervon«, sagte sie und zeigte auf das Papier, das er in der Hand hielt, »an Fouché, Tallien, Vadier und all die Männer schicken, deren Namen er erst weggestrichen und dann wieder hingeschrieben hat.«

Guillaume nickte.

»Man kann noch mehr tun. Man kann jeden Namen, den man will, hinzufügen. Man kann diese Rede an jeden schicken … sogar an Robespierres Verbündete. Keiner fühlt sich sicher. Jeder fühlt die Klinge im Nacken. Sowohl seine Verbündeten als auch seine Feinde werden sich gegen ihn verschwören.«

»Wenn es mir gelingt, ihnen diese Rede zuzuspielen, ehe Robespierre vor die Nationalversammlung tritt und sie hält.«

Robespierre hatte nicht selber mit der Schreckensherrschaft begonnen, doch er hatte sie vorangetrieben und die Peitsche geschwungen. Er hatte die Arbeit ihres Vaters genommen – die dummen, harmlosen Überlegungen über Genies – und daraus etwas Böses gemacht, sodass ihr Vater Anteil an der feigen Ermordung junger Männer hatte.

Da wäre es nur recht und billig, Robespierres selbst verfasste Rede zu benutzen, um ihn damit zu vernichten.

»Varenne«, sagte sie. »Füge Varenne hinzu. Und Barère.«
Er nickte bereits. »Hawker, geh nach drinnen. Suche einen Mann namens Ladislaus. Er ist Fälscher. Ich brauche ihn.« Er riss den Daumen hoch. »Im Laufschritt. Marsch.«

39

Marguerite hatte sich auf dem Speicher des Bordells einen Weg freigeräumt, um beim Nachdenken auf und ab gehen zu können. Wenn sie still saß, konnte sie das nicht. »Wir haben zwei Tage, vielleicht auch drei, ehe Guillaume der Prozess gemacht wird.«

»Zwei Tage«, sagte Jean-Paul. »Dafür wird Victor schon sorgen.«

Wir haben keine Zeit. Sie ging, machte kehrt und nam wieder zurück. »Dann haben wir also zwei Tage. Am leichtesten wäre es natürlich, einen Wärter zu bestechen. Wir kaufen uns seine Hilfe und liefern ihm irgendeinen Vorwand, um mit Guillaume das Gefängnis zu verlassen.«

Jean-Paul saß im Sessel am anderen Ende des Speichers. Seit einer ganzen Stunde schon hockte er mürrisch und verdrießlich da. »Lass die Anweisung übermitteln.«

»So eine Anweisung würden sie noch einmal überprüfen lassen, wenn sie nicht vom üblichen Boten überbracht wird.«

»Übersende einen Verlegungsbefehl. Das wäre doch die nächste logische Möglichkeit. Wir wedeln mit irgendeinem Papier vor den Wärtern herum und hoffen dann, dass sie uns Guillaume ausliefern. Wir brauchen eine Kutsche. Ein Pferd. Das können wir uns stehlen. Dann brauchen wir noch zwei Männer, die die Wärter spielen, und einen Fahrer. Das haben wir schon früher gemacht. Viele Male.«

Ihr Weg wurde von einem Stapel Kisten und einem ausgemusterten Stuhl blockiert, und sie machte erneut kehrt. »Wir haben das vor fünf Jahren in den ersten Wirren der Revolution getan. Überall herrschte Chaos. Wir hätten die Gefängniswärter auch mit einer Kinderschiefertafel und einem mit Kreide darauf gekritzelten Befehl zum Narren halten können. Heutzutage geht das nicht mehr.«

»Das Grundprinzip hat sich nicht geändert. Die Leute sehen etwas Schriftliches und tun, was man ihnen sagt.«

»Als wir das gemacht haben, waren wir die Ersten. Zu viele romantische Dummköpfe sind seitdem in Paris ein- und ausgegangen und haben in halb Europa damit geprahlt, wenn sie es geschafft haben. Die einfachen Tricks sind allseits bekannt.«

»Dann überlegen wir uns eben etwas, auf das nicht jeder kommt.«

»Mir fällt aber auch nichts auf Anhieb ein.« Sie setzte sich wieder in Bewegung und ließ noch einmal alle Ecken und Winkel, die sie im Gefängnis gesehen hatte, Revue passieren. Irgendwo dort war die Antwort.

Ein kleines Kind – nicht älter als vier – saß auf einer Kiste und beobachtete sie. Höchstwahrscheinlich gehörte es einer der Huren aus dem Bordell und durfte den Tag über allein im Hof spielen. Dass die Mutter darauf achtete, dass es in der Nähe blieb, sauber und ordentlich aussah und wohl genährt war, hatte etwas Tröstliches. Man sah die Zuneigung der Mutter in dem sorgfältig gekämmten Haar und auch in der zarten Korallenkette. Trotzdem war die Vorstellung traurig, dass dieses Kind aufwuchs, nur um später den gleichen Beruf wie die Mutter auszuüben.

»Was meinst du?«, fragte sie das kleine Mädchen. Es hieß Séverine. »Sollen wir einfach mit gefälschten Papieren und einem recht offensichtlichen Trick am Tor anklopfen?«

Das blonde Mädchen schüttelte ernst den Kopf. »Nein.«

»Du hast recht. Wir haben nicht überlebt, weil wir verwegene Helden mit farbenprächtigen Verkleidungen sind. Wir sind wie

Mäuse. Es gibt nichts Unauffälligeres als eine Maus.« Sie begann wieder, auf und ab zu gehen. »Ich muss ein Mauseloch in dieses Gefängnis finden. Es muss doch eines geben.«

Jean-Paul stand auf, um wieder einen Blick auf die Skizzen, Pläne und Karten zu werfen, die auf ihrem Bett ausgebreitet waren. Er hieß ihr Vorhaben zwar nicht gut, doch er würde sein Leben aufs Spiel setzen, um ihr zu helfen. Machte das nicht einen echten Freund aus? Auch ihre Heirat missbilligte er. Er nannte Guillaume nur den »wandelnden Muskelprotz«, was ihre Laune entschieden hob. Denn wer wollte schon, dass ein früherer Liebhaber die Heirat der ehemaligen Geliebten befürwortete?

Er brachte die Skizzen in eine neue Reihenfolge. Als sie zu ihm trat, nahm er die auf, die ganz links lag. »Der Bäcker.«

»Der Bäcker.«

»Die Wand, die an das Kloster grenzt, wird von seinen Öfen eingenommen. Wir müssten sie auseinandernehmen, um durch die Wand zu kommen. Er hat drei Lehrjungen, die im Laden schlafen.«

»Das klingt nicht vielversprechend.«

»Hier«, sagte er und hielt den nächsten Zettel hoch, »haben wir Bürger Vilmorin, der mit seiner werten Gattin und zwei Kindern zusammenlebt. Sein Garten grenzt hinten an die Kirche. Eine freie Fläche, auf die man von drei Häusern blicken kann. Er hat einen lehmverputzten Keller. Sollte es unter der Kirche eine Krypta geben – und das wissen wir nicht –, befände diese sich zehn Meter entfernt von seiner Kellerwand.«

»Wir haben schon Tunnel gegraben … und auch Löcher in Wände geschlagen. Es ist nicht unmöglich.«

Aber wir haben keine Zeit, Tunnel zu graben. Das wissen wir beide.

Mir fällt nichts ein. Dieses eine Mal, wo es so wichtig ist, herrscht völlige Leere in meinem Kopf.

Jean-Paul griff nach der nächsten Skizze. »Die Witwe Desault. Sie lebt allein mit einem ziemlich stattlich wirkenden Hund. Sie wohnt ebenfalls Wand an Wand mit dem Kloster, allerdings auf der Kirchenseite, und offensichtlich schlafen dort einige der Wärter. Das hier wiederum ...«

Er ging die Skizzen eine nach der anderen durch. Er und die anderen hatten hervorragende Arbeit geleistet. Ein Dutzend Mitarbeiter von La Flèche hatte die ganze Nacht und den Vormittag damit verbracht, alles auszukundschaften. Ihr eigener Plan vom Gefängnis lag auf dem provisorischen Tisch. Darauf waren die Flure, der Kreuzgang und die Zellen eingezeichnet und mit den Maßen versehen, die sie sich beim Abschreiten gemerkt hatte. Adrians genau beobachtete Ergänzungen betrafen Räume, die sie nicht gesehen hatte.

So lässt es sich nicht bewerkstelligen. Nicht über die Wände. Und auch nicht durch Erdtunnel. Wir haben nicht genug Zeit.

Doch sie würde nicht verzagen. Immer noch ging sie auf und ab. Jean-Paul kehrte zu seinem Sessel zurück und blickte grimmig aus dem Fenster.

Séverine fragte: »Ist Ihr Freund in großen Schwierigkeiten? Der wandelnde Muskelprotz?«

»Das kann man wohl sagen.«

»Es sind schwierige Zeiten«, sagte das Kind. »Wir müssen alle geduldig und klug sein.«

»Wie wahr. Ich werde zwar nicht gerade geduldig sein, aber zumindest versuchen, klug an die Sache heranzugehen. Wäre ich Sindbad und hätte gerade meinen Roch nicht dabei ...«

»Was ist ein Roch?«

Sie blieb stehen und kniete sich hin. »Das ist eine gute Frage. Der Roch ist ein großer, weißer Vogel mit riesigen Flügeln. Ausgestreckt würden sie von einer Seite des Marktplatzes bis zur anderen reichen, wenn ein Roch dort landen würde. Der

Roch ernährt sich nur von Elefanten und Ingwer, und wenn man ihn hübsch bittet, lässt er einen auf seinem Rücken mitfliegen. Diese Vögel mögen kleine Mädchen, die blaue Kleider anhaben, besonders gern. Wusstest du das? Hast du deshalb heute ein blaues Kleid an?«

Das Kind unterdrückte ein Kichern und amüsierte sich im Stillen. Es war nicht schüchtern, sondern einfach nur vorsichtig und verschlossen und lachte deshalb nicht laut. »Ich habe mein blaues Kleid an, weil mein grünes gerade gewaschen worden ist.«

»Das ist ein sehr guter Grund. Aber wie ich schon sagte – wäre ich Sindbad, der übrigens Seefahrer war, und hätte gerade keinen Roch zur Hand, würde ich mit einem Ballon über Paris hinwegfliegen. Ich würde nach unten schauen und meinen Anker werfen …« Sie tat so, als würde sie einen Anker werfen. »Und eine lange Leiter herunterlassen. Mein wandelnder Muskelprotz würde daran hochklettern, und dann würden wir zusammen wegfliegen.«

Das gefiel Séverine. Jean-Paul gab ein Brummen von sich und stand auf, um noch einmal die Skizzen und Pläne durchzugehen. Er würde keine ihrer Ideen im Keim ersticken, denn er wusste, dass ihr Gehirn viel Blödsinn produzierte.

Sie kam hoch, um sich wieder in Bewegung zu setzen.

Wenn man einen Tunnel grub, konnte man in gutem Boden bis zu einem halben Meter in einer Stunde schaffen. Schaufeln, Bretter, Männer, Säcke, Bestechungsgelder … aber so einfach war es nie. Für zehn Meter brauchte man einen Tag. Oder eine Woche.

Sie hatte schon viele Rettungsaktionen geplant. Ihr Instinkt sagte ihr, was machbar war und was nicht.

Jean-Paul legte die Skizzen weg. Nachdem sie beide sie gesehen hatten, würden sie verbrannt werden.

»Wir haben nicht die Zeit, einen Tunnel ins Gefängnis zu graben«, sagte sie. »Und über die Wände kommen wir auch nicht hinein.«

»Ich weiß.«

Séverine folgte ihr auch mit dem Blick. »Erzählen Sie mir noch eine ...«

Sie hatte nichts gehört, aber plötzlich kam Adrian durch die Falltür nach oben.

Er zog sich mit einer Hand auf den Boden des Speichers hoch, während er den anderen Arm unter die Jacke drückte. Als diese öffnete, sah man, dass er blutüberströmt war.

»Adrian.« Sie half ihm beim letzten Stück nach oben. »Was hast du da? Zeig es mir.«

Sie schlug seine Jacke auf, um besser sehen zu können. Sein Ärmel war zerfetzt. Als sie ihm die Jacke abstreifte, konnte man sehen, dass der Ärmel seines Hemds mit Blut getränkt war. Er blutete, und Tropfen für Tropfen fiel auf den Boden.

»Du hast eine Spur hinterlassen«, fuhr Jean-Paul ihn an. Er schwang sich durch die Falltür auf die Leiter.

»Hab ich nicht«, rief Adrian ihm hinter. Und dann grummelte er es noch einmal an sie gewandt. »Ich habe keine Spur hinterlassen. Ich bin doch kein Idiot. Ich hab den Arm eine Meile von hier eingewickelt. Ich hab keinen Tropfen verloren. Ich würde doch keinen hierherführen.«

»Natürlich nicht«, beschwichtigte sie ihn. »Ich bin mir sicher, dass du vorsichtig warst.«

Als sie sich umdrehte, stellte sie verblüfft fest, dass Séverine den schweren Wasserkrug mit beiden Händen hielt und vorsichtig absetzte. Dann lief sie los, um eine Schüssel und Tücher zu holen.

Was für ein Leben führt dieses kleine Kind, dass es sofort weiß, was zu tun ist, wenn jemand eine Stichwunde hat?

Adrian schälte den Ärmel von seiner Haut und legte vier lange, parallele Schnitte auf der Außenseite seines rechten Unterarmes frei. Flache, saubere Schnitte. Die Jacke hatte ihn vor Schlimmerem bewahrt.

Er ließ es ganz ruhig wie ein Erwachsener über sich ergehen, als sie die Wunden untersuchte. Er zuckte noch nicht einmal zusammen, als sie sie gründlich auswusch und sich am Ende davon überzeugte, dass alles sauber war. Das Wasser strömte über seinen Arm und lief rot in die Schüssel. Sein Gesicht war so völlig leer, als wäre er gar nicht anwesend.

Als sie versuchte, ein Tuch zu zerreißen, um einen Verband daraus zu machen, holte er ein Messer hinter seinem Rücken hervor und reichte es ihr. Ein netter Trick. Sie legte Kompressen über die tiefsten Schnitte. »Ich brauche nicht zu nähen, wenn es fest verbunden bleibt.«

Ein Teil von ihm war immer noch ein Kind, denn er nahm ihre Worte ohne Wimpernzucken hin. In dieser Angelegenheit vertraute er ihr blind.

»Du hast ein Messer.« Fasziniert kam Séverine näher.

So etwas sollte ein Kind eigentlich nicht sehen, aber es war zu spät, um daran noch etwas zu ändern. Sie umwickelte alles mit Stoff und steckte ihn dann fest.

»Ich habe mehrere Messer«, ging Adrian ganz ernsthaft auf die Bemerkung ein. »Aber Maggie braucht gerade nur eines. Deshalb habe ich ihr auch nur eins gegeben. Hat Justine ein Messer?«

Séverine sah ihn mit verschlossener Miene an und sagte nichts.

»Die erste Regel hast du bereits gelernt: nichts zu verraten.« Adrian legte den Kopf schräg und sah sie an. »Du beantwortest überhaupt keine Fragen, die Justine betreffen.«

Marguerite machte den letzten Knoten. »Justine?«

»Sie ist Justines Schwester. Sehen Sie sich doch ihre Augen an. Und ihren Mund. Es kann nicht ihre Tochter sein. Also ist es ihre Schwester.«

Jetzt, nachdem er sie darauf aufmerksam gemacht hatte, sah sie es auch. Séverines Haar war zwar von einem helleren Blond als das von Justine, und ihre Augen waren nicht braun, sondern grün, aber die beiden waren eindeutig Schwestern.

Es waren also zwei, die sie aus diesem Haus holen musste: sowohl Justine als auch dieses wunderschöne Kind. Sobald sie Guillaume befreit hatte, würde sie sich darum kümmern.

Plötzlich war ein Knarren und Knirschen zu hören, als Jean-Paul die Leiter hochgeklettert kam. Er stemmte sich hoch, setzte sich auf den Boden und schwang die Beine nach oben. »Du hattest recht. Du hast keine Spur hinterlassen.«

Adrian zeigte die Zähne, sagte jedoch nichts.

»Schaffen wir erst einmal diese blutigen Lumpen weg.« Jean-Paul begann bereits, alles einzusammeln. »Und achtet darauf, dass keine Flecken auf dem Boden sind. Warum hast du gekämpft?«

»Ich? Ich bin so unschuldig wie ein Lamm. Ich wollte nicht kämpfen. Es ist nicht meine Schuld, wenn jemand versucht, Löcher in mich zu bohren.«

»Wer?«

»Er heißt Paxton.« Eisige Kälte schwang in der Stimme des Jungen mit, als er das sagte.

Noch ein Engländer. Die Engländer, die sich in Frankreich aufhielten, schienen eine ziemlich blutrünstige Meute zu sein. »In einer Stadt, in der so viele Franzosen leben, hätte ich eher angenommen, dass einer von denen versuchen würde, dich umzubringen. Warum versucht Bürger Paxton, Löcher in dich zu bohren?«

»Nun, das habe ich leider versäumt zu fragen. Ich war ganz

und gar damit beschäftigt, seiner Klinge auszuweichen und am Leben zu bleiben.« Er nahm ihr das Messer wieder ab, da sie es nicht mehr benutzte, und reichte es mit dem Heft voran Séverine. »Hier. Du kannst damit spielen, wenn du dich damit nicht verletzt. Es ist scharf. Man kann damit den Boden ritzen.«

Séverine machte sich an ebendiese Aufgabe. Sie kniete sich hin, hielt mit beiden Händen das Messer fest und ritzte Linien in den Boden.

Ich sollte das wahrscheinlich unterbinden.

»Hören Sie. Soll ich Ihnen jetzt sagen, was ich Ihnen von Doyle ausrichten soll, oder nicht?« Adrian brachte die Worte in einem Tonfall vor, als hätte sie ihn tatsächlich die ganzen letzten zehn Minuten immer wieder zum Schweigen angehalten.

»Auf jeden Fall.«

»Er lässt ausrichten: ›Maggie. Es ist vollbracht. Ich habe die Papiere des Jungen in Kadmos' Sinne genutzt. Halte dich von der Straße fern.‹«

Guillaume konnte ihr solch eine Nachricht schicken, denn er wusste, dass Marguerite sie verstehen würde.

Adrian zog den feuchten, roten Ärmel herunter, um den Verband zu bedecken, den sie ihm angelegt hatte. Er sah nicht auf und sagte zu Jean-Paul: »Wenn Sie nicht Ihre Finger von Doyles Frau lassen, werde ich mir das Messer zurückholen und es Ihnen in den Bauch stechen.« Er klang vollkommen freundlich.

Jean-Paul, der eigentlich hätte wissen sollen, dass er diese Drohung nicht ernst nehmen musste, zog trotzdem seine Hand von ihrem Rücken. »Was hast du mit der Leiche gemacht? Kann mit deren Hilfe etwas zurückverfolgt werden?«

Adrian schloss den Knopf an seinem Ärmel mit der linken Hand. »Ich habe niemanden umgebracht. Ich habe die Beine in die Hand genommen, mehr nicht. Ich muss schließlich Dokumente ausliefern.« Er hob seine Jacke vom Boden auf, sodass man den zerfetzten, blutigen Ärmel sehen konnte. »Das kann ich aber nicht mit dieser Jacke.«

»Was für Papiere?« Jean-Paul kam zurück, nachdem er die Schüssel mit dem blutigen Wasser vorsichtig zwischen Efeu und Hauswand ausgegossen hatte. »Was hat Kadmos mit dem hier zu tun? Marguerite?«

Es dauerte mehrere Minuten, das zu erklären.

»… Entwürfe der Rede, die Robespierre morgen oder übermorgen vor der Nationalversammlung halten wird. Ganz Paris wartet auf diese Rede und fragt sich, wen Robespierre wohl anprangern wird. Vor allem seine Feinde werden das wissen wollen. Guillaume …« *Sogar, wenn er im Gefängnis sitzt, ist er gefährlich.* »Guillaume hat Abschriften vom Entwurf machen lassen und ein oder zwei Namen eingefügt, die Robespierre eigentlich gar nicht erwähnen will. Er spielt sie diesen Leuten … wie vielen? … zu.«

»Zwanzig Abschriften«, sagte Adrian. »Ich muss noch sechs ausliefern. Wer ist Kadmos?«

»Es handelt sich um eine Sage. Der Held Kadmos – ich sage dir ganz offen, dass es sehr unklug ist, so etwas zu tun – also, der Held Kadmos säte die Zähne eines Drachen in der Erde aus. Aus dieser Saat entsprangen Krieger.«

Adrian wartete geduldig, dass sie zum Kern der Geschichte kam.

»Bisher hat Robespierre seine Feinde immer einzeln ohne Vorwarnung angegriffen. Das ist auch diesmal sein Plan. Aber jetzt werden zwanzig Männer Angst um ihr Leben haben. Das sind die Drachenzähne, die du bei dir trägst. Das ist der Kampf, den Guillaume anzettelt.«

Jean-Paul stieß einen leisen Pfiff aus. »Ich kann mir vorstellen, welche Namen darin auftauchen. Sie sehen einen Entwurf in Robespierres Handschrift und werden verzweifelt sein. Wenn sie sich zusammentun …«

»… wird Robespierre stürzen, und die Schreckensherrschaft ist zu Ende.«

Aber es wird zu spät sein, um Guillaume zu retten. Das weiß er. Wie viele er auch retten mag, sich selber wird er nicht retten.

»Es könnte funktionieren.« Jean-Paul war ein Mensch schneller Entscheidungen, wenn es erforderlich war. Er zog seine Jacke aus und warf sie Adrian zu. »Zieh die an. Sie bedeckt dein Hemd, sodass man das Blut nicht sieht. Ich werde Justine mitschicken, damit sie dir dabei hilft, die letzten sechs zu finden.«

»Ich brauche sie nicht.« Die Jacke war zu groß, aber ein halbwüchsiger Botenjunge könnte sich ein solches Kleidungsstück durchaus auf dem Gebrauchtkleidermarkt kaufen. »Die Jacke wird's tun, bis ich etwas finde, das passt.«

»Bitte schön.« Jean-Paul hörte sich ironisch an, doch seine Augen funkelten. »Geh. Überbring die Papiere. Ändere den Lauf der Geschichte, während ich in Hemdsärmeln herumsitze und dein Blut vom Boden schrubbe.« Er hockte sich vor Séverine hin. »Und die junge Dame hier werde ich nach drinnen ins Haus bringen und ihr ihr Spielzeug abnehmen.« Er nahm das Messer und reichte es an Adrian weiter. »Deiner Geschichte nach zu urteilen wirst du es wieder brauchen.«

Adrian ließ das Messer verschwinden. »Ich hätte auch in London bleiben können, wenn ich mich von einer ganzen Horde Leute umbringen lassen wollte. Dafür hätte ich nicht nach Paris kommen müssen.« Er grinste und war im nächsten Augenblick verschwunden. Man hörte nur das leise Knacken einer Sprosse; dann war kein Geräusch mehr zu vernehmen.

Ihr Guillaume säte heute also Drachenzähne. Man würde sehen, was dabei herauskam.

Sie stand inmitten der kaputten und ausrangierten Möbel auf dem Speicher und fühlte sich hilflos. Nutzlos. Guillaume saß hinter Wärtern und Mauern fest, und sie war nicht in der Lage, ihn herauszuholen. Sie konnte dem Gefängnis noch nicht einmal wieder einen Besuch abstatten. Victor würde mittlerweile einen Wachposten aufgestellt haben.

Selbst in den Hades würde sie hinabsteigen – wie einst Orpheus auf der Suche nach seiner Eurydike. Sie wäre überall hingegangen, um Guillaume zu finden. Es gab keine Reise in die Unterwelt, die sie nicht unternommen hätte.

Jean-Paul nahm Séverine auf den Arm und versicherte ihr, dass dem Jungen mit dem verletzten Arm nichts passieren würde. Und, ja, er würde bald zurückkommen.

Keine Reise in die …

Die große Karte von Paris war immer noch auf ihrem Kissen ausgebreitet. Sie griff danach und wusste, dass sie darin nicht das finden würde, was sie wissen musste. Doch es gab so eine Karte. »Warte.«

Jean-Paul drehte sich um.

»Es gibt einen Weg.«

Jean-Paul sah von der Karte zu ihr. »Ja? Was geht dir durch den Sinn?«

»Mir gehen Steine und Magnetismus durch den Sinn. Geschichte und Wäsche, die gereinigt werden muss.« Sie legte die Karte weg. »Ich hätte nie gedacht, dass ich das einmal sagen würde, aber ich brauche meinen Vater.«

40

»Ich kann dir nichts sagen, was ich nicht weiß, du blöder Hammel«, brummte Doyle.

Der Wärter, der hinter Victor stand, grinste. Doch auf ein Nicken von Victor hin stieß ebendieser Wärter Doyle mit voller Wucht gegen die Wand, um sicherzugehen, dass es auch wirklich wehtat.

»Wo ist sie?«, wollte Victor wissen.

»Ich weiß es nicht. Es ist mir auch egal.« Seine Lippe war aufgeplatzt, als er die Wand küsste. Das war zwar nur ein weiterer Schmerz unter vielen, aber dieses Mal schmeckte er Blut.

Das war die falsche Antwort gewesen. Victor gab ein Zeichen, und der Wärter ließ ihn wieder gegen die Wand krachen. Diesem Spielchen frönten sie schon eine ganze Weile. Es gab einfach keine vernünftige Möglichkeit, sich mit jemandem zu unterhalten, der einen umbringen wollte.

»Wo ist sie?«, wiederholte Victor seine Frage.

»Wenn Ihre Cousine weggelaufen ist, dann zumindest nicht mit mir.«

»Sie haben den falschen Moment gewählt, um witzig zu sein, Bürger. Wärter, bringen Sie ihn da rein.«

Es sah ganz so aus, als würde man Bestechungsversuche und Drohungen einfach überspringen und gleich zum Knochenbrechen übergehen.

Von der Wachstube führte eine Tür ins Gefängnis, die abgesperrt war. Eine Tür war zwar geschlossen, aber nicht abgesperrt, und durch diese gelangte man auf die Straße. Eine dritte Tür ging in einen Hof, der nicht größer als ein Taschentuch war. Es gab ein kleines Fenster, durch das man in diesen Hof schauen konnte.

Die Wärter hatten es sich in der Wachstube gemütlich gemacht. Leere Weinflaschen füllten die Regale über dem Kamin. Überall standen benutzte Becher herum, über den Stuhllehnen hingen Uniformjacken und auf dem Tisch lagen Knüppel, Handschellen und alte Zeitungen. Ihre Gewehre hatten sie in einer Ecke an die Wand gestellt – vier gewöhnliche Infanteriemusketen in nur mäßig gutem Zustand, geladen und mit gekreuzten Läufen.

Victor trug einen schwarzen Gehrock und Kniebundhosen mit weißen Kniestrümpfen. Wahrscheinlich kam er gerade von der Nationalversammlung. Verglichen mit den anderen wirkte er blass, geschniegelt und hühnerbrüstig. Ein hochgezüchtetes Schoßhündchen. Neben den Sansculotten-Wärtern wirkte er so zart wie dünnes Papier.

»Fesselt ihn«, befahl Victor.

Sie banden ihm die Handgelenke auf dem Rücken zusammen und schleppten ihn dann aus dem Raum. Ein weiterer Nachteil seiner Größe. Man ließ ihn nicht allein gehen. Immer dieses Misstrauen bei der Obrigkeit. Die Wärter holten den größten Stuhl herbei und hievten ihn hinein. Seine Hände blieben weiter auf dem Rücken gefesselt, während sie ein Seil um seinen Oberkörper schlangen und es festzogen. Dabei gingen sie grob, aber unpersönlich vor. An einen, der ohnehin in ein paar Tagen tot sein würde, verschwendete man keine Boshaftigkeit.

Das Seil hing etwas locker, und der Stuhl war auch nicht gerade sehr stabil. Hätte er eine halbe Stunde, könnte er sich befreien. Leider hatte Victor für die nächste halbe Stunde bereits Pläne.

»Erledigt.« Ein grauhaariger Wärter mit buschigem Oberlippenbart trat in sein Blickfeld.

»Lassen Sie mich mit ihm allein«, sagte Victor.

»Wir haben keinen Befehl erhalten, Ihnen einen Gefangenen zu überantworten.« Der da sprach, war Soldat. Wahrscheinlich ein Veteran aus den Kolonialkriegen, der im Gefängnisdienst seine Tage fristete.

»Ich sagte, Sie sollen gehen.«

»Das ist nicht die korrekte Vorgehensweise. Ohne Befehl ...«

»Ich gehöre dem Komitee für Öffentliche Sicherheit an und bin ein Freund von Robespierre. Das ist der einzige Befehl, den Sie brauchen.«

Es wurde ganz still. Ein Mann raunte seinem Nachbarn etwas ins Ohr und legte ihm eine warnende Hand auf den Ärmel. Der ranghöchste Wärter zögerte, dann nickte er, und die Männer verließen schweigend den Raum. Die Tür fiel hinter dem letzten Mann nicht ins Schloss.

Sie hatten die Tür einen Spaltbreit offen gelassen. Das geschah mit Absicht. Einer würde in der Nähe bleiben und ganz harmlos seine Zähne aufsammeln, während er lauschte, was drinnen vor sich ging. Sie erstatteten alle irgendjemandem Bericht. Der Geheimpolizei. Den Royalisten. Der Armee. In Paris gab es keine Geheimnisse.

Victor schlenderte zum Tisch, um das Sammelsurium aus Keulen und Knüppeln in Augenschein zu nehmen. Er wählte einen langen, kräftigen Stock aus, der sein Leben als Tischbein begonnen hatte.

Jetzt wird es gleich wehtun. Dass Victor sich einem Gegner nur näherte, wenn dieser gefesselt war und er selber eine Waffe in der Hand hatte, sagte alles über den Mann aus, was er wissen musste.

Der Knüppel schwang vor und zurück. Victor stellte sich vor

ihn. »Meine Cousine hat Paris nicht verlassen. Sie werden mir jetzt genau sagen, wo sie ist.«

»Bürgerin de Fleurignac? Ich habe sie in Ihrem Haus zurückgelassen. Das war das letzte Mal, dass ich …«

Victor holte mit dem Knüppel aus.

Schmerz. Himmel, was für ein Schmerz. Er bekam keine Luft mehr. Er musste dreimal ansetzen, ehe er etwas sagen konnte. »Hören Sie, Sie mieses Schwein, ich weiß nicht, wo sie ist. Es ist nicht meine Schuld, dass Sie nicht in der Lage sind, dafür zu sorgen, dass sie nicht wegläuft …«

Das trug ihm einen Faustschlag ins Gesicht ein. »Wo ist meine Cousine?«

Fragen stellen. Keine Antwort bekommen. Zuschlagen. Und wieder Fragen stellen.

Er spuckte das Blut aus, das sich in seinem Mund gesammelt hatte, und schaffte es, ein paar Tropfen auf Victors schönem weißem Hemd zu platzieren. »Ihre Cousine bedeutet mir nichts. Ich habe sie nie angerührt und hatte das auch nie vor. Ich weiß nicht, wo sie jetzt ist.«

Er sah den Knüppel kommen und verdrehte sich auf dem Stuhl, sodass ihn der Schlag am Arm traf. Er brüllte so laut, dass man es bis auf die Straße hören konnte.

»Wenn du mir nicht sagst, wo sie ist, wirst du sterben. Doch ehe du stirbst, werde ich dir alle Knochen brechen.«

»Ich weiß nicht, wo sie ist.« Er sackte stöhnend in sich zusammen. Wenn man sich nichts anmerken ließ, reizte man die anderen nur, einem die Seele aus dem Leib zu prügeln. »Ich weiß nicht … wo … sie ist.« *In dem Moment, in dem ich den Kopf hebe, wird er mich wieder schlagen.* »Hölle und Verdammnis, Mann. Wie häufig soll ich es denn noch sagen? Ich weiß nicht, wo sie hin ist.«

Victor trat zurück und holte weit aus.

»Ich weiß nicht …« Der Schmerz riss die Worte auseinander. Der Idiot würde ihn noch aus Versehen umbringen. »Verflucht und zugenäht.«

Er wird mir noch meine verdammten Rippen brechen, sodass sich die Knochen in meine Lunge bohren. Ich werde an meinem eigenen Blut ersticken, und er wird völlig überrascht sein.

Gott, ich hasse Amateure.

Er hustete. Schmerz schoss in seine Seite. Schmerz wie weißes Eis. »Warten Sie. Eine Minute. Warten Sie.« *Sag etwas, das er hören will. Er wird nicht zuschlagen, solange er zuhört.* »Hören Sie. Ich habe sie im Morgengrauen nach Hause gebracht, aber es ist nicht das, was Sie denken. Ich bin ihr in den Tuilerien begegnet, wo sie nicht hingehörte. Ich habe sie nach Hause gebracht. Das ist alles. Ich habe sie auf Ihrer Türschwelle zurückgelassen. Ich habe sie nie angefasst. Jetzt habe ich schon zweimal Ihr herumstromerndes Mädchen für Sie eingesammelt. Sie sollten mir danken, dass ich …«

Der nächste Schlag traf seinen Arm. Er brüllte, und zwar ordentlich laut.

»Wo ist sie hin, nachdem sie das Gefängnis verlassen hat? Wo ist Marguerite hingegangen?«

Zähl bis drei. Eins. Zwei. Drei. Dann schau auf. Seine Miene zeigte gerade das richtige Maß an Erstaunen. »Das Gefängnis? Ihre Cousine? Sie war nicht hier. Das war meine Odette.« Er ließ blutigen Speichel aus seinem Mund fließen.

Victors Blick aus blassgrünen Augen richtete sich mit einem Ruck auf ihn, um dann genauso schnell wieder abgewendet zu werden. »Was meinen Sie damit?«

Du magst nicht anschauen, was du angerichtet hast, nicht wahr? Hast einen schwachen Magen, wenn es um Folter geht.

Seine Halbbrüder hatten ihn jedes Mal so zugerichtet, wenn sie aus Eton nach Hause kamen. Sie kamen dann unter Gebrüll hereingerannt, holten ihre Kricketschläger und stöberten ihn auf. Das würde dem Mistkerl den Übermut austreiben. Hinterher weideten sie sich an dem Ergebnis.

»Das war …« Er ließ seine Stimme ganz schwach klingen. Keuchte. »Das war Odette Corrigou. Meine Frau. Sie arbeitet für eine Schneiderin in der Rue de Roule. Die hat nichts mit Ihnen zu tun.« Er biss sich auf die Lippe, um noch etwas mehr Blut hervortreten zu lassen. Wenn das Blut so richtig schön floss, wirkte man doch gleich viel ehrlicher. Er atmete ganz flach, damit der Schmerz nicht so groß war. »Sie ist eine gute Frau, meine Odette. Eine gute Bretonin. Sie kommt aus …«

»Lügen. Nichts als Lügen.«

Schmerz. Weiß glühend. Blutrot.

»Meine Cousine hat Sie hier aufgesucht. Sie hat Ihnen gesagt, wo sie sich versteckt. Wo ihr Vater sich versteckt. Sagen Sie, wo sie sind.«

»Es war meine Frau.« Das entsprach sogar der Wahrheit. Seine Frau. Seine Maggie. Für immer und ewig sein. »Nur meine Frau.«

Du wirst Maggie nie berühren. Du wirst nie in ihre Nähe kommen.

Hawker würde die Drachenzähne in ganz Paris ausliefern. Zwanzig mächtigen Männern war gerade ein gehöriger Schrecken eingejagt worden. Die würden die ganze verdammte französische Regierung stürzen. *Und dich auch, Cousin Victor. Dich auch.*

Und Maggie würde in Sicherheit sein.

Sein Atem schnitt wie ein Messer durch seinen Körper. Er ließ den Kopf schlaff nach hinten fallen und nuschelte dabei, als würde er gleich das Bewusstsein verlieren.

Victor ließ den Knüppel sinken. Er wandte den Blick ab.

Sieh mich an. Zur Hölle mit dir, du absolut unfähiger Feig-

ling. Sieh den Mann an, den du folterst. Meinst du etwa, die Antworten stehen an die Wand geschrieben? Würdest du den Mann, den du zusammenschlägst, aufmerksam betrachten, wüsstest du, dass ich nicht gebrochen bin. Der Herr schütze uns vor Idioten.

Victor ging zum Tisch und ließ den Knüppel klappernd zwischen die Weinflaschen fallen. »Sie sind wirklich ziemlich gut. Fast könnte ich Ihnen glauben.«

Victor hatte die Handschuhe ausgezogen, ehe er sich an die schmutzige Aufgabe machte, einen Gefangenen zusammenzuschlagen. Er nahm sie vom Tisch und schüttelte sie aus. »Ich habe vor ein paar Wochen Marguerites Beteiligung an La Flèche entdeckt. Die Emigranten in London reden von nichts anderem als ihrer Flucht aus Frankreich. Ich erkannte in den Berichten unserer Spitzel Marguerites Gesindel, das sie als ihre Freunde bezeichnet. Sie hat Glück, dass keiner erkennt, was sie getan hat. Sie sind einer aus ihrer Schar von Verrätern, glaube ich. Vielleicht der Reiher. Ich habe nie herausgefunden, wer wohl der Reiher ist.«

Doyle hielt den Kopf gesenkt und konzentrierte sich darauf dumm zu wirken. Und am Leben zu bleiben.

»Sie und die anderen, die Frankreich verraten, werden hinweggefegt werden wie der Unrat, der sie sind. Aber den Namen meiner Cousine werde ich aus der Sache heraushalten. Sie machen einen Fehler, wenn Sie mir nicht sagen, wo sie ist. Ich bin die einzige Chance, die Marguerite hat.«

Die Chance, umgebracht zu werden. Aber das sagte er nicht. Er sagte überhaupt nichts.

»Meine Männer suchen nach ihr. Ich habe Marguerites Geheimnisse schon einmal gelüftet. Das werde ich wieder tun. Jemand hat sie von hier weggehen sehen. Irgendjemand weiß, wohin sie gegangen ist.« Die Handschuhe bestanden aus schneeweißem Ziegenleder. Victor schob die Finger hinein.

Erst die eine Hand, dann die andere. »Es kann nicht so schwer sein, eine Frau zu finden.«

Du hast nicht den Funken einer Ahnung, was sie ist, nicht wahr? Er hob den Kopf. »Damit habe ich nichts zu tun. Das habe ich Ihnen schon gesagt.«

»Ich bin kein Narr, Bürger LeBreton.« Ein schmales Lächeln legte sich auf seine Lippen. »Meinen Sie etwa, ich würde nicht wissen, dass meine Cousine mit einem Mann zusammen war? Sie hätten nie eine de Fleurignac anfassen sollen. Das war der größte Fehler, den Sie je gemacht haben.«

Das ist das Beste, was mir je passiert ist.

Endlich hatte Victor seine Handschuhe angezogen. »Ich werde in einem oder zwei Tagen zurückkommen, um zu erzählen, dass ich sie gefunden habe.« Er zögerte und tat so, als würde er nachdenken. »Aber nein. Natürlich nicht. Es gibt keinen Grund zurückzukommen. Sie werden ja tot sein.«

41

»Und dann?« Madame stand über ihr auf der Treppe. Sie trug strenges Schwarz. Ihr Haar war mit silbernen Schmetterlingen, die an Nadeln befestigt waren, hochgesteckt, an den Fingern steckten silberne Ringe.

Justine erstattete mit wenigen Worten Bericht, wie man es ihr beigebracht hatte. »Die letzten Papiere hat er bei Tallien und Vadier abgegeben.«

»Die große Feinde von Robespierre sind.«

»*C'est sûr.*« Madame fand das amüsant. »Der ach so schlaue Adrian hat mich bei seinen letzten Botengängen mitgenommen. Er meinte, ich würde ihm ja ohnehin folgen, und so würde er uns beiden viel Ärger ersparen.«

Madame lächelte sie an. »Und hast du herausgefunden, was in diesen Papieren steht?«

»Leider nicht.« Diese Engländer waren wirklich ernst zu nehmende Gegner. »Ich habe keinen Blick darauf werfen können. Ich hab gebettelt und geschmeichelt, aber der Junge ließ sich überhaupt nicht erweichen. Ich glaube, dass es um eine große Sache geht.«

Madame wartete. Ihre Hand lag immer noch rugig auf dem Geländer.

»Der Gärtner hat mir gesagt, dass ich die nächsten Tage drinnen bleiben soll. Ich soll auf keinen Fall allein durch die Stadt gehen. Er hat Angst, dass es zu Aufständen kommen könnte.«

»Was diese Briefe angeht, da heckt jemand in der Tat etwas Großes aus. Der Gärtner ist nicht gerade ein Dummkopf, deshalb befürworte ich seinen Befehl. Sei vorsichtig, Justine. Wenn du von Unruhen hörst, achte darauf, anderswo zu sein.«

Es ist schön, jemanden zu haben, der mir sagt, dass ich vorsichtig sein soll. »Der Junge wurde verletzt, als er diese Briefe auslieferte. Er wurde von irgendjemandem angegriffen. Auch in der Hinsicht war er nicht gerade mitteilsam.« Das Letzte sagte sie ganz schnell. »Ich habe ihn heute Nacht in meinem Zimmer untergebracht. Ich hoffe, dass Sie nichts dagegen haben.«

Madame betrachtete die Ringe an ihrer Hand. Es waren alles breite, kunstvoll gearbeitete Reife. »Ich habe einiges über diesen Adrian erfahren, seit wir uns das letzte Mal unterhalten haben. Er ist Hawker, die Hand von London, ein gefährlicher Spielgefährte für dich. Er hat mehr Männer umgebracht, als du Haarbänder hast.«

Sie hatte so etwas schon vermutet. In seinem Blick lag manchmal ein Ausdruck, der von solchen Dingen sprach. »Ich unterschätze ihn nicht. Ich bin nicht … ich interessiere mich nur hinsichtlich der De-Fleurignac-Sache für ihn. Ich habe neben mir auf dem Boden ein Bett für ihn gemacht, falls er Wundfieber bekommt und versorgt werden muss. Es ist alles schon kompliziert genug, ohne dass der Junge auch noch krank wird.«

Madame hüstelte geziert. »Dann planen sie also, William Doyle aus dem Gefängnis zu befreien?«

»Sie sprechen mit mir nicht darüber. Ich werde morgen hingehen und mich als Verbündete anbieten, dann kann ich Ihnen erzählen, was vor sich geht. Es wird interessant sein, Marguerite de Fleurignac dabei zu beobachten, wie sie einen Plan ausheckt. Ich bewundere sie seit Jahren und werde jetzt die Gelegenheit haben, einen Plan von Anfang bis Ende zu verfolgen. Es ist ein komisches Gefühl, bei der Befreiung eines englischen Spions aus dem Gefängnis zu helfen. Denn nächste Woche schicken

Sie mich vielleicht los, um dafür zu sorgen, dass er wieder verhaftet wird.«

»Es ist über die Maßen amüsant«, sagte Madame. »Das Leben ist doch ein ewiger Quell der Freude, nicht wahr?«

»Aber gewiss.«

Madame ging an ihr vorbei die Treppe hinunter. Als sie auf Augenhöhe miteinander waren, blieb sie stehen. Die silbernen Schmetterlinge in ihrem Haar waren mit kleinen Federn an den Nadeln befestigt. Bei jeder Bewegung vibrierten sie, als wären sie lebendig. »Ich weiß sehr wohl, wie gefährlich das für dich ist. Glaube ja nicht, dass mir das alles leichtfällt.«

»Mir macht das nichts aus.«

Finger strichen kurz über ihre Wange. *Sie vermeidet es, mich zu berühren, wegen der Dinge, die mir widerfahren sind.* »Bist du dir sicher, dass ich dich und deine Schwester nicht irgendwohin schicken soll, wo ihr in Sicherheit seid? In Dresden gibt es eine Schule, die von einer guten Freundin von mir geleitet wird. Sie haben ein Haus am Fluss … Nein? Ich bin nicht sehr glücklich bei der Vorstellung, ein junges Mädchen diese Arbeit machen zu lassen.«

Doch Madames eigene Tochter hatte ebenfalls Anteil an dieser Arbeit. Sie spielte keine unwichtige Rolle. Alle wussten, dass sie den Befehl bekommen hatte, sich im Ausland in Sicherheit zu bringen, sich aber geweigert hatte zu gehen. Sie erhielt sogar auf dem Schlachtfeld gefährliche Aufträge. *Und sie ist jünger als ich.* »Ich will hierbleiben. Um das hier zu machen. Ich fühle mich lebendig, wenn ich meine Arbeit tue.«

Eins der Mädchen im Haus hatte angefangen zu singen – Péronette, die eine wunderschöne Stimme hatte. Madame sah in die Richtung, aus der das Lied kam, und dann wieder zu Justine. »Wir sind uns sehr ähnlich … du und ich.« Mit einer Handbewegung scheuchte sie Justine fort. »Los, geh und kümmere dich um deinen kleinen Spion. Ich werde Babette sagen, dass sie nach seiner Wunde sehen soll. Ja, ich weiß, dass du dich um jede Art von Verletzung außer Kopfverlust kümmern kannst, aber wir werden Babette ein bisschen verwöhnen, indem wir sie um deinen hübschen Jungen herumglucken lassen.«

Was gab es da noch zu sagen? Dieser gefährliche, schlaue Junge gehörte natürlich nicht ihr, aber etwas zu leugnen wirkte nie sehr überzeugend. Deshalb schüttelte sie den Kopf und ging nach oben, um zu sehen, ob er ihre Habseligkeiten durchstöberte.

»Justine.«

Sie drehte sich um.

»Der britische Geheimdienst hat ihn zwar nach Paris gebracht, aber Adrian Hawkins gehört nicht zu ihnen. Er hat keinen Grund, ihnen gegenüber loyal zu sein, und nicht geringen Anlass, sie zu hassen. Wirb ihn für Frankreich an, wenn du kannst. Er würde uns sehr nützlich sein.«

Das würde interessant werden. »Ich werde es versuchen.«

42

So war die Hölle gewesen, als sie erschaffen wurde und leer war, ehe die Dämonen mit ihren Feuerkesseln und ihren Forken einzogen. Die Hölle hatte vermutlich nach nassem Stein gerochen, ehe sie sich mit Schwefeldämpfen und nach was der Teufel sonst riechen mochte gefüllt hatte.

Sie hatten Kerzen dabei, sodass fünf kleine Punkte ein bisschen Licht verbreiteten. Von allen unheimlichen Vorkommnissen, seit sie hier heruntergestiegen war, hielt sie das seltsamste in der Hand. Denn die Kerzenflamme stand ganz gerade und flackerte nur, wenn ihr Atem sie berührte. Hier unten gab es keinen Luftzug, keine Verbindung zum Wind über der Erde.

Dies hier waren die Steinbrüche, die unter Paris lagen. Kilometerlange Ausschachtungen, aus denen Paris errichtet worden war.

Der Fels um sie herum war feucht, voller Mineralien und keine Spur von Leben. Dies war das Reich der Dunkelheit. Ihre Kerzen konnten nichts dagegen ausrichten.

»Halt still.« Ihr Vater war gereizt. Er war der Einzige von ihnen, der keine Kerze mit sich trug. Er wollte, dass sie ihm Licht spendete, damit er seine Karten studieren, den Kompass zurate ziehen und mäkeln konnte. Er ließ kein gutes Haar an dem Kompass, den sie ihm gekauft hatte. »Du bringst die Nadel zum Springen.«

»Ich bringe die Nadel nicht zum Springen. Ich berühre sie ja überhaupt nicht.«

»Du brauchst sie nicht zu berühren. Deine animalische Energie beeinflusst die Nadel. Ständig hältst du den Atem an und denkst, dass wir es nicht schaffen. Die Faktoren, die eine Wirkung haben, sind ziemlich …«

Und in dieser Weise fuhr er fort zu reden.

Jetzt musste sie sich anhören, wie ihr Vater die Auswirkungen des menschlichen Körpers auf magnetische Kräfte erklärte. Sie glaubte nicht daran, und es interessierte sie auch nicht. Doch seine Stimme gab ihr das Gefühl, nicht allein zu sein. Keinem von ihnen war danach, sich in diesen engen Schächten und dunklen Winkeln zu unterhalten. Sie bewegten sich vorwärts – sechs Personen und fünf kleine Lichter.

Der Fels, auf dem sie gingen, war dort uneben und voller Furchen, wo die Steinbrucharbeiter die riesigen Blöcke auf Schlitten nach oben gezogen hatten. Manchmal stapften sie alle durch Pfützen, die mit ganz klarem Wasser gefüllt waren, doch trübe wurden, sobald sie sie hinter sich gelassen hatten. Während sie durch die Schächte gingen, tauchten vor ihnen in der Dunkelheit immer wieder Pfeiler auf, Pfeiler, die wie gewaltige Baumstämme aus dem Felsgestein wuchsen, um das Dach aus Stein zu halten. Zehn Männer, die einander an den Händen hielten, wären vielleicht in der Lage gewesen, einen dieser Pfeiler zu umspannen. Die Decke war niedrig und zwischen den Pfeilern nach oben gewölbt. Das Licht ihrer Kerzen flackerte darüber hinweg und schuf Ecken und Winkel voller Dunkelheit und Schatten.

Justine hatte Stiefel für sie besorgt. Männerstiefel. Was für seltsame und nützliche Dinge man doch in einem Bordell fand. Sollten sie und die anderen für immer in diesen höhlenartigen Gängen verschwinden, würde jemand ihre eigenen Schuhe im Keller eines Cafés in der Nähe der Sorbonne finden, wo sie ordentlich nebeneinander auf der obersten Stufe einer Treppe standen, die sich nach unten in den Fels wand.

Sie ging neben René Petitot, der zu den Leuten des Gärtners gehörte. Natürlich hatte sie schon von ihm gehört. Er war bei La Flèche das Hähnchen – ein Mann, dem die kühnsten Heldentaten nachgesagt wurden. Er und ein paar andere kannten die geheimen, verborgenen Zugänge zu den Steinbrüchen unter der Stadt. Sie führten Spatzen durch das Gewirr alter und neuer Schächte, um nachts weit jenseits der Stadtmauern im Hof irgendeines Steinmetzes wieder nach oben zu kommen.

Nachdem sie das Hähnchen jetzt persönlich kennengelernt hatte, stellte sich heraus, dass er ein Stutzer war – ein dünner Mann, der einen Gehrock aus braunem Samt und Rüschen an den Manschetten trug, während er die Steinbrüche unter Paris erforschte. »Ihr Vater meint wirklich, er kann einen bestimmten Punkt in dem Höhlensystem finden?«, fragte er.

»Er wird ihn finden.« *Er muss ihn finden.*

Das Hähnchen meinte: »Das ist schwieriger, als Sie denken. Ich kann Ihnen ein paar Eckpunkte zeigen, aber nichts, das in der Nähe der Rue Tessier und dem Kloster wäre. Hier unten weiß man nie so genau, wo man gerade ist.«

Sie betraten einen Gang, der zwischen zwei Schächten verlief. Er war nicht sonderlich breit. Die Wände bestanden aus Steinquadern, die mit Mörtel verbunden waren und genauso wie die Gebäude oben in der Stadt aussahen. Das war nur natürlich. Die Stadt Paris war schließlich hier entstanden. Auf diesem Steinbruch.

Sie gingen im Gänsemarsch und folgten Justines Licht an der Spitze und der Stimme ihres Vaters, die gerade erklärte, dass Magnetismus in unterschiedlichen Farben nachzuweisen war. Hatte sie da möglicherweise etwas falsch verstanden? Jean-Paul bildete die Nachhut und achtete darauf, dass keiner im Dunkeln verloren ging. Zu beiden Seiten öffneten sich Gewölbe, die wie Münder wirkten.

Es war nicht kalt unter der Erde, zumindest nicht eisig. Es war eher, als spürte man den kalten Hauch des Todes, den eine leere Hülle gebiert, aus der die Seele entfleucht ist. Doch hier unten hatte nie etwas gelebt geschweige denn eine Seele besessen. Diesen Fels hatte nie ein Samen berührt, noch hatte er je eine Blume gesehen. Von dem Wasser, obwohl noch so klar, hatte nie jemand getrunken. Die Luft hier unten war nie durch eine Lunge gegangen. Nichts hatte hier einen Sinn, als hätte jemand ein Buch geschrieben und es mit bedeutungsleeren Silben gefüllt.

Ich habe alles auf diese eine Karte gesetzt. Wenn ich recht habe, werde ich Guillaume retten. Wenn nicht …

Wenn nicht, werde ich ihn hören, wenn er stirbt.

Das Hähnchen strebte entschlossen voran. »Ich bringe Sie so nah heran, wie ich kann. Die Karten, die von den Steinbrüchen existieren, entspringen reinem Wunschdenken. Und die Straßenkarten von Paris sind auch nicht sehr verlässlich. Wenn man die beiden nun zusammenführt …«

Er möchte mir sagen, dass wir es vielleicht nicht schaffen werden. Das weiß ich bereits.

Sie hielt die Hand dicht an die Kerze und fand darin Beruhigung und Trost. »Mein Vater hat vor sechs Jahren den ganzen Winter damit verbracht, Paris zu vermessen. Ständig war er mit drei Männern und Messketten unterwegs. Eine Zeit lang war er geradezu berühmt.« Auch für sie hatte das gegolten. Sie war damals die berüchtigte Tochter gewesen. »Dann ließ er Gewichte von hohen, besonders geraden Gebäuden fallen. Er meinte, in der Nähe von Wasser sei die Schwerkraft größer. Oder schwächer. Das habe ich mir nie merken können.«

»Ich weiß, dass er Ihr Vater ist, aber …«

»Er ist verrückt. Niemand weiß das besser als ich. Aber er ist sehr penibel in seinem Wahnsinn. Der Wahnsinn wird ihn nicht davon abhalten, für mich das Kloster von Saint-Barthélémy zu finden.«

Ihr Vater hatte seinen Vortrag über Magnetismus beendet und war stehen geblieben, um sich anzusehen, was in die Wand geritzt worden war. Justine hielt gehorsam die Kerze für ihn hoch.

87 G 1777

Die Zahlen an dieser Ecke waren tief in den Fels gemeißelt, und man hatte jede Linie mit schwarzer Farbe nachgezeichnet. Unter der Nummer war noch mehr eingraviert. Ihr Vater las es laut vor: »Rue Jacques.«

Sie befanden sich zwanzig Meter unter der Rue Jacques. Früher war es die Rue Saint-Jacques gewesen. Die Revolutionäre waren so tief unter die Erde gedrungen, dass sie sogar hier das ›Saint‹ entfernt hatten, obwohl hier außer Mitarbeitern der Minenaufsichtsbehörde und Schmugglern – und natürlich La Flèche, um Spatzen aus Paris zu führen – niemand unterwegs war.

Ihr Vater las jede Inschrift, an der sie vorbeikamen, laut vor, denn er war ein Mensch, der gern das Offensichtliche feststellte, wenn er nicht gerade etwas Verrücktes von sich gab. »45 G 1777.«

Das Hähnchen warf einen Blick auf die Zeichen und schaute dann nach oben zum steinernen Gewölbe. Dort befanden sich mit Kreide geschriebene Zeichen. Griechische Buchstaben und ein Pfeil. Nichts, was einen irgendwie weitergebracht hätte. »So hoch im Norden gibt es nicht so viele Schächte«, erklärte er. »Man hat nicht überall gegraben. Wenn unter der Rue Tessier kein Schacht verläuft, können wir nichts machen. Das wissen Sie doch, oder?«

»Ja.«

Sie waren fast am Ziel. Die Rue Saint-Jacques war nahe am Kloster. Hier waren überall Steine abgebaut worden. Sie kamen an Bögen vorbei, hinter denen tiefe Höhlen lagen, die die Stimme ihres Vaters fast verschluckten. Der Schotter unter ihren Füßen wurde weniger.

Bei 37 Rue Jacques blieben sie stehen. Ihr Vater hielt den Kompass in der einen und die Karte in der anderen Hand. Dabei vollführte er einen seltsamen Tanz, während er versuchte, Karte und Kompass aufeinander abzustimmen. Es handelte sich um seine eigenen, von ihm gezeichneten Karten von Paris. Es waren außergewöhnlich genaue Karten, doch es waren nur die 156 höchsten Gebäude von Paris eingezeichnet.

Adrian und Jean-Paul, die schwer beladen waren, lehnten mit den Rucksäcken an der Wand und ruhten sich aus. Spitzhacken und Schaufeln klapperten gegen den Fels. Ihr Vater klopfte auf den Kompass und sah nachdenklich die Wand an.

Lass das nicht die Richtung sein, in der das Kloster liegt. Nicht da. Nicht da, wo nur unberührter Fels ist. Bitte. Es gibt so viele Schächte. Es muss doch einen unter der Rue Tessier geben.

»Wir müssen darum herumgehen.« Entschlossen machte ihr Vater kehrt und führte sie denselben Weg zurück, während er die ganze Zeit von Magnetismus redete. Er verlief offensichtlich in bestimmten Linien.

Es spielt keine Rolle, dass er verrückt ist. Es spielt auch keine Rolle, ob ich eine logische, eine kluge oder eine vernünftige Entscheidung gefällt habe. Guillaumes Leben hängt nur noch davon ab, ob ich Glück habe oder nicht.

Das Hähnchen streckte eine Hand aus und strich mit den Fingern über die Decke des Ganges, durch den sie gerade gingen. »Ihnen ist doch klar, dass wir uns da nicht durchgraben können. Es würde Monate dauern, sich da mit einem Meißel einen Weg zu bahnen, und man würde uns ohnehin dabei erwischen. So kommen wir nicht in das Gefängnis. Wenn wir den Brunnen nicht finden …«

»Ich hoffe wirklich inständig, dass wir den Brunnen finden.«

Ihr Vater blieb stehen. Er schloss den Kompass und steckte ihn ein. Das Klicken beim Schließen des Kupfergehäuses des Kompasses hatte etwas Endgültiges.

»Hier?«, fragte sie.

»Das kann man nicht wissen. Es ist ein Fehler zu denken, man könnte alles wissen. Heraklit hat darüber geschrieben. Die Energieströme innerhalb der Erde …«

»Vater, ist es hier? Genau hier?«

»Ich sage dir doch – das kann man nicht wissen.«

Es gab nichts Eindeutigeres als die Richtung, in die ein Kompass wies. Lange, nachdem sie tot und zu Staub geworden war, würde ein Kompass immer noch nach Norden zeigen. »Wenn man es nicht wissen kann, kann man doch wenigstens eine Vermutung anstellen, oder?«

»Wenn du eine Vermutung willst …« Er zuckte die Achseln. »Geh fünfzig Schritte. Da entlang.« Er zeigte die Richtung. »Das Haupttor des Klosters befindet sich im Umkreis von hundert Metern des Felsens, auf dem du stehst, fünfzig Schritte in die Richtung.« Er schob die Lippen vor. »Wahrscheinlich.«

Sie trug ihre Kerze ins Dunkel und zählte dabei. *Ich muss es glauben.*

Jean-Paul folgte ihr. Der Lichtschein seiner Kerze überschnitt sich mit dem ihrer. Als sie stehen blieb, legte er seinen Rucksack ab und beschäftigte sich mit dem Herausholen und Anzünden weiterer Kerzen. Sie hatten einen großen Vorrat mitgebracht. In einen Stollen konnte man gar nicht genug Kerzen mitnehmen, genauso wie man nicht zu viel Wasser in die Wüste mitnehmen konnte.

Das Kloster lag über ihnen. Guillaume befand sich zwanzig Meter über ihr.

»Wir sind hier direkt unter dem Kloster von Saint-Barthélémy.« Sie brauchte ihre Stimme nicht zu erheben, um gehört zu werden. Alle waren dicht aufgerückt. Im Licht der kleinen Flammen waren die Gesichter, die Hände, die Brustkörbe zu sehen. »Im Kloster gibt es einen Brunnen, der mehrere Hundert Jahre alt ist. Der Brunnenschacht geht durch diesen Stollen ins Grundwasser darunter. Der Brunnen befindet sich nicht weit von der Stelle, wo wir jetzt stehen.« *Wenn ich es nur mit genügend Überzeugung sage, wird es wahr.* »Die Gänge«, sie beschrieb einen weiten Bogen mit der Hand, die nicht die Kerze hielt, »kamen erst später. Lange, nachdem es den Brunnen schon gab.«

So viel Stille. Ihre kleine Welt bestand nur aus sechs Personen, sehr viel Dunkelheit und der schrecklichen Endgültigkeit undurchdringlichen Felsgesteins. Es war unvorstellbar, wie weit sich die Dunkelheit in alle Richtungen erstreckte. Ganze Ozeane voller Dunkelheit.

»Das ist die Geschichte dieses Ortes«, erklärte sie. »Wenn die Steinbrucharbeiter auf einen Brunnen stoßen, ziehen sie sich davon zurück. Der Stein um den Brunnen herum bleibt unangetastet. Dann entsteht einer dieser Pfeiler, die wir hier überall sehen, oder sie errichten eine zusätzliche Wand aus Quadern und Mörtel um den Brunnenschacht. Unser Brunnen, der Brunnen des Klosters, befindet sich innerhalb einer dieser dicken Wände oder in einem Pfeiler.«

Keiner sagte etwas. Es gab auch nichts zu sagen. Sie schloss mit den schlichten Worten: »Wir werden ihn finden.«

Adrian setzte seinen Rucksack vor ihren Füßen ab. Genau wie Jean-Paul, wie Justine und das Hähnchen begann er, Kerzen anzuzünden und mit ihrem eigenen Wachs auf dem Boden zu befestigen. Fünf Kerzen. Ein Dutzend. Zwei Dutzend. Ein Lichtkreis entstand um die Gerätschaften, die sie mitgebracht hatten. Kleine Lichtpunkte, eigensinnig wie die Sterne am

Himmel. Sie durchdrangen das Dunkel und bildeten mit ihren Markierungen ein Lager.

Adrian kam zu ihr, als er fertig war. »Dann soll ich jetzt also nach einem zugemauerten Loch in diesen großen Pfeilern oder einem Stück Wand, das einfach im Raum steht, suchen. Richtig?«

»Genau.« Sie würden unter Umständen eine Woche mit der Suche beschäftigt sein. Guillaume hatte nur einen Tag. Vielleicht auch zwei. Wussten eigentlich alle, wie verschwindend gering die Wahrscheinlichkeit war, dass sie fündig wurden?

»Was für Idioten sind das eigentlich, die eine Stadt auf Eierschalen errichten? Es braucht ja nur einer zu niesen, und das Ganze würde zusammenbrechen.« Kopfschüttelnd ging Adrian davon. »Paris.«

Das Hähnchen nahm einen Schluck Wein aus seiner Flasche, verkorkte sie und steckte sie wieder in den Lederrucksack, den er dabeihatte. »Geht nirgends hin, wo ihr das Licht der anderen nicht mehr sehen könnt. Wenn ihr euch verirrt, setzt euch hin und wartet. Vielleicht mache ich mich sogar auf die Suche nach euch. *Bon courage*.«

Die erste Stunde verbrachten sie damit, minutenlang jeden Pfeiler und jede Wand in diesem Stollen nach irgendwelchen Hinweisen zu untersuchen. Dann setzten sie ihre Suche im nächsten Stollen fort.

Nach fünf Stunden legten sie eine Pause ein, um in einer kleinen Nische, die in den Fels gehauen worden war, etwas zu essen. Sie saßen auf einer rund angelegten Treppe, die nach unten zu einer Quelle im Felsen führte. Zweieinhalb Meter unter ihnen lag ein rundes Becken, das Trinkwasser enthielt und in dem die alten Steinbrucharbeiter vielleicht die Füße gebadet hatten. Das Wasser war so klar, dass man es fast nicht sah; doch es warf das Licht ihrer Kerzen zurück. Sie verspeisten die hervorragenden Pasteten und den Käse, die im Bordell serviert wurden. Dazu tranken sie Wein und sprachen nur wenig miteinander.

Ihr Vater wurde langsam müde. Sie hatte dafür gesorgt, dass er eine warme Jacke dabeihatte, doch er war trotzdem durchgefroren. Draußen würde es jetzt später Nachmittag sein.

Nach zehn Stunden unter der Erde hatten sie bei ihrer Suche immer größere Kreise gezogen und waren mittlerweile in einem weiteren Stollen angelangt. Fledermäuse flatterten auf und flüchteten durch irgendeinen Luftschlitz in der gewölbten Decke. Ein zarter Lichtstrahl kam von hoch oben und fiel frisch und schön wie eine Quelle in der Wüste bis auf den Höhlenboden.

Es handelte sich um einen Lüftungsschacht, der in den Fels gebohrt worden war. Wie magisch angezogen ging sie darauf zu, stellte sich in den Lichtstrahl und schaute nach oben. Sie meinte, bereits seit hundert Jahren hier im Dunkel zu sein.

»Ich folge ihm bis nach oben«, erklärte das Hähnchen. »Dann wissen wir genau, wo wir sind. Aber das dauert einen oder zwei Tage. Wahrscheinlich endet der Schacht in irgendeinem Garten.«

Alle standen da und schauten nach oben.

»Die Öffnung ist so groß, dass ein Mann hindurchschlüpfen kann, der an einem Seil herabgelassen wird. Es ist immer gut, einen weiteren Eingang zu haben«, meinte das Hähnchen.

Sie waren ganz nahe. Sie wusste es. Wenn sie diese Felswände und Steinpfeiler doch nur auseinanderreißen könnte, würde sie den Brunnen finden. *Wir werden es nicht rechtzeitig schaffen. Es war ein Fehler von mir, es überhaupt zu versuchen.*

Jean-Paul trat neben sie. »Wir können immer noch auf die List mit der Gefangenenverlegung zurückgreifen, um ihn morgen bei Tagesanbruch herauszuholen. Die Zeit würde reichen, die Papiere zu fälschen, wenn wir jetzt zurückgehen. Wir nehmen Harriers Kutsche und ihn als Fahrer. Und ich gebe immer noch einen überzeugenden Wärter ab.«

Du wirst dein Leben nicht aufs Spiel setzen – du, der Frau und Kind hat und noch ein Kind, das unterwegs ist. »Nein.«

»Marguerite …«

»Ich habe mich entschieden, Jean-Paul. Entweder so oder gar nicht. Wir haben uns festgelegt.«

Sie stritten nicht darüber, doch keiner von ihnen rührte sich von der Stelle. Sie würden weitersuchen, aber alle wussten, dass es sinnlos war.

Von irgendwoher strich ein Wind aus den Schächten und entwich durch die Öffnung in der Decke. Normalerweise hätte man den leichten Luftzug gar nicht bemerkt. Doch hier unten hörte sie ihn als leises Wispern.

Das ist das Königreich der Stille. Geräusche sind hier nur Besucher. Die Kerzenflamme flackerte, als sie ausatmete.

Und da wusste sie es.

»Ein Brunnen ist nicht nur ein Loch im Boden«, erklärte sie. »Man befördert damit Wasser nach oben. Die Kette schlägt gegen Metall. Der Eimer platscht aufs Wasser. Die Winde knirscht, wenn der volle Eimer nach oben gezogen wird. Wir haben einen Fehler gemacht. Wir dürfen nicht nach dem Brunnen Ausschau halten. Wir finden ihn über das Gehör.«

Vielleicht waren sie nicht sehr achtsam. Vielleicht liefen sie allzu schnell von einem Stollen in den nächsten, um mit dem Ohr am Felsen zu lauschen. Doch das schadete nichts.

Justine war diejenige, die schließlich etwas hörte. Weniger als zehn Meter von der Stelle entfernt, wo sie ihre Sachen abgeladen hatten, hörte sie das schwache, doch durchdringende Knirschen der Kette hinter einer Wand aus mit Mörtel zusammengefügten Steinquadern.

Adrian lief los, um Spitzhacken und Stemmeisen zu holen. Sie brauchten fünf Minuten, um den Mörtel aufzubrechen und einen Stein zu lösen. Vorsichtig. Leise.

»Wenn das hier der Brunnen ist«, flüsterte Jean-Paul, »kann man uns hier unten hören. Ich möchte nicht, dass man sich fragt, warum die Frösche plötzlich reden können.«

Er zog den Stein heraus und trat zurück. Durch die eine Handbreit große Öffnung sah man, dass dahinter eine Höhle war. Und ein winziger, kaum wahrnehmbarer Funken Licht.

»Wir haben es geschafft«, sagte sie.

43

Als die Öffnung groß genug war, schob sie sich mit dem Oberkörper in den Brunnen und drehte sich, um nach oben zu schauen. Der Lichtfleck, den sie ausmachen konnte, war nicht größer als eine Münze. Eine kleine Münze, aber sie blendete. Was Gegensätze doch ausmachten.

Sie sprachen nur im Flüsterton miteinander. Alle paar Minuten wurde der Eimer heruntergelassen und voll wieder nach oben gezogen.

Sie stellte sich etwas entfernt von der Öffnung hin, sodass das Licht ihrer Kerze nicht in den Brunnenschacht fiel und keiner etwas bemerkte, der zufällig nach unten schaute. Es gab eine Ecke, wo zwei Wände aufeinanderstießen. Dort würde sie warten.

»Ich möchte dir eigentlich sagen, dass du hier nicht bleiben kannst.« Jean-Paul seufzte. »Aber du wirst genau das tun, was du dir in den Kopf gesetzt hast.«

»Es gibt nichts Sinnvolles, was ich oben machen könnte. Victor ist hinter mir her. Ich bringe mich schon in Gefahr, wenn ich mich auf der Straße nur zeige. Und alle anderen auch, die mit mir zu tun haben.« Darum musste sie bleiben. Jean-Paul würde das auch wissen.

»Bei La Flèche neigen wir nicht zu großen Gesten, Marguerite.«

»Diese große Geste nehme ich mir heraus.«

Er wusste, dass es sinnlos war, mit ihr darüber zu diskutieren.

Sie richtete sich auf eine Wartezeit ein. Das Hähnchen kam und küsste sie auf beide Wangen. Er überließ ihr seine Jacke, in die sie sich einwickeln und auf der sie sitzen konnte. Er packte Kerzen, Feuerstein und Zunder aus und legte alles neben sie hin. Dazu kam dann noch seine Weinflasche und alles, was sie nicht aufgegessen hatten.

Jean-Paul gab ihr seine goldene Uhr, die Uhr seines Vaters. Er drückte sie ihr in die Hand, als wäre das etwas ganz Selbstverständliches. Dann rollte er, beginnend bei ihren Füßen, einen Faden ab, der sie wieder nach draußen führen würde. »Nur für den Fall«, sagte er. Auch er gab ihr seine Jacke und ließ sich nicht überreden, sie doch zu behalten.

Ihr Vater gab ihr die klebrigen Datteln, die er in den Tiefen seiner Tasche, in ein Taschentuch gewickelt, gefunden hatte. Er hatte mehrere interessante Beobachtungen zu magnetischen Wellen unter der Erdoberfläche gemacht und begann, sie ihr zu schildern.

Aber dann hatte er auch überhaupt nichts dagegen, über seine Liste mit den Genies zu sprechen. Die, die er Robespierre gegeben hatte. Ja, es gab davon eine Abschrift, die sich zu Hause in der Bibliothek befand. Nicht in seinem Schreibtisch. Er hatte sie in ein Buch gelegt … Er würde sie für sie heraussuchen.

Sie wies ihn daraufhin, dass Victor versucht hatte, sie zu vergiften. Victor sei höchstwahrscheinlich auch der Mann, der Mörder auf ihn angesetzt hatte. Außerdem habe Victor seine Zelte im Hôtel de Fleurignac aufgeschlagen.

»Ah ja.« Zerstreut aß ihr Vater eine der Datteln, die er ihr gegeben hatte.

Die staunende, aber furchtlose und tüchtige kleine Justine nahm sich ihres Vaters an und führte ihn weg.

Adrian blieb bis zum Schluss. »Machen Sie sich keine Sorgen, wenn wir uns verspäten.«

»Ich neige nicht dazu, mir Sorgen zu machen. Ich habe viele Kerzen, die mir Gesellschaft leisten werden.«

»Wir müssen Seil und Sprossen aus der Werkstatt im Jardin des Plantes holen und alles quer durch die Stadt ins Café tragen; und dann nach hier unten. Das wird eine Weile dauern.«

»Das denke ich auch.«

»Es könnten Windstöße aus dem Brunnenschacht kommen, so wie das manchmal bei einem Schornstein passiert. Stellen Sie ein paar Kerzen so auf, dass sie nicht ausgeblasen werden können.« Er zeigte auf die Stelle. »Da.«

»Das ist schlau. Danke.«

»Gehen Sie nicht umher, damit Sie sich nicht verirren. Wenn Sie pinkeln müssen, tun Sie es hier.« Derbe, doch praktische Erwägungen, die in der melodischen Aussprache des Südens vorgebracht wurden.

»Das ist ein guter Rat, Adrian. Ich habe ausreichend Angst vor dieser gewaltigen Dunkelheit, um mich nicht unvorsichtig zu verhalten.«

»Ziehen Sie die Jacken über sich, ehe es Ihnen kalt wird. Sie bemerken es zwar nicht, aber es nimmt Ihnen die Kraft, wenn Sie sich nicht bedecken.«

»Das werde ich.«

»Wahrscheinlich nicht. Ich weiß, dass ich Sie nicht dazu zwingen kann.« Er verzog die Lippen. »Keiner sagt Ihnen, was Sie tun sollen … bis auf Doyle. Und er sagt auch nicht viel. Ich werde ihn wissen lassen, dass Sie hier sind, warten und die Stellung halten. Das wird ihn beflügeln. Ich lasse diese Jacke hier, weil sie innen voller Blutflecken ist. Ich kann mich mit so etwas nicht sehen lassen. Wollen Sie ein Messer haben? Ich habe ein paar übrig.«

»Das ist sehr freundlich von dir, Adrian, aber ich könnte damit nichts anfangen.«

»Meine Freunde nennen mich Hawker.«

»Dann werde ich dich auch Hawker nennen.«

Er blieb noch eine Weile und sah sie durchdringend an, ehe er den anderen folgte und sie in diesem Reich der Dunkelheit und unheimlichen Stille zurückließ.

Geräusche setzen sich im Fels weit fort. Sie hörte ihre Schritte noch lange, ehe sich völlige Stille herabsenkte und sie allein war. Die Jacke des Hähnchens war die wärmste. Sie roch stark nach dem Duftwasser, das er benutzte, aber das störte sie nicht. Sie wickelte sich in die Jacke und legte die von Jean-Paul und Adrian – Hawker – unter sich. Sie schlug sie über den Beinen zusammen, sodass sie es ganz bequem hatte. Die Zeit verging langsam.

Manchmal platschte der Eimer nach unten, wurde mit rasselnder Kette nach oben gezogen und fiel wieder herunter. Der Eimer war ihre Verbindung zur Außenwelt. Manchmal, wenn sie den Eimer eine Weile nicht hörte, durchbrach ein einzelner Tropfen plötzlich die Stille, wenn er auf die Wasseroberfläche traf.

Es war nicht die Angst vor Victor, die sie hier hielt, oder irgendwelche Vernunftgründe. Vielmehr hielt sie Wache, als hätte sie in einer Kirche Kerzen angesteckt und würde nun die ganze Nacht neben ihnen sitzen. Guillaume war vielleicht dreißig Meter von ihr entfernt. Sie saß auf seiner Türschwelle und leistete ihm Gesellschaft.

Aus der braunen Stofftasche, die sie mitgebracht hatte, holte sie ein paar Sachen, um sich zu beschäftigen. Ein Buch. Strickzeug. Man brauchte nicht viel Licht, um Strümpfe zu stricken. Man tat es nach Gefühl und indem man zählte. Die Sonette waren von dem Engländer Shakespeare und ihr so vertraut, dass das Licht nicht so gut sein musste, damit sie sie lesen konnte.

Sie hatte auch eine kleine Flasche mit Klebstoff, zwei Pinsel und Blattgold dabei. Sie zog die Stiefel aus und begann damit, ihre Fußnägel zu vergolden. Mit dem kleinen Zeh fing sie an, weil sie sich dafür am meisten verrenken musste. Dann kam der nächste Zeh an die Reihe. Es war eine anspruchsvolle Prozedur, die lange dauerte, weil immer erst alles richtig trocken sein musste, ehe sie die nächste Schicht Blattgold auftragen konnte. Sie widmete sich der Aufgabe mit großer Geduld.

Wenn Guillaume diese Nacht überlebte und fliehen konnte und sie ebenfalls überlebte, würde sie ihn mit ihren vergoldeten Fußnägeln überraschen. Es würde ihn halb wahnsinnig machen vor Leidenschaft. Es würde eine sehr befriedigende Angelegenheit sein, zusammen mit Guillaume im Bett zu liegen, wenn er halb wahnsinnig vor Leidenschaft war. Das war ein Gedanke, der einen auch tief unter der Erde warm hielt.

44

Im Mansardenzimmer des Bordells lag die kleine Séverine bäuchlings wie ein betrunkener Soldat und schlaff wie eine Stoffpuppe auf dem Bett. Sie hatte höchstwahrscheinlich den ganzen Tag mit Dingen verbracht, die Kinder eben so taten. Im Hintergarten Löcher unter Büschen graben. Würmer essen. Unter die Hufe von Pferden kommen und fast zu Tode getrampelt werden. Ein recht anstrengendes Tagewerk.

»Ist das in Ordnung, wie sie aussieht?«, fragte Hawker.

»Ja. Du kannst froh sein, dass sie nicht schnarcht«, erwiderte Justine. »Was ist los, 'awker? Machst du dir Sorgen wegen heute Nacht?«

»Ich versuche gerade, mir keine zu machen. Irgendwann wird es mir schon noch gefallen, mich im Dunkeln an allem zu stoßen. Dann werde ich dort sonntagnachmittags einen Spaziergang machen.«

»Da werde ich dich aber nicht begleiten, nein danke. Wusstest du, dass sie alte Knochen in diese Höhlen legen? Das machen sie nur an einer einzigen Stelle des kilometerlangen Höhlensystems, aber ich möchte nicht zufällig drüber stolpern. Man hat die Gebeine von alten Friedhöfen genommen und sie in einer Höhle aufgetürmt. Ich glaube, manchmal stapeln sie sie auch ordentlich.« Sie dachte darüber nach. »Aus irgendeinem Grund ist das noch viel erschütternder. Man schafft sie mitten in der Nacht mit Karren hin.«

»Du könntest mir alles über diese Stadt erzählen, und ich würde es dir glauben.« All die Jahre hatte er London immer als etwas Selbstverständliches gesehen. Es mochte dort zwar dreckig und klamm sein, und wenn er das nächste Mal dort auftauchte, würde Lazarus dafür sorgen, dass er umgebracht wurde. Aber zumindest wurden die Toten dort nicht wie Holzscheite herumgekarrt. Und außerdem stand man in London auf festem Boden. »Isst du wirklich Eselfleisch?«

»Nein, aber man weiß ja nie, was für Abenteuer einen erwarten. Ich werde dich vorwarnen, sollte ich vorhaben, dir Esel zu servieren.«

Doyle würde ihm Eselfleisch zu essen geben. Er wusste es einfach. »Manche Leute essen sich ohne Sinn und Verstand durchs ganze Tierreich. Die würden sogar Greifvögel und Fledermäuse verspeisen, wenn keiner sie aufhielte.«

»Ich werde dir auch keine Fledermäuse servieren.« Sie säuberte den Tisch, an dem sie gegessen hatten, indem sie die Krümel in ihre Hand fegte und zum Fenster ging, um sie hinauszuwerfen. Es war kein Fitzelchen Essen übrig geblieben. Es gab gutes Essen in Paris – zumindest in den Bordellen.

Es war ein gut geführtes Haus. Er hatte nur den hinteren Teil davon zu Gesicht bekommen – die Küche, den Stallhof und die Treppe, die zum Boden hinaufführte –, aber alles sah prächtig aus und roch sauber. Die Mädchen lachten viel, auch wenn keine Männer anwesend waren.

Justine war mehrere Jahre jünger als die Frauen, es war also nicht diese Art von Bordell. Man würde das Kind in Ruhe lassen, das hier auf dem Bett lag. Was man an einigen Orten mit kleinen Kindern machte, drehte ihr den Magen um.

»Wer kümmert sich um …« Er wedelte mit der Hand Richtung Bett, ohne den Namen auszusprechen. Der Lärm, der von unten heraufdrang, würde sie nicht wecken, doch ihr Name vielleicht schon. »… das Gör, wenn du in der Stadt herumscharwenzelst?«

»Du brauchst dir keine Sorgen um Séverine zu machen.« Justine entfaltete ein Stück Stoff aus weißer Seide, das mit Blumen bestickt war, schlug es kurz aus und legte es dann in die Mitte des Tisches, ehe sie es glattstrich.

Du würdest für dieses Kind töten, nicht wahr? Dein Leben für es hergeben. Betrügen, stehlen, lügen, deinen Körper verkaufen. Du würdest alles tun. Lazarus würde das Kind deine dich beherrschende Schwachstelle nennen. Und ich weiß das jetzt.

»Du und die Huren, ihr zieht sie gemeinsam auf.«

»Ich lass sie nichts von dem, was im Haus vorgeht, sehen. Sie würde es ohnehin nicht verstehen. Du brauchst uns nicht zu bekehren.«

»Maggie ist diejenige, die das versucht. Ich nicht.«

»Dann lass es wirklich sein. Ich mag es überhaupt nicht, wenn man mich bekehren will.«

Sie hatte einen ganzen Stapel Bücher vom Tisch verbannt, damit sie essen konnten. Jetzt stellte sie sie wieder in einer Reihe auf dem Tisch an die Wand. Sie musterte ihr Werk. »Séverine ist jung. Sie wird vergessen.«

»Das wird sie nicht.« Er konnte es sagen, weil er es genau wusste. »Halte dich nicht selber zum Narren. Sie sieht alles, was sich hier abspielt. Frag sie, wenn du mir nicht glaubst.«

Sie beschäftigte sich weiter mit Aufräumen und beachtete ihn nicht.

Ihre Bücher waren stabile Wälzer mit Ledereinband und nicht die billigen Papierbindungen, die überall auf der Straße verhökert wurden. Vielleicht stammten sie aus der Bibliothek eines Adligen, die geplündert worden war, als der Pöbel einfiel. »LeBreton sagt, die Revolution heizt den Kessel des Idealismus auf, indem darunter Bücher verbrannt werden. Er hat immer solche kernigen Sprüche parat.«

»Tja, die hier wird keiner verbrennen.«

»Wo hast du die Bücher her? Stiehlst du sie?« Ihm gefiel die Vorstellung, dass sie so viel Entschlusskraft besaß, aber wahrscheinlich hatte sie sie einfach nur gekauft. Er nahm eines in die Hand und schlug es auf. Es war voller Schrift. Ein paar der Wörter erkannte er.

»Ein Freund hat sie mir geliehen. Geh vorsichtig damit um.«

»Ich hab saubere Hände.« Gütiger Himmel, sie tat ja geradewegs so, als wäre er nicht gut genug, die Bücher überhaupt anzufassen.

»So habe ich das nicht gemeint. Es ist nur so … es kommt keiner her. Ich habe kein Geschick, was Gastfreundschaft betrifft.«

Nein. Männer kamen nicht in diesen Raum, der die Größe einer besseren Besenkammer hatte. Nichts deutete darauf hin. Was immer Justine in diesem Haus tat … das Tier mit den zwei Rücken machte sie nicht in diesem Raum. Es würde interessant sein zu überlegen, was sie eigentlich tat, um ihren Lebensunterhalt zu verdienen. Falls Doyle morgen noch am Leben war, würde er ihn fragen, was er dazu meinte.

Er hielt das Buch hoch und bat wortlos um Erlaubnis.

Da er sich nicht in den mit Rüschen überladenen Sessel setzen mochte, nahm er das Buch und ließ sich auf dem Boden unter dem Fenster nieder. Dort konnte er sich mit dem Rücken an die Wand lehnen, und das Licht war gut.

Gestern Abend hatte sie ihm an der freien Stelle unter dem Fenster eine Matte hingelegt. Wegen ein paar Kratzern am Arm brauchte er nicht gepflegt zu werden, und das Säubern und Wechseln des Verbands am nächsten Morgen war ebenfalls unnötig gewesen. Aber wenn ein Mädchen so etwas anbot, würde er es nicht ablehnen. Das konnte man wohl als einen seiner Leitsätze bezeichnen.

Er hatte letzte Nacht herausgefunden, dass Justine schnarchte. Ein leichtes Surren … das leise Schnarchen einer Frau. Eigentlich ganz angenehm.

Das Buch, das er sich genommen hatte, war in sehr kleiner Schrift gedruckt, aber es hatte Bilder. Das half. Viele Wörter verstand er nicht. Deshalb gaben ihm Bilder die grobe Richtung vor, worum es eigentlich ging.

Halebarde. Er legte den Finger unter den Text und arbeitete sich durch die Buchstaben. *Arme offensive composée d'un long bâton d'environ cinq piéds, qui a un crochet ou un fer* … Das war eins von diesen Wörtern, die überhaupt nichts zu bedeuten schienen. Auch wenn er herausfand, wie man es aussprach, würde er es wahrscheinlich nie brauchen.

Justine setzte sich neben ihn auf den Boden und nahm das Buch. »Deine französische Aussprache ist ganz schlecht. Du redest, als würdest du aus dem allerkleinsten Bergdorf in der Gascogne kommen. Ich glaube, du bist sehr dumm. Und wer immer dich nach Frankreich geschickt hat, ist noch dümmer. Hör zu.« Sie las vor und bei ihr klang es pariserisch. »Das ist Diderot. Die *Encyclopédie*. Alles, was es zu wissen gibt, steht hier drin.«

Das hörte sich interessant an. Er würde gern alles wissen, was es zu wissen gab. »Lies weiter.«

Es stellte sich heraus, dass eine *Halebarde* ein Schaft mit einer breiten und einer kurzen Klinge war. Das nützte ihm im Moment nichts, weil gerade keiner damit vor seinem Gesicht herumwedelte, aber irgendwann konnte er die Information vielleicht brauchen. Er sprach ihr die Worte nach, prägte sie sich ein und versuchte, sie richtig auszusprechen.

Sie klang nicht wie Daisy, die ihm Französisch beigebracht hatte. Daisy war aus der Gascogne. Er könnte auch zwei Dialekte lernen. Er würde sie im Kopf auseinanderhalten, wenn er redete.

Er legte den Arm hinter Justines Rücken, sodass sie sich an ihn lehnen konnte und dafür nicht die harte Wand benutzen musste. Er war schließlich weicher und wärmer als der Putz. Er drängte sie nicht. Sie konnte das Angebot entweder annehmen oder ablehnen.

Nach ein paar Minuten lehnte Justine sich an ihn und legte das Buch halb auf seinen und halb auf ihren Schoß.

Sie waren gerade bei *halibran* angelangt, was eine junge Ente war und noch ein Wort, das er wohl nicht so häufig benutzen würde, als sie aufhörte zu lesen und ihm einen Seitenblick zuwarf. »Ging es Guillaume LeBreton gut, als du bei ihm warst?«

»Es geht.« Doyle war im Gefängnis zusammengeschlagen worden, aber er ging umher. Er würde zurechtkommen. »Wir hatten keine Zeit zum Plaudern.«

Sie hatten drei Minuten zusammen im Gang gehabt. Die Zeit hatte gerade gereicht, um ihm ein Knäuel in die Hand zu drücken und ihm zu sagen, dass er es in den Brunnen werfen solle und dass die Rettung für Mitternacht geplant sei. Dass Maggie unten im Dunkeln sitze und auf ihn warte. Es war auch genug Zeit gewesen zu betonen, dass kein Mensch auf Erden Maggie von etwas abbringen konnte, was sie sich einmal in den Kopf gesetzt hatte, dass sie alle nur hilflose Korken seien, die in ihrem Kielwasser auf und ab hüpften, und dass Doyle sich eigentlich gleich damit abfinden könnte.

Dann war er gegangen, um dem Händler, den sie schon einmal dafür ausgespäht hatten, eine weitere verwirrende Nachricht zukommen zu lassen: weitere Fragen bezüglich einer Erbschaft von einer Verwandten, von der er nie gehört hatte, da sie nur eine Ausgeburt der Fantasie war.

»Wird es klappen? Schafft dein LeBreton das?«, fragte Justine.

»Wenn er es schafft, zwei Schlösser zu knacken und in den Hof zu gelangen, weil er gerade nichts Besseres zu tun hat, dann ja. Er sagte, er würde noch ein paar andere mit herausholen.«

»Das ist nicht klug.« Justine runzelte die Stirn. »Und dadurch wird es für uns auch noch schwieriger.«

»Was für ihn bestimmt von überragender Wichtigkeit ist. Aber egal, ich hatte ohnehin keine Zeit, es ihm auszureden.«

»Du glaubst also, dass er um Mitternacht da sein wird.«

»Ich glaube, dass er das muss.« Es war niemand da, dem er es sonst hätte sagen können, also sagte er es ihr. »Er hat mir erzählt, dass sein Name verlesen worden ist. Sie werden ihn morgen früh abholen. Wenn wir ihn heute Nacht nicht herausholen, wird er morgen etwa zur Teezeit unter der Guillotine sterben.«

45

Marguerite versah jeden Zehennagel mit drei Schichten Blattgold. Dazwischen strickte sie und las Gedichte, während alles trocknete. Sie hörte die Stimmen zwischen dem Schlurfen und Stampfen der Stiefel, denn sie bemühten sich nicht, leise zu sein. Das Klirren des Metalls an ihrer Kleidung kündigte ebenfalls ihr Kommen an.

Als sie Jean-Pauls Uhr neben eine Kerze hielt, sah sie, dass es elf Uhr war. Die Zeit war schneller vergangen, als sie gedacht hatte.

Sie waren wie Sterne in der Dunkelheit, die Männer dort mit ihren Laternen, und es war bestimmt ein Dutzend. Zwei hatten sich ganze Bündel mit Seilen um die Schultern geschlungen. Andere trugen große Säcke.

»Meine liebe Marguerite.« Das Hähnchen war den anderen vorangegangen und ließ sich jetzt im Schneidersitz neben ihr nieder. »Sie müssen Ihre Schuhe anziehen, sonst werden meine Freunde noch ganz verrückt vor Begehren. Sie haben die edelsten Füße, die ich je gesehen habe.«

»Das hat man mir bereits gesagt«, erwiderte sie. »Es schmeichelt meiner Eitelkeit ungemein.«

Die Freunde, die er mitgebracht hatte, waren alle jung – in ihrem Alter oder jünger. Alle pflegten einen selbstbewussten Stil bei ihrer Kleidung, die teuer war und in ihrer modischen Extravaganz zu großen Kupferknöpfen an den Jacken und breiten Aufschlägen geführt hatte, die sich wie Flügel über ihre Brust legten. Zwei hatten einen goldenen Ring im Ohr wie Piraten.

Das Stillsein fiel ihnen nicht leicht. Sie hatten gut gegessen, rochen nach Wein, und einige waren ein bisschen beschwipst. Während sie ihren Gesprächen lauschte, wurde ihr klar, dass jeder einzelne von ihnen schon viele Male hier unten gewesen war. Sie kamen in die Katakomben, weil es für sie ein Abenteuer war, denn es war verboten und gefährlich.

Sie gehörten nicht zu La Flèche. Unbekümmert und offen nannten sie ihre Namen. In ihrer Gegenwart fühlte sie sich alt.

Als sie nach einer Weile immer noch nicht leise waren, führte das Hähnchen sie in eine andere Kammer, wo aus den Seilen und Sprossen die Leiter zusammengebaut wurde, die Jean-Paul für dieses Unternehmen entworfen hatte. Jean-Paul selber kam nur ein paar Minuten später zusammen mit Hawker und drei weiteren dieser jungen Männer und beaufsichtigte alles.

Sie saß weiter mit dem Rücken an die Brunnenwand gelehnt da, während sie wartete und lauschte.

Wieder tauchte der verstohlene Schein abgedunkelter Laternen auf und mit ihnen eine dritte Gruppe von Männern.

Sie näherten sich leise, und nur ihre Lichter verrieten ihre Anwesenheit. Es waren misstrauische Leute, die sie und jeden Winkel der Höhle musterten, ehe sie sich zu zweit oder zu dritt aufmachten, um herauszufinden, um wen es sich bei den fernen Stimmen handelte, die Jean-Paul beaufsichtigte.

Justine gehörte zu ihnen. »Ich habe Freunde mitgebracht.« Sie stand da und runzelte die Stirn. Ein Mann kam zu ihr, um ihr etwas ins Ohr zu flüstern, dann noch ein zweiter. Sie nickte. Die Männer und ihre Laternen zogen sich jeder in weit entfernte Winkel der Höhle zurück.

Keiner von ihnen war gut angezogen, keiner von ihnen lachte oder machte Witze, und keiner nannte seinen Namen. Allerdings rochen etliche nach Wein.

Justine setzte sich zu ihr. »Es sind Schmuggler, aber es sind auch Freunde von mir. Sie sind vertrauenswürdig.«

»Das hatte ich mir schon gedacht. Die Händler von der Küste sind deinen Freunden sehr ähnlich.« Sie reichte ihr die Flasche des Hähnchens. Justine bedankte sich, trank einen Schluck und wischte den Flaschenhals höflich an ihrem Ärmel ab, ehe sie die Flasche zurückgab.

»Wie spät ist es?«, fragte Justine.

»Zwanzig Minuten vor Mitternacht. Ich glaube, die Leiter ist fast fertig.«

Justine nickte.

Sie hatten noch ein paar Minuten Zeit, und so sprach sie aus, was sie verwirrte. »Warum hast du mir Schmuggler gebracht? Ich will nicht undankbar erscheinen, aber ich weiß nicht so recht, was ich mit ihnen anfangen soll.«

»Ich bin mir fast sicher, dass wir sie brauchen werden.« Justine lachte leise.

46

Wollen wir hoffen, dass es klappt. Ich schleppe eine donnernde Herde von Vermutungen hinter mir her.

Doyle ließ die Männer und Frauen eine Schlange durch den Hof bis ins Kloster bilden. Mal berührte er eine Schulter und sagte: »Ganz ruhig.« Dann einen Arm, um zu sagen: »Warte.« Natürlich waren sie verängstigt, schließlich waren sie mitten in der Nacht aus dem Schlaf gerissen worden. Seine Stellvertreter – drei Männer und eine Frau – sorgten dafür, dass in ihrem Abschnitt der Schlange alles ruhig und gesittet war.

Noch fünf Minuten. Er holte die gesunden, jungen Gefangenen aus der Schlange und ließ sie an den Anfang treten. Das waren diejenigen, die sich am schnellsten bewegen konnten. Diejenigen, die die größte Chance hatten.

Zwei Kerzen standen auf dem Rand des Brunnens. Unauffällige Lichtpunkte, die auf der anderen Seite der Mauer nicht bemerkt werden würden. Ansonsten war alles dunkel. Keiner flüsterte. Keiner scharrte mit den Füßen. Man hörte sie kaum atmen. Keine zehn Meter entfernt, jenseits der Mauer, patrouillierten die Wärter.

Die größte Gefahr stellte ein *mouton* dar, ein Spitzel unter den Gefangenen, der sie verraten würde. Einen hatten sie an Händen und Füßen gefesselt im Zellentrakt gelassen – den Mann, von dem alle wussten, dass er ein Spitzel war. Jetzt hielten alle Ausschau nach weiteren und ließen ihren jeweiligen Nachbarn nicht aus den Augen.

Ladislaus, der polnische Fälscher, hatte eine Uhr. Die Kerze spendete genug Licht, um die Zeiger zu erkennen. Mitternacht.

Der Eimer stand umgedreht neben dem Brunnen. Den würden sie heute Nacht nicht benutzen. Eimer und Kette machten viel zu viel Lärm. Er würde einen raffinierten und leisen Kundschafter herablassen. Einen festen, braunen Faden, mit dem Gärtner ihre Pflanzen hochbanden.

Hawker hatte keine Zeit gehabt, etwas zu erklären. Er hatte ihm nur das Knäuel gegeben und gesagt: »Kommen Sie um Mitternacht zum Brunnen. Wir werden unten sein. Maggie hat es sich in den Kopf gesetzt, dass sie dort unten auf Sie warten muss.«

William kannte Maggies Plan. Er kannte ihn so genau, als würde sie neben ihm stehen und ihm alles erklären. Er hätte fünfhundert Jahre in diesem Loch sitzen können, ohne dass er auf die Steinbrüche gekommen wäre. Maggie hatte sofort an sie gedacht.

Er füllte ein Taschentuch mit Erde und knotete es ans Ende des Fadens. Ein weiteres Taschentuch wurde an dem Faden befestigt, das locker herunterhing und eine große, weiße Fahne abgab. Es gab doch nichts Nützlicheres als Taschentücher. Er ging an Männern und Frauen vorbei, bis er am Brunnen stand und seinen Köder über den Rand in die Dunkelheit hinabließ. Er angelte sich einen Weg nach draußen. Er hoffte, dass sie da unten bereit waren, die Menge in Empfang zu nehmen, die er mitbrachte.

Er wickelte etwa zehn Meter von dem Faden ab und dann noch einmal zehn, während er sich auf die Erschütterungen im Faden konzentrierte, wenn dessen Ende mit dem gefüllten Taschentuch immer wieder kurz an der rauen Brunnenwand hängen blieb, um dann ruckartig weiterzuhüpfen. *Sie ist da unten. Ich lasse den Faden zu ihr hinunter.*

Als der Beutel auf Wasser traf, holte er den Faden ein Stück wieder ein und versuchte es noch einmal. Vielleicht waren sie ja noch nicht so weit.

Die Zahl der Möglichkeiten, was alles schiefgehen kann, ist einfach unendlich.

Stück für Stück, ganz langsam und vorsichtig veränderte er die Länge des Fadens. Da merkte er plötzlich, dass jemand den Faden am anderen Ende festhielt, er spürte das Zucken, woran er erkannte, dass jemand sich daran zu schaffen machte. Dann wurde dreimal kräftig gezogen.

Er holte seine zwanzig Meter Faden wieder ein und dann das Seil, das daran festgemacht worden war. Beim Einholen des schweren Taus, das ans Seil gebunden war, half Ladislaus ihm auf den letzten Metern. Es ging schwer, und das Tau schwankte seltsam. Als es oben ankam, stellten sie fest, dass dicke Jutesäcke um große Eisenhaken gewickelt worden waren. Die Haken legten sie über den Rand des Brunnens. An ihnen war eine Strickleiter befestigt, die in den dunklen Tiefen des Brunnenschachtes verschwand. Kaum hatte er alle Haken festgemacht, spürte er, wie ein Ruck durch die Leiter ging, als jemand begann, daran hochzuklettern. Eine Minute später wurde ein Kopf aus dem Brunnenschacht gestreckt. Hawker. Er kletterte heraus und sah mit finsterer, missbilligender Miene die Schlange aus Männern und Frauen an. »Wegen Ihnen habe ich jetzt zehn Sou verloren«, raunte er. Sein Flüstern war kaum zu hören.

Der erste Mann in der Schlange war ein Soldat der Vendée. In Paris nannte man ihn einen Verbrecher. Er brauchte keine Hilfe, um über den Brunnenrand zu klettern. Er wusste, wie man Befehle befolgte, und er war schnell. Als Erster, der aus dem Gefängnis floh, war er eine gute Wahl.

»Ach ja?« Er zählte leise bis dreißig und gab dann dem nächsten Mann das Zeichen, hinunterzuklettern. Nach ihm kam eine

Frau. Sie hatte ihren Rock bereits hoch über den Knien geschürzt.

»Ich habe gesagt, Sie würden ein oder zwei Freunde mitbringen«, flüsterte Hawker. »Vielleicht auch fünf ... oder sechs.« Die Frau legte die Hände auf Hawkers Schultern, als er sie über den Rand hob, fand die erste Sprosse und begann hinunterzuklettern. »Jean-Paul hat mit mir gewettet, dass Sie das ganze verdammte Gefängnis leerräumen würden.«

»Ach.«

»Ich habe zu ihm gesagt«, und Hawker gelang es, Sarkasmus in seiner Stimme mitschwingen zu lassen, obwohl er flüsterte, »dass Sie so etwas Dämliches nie machen würden.«

»Wir irren uns alle hin und wieder.« Er gab sein Zeichen, und Hawker streckte den Arm aus, um zu helfen. Der nächste Mann kletterte über den Brunnenrand.

Sie waren fast beim letzten Gefangenen angekommen, einem verängstigten Mädchen. Hawker schwang sie über den Brunnenrand und ließ sie herunter, doch sie klammerte sich wimmernd an ihm fest. Hawker löste ihre Finger aus seinem Hemd und drückte sie tiefer in den Brunnenschacht. Sie hatte nur die Wahl, entweder nach der Leiter zu greifen oder abzustürzen. Also packte sie die Leiter.

Schwester Anne, die ihm half, beugte sich über den Rand, um zu trösten und zu ermutigen. Sie tätschelte sie am Kopf, an der Wange und flüsterte leise: »Geh, mein Kind. Alles wird gut. Sie warten unten auf dich. Geh jetzt.«

»Geh, ehe ich dich schlage«, sagte Hawker.

Zusammen gelang es ihnen, das Mädchen in Bewegung zu setzen. Er bedeutete Hawker mit einem Zeichen, nach dem Mädchen hinunterzuklettern. Hawker würde sie heil nach unten bringen, wenn es überhaupt irgendjemand gelang. Vielleicht würde er ihr dafür auf die Finger treten müssen, aber es würde ihm gelingen.

Es hatte eine Stunde gedauert, alle hinauszuschaffen. Jetzt waren nur noch Vater Jérôme und Schwester Anne da. Die anderen beiden Nonnen waren drinnen geblieben, denn sie waren zu schwach, um zu gehen. Er musste sie zurücklassen.

Die Nonne hatte sich um die Frauen gekümmert und sich dabei als sehr nützlich erwiesen. »Stecken Sie den Saum in den Gürtel, Schwester. Wenn sich Ihr Fuß im Rock verhakt, halten Sie einfach an und befreien ihn mit einem Ruck.«

»Du meine Güte, nein. Ich gehe nicht.«

Ich habe keine Zeit für so etwas. »Es gibt keine andere Möglichkeit, Schwester. Das ist der einzige Weg nach draußen. Es ist ganz leicht, wenn Sie erst einmal über den Rand gestiegen sind.«

Im Gefängnis war es zu ruhig, nachdem fast alle draußen waren. Das allnächtliche Husten und Schnarchen fehlte vollständig. Schon bald würde einer der Wärter merken, dass irgendetwas nicht stimmte.

Sie legte die Hand auf seinen Arm. »Mein lieber Junge. Dir ist doch bestimmt klar, dass ich nie vorhatte zu fliehen. Ich kann nicht.«

Maggie ist da unten, und nur der Himmel weiß, was sie gerade durchmacht. »Wenn Sie zurückbleiben, werden Sie sterben.«

Mit leiser und sehr ruhiger Stimme sagte der Priester: »Guillaume, es ist bereits entschieden. Die Schwester und ich werden zurückbleiben.«

»Vater, wir haben keine …«

»Die Schwester bleibt, weil es ihre Pflicht ist.«

»Es ist völlig unmöglich, dass ich Schwester Scholastica und Schwester Benedict zurücklasse. Es wäre keiner da, der sich um sie kümmert. Und sie verstehen nicht, was passiert.« Mit belegter Stimme sprach sie weiter. »Jemand muss bei ihnen sein, wenn wir zur Guillotine gebracht werden. Sie sind wirklich zu alt und zu gebrechlich, um dem allein entgegenzutreten.«

Er schloss die Augen. »Oh, verdammt.«

»Sie sind dreißig Jahre lang meine Schwestern gewesen. Natürlich werden wir zusammen gehen.« Sie tätschelte ihn genauso, wie sie es bei dem verängstigten Mädchen am Brunnenrand getan hatte. »Sie müssen sich beeilen und gehen, damit ich zu ihnen zurück kann. Sie wachen nachts manchmal auf und denken, es wäre Zeit für die Frühandacht. Dann bekommen sie Angst, weil wir nicht am richtigen Ort sind.«

»Sie können nicht …«

»Sie kann und sie wird.« Vater Jérôme schob ihn in Richtung Brunnen. »Ihr Platz ist hier. Der Ihre ist woanders, und dorthin müssen Sie jetzt gehen.«

»Vater … Sie wissen, was ich mit diesen Papieren versuche, zu erreichen. Auch wenn es funktioniert, geht es vielleicht nicht schnell genug, um Sie zu retten. Man könnte Sie schon morgen von hier wegbringen.«

»Das liegt jetzt – wie schon immer – in Gottes Hand. Aber wenn wir das Ganze auch noch einmal vernünftig betrachten, glaube ich, dass nicht einmal du stark genug bist, um mich wie einst Aeneas aus Troja zu tragen. Nicht mit einer gebrochenen Rippe. Da sind jetzt mehrere Dutzend Männer und Frauen am Boden dieser Höllengrube. Du trägst jetzt die Verantwortung für sie. Du musst zu ihnen.«

»Ich kann Sie tragen. Ich bin stark genug.«

»Wir werden nicht versuchen, es herauszufinden. Das hier ist für dich.« Eine Schachtel wurde ihm in die Hand geschoben. Glatt, mit Ecken und Kanten und den leicht hervortretenden, eingelegten Quadraten. Das Schachspiel. »Ich freue mich sagen zu können, dass es keinen mehr gibt, dem ich es geben könnte.

Und außerdem ist es für mich an der Zeit, wieder zu Bett zu gehen. Ich bin dabei, mir eine erbauliche Rede auszudenken, die ich auf dem Schafott halten werde.«

»Man wirft sein Leben nicht weg, nur um etwas zu sagen.«

»Aber ganz im Gegenteil. Das ist genau das, was man tun sollte. Verstau die Schachtel gut, mein Sohn. Du wirst beide Hände zum Klettern brauchen.«

»Schicken Sie zumindest die dumme Nonne raus. Sie können ihr befehlen, zu gehen.«

»Aber das werde ich nicht tun.« Der Priester lehnte sich gegen den Balken mit der Winde. »Auch sie hat noch etwas zu sagen. Dachtest du, Tapferkeit sei nur den Weisen vorbehalten? Geh mit Gott, mein Sohn.«

Es gab nichts mehr zu sagen. Er stieg in den Brunnen, legte die Hände auf die Sprossen und begann nach unten zu klettern.

Über sich hörte er den Priester sagen: »Ich bedauere es, dass wir unser letztes Spiel nicht beenden konnten. Ich hätte gewonnen.«

Die Kerzen erhellten die Gesichter der Nonne und des Priesters, als sie sich über den Brunnenrand beugten. Er sah die Kerzen die ganze Zeit über. Als er unten bei Maggie angekommen war, wurde die Leiter einmal kurz angehoben, um sicherzugehen, dass sie leer war. Dann fiel alles – Tau und Sprossen – herunter und landete im Wasser, sodass ihr Fluchtweg für immer verborgen bleiben würde.

47

»Sie werden in Sicherheit gebracht werden«, sagte Marguerite. »Jeder, der sich ihrer angenommen hat, hat das oder etwas Ähnliches schon mal gemacht.«

»Du hast interessante Freunde«, meinte Guillaume.

Die letzten von Justines Schmugglern gingen und nahmen die letzten Gefangenen mit – einen dunkelhaarigen Polen, eine zitternde Näherin und einen schmallippigen, verängstigten Konterrevolutionär aus Nantes.

La Flèche würde noch wochenlang damit beschäftigt sein, die vielen Männer und Frauen aus Paris herauszuschleusen.

Die Stimmen verblichen zu einem Kratzen an der Oberfläche der Stille, und dann wurde es ganz ruhig. Die große Höhle war leer. Jetzt gehörte sie Guillaume und ihr. Kerzen brannten an den Rändern des Stollens. Kleine Lichter, die zurückgelassen worden waren und in der Dunkelheit zu schweben schienen. In ein paar Stunden würden sie heruntergebrannt sein und nacheinander flackernd verlöschen, sodass die Dunkelheit zurückkehren konnte.

»Dir ist kalt. Du bist völlig durchgefroren.« Er berührte ihr Gesicht. Ihre Oberarme.

»Ja, es ist ein bisschen kalt, aber ich spüre es gar nicht.« In der ganzen Unruhe der Rettungsaktion war keine Zeit gewesen, ihn zu halten. Das tat sie jetzt. Sie zog ihn an sich und drückte sich an seine Brust. Sie tat es vorsichtig, weil er verletzt war. Der erste Mann, der die Leiter heruntergeklettert war, hatte sofort von Guillaume erzählt: dass er ihnen das Leben gerettet hatte und dass er im Gefängnis zusammengeschlagen worden war.

Er strich ihr sanft übers Haar und schob es hinter ihr Ohr, wo es sich gelöst hatte.

»Victor hat dir wehgetan. Alle haben gehört, wie es passiert ist.« Sie löste sich von ihm, um an ihm herabzuschauen. Ihre Hand verharrte über seinen Rippen, ohne sie zu berühren. »Ich war nicht schnell genug, um dir das zu ersparen.«

»Mein eigener Fehler, dass ich überhaupt verhaftet worden bin. Wenn ich nicht weggegangen wäre und dich mit ihm allein gelassen hätte, wäre das gar nicht passiert. Ich hätte dich bei mir behalten, ich hätte dich beschützen sollen.«

»Wie jeder Frau gefällt es mir, wenn man mich beschützt. Aber manchmal bin ich auch sehr wohl in der Lage, selber zu entscheiden, wann ich nach Hause gehen soll oder wann ich mich lieber von einem gut aussehenden Verkäufer politischer Texte wegführen lasse.«

»Du kannst meinetwegen alles tun, was du willst.« Er legte die Hände auf ihre Schultern. »Aber halte dich von Cousin Victor fern. Er weiß, dass du zu La Flèche gehörst.«

Diese Nachricht traf sie hart, obwohl sie Victors Verhalten, das sie die ganze Zeit über verwirrt hatte, erklärte. »Er weiß es, du weißt es, dein Kollege Hawker weiß es auch und dann auch noch all diese seltsamen Männer, die die Spatzen weggebracht haben. Ich bin komplett entlarvt. Wäre ich einer meiner Kuriere, würde ich mich selber nach England schicken.«

»Wenn du es nicht tust, wird Victor versuchen, dich irgendwo einzusperren, um zu verhindern, dass du ihm Ärger machst. Vielleicht hat er auch Schlimmeres vor. Es gibt nicht viel, was ich ihm nicht zutrauen würde.«

»Jean-Paul sagt das auch. Er meint, Victor hätte mich mit Fingerhutblättern vergiftet.«

Guillaumes Griff wurde fester. »Ich werde dafür sorgen müssen, dass er das nicht noch einmal versucht, nicht wahr?«

»Du klingst sehr bedrohlich, finde ich, aber ich werde schon mit meinem Cousin Victor fertig. In der Nacht, als es mir so schlecht ging und ich in dem Café nach dir suchte – in der Nacht – habe ich von einem Tee getrunken, den Victor mir gebracht hatte. Aber ich halte mich mit einem Urteil zurück. Ich sage nicht, dass Victor nicht in der Lage dazu wäre, denn er ist ein Mensch, der keinerlei Skrupel kennt. Aber es gibt keinen echten Beweis, dass …«

Er küsste sie schnell. Er drückte seine Lippen fest auf ihren Mund und ließ dann gleich wieder von ihr ab. »Ich werde ihn umbringen.«

»Das ist sehr fürsorglich, aber trotzdem nein. Ich habe keinen Beweis. Nur Vermutungen und das Wissen um seinen Charakter. Wenn man alle umbrächte, die keine Skrupel haben, würde es in Europa keine Menschen mehr geben. Lass uns jetzt lieber einen heißen Kaffee und ein Bett finden. Zufälligerweise bin ich nämlich noch nie mit einem verheirateten Mann ins Bett gegangen.«

Er hielt sie weiter fest und sah sie mit ernster Miene an. »Warum bist du die ganze Nacht hier unten in den Katakomben geblieben?«

Er wusste sehr wohl, warum sie geblieben war. »Ich habe auf dich gewartet. Ich werde immer auf dich warten.«

»Du …« Er stieß den Atem aus. »Verdammt.«

Er war sprachlos. Das war sehr befriedigend. »Schlaf mit mir«, sagte sie.

Er schüttelte den Kopf. »Nicht hier. Nicht unter der Erde. Und ich bin ganz schmutzig.«

»Dann werden wir halt irgendwo hingehen und dich waschen. Und danach schlafen wir miteinander.« Sie nahm das

Ende des Fadens auf, der sie aus der Dunkelheit führen würde. Der Gehrock des Hähnchens war mit Seide gefüttert und roch nach seinem Duftwasser. Sie legte die Jacke um Guillaumes Schultern, damit ihm nicht kalt wurde, und dann verließen sie die Katakomben.

48

Marguerite folgte dem Faden, den Jean-Paul für sie durch die Schächte und Stollen ausgelegt hatte. Guillaume trug die Laterne. Während sie durchs Labyrinth gingen, wickelte sie den Faden auf. Sie war Ariadne und rettete statt Theseus den Minotaurus. Eine leicht veränderte Neufassung der alten Sage, aber sie war gerade in der Stimmung, den traurigen Ausgang einer Geschichte umzuschreiben. Das Knäuel war riesig, als sie endlich die unauffällige Treppe erreichten, die nach oben führte.

Es wunderte sie nicht, den dösenden Hawker auf dem oberen Treppenabsatz vorzufinden. Er tat so, als hätte er nicht geschlafen.

»Wurde aber auch Zeit.« Hawker rieb sich mit dem Ärmel über das Gesicht. »Das bedeutet, dass ich nicht nach unten muss, um Sie zu holen. Kommt sonst noch jemand?«

»Wir sind die Letzten.« Guillaume schloss die Gittertür, die den Eingang zur Treppe versperrte, und begann, Fässer davor zu schieben. Obwohl er verletzt war, hätte er das auch allein gekonnt, aber sie half ihm trotzdem.

Als er gerade ein Fass auf der Kante an eine andere Stelle rollen wollte, hielt er plötzlich inne und sagte: »Jeden Atemzug, den ich ab jetzt tue, habe ich dir zu verdanken.«

»Es ist nicht …«

»Ich will es aussprechen.« Behutsam stellte er das Fass an genau der richtigen Stelle ab.

Sie schlüpfte aus den Stiefeln in ihre Schuhe. Guillaume löschte das Licht aller Laternen bis auf eine und ließ sie auf einem Tisch stehen. Sie war bereits auf der schmalen Treppe, die nach oben ins Café führte, als er eine der Fragen beantwortete, die unausgesprochen in der Luft gehangen hatten. »Der Priester und die Nonnen sind nicht mitgekommen.«

Sie hatte es zwar bemerkt, doch nichts gesagt. »Ich hatte mich schon gewundert.«

»Sie haben sich dagegen entschieden.«

»Es könnte trotzdem sein, dass sie überleben. Jean-Pauls Freunde hatten viele Neuigkeiten. Vor der Nationalversammlung gab es gestern eine Klage. Robespierre steht jetzt allein da, und die Abgeordneten kochen vor Wut. Womöglich wird er gestürzt. Heute oder morgen könnte es so weit sein. Früh genug, um sie noch zu retten.«

»Das hoffe ich.« Doch innerlich war er traurig und machte sich auf das Schlimmste gefasst. Es schmerzte Guillaume in tiefster Seele, dass er Menschen hatte zurücklassen müssen. Ihm würde es nie genügen, nur beinahe alle zu retten.

Sie öffneten die Tür zu einem Café und scheuchten einen kleinen grauen Falter auf. Draußen auf der Straße herrschte tiefdunkle Nacht. Es würde noch lange dauern, ehe alles wieder zum Leben erwachte. Guillaume holte tief Luft und setzte sich in Bewegung. Sie wusste nicht, wohin sie gingen, doch sie war bereit, ihm überallhin zu folgen.

Sah jemand sie vorbeigehen? Beobachtete man sie durch geschlossene Läden? Zumindest stellte sich ihnen niemand in den Weg. Einmal hielten sie an und versteckten sich in einem Eingang, während auf der Straße Stiefel an ihnen vorbeimarschierten.

Sie überquerten die Pont Neuf und gingen dicht nebeneinanderher, während Hawker weit hinter ihnen zurückblieb und die Umgebung im Auge behielt. Am Wasser war es kühl, und auf der tiefschwarzen Oberfläche spiegelte sich das Licht der

Brückenlaternen. Es standen keine Sterne am Himmel, und auch der Mond war nicht zu sehen. Vielleicht bedeutete es, dass jemanden heute Nacht ein Unglück ereilte. Falls es so war, traf es hoffentlich einen ihrer Feinde.

»Ich habe die Liste für dich gefunden«, sagte sie. Auf der Brücke würde niemand ihr Gespräch mitbekommen. »Die, nach der du überall gesucht hast. Die Liste, die mein Vater in seiner unendlichen Torheit erstellt hat.«

»Aha.« Guillaume wurde langsamer. »Die Liste.«

»Ich habe mit meinem Vater gesprochen. Er war unter denen, die dich heute befreit haben. Das sollte dich ihm gegenüber freundlich stimmen. Er wird die Liste finden und sie dir geben. Du wirst ihn nicht töten, hast du verstanden? Er hatte keine Ahnung, was man damit anstellen würde.«

»Ich werde ihm nichts tun.«

»Gut. Cousin Victor ist verantwortlich für diesen ganzen Irrsinn. Und Robespierre. Robespierre darfst du so viel antun, wie du willst.«

»Ich werde dich beim Wort nehmen.«

Im Marais klopfte Guillaume an eine stabile Tür in einer kleinen, verlassenen Straße. Nach einer Weile erschien ein Licht im Gitterfenster der Tür, und das Tor wurde aufgezogen. Rasch traten sie ein, und Hawker schlüpfte mit ihnen hindurch.

Sie machten wenig Lärm, aber während sie noch gingen, wurden zwei Kerzen in einem der oberen Stockwerke angezündet und der flackernde Schein bewegte sich an den Fenstern vorbei. Auf allen Seiten flammten Lichter hinter den Läden auf. Dann wurde es im Erdgeschoss hell.

Der Pförtner, der ihnen das Tor geöffnet hatte, stellte seine Laterne ab, ergriff mit beiden Händen Guillaumes Hand und schüttelte sie heftig. »Wir hatten Angst um Sie«, murmelte er. »Es schien keine Rettung zu geben.«

Das war ein Willkommensgruß. Dies war also Guillaumes Zuhause.

Die Tür auf der anderen Seite des Hofes ging auf, und eine große Küche wurde dahinter sichtbar. Eine hochgewachsene, alte Frau mit weißem Haar, das sie zu langen Zöpfen geflochten hatte, kam auf sie zu. Sie trug einen scharlachroten Frisiermantel aus chinesischer Seide, der hinter ihr herflatterte.

»Sie sind in Sicherheit.« Eine pummelige Frau lief um die hagere Alte herum, rannte auf Guillaume zu, packte ihn bei den Schultern und umarmte ihn heftig. Dann ließ sie ihn wieder los und betrachtete ihn von oben bis unten.

Die weißhaarige Frau hielt eine Kerze hoch. »Guillaume. Am Leben. Und zumindest einigermaßen unverletzt.« Die Kerze schwenkte nach links. »Und Marguerite de Fleurignac.« Das war eine Feststellung, keine Frage. Ein stählerner Blick musterte sie durchdringend und ging dann zu Hawker. »Und du.« Ihr Blick kehrte zu Guillaume zurück und wurde etwas wärmer. »Ich war nicht optimistisch. Aber dieses Mal bin ich froh, unrecht gehabt zu haben. Kommt nach drinnen … alle. Ich will wissen, wie alles abgelaufen ist.«

»Ich brauche eine Minute, um mir das Gefängnis vom Körper zu waschen.« Guillaume knöpfte seine Weste auf und ließ sie zusammen mit seiner Jacke auf eine Bank fallen, an der er vorbeiging. Er strebte zu dem viereckigen Becken aus Stein am Rand des Hofes. »Maggie, geh schon mal in die Küche. Lass dir etwas Warmes zu trinken geben. Hawker, geh die Treppe hinauf, die direkt hinter dir ist. Ein Stockwerk hoch und dann die zweite Tür links. In meinem Zimmer sind saubere Handtücher. Bring mir welche.«

Guillaume schickte Hawker ins Herz des Hauses, um der herablassenden alten Frau klarzumachen, dass der Junge unter seinem Schutz stand.

»Hawker«, hielt sie ihn auf. Der dunkle Kopf mit dem kurzen, dichten dunklen Haar hob sich. »Stell mich der Dame vor.«

Er sah ihr in die Augen. Er wusste, was sie tat. Allen war es klar. Alle verständigten sich mit Blicken und dem Zucken einer Augenbraue.

»Selbstverständlich.« Hawker stellte sich zwischen sie und die alte Frau. Mit geradem Rücken, förmlich und gleichzeitig spöttisch deutete er eine Verbeugung an und sagte im Tonfall eines jungen Adligen aus der Gascogne: »Madame Cachard, erlauben Sie mir, Ihnen Mademoiselle Marguerite de Fleurignac vorzustellen. Sie haben vielleicht bereits von ihrem Vater gehört, dem früheren Marquis de …«

»Meine Ehefrau«, unterbrach Guillaume ihn. Er hatte sich das Hemd über den Kopf gezogen. Halbnackt stand er jetzt an der frischen Luft. »Sie ist keine Mademoiselle Sowieso.« Er streifte sich das Hemd von den Armen, knüllte es zusammen und warf es zu seinen anderen Sachen auf die Bank.

»Schön. Dann übernehmen Sie doch die Förmlichkeiten. Erwarten Sie nicht von mir, dass ich weiß, wie sie genannt werden muss.« Hawker stapfte an üppig wuchernden Geranien vorbei durch den Hof auf eine Tür in der Ecke zu. »Lassen Sie mich wissen, welchen Namen Sie heute benutzen.«

Die Tür knallte hinter ihm zu, was er zweifellos als sehr befreiend empfand. Im Haus schlief ohnehin keiner mehr.

»Sie sind verheiratet?« Aus Madame Cachards Stimme klang wenig Beifall.

Wenn diese Frau Guillaumes Heirat missbilligte, würde sie es mit seiner Ehefrau zu tun bekommen. »Das sind wir.« Auch ohne ihren Fächer – auch wenn sie damit höchst beredt umgehen konnte – brauchte sie nur drei Worte, um der anderen klarzumachen, dass sie ihre Nase nicht in anderer Leute Angelegenheiten zu stecken hatte.

Madame Cachard zog die Augenbrauen hoch. Guillaume setzte sich hin und zog seine Stiefel aus. »Wir können uns später noch mit meinem Privatleben beschäftigen, Helen. Ich möchte wissen, was in Paris gerade vor sich geht.«

»Das wollen wir alle, nach dieser Granate, die Sie in die französische Innenpolitik geschleudert haben. Was zum Teufel haben Sie sich dabei überhaupt gedacht?« Der Blick der alten Frau ruhte auf Guillaume und dann auf ihr. »Sie werden mir auch erklären müssen, wie Sie überhaupt ins Gefängnis gekommen sind. Waschen Sie sich, ziehen Sie sich an und kommen Sie dann herein.« Und etwas lauter fügte sie hinzu: »Sie werden alle in einer Viertelstunde zu mir in die Küche kommen, wenn es Ihnen nichts ausmacht. Die Welt steuert auf den Abgrund zu, und ich muss alles erfahren. Im Bett werden Sie nichts Interessantes entdecken.«

Von oben aus dem Gebäude ertönte ein Lachen, auf das jemand mit einem Kichern und im Flüsterton antwortete. Die alte Frau hob die Kerze an. »Ich werde meinen alten Augen den Anblick von Guillaume LeBretons Nacktheit ersparen. Ziehen Sie nichts an, ehe Thea nicht einen Blick auf Ihre Rippen geworfen hat. Sie wird entscheiden, ob ein Verband vonnöten ist.« Sie wollte sich schon umdrehen, als sie noch einmal innehielt. »Sie hatten recht mit dem Jungen.«

»Das habe ich Ihnen gesagt.«

»Ich möchte ihn haben.«

Guillaume zog sich die Stiefel aus und dachte nach. »Er gehört Ihnen. Er muss sich ein paar Jahre von England fernhalten.«

»Wir werden ihm erlauben, eine Weile die übrige Bevölkerung von Europa zu bedrohen. Ich werde damit beginnen, ihm Manieren beizubringen. Das wird ein mühseliges Unterfangen sein.« Kerzengerade und hoch erhobenen Hauptes rauschte sie davon.

Guillaume stand grinsend auf. »Hawker steht eine interessante Zeit bevor.«

»Ich glaube, Madame Cachard auch.«

»Oh ja.«

Sie trat näher an ihn heran. Um sich zu verstellen, hatte Guillaume sich das raue Äußere eines armen Mannes zugelegt. Dazu gehörten der braune Hals und der gebräunte Oberkörper, als wäre er es gewohnt, ohne Hemd unter der gleißenden Sonne zu arbeiten. Er hätte auch als Bauer oder Seemann durchgehen können und dabei alle überzeugt. Das hatte sie in der kurzen Zeit, die sie ihn jetzt kannte, immer wieder beobachtet. Er log mit seinem ganzen Körper.

Aber seine Kraft war echt. Sie hatte seinen Körper erkundet. Als nur noch ihre Gefühle sie beherrscht hatten und sie nur noch an ihre Lust denken konnte, hatte ihre Haut ihn weiter erforscht. Zumindest ein Teil dessen, was sie dabei erfahren hatte, musste wahr sein.

Er knöpfte seine Hose auf.

»Du kannst dich hier nicht ausziehen«, mahnte sie ihn.

»Da hinten ist eine Trennwand. Lösch die Laterne, komm mit, und dann ziehen wir uns beide dahinter aus. Keiner kann uns dort sehen.«

Vielleicht hatte er sogar recht. Der Schein der Laterne erreichte ihn kaum, und es war dunkle Nacht. Er hatte seine Hosen heruntergezogen und stand jetzt barfuß in seinen *caleçons* im Hof. Dann legte er auch sein letztes Kleidungsstück ab. Offenbar war es ihm tatsächlich möglich, nichts zu tragen. Seine Nacktheit hatte etwas Bodenständiges, wie es bei Männern war, die auf Schiffen lebten, reisten oder in der Armee dienten, wo man keine Privatsphäre hatte.

»Ich hatte gehofft, dass sich noch eine Gelegenheit mit dir ergibt, ehe der Tag anfängt«, sagte er. »Aber wenn du deine Kleidung anbehältst, wird es die wohl nicht geben, oder?« Er tauchte den Eimer tief ins Becken und schöpfte Wasser.

»Ich entledige mich meiner Kleidung nicht mitten im Hof eines Hauses, in dem bereits alle wach werden und bald anfangen zu frühstücken. Da bin ich züchtiger als du. Selbst Frösche in einem Ententeich sind züchtiger als du.«

»Da würde dir der Philosoph Zeno widersprechen. Er meint, Nacktheit sei züchtiger als Bekleidetsein. Er hatte eine ganze Reihe Gründe.«

»Das ist aber eine lasterhafte Sicht der Dinge. Daran sieht man, dass du auf die Universität gegangen bist. Nur die Gebildeten glauben solchen Unsinn.«

»Ich sage das nur, um dich aus deiner Kleidung herauszulocken. Nur dumm, dass es nicht funktioniert.«

Ganz offensichtlich war Guillaume nicht in Oxford gewesen, sondern in Cambridge, wo man liberal war und der Mathematik den Vorzug gab. Wenn sie in Cambridge nach einem blitzgescheiten Riesen fragte, der sich für alles interessierte, laut lachte und einen wirklich hinterhältigen Sinn für Humor besaß, würde man sich seiner erinnern.

Der Eimer war voll. Er hob ihn mit beiden Händen hoch und goss den ganzen Inhalt über sich. Er zitterte, als das Wasser an seinem Körper herunterströmte, und schüttelte heftig den Kopf, um die Haare aus den Augen zu bekommen.

Ich würde mich wegen der Schönheit seines Körpers in ihn verlieben, würde ich ihn nicht bereits für seinen scharfen, gewieften Verstand lieben. Würde ich nicht seinen Körper lieben, dann sein großes Herz. Ich würde seine Kraft lieben.

Er klaubte Seife aus einem Tiegel. Normalerweise wurde sie zum Waschen von Kleidung oder Töpfen benutzt oder für das Schrubben der Böden verwendet. Mit energischen Bewegungen seifte er sich die ganze Brust ein. Als er zum Gesicht kam, hielt er kurz inne, um die falsche Narbe, die er auf der Wange trug, mit den Fingernägeln wegzukratzen, ehe er die Augen schloss und sich das Gesicht wusch.

Er war jetzt ohne jede Maske. Wahrhaft nackt. Das Wasser lief an seinem Körper herunter und über das Pflaster in die flache Abflussrinne, die alles auf die Straße leitete. Und die ganze Zeit über sah er sie voller Begehren an.

Leise Stimmen durchbrachen das Schweigen der Nacht. Man hörte das Scharren von Füßen und das Quietschen der Betten, als die Leute allmählich aufstanden und sich anzogen. Das Haus war erwacht. Sie roch Kaffee, der in der Küche gemahlen wurde. Sie war nicht allein mit Guillaume. »Ihr seid alle Spione in diesem Haus, nicht wahr?

Seine Antwort kam ohne Zögern. »Ja.«

Mit diesem einen Wort drückte er aus: »Wir sind verheiratet.« Und: »Mann und Frau vertrauen einander.« Und: »Es gibt keine Geheimnisse zwischen uns.« Nur ein Wort, aber all das sagte er damit zu ihr.

»Ich hatte nicht damit gerechnet, dass ich einmal einen Spion heiraten würde.«

»Stört es dich?« Er musterte sie durchdringend, während er den Eimer wieder füllte.

»Es verunsichert mich.« Sie fühlte sich in seiner Gegenwart gehemmt. Nicht weil er Engländer war, die Gewohnheit hatte, sie anzulügen, und ein Spion war. Sondern weil er ihr Ehemann war. Sie wusste nicht, wie man mit einem Ehemann umging. Wahrscheinlich war auch die Schöne mit dem Biest gut zurechtgekommen, hatte aber keine Ahnung gehabt, was sie zu dem schönen Prinzen sagen sollte, in den es sich dann verwandelte. Ihr Problem verschlimmerte sich dadurch, dass ihr Biest sich nicht in einen gut aussehenden Prinzen, sondern in einen schlauen Fuchs verwandelt hatte. Wie alles bei Guillaume war die Sache auch hier kompliziert. »Es stört mich nicht, dass du ein Spion bist. Ich habe Männer aus Frankreich geschleust, die wahrscheinlich auch Spione waren. Ich habe nichts gefragt. Sie hätten ohnehin gelogen.«

Keiner hätte das kurze Zögern bemerkt, außer man beobachtete ihn genau und kannte ihn gut. »Spione tun das eben.«

»Ich habe selber auch schon gelogen. Bei einem Vater, der vollkommen aufrichtig ist und jede andere Frau zu einem Mord getrieben hätte, hege ich keine so starke Vorliebe für Aufrichtigkeit. Und es stört mich auch nicht, dass du Engländer bist. Ihr gewährt unseren zankenden Idealisten und unseren Aristokraten Zuflucht, die völlig nutzlos für euch sind und dazu auch noch teuer. Es gefällt mir nicht, dass England uns wieder einen fetten Bourbonenkönig auf den Thron setzen will, aber Robespierre gefällt mir noch weniger. Ich glaube, vielleicht gibt es gar keine Regierung, die mir gefällt.«

»Ich bin mir sicher, dass es einen guten Grund gibt, warum wir sie nicht alle loswerden können. Es wird mir gleich einfallen, was für ein Grund das ist.«

»Du wirkst auf jeden Fall nicht sehr englisch. Du gibst einen überzeugenden Franzosen ab.«

»Ich bin zur Hälfte Franzose, wenn man alles zusammenrechnet. Hilft das ein bisschen, oder fühlst du dich immer noch unsicher?«

»Ich werde mich wohl noch eine Weile verunsichert fühlen. Dich zu lieben trägt verhornte Schichten von meiner Seele ab wie bei einer Schlange, die sich häutet. Ich fühle mich nackt und empfindsam. Eigentlich wäre es mir lieber, dich nicht zu lieben, aber da habe ich keine andere Wahl.«

»Ich habe überhaupt kein Problem damit, dich zu lieben. Es ist das reine Vergnügen.« Er füllte den Eimer wieder und goss das Wasser über sich. Dieses Mal wurde sie dabei auch nass, weil sie so dicht neben ihm stand. Sie legte beide Hände zusammen und fing etwas Wasser auf, das über seinen Körper strömte. Es war eiskalt, aber sie spritzte es sich trotzdem ins Gesicht.

Sie war verwirrt, als er sich über sie beugte, um an ihrem Ohr zu knabbern und sie schnell und verspielt zu küssen.

Als seine Zähne sich um ihr Ohr schlossen, ging ein Kribbeln durch ihren Körper, das gleich darauf wie ein heißer Blitz bis in ihre Zehen schoss.

Ein wenig atemlos fragte sie: »Werden wir in diesem Haus leben? Ich komme mit Madame Cachard zurecht, wenn es sein muss.«

»Wir werden in England leben. Zumindest am Anfang, da in Frankreich Krieg herrscht und die halbe Bevölkerung von Paris weiß, dass du diejenige bist, die hinter La Flèche steht. Ich werde etwas in der Nähe von London kaufen. In Hampstead vielleicht. Man drängt mich ständig, in London zu arbeiten. Schulungen zu geben. Auswertungen durchzuführen. Ich würde irgendwann der Direktor werden, wenn ich bliebe …«

»Nein.«

Sie spürte den Seufzer, den er nicht hören ließ. »Dann werde ich es nicht tun«, sagte er. »Es gibt auf dieser Welt genug zu tun. Man muss nicht in der Spionage arbeiten. Es gibt einen Artikel über keltische Sprachen, den ich gern schreiben würde, wenn ich je genug Zeit dafür hätte. Ich kann …«

»Ich meinte: Nein, du wirst so weiterarbeiten, wie du es immer getan hast. Du wirst herumreisen, deine Nase in die Angelegenheiten anderer Länder stecken, für ein Gleichgewicht im Schicksal der Völker sorgen und aus eigener Kraft Frieden bringen. Du wirst die Arbeit tun, für die du geboren bist. Meinetwegen sollst du nicht deine Talente vergeuden.«

Seine Lippen und sein Atem strichen warm über ihren Scheitel. Sein Haar hing kalt vom Waschen herab und berührte leicht ihre Stirn. Er stand völlig reglos da. Es war ein Gefühl, als würde einer der großen Marksteine in der Bretagne, ein Hinkelstein, sie halten. »Du schickst mich fort? Und lässt mich arbeiten?«

»Meinst du etwa, ich will so einen großen Tölpel wie dich den ganzen Tag um mich haben, und dann auch noch jeden Tag? Insgeheim werde ich erleichtert aufseufzen, wenn du losziehst. Nach kurzer Zeit werde ich dann vergessen, wie lästig du eigentlich bist, und dich voller Begeisterung willkommen heißen, wenn du wieder nach Hause kommst.«

»Mir gefällt die Vorstellung mit dem herzlichen Willkommen. Und der Teil mit der Begeisterung auch.«

Sie stellte sich auf die Zehenspitzen, um sein Gesicht an der Stelle zu küssen, wo sonst immer seine Narbe gewesen war. Wo sie sein würde, wenn er wieder auf Reisen ging. Er schmeckte nach Kernseife. Es war ein männlicher Duft, der nichts Romantisches hatte. Er gefiel ihr an ihm. »Denk nachts an meine Begeisterung, wenn du an gefährlichen Orten bist. Dann weißt du, dass ich auf dich warte. Ich werde mir natürlich Liebhaber nehmen, die aber schnell aus dem Haus verfrachten, wenn du ankommst. Du musst dann so tun, als würdest du ihre um die Ecke verschwindenden Rockschöße nicht bemerken.«

»So, so.« In seiner Stimme schwang selbstbewusste Erheiterung mit, als er sie an sich zog. »Gut, dass ich kein eifersüchtiger Mann bin.«

»Ich werde dir ein Heim schaffen, Guillaume, keinen Käfig. Du kannst jederzeit fort, um deiner Arbeit nachzugehen oder eine Reise zu machen. Wenn du dein Herz bei mir lässt, werde ich es wie einen Diamanten hegen und pflegen.«

Als Hawker mit Kleidung und Handtüchern über dem Arm erschien, standen sie beide schweigend da. Guillaume war nackt und hatte seine Arme um Marguerite geschlungen.

»Man könnte fast denken, Sie hätten kein Bett«, meinte Hawker.

»Ich mag Betten sehr«, sagte Marguerite. »Wenn du mich zu einem bringst, zeige ich dir vielleicht meine Zehennägel. Ich habe sie für dich vergoldet. Obwohl ich glaube, dass noch ein paar Staatsaffären in der Küche zu besprechen sind.«

»Zum Teufel mit den Staatsaffären.« Guillaume trug sie nach oben in sein Zimmer.

49

Die ersten Gerüchte erreichten das Haus im Marais im Morgengrauen und wiederholten sich dann den ganzen Tag über. Irgendwie wusste jeder in Paris, dass Robespierre seine Feinde in der Nationalversammlung anprangern würde. Das weckte natürlich sofort das starke Interesse der englischen Spione.

Marguerite arbeitete Seite an Seite mit Althea und bereitete Rührei zu, toastete Brot und schnitt Speck für die Männer und Frauen ab, die in die Küche kamen und schnell und voller Aufregung Carruthers alles erzählten, was sie gehört hatten, aßen, was ihnen vorgesetzt wurde, und dann wieder verschwanden.

Am späten Nachmittag saßen sieben Männer und fünf Frauen in der Küche. Es waren zu viele, als dass alle sich hätten hinsetzen können. Drei Männer und Hawker lehnten mit dem Rücken an der Wand. Carruthers – Madame Cachard – saß schon seit mehreren Stunden am Kopfende des Tisches und nahm die Nachrichten entgegen.

»… buhten ihn ständig aus, wenn er versuchte zu reden. Die Hälfte der Abgeordneten war auf seinen Kopf aus. Robespierre wurde so wütend, dass er die Stimme verlor. Die ganze Nationalversammlung ist in Aufruhr.«

»Einer sagte: ›Er erstickt gerade an Dantons Blut.‹«

»Der Spruch ist gut. Sehr gut.«

»Der Vorsitzende klopfte die ganze Zeit mit dem Hammer und hielt Robespierre damit von seiner Rede ab, sodass er keine weiteren Konterrevolutionäre benennen konnte.«

Althea schenkte frischen Kaffee ein und verteilte die Tassen. »Sie sind alle beteiligt. Alle, die Doyle gewarnt hat. Sowohl Linke als auch Rechte.«

Eine Frau, klein und dunkel wie eine Zigeunerin, sagte: »Letzte Nacht wurden Pläne geschmiedet. Ein Dutzend von ihnen hat sich in den Tuilerien getroffen.« Sie drehte sich auf ihrem Stuhl, um nach hinten zu Guillaume zu schauen. »Fouché hat mit dieser gefälschten Rede von Ihnen herumgewedelt, als hätte er sich das selber ausgedacht. Gut gemacht. Sehr gut gemacht.«

Carruthers sah Guillaume mit schmalen Augen an. »Wenn Sie das nächste Mal beschließen, die Regierung von Frankreich zu stürzen«, erklärte sie mit einer gewissen Schärfe, »warnen Sie mich vor.«

Im ganzen Raum brach Gelächter aus.

Carruthers hob die Hand, und sofort kehrte Stille ein. »Die Karren wurden vom Mob in der Faubourg Saint-Antoine aufgehalten. Auf den Straßen herrscht eine sehr gereizte Stimmung. Sind die Gefangenen befreit worden? Weiß das irgendjemand?«

Alle am Tisch schüttelten den Kopf. »Der Mob wurde zurückgedrängt«, erklärte Hawker. »Mit Pferden und Waffengewalt. Die Karren sind durchgekommen.«

Einen Moment lang herrschte Schweigen. »Verdammt«, sagte einer von den Männern.

»Das werden die Letzten sein.«

»Der Mob hat gesprochen. Die Hinrichtungen werden aufhören.«

Carruthers sagte: »Die Nationalgarde wurde zur Place de Grève beordert, um Bericht zu erstatten. Robespierre ist ins Prison du Luxembourg gebracht worden. Sonst noch etwas?«

Ein vierschrötiger unscheinbarer Mann, der wie ein Ladenbesitzer angezogen war und neben der Tür stand, ergriff das Wort. »Das Gefängnis hat ihn abgewiesen. Er ist jetzt inmitten von Soldaten im Quai des Orfèvres im Büro des Bürgermeisters. Auf der Straße heißt es, die Garde wird zur Nationalversammlung marschieren.«

»Dann brauche ich jemanden dort … bei der Nationalversammlung … Gaspard …«

Am anderen Ende des Raumes nickte ein Mann.

»Zum Büro des Bürgermeisters. Die anderen gehen bei den Sektionen der einzelnen Bezirke herum. Alles hängt davon ab, ob Robespierre die jeweiligen Leute hinter sich bringen kann. Geht paarweise los. Wenn es zu Reibereien kommt, versucht, euch nicht umbringen zu lassen.«

Alles lachte. Männer wie Frauen leerten ihre Tassen mit einem letzten Schluck, nahmen sich jeder eine Pflaume aus der Schüssel, die auf dem Tisch stand, und gingen. Sie strahlten Kompetenz und ruhige Unbekümmertheit aus, als hätte man sie auch Kohlen aus den Glutöfen der Höhle holen lassen können.

Hawker stellte klappernd Teller zusammen und trug sie in die Spülküche.

»Es gibt Kellner in Paris, die könnten alles abräumen, und keiner würde sie dabei bemerken.« Carruthers machte sich Notizen auf den Zetteln, die sie dort ausgebreitet hatte, wo auf dem Tisch noch Platz war. »Sie wären unsichtbar.«

»Ich könnte ihnen die Taschen ausräumen, während sie es machen.« Das Klappern hörte auf. Er band sich eine unsichtbare Schürze um die Taille und wurde zum flinken, gewandten und leisen Servierjungen in einem Café. Diese Engländer hatten wirklich etwas von einem Chamäleon.

Guillaume war der wandelbarste von allen. Seit dem frühen Morgen war er unterwegs und hatte Neuigkeiten und Gerüchte gesammelt. Er trug die blaue, zerknitterte Jacke eines Marktarbeiters. Althea hatte ihm das Haar ganz kurz geschnitten und Asche hineingerieben. Jetzt hatte er graue Haare, die Narbe war fort. Jede lange Linie in seinem Gesicht war eine tiefe Furche, und ein Netz aus kleinen Fältchen umrahmte seine Augen. Sie wusste nicht, wie er das geschafft hatte.

Am Morgen hatte sie gesehen, wie er aufgebrochen war, um durch die Straßen der Stadt zu wandern. Er hatte sich verwandelt, noch während der Pförtner das Tor geöffnet hatte, und war zu einem anderen Mann geworden. Mit einem Mal stimmte etwas mit seiner linken Schulter und dem Arm nicht mehr – es wirkte, als hätte jemand beides schnell zusammengeklebt und dann zu früh daran gerüttelt, ehe alles hatte trocknen können. Er wirkte unbeholfen. Er sah überhaupt nicht mehr wie Guillaume LeBreton aus.

Es musste schwer sein, so viele Rollen über einen so langen Zeitraum zu spielen. In dem Heim, das sie für ihn schaffen würde, würde er nur Guillaume sein. Nur er selbst.

Guillaume reichte Hawker seine leere Tasse. »Ich werde zu den Ständen von Les Halles zurückkehren. Wenn überhaupt, dann wissen die Marktleute zuallererst, was vorgeht.«

»Es liegt mir fern«, erklärte Carruthers, »einem unabhängigen Agenten Befehle zu erteilen, aber ich könnte Sie hier brauchen, um Berichte durchzusehen. Ich habe genug Augen und Ohren in der ganzen Stadt. Ich werde den Jungen zum Markt schicken«, sie schaute Hawker an, »und sehen, was er mir mitbringt.«

»Einverstanden. Ich werde …«

Die Tür ging auf. Ein junger Mann hastete herein. Er war sechzehn oder siebzehn, hatte fast weiße Haare und das Gesicht eines Schuljungen. Sein Blick huschte von einem zum anderen und blieb kurz an Hawker hängen, ehe er schließlich Carruthers ansah. »Der Mann, dem ich gefolgt bin …«

»Victor de Fleurignac.« Carruthers zog einen Stuhl mit dem Fuß heran und schob ihn ihm hin, damit er sich setzte. »Du kannst reden. Und du brauchst Hawker jetzt doch nicht mehr umzubringen. Er gehört jetzt mir.« Auf ihrem Gesicht erschien ein schmallippiges Lächeln. »Wir sind alle erleichtert. Was ist jetzt mit Victor de Fleurignac?«

»Fouché hat ihn kurz nach neun heute Morgen aufgesucht. Er ist zwanzig Minuten geblieben. Zwischen zehn Uhr und Mittag sind drei Boten mit Nachrichten gekommen. Dann lange Zeit nichts. Vor einer Stunde ist der alte Mann aufgetaucht. Der ältere de Fleurignac, der Marquis. Er hat die Tür aufgeschlossen und ist hineingegangen. Bevor ich gegangen bin, ist er nicht herausgekommen.«

50

Doyle zählte Dutzende von Männern auf den Straßen, die alle in unterschiedliche Richtungen eilten. Es waren keine Kutschen, keine Karren, keine Fuhrwerke unterwegs. Und keine Frauen, bis auf die, die an seiner Seite ging. Alle rechneten damit, dass Unruhen ausbrechen würden, als von der Nationalversammlung Truppen ausgesandt wurden, um Robespierre festzunehmen. Vielleicht stand eine richtig schöne, stürmische Revolte bevor.

Er hatte Hawker und den jungen Pax dabei, was schon eine halbe Armee war. Maggie marschierte wie eine Walküre neben ihm her. Er beneidete Victor nicht um den Zusammenstoß, der ihm mit Maggie bevorstand. Falls Victor ihrem Vater etwas getan hatte, würde sie ihn wahrscheinlich mit bloßen Händen in Stücke reißen.

Noch ein Grund, warum ich Victor umbringen werde. Damit sie es nicht tun muss. Er wollte nicht, dass sie mit dem Wissen weiterlebte, jemanden getötet zu haben.

Die Läden waren geschlossen, abgesperrt und verrammelt, und die Ladenbesitzer harrten im Inneren bewaffnet aus, um den Pöbel abzuwehren, falls Plünderungen einsetzten. Doch die Cafés und Tavernen waren geöffnet und so voll, dass die Männer im Stehen tranken. Alle lasen Zeitungen und tauschten sie untereinander aus. Gerüchte machten die Runde. Er schnappte sie im Vorbeigehen auf.

»Robespierre hatte die Sektionen aufgerufen, sich zu seiner Verteidigung zu erheben.«

»Die Garde marschiert gegen die Nationalversammlung. Das hat mir mein Schwager erzählt.«

»Es hat eine allgemeine Einberufung in die Kasernen gegeben.«

»Die Gendarmerie ist ausgerückt und hat vor der Nationalversammlung Stellung bezogen. Sie haben Kanonen.«

»... ist geächtet worden. Robespierre selber ist geächtet worden.«

Keiner wusste genau, was vor sich ging.

Von der Seine her waren Schüsse zu hören, vermutlich vom Hôtel de Ville. Doch es waren nur Schüsse, die in die Luft abgefeuert wurden, kein richtiger Kampf – ein solcher hörte sich anders an. Falls jemand verletzt wurde, wären Leute dorthin gerannt.

Das Dröhnen, das sich wie ferner Donner anhörte, war das wütende Volk.

Wieder erklang die Sturmglocke, die im Herzen von Paris, in Notre-Dame, begonnen und sich dann ausgebreitet hatte. Die noch verbliebenen Kirchenglocken schlugen jetzt seit einer Stunde Alarm. Doch keiner wusste, was deswegen zu tun war. Jeder, der eine Uniform besaß, hatte sie angezogen und wartete nun auf der Straße darauf, dass jemand einen Befehl ab.

Zweimal begegneten sie kleinen Trupps von Gardisten, die wohlformiert an ihren vorbeimarschierten.

Maggie ging festen Schrittes weiter, behielt die Straßen im Auge und lauschte in alle Richtungen, ohne jedoch in Panik zu verfallen. Er musste sich in Erinnerung rufen, dass sie vier Jahre lang die Schrecken der Revolution miterlebt hatte. Mit Aufruhr hatte sie Erfahrung.

»Ausgerechnet diesen Moment sucht mein Vater sich aus, um aus seinem Versteck herauszukommen«, zürnte sie. »Paris ist ein einziges Pulverfass, und Tausende haben Zünder in ihren Taschen. Ich habe ihm gesagt, dass Victor unser Feind ist. Und da geht er heute nach Hause. Wenn ich mit Victor fertig bin und ihn erwürgt habe, werde ich meinen Vater erdrosseln.«

Neue Klänge hingen in der Luft, als sie in die Rue Palmier einbogen. Jemand spielte Bach – das Italienische Konzert. Eine schöne Interpretation Wirklich sehr schön. »Das ist bestimmt dein Vater.«

Sie nickte schroff und ging noch schneller. »Mein Vater ist hier. Er würde sogar Bach spielen, wenn gerade die Welt untergeht.«

De Fleurignac benutzt dabei alle Finger. Zumindest haben wir es nicht mit einer Leiche zu tun.

»Falls du dich das gerade fragst …« Sie blieb vor der Tür stehen. »Nein, ich spiele nicht so gut.«

Er brauchte nicht anzuklopfen. Der Majordomo, Janvier, riss die Tür auf, noch ehe sie anklopfen konnten. »Gott sei Dank, dass Sie da sind. Er will den Herrn ins *asile de Charenton* schicken.«

»Wer? Victor?« Maggie stürmte ihm voraus am Kammerdiener vorbei ins Foyer. »Ich werde nicht zulassen, dass Victor meinen Vater in ein Irrenhaus steckt. Warum ist mein Vater hier? Hat er das gesagt?«

»Er ist hergekommen, um Victor zum Duell zu fordern.«

Sie stieß einen ungeduldigen Laut aus, tief wie eine Katze. »Und mein Vater bekommt auch nicht die Erlaubnis, Victor umzubringen. Wenn er anfängt, Leute umzubringen, lasse ich ihn einsperren.«

»Ich habe seine Degen in der Küche hinter den Besen versteckt«, sagte Janvier.

Die Eingangshalle war leer. Weder Stimmen noch Schritte waren im Haus zu hören – nur die Musik und die Schüsse in der

Ferne. Janvier hatte die Dienstboten weggeschickt. Gut. Guillaume hielt Maggie am Arm fest, ehe sie in den Salon stürmen konnte. »Noch nicht. Dein Vater duelliert sich?«

»Er ist ein hervorragender Fechter.« Immer wenn sie über ihren Vater sprach, bildete sich eine kleine Falte zwischen ihren Augen. »Ich habe ihn im Laufe der Jahre immer wieder davon abgehalten, Mathematiker aufzuschlitzen, die anderer Meinung waren als er. Oder politische Denker. Und ein paar Dichter.«

»Ich bringe keine Leute um. Nur wenn ich muss. Aber normalerweise muss ich das nicht.« *Um mich wirst du dir nie solche Sorgen machen müssen wie um deinen Vater. Du wirst sehen.*

Es gab eine kleinere Rangelei zwischen Hawker und Pax, weil sie sich nicht einigen konnten, wer zuerst durch die Tür durfte. Die Runde ging an Hawker. Sobald sie im Haus waren, brachten sie so viel Abstand zwischen sich, wie es die Eingangshalle zuließ, und bedachten einander mit finsteren Blicken.

»Es hat kein Duell gegeben. Monsieur Victor sagte, er würde nicht mit einem Verrückten kämpfen.« Janvier schloss leise die Tür. »Sie sind durchs ganze Haus gerannt und haben miteinander gestritten. Madame Sophie hat sich ganz aufgeregt auf ihr Zimmer zurückgezogen. Und Ihr Vater hat, wie Sie hören, angefangen, wütend Klavier zu spielen. Victor hat nach seinen beiden Handlangern geschickt, diesen *canailles*, die alles für ihn erledigen. Sie sind gerade eingetroffen. Und sie sind bewaffnet. Mademoiselle, sie haben Pistolen dabei.«

Das mussten wohl ihre alten Freunde sein, die Jakobiner, die sie durch die Normandie verfolgt und ihn ins Gefängnis geschleift hatten. Und sie waren bewaffnet. Das wurde ja immer besser.

»Die Pistole des Herrn habe ich in der Speisekammer versteckt. Ich kann sie Ihnen bringen, Mademoiselle. Oder Ihnen, Monsieur.«

Doyle hatte selber eine Pistole. Aus dem Grunde hatte er ja diese verdammt unbequeme Jacke an.

Ich will vor Maggies Augen niemanden töten.

»Gehen wir das Ganze ein bisschen anders an.« Er winkte Pax heran. »Die Zentrale der Sektion. Kennst du die?« Pax nickte. »Da werden bestimmt ein paar Gardisten rumlaufen. Sag ihnen, dass Robespierres Mann, der Abgeordnete Victor de Fleurignac, hier in diesem Haus ist.«

»Nein«, stieß Maggie scharf hervor.

Pax zögerte.

»Geh«, sagte er. »Tu es.«

Pax riss die Tür auf und rannte bereits, als er auf die Straße stürmte.

Er sah, dass Maggie ihre Wut mühsam beherrschte. Die Luft um sie herum prickelte. »Ich entscheide, was mit meinem Cousin Victor geschieht.«

Aber sie wussten beide, was getan werden musste. »Er hat vor, deinen Vater umzubringen. Das ist der Grund, weshalb er seine beiden Handlanger hat kommen lassen. Seine Männer sollen bezeugen, dass dein Vater verrückt geworden ist und ihm angegriffen hat.«

Sie schluckte. »Solange mein Vater spielt, besteht keine Gefahr. Es beweist, dass seine Hände mit der Musik beschäftigt sind und nicht damit, Victor zu erwürgen.«

»In fünf oder sechs Minuten wird er zu Ende gespielt haben. Ich muss da sein, wenn es so weit ist.«

»Wir gehen beide hinein. Victor wird meinen Vater nicht umbringen, wenn ich hier bin und ihn anzeigen würde. Und er wird es nicht wagen, uns alle umzubringen.«

»Das ist auch meine Hoffnung. Könnte ich dich dazu überreden, hier draußen zu warten?«

»Nein.« Sie sah unverwandt die Salontür an. »Ich weiß, warum du die Gardisten holen lässt. Du glaubst, dass Victor sterben muss, willst dir aber nicht die Hände schmutzig machen. Du glaubst, dass er wieder versuchen wird, meinen Vater umzubringen, falls es ihm heute nicht gelingt.«

»Deinen Vater. Dich. Mich. Deine Freunde bei La Flèche. Wahrscheinlich noch alle möglichen anderen Leute, die ihm im Weg stehen. Er ist jetzt auf den Geschmack gekommen. Er wird nicht aufhören.« Wenn ein Hund tollwütig wird, muss man ihn erlegen. Jeder, der mit Schafen zu tun hatte, würde einem das bestätigen.

»Ich kenne Victor schon mein ganzes Leben. Alle meine Cousins, auch die entferntesten, sind tot. Er ist der letzte der de Fleurignacs.« Sie holte schmerzhaft tief Luft. »Die Familie ist alles. Ich werde ihm sagen, dass die Garde kommt, um ihn zu verhaften. Ich gebe ihm die Gelegenheit zu fliehen.« Doch noch während sie sprach, schüttelte sie den Kopf. »Das wird ihn nicht retten. Er wird nicht weglaufen. Du hast gehört, was dein Paxton gesagt hat. Fouché war heute Morgen hier. Bestimmt hat Victor sich irgendwie mit ihm geeinigt und mal wieder die Seiten gewechselt. Er wird Fouché vertrauen, und Fouché wird ihn verraten. Wenn Robespierre verhaftet wird, wird Victor ihm auf die Guillotine folgen. Wir werden sein Tod sein … du und ich.«

»Wenn er bleibt, nachdem du ihn gewarnt hast, ist er selber für seinen Tod verantwortlich. Manche Menschen kannst nicht einmal du retten. Lass uns gehen.« Er wandte sich an Janvier. »Halten Sie die Dienstboten fern. Und lassen Sie ihre Tante nicht herunterkommen … egal, was passiert.«

Janviers angedeutete Verbeugung zeigte, dass er völlig bereit war, Guillaumes Befehlen Folge zu leisten. »*Oui, monsieur*. Madame Sophie hat ein Schlafmittel genommen und …«

Maggie hielt inne. »*Mon Dieu*. Tante Sophie.«

»Eins nach dem anderen, Liebes. Jetzt wollen wir uns erst einmal um Victor kümmern. Vielleicht fährt er ja nach Kiew und erspart uns allen damit viel Ärger.«

Die Doppeltür zum Salon ließ sich leise öffnen. Maggie ging neben ihm hinein. Hawker folgte ihnen geräuschlos auf den Fersen, während er seine Erregung mühsam unterdrückte und seine Finger nur ein Zucken von seinen Messern entfernt waren. Man brauchte Hawker nicht zu sagen, dass er auf Maggie aufpassen sollte. Er tat es einfach.

Vier Männer warteten im Salon auf sie. Maggies Vater saß übers Klavier gebeugt und befand sich mitten in den Schlussakkorden des dritten Satzes, sodass er von seiner Umgebung gar nichts wahrnahm. Victor stand neben dem Kamin, gab sich den Anschein, als hätte er alles unter Kontrolle, und wirkte dabei so bedrohlich, wie es möglich war, wenn man neben einer Porzellangruppe aus Hirten und Lämmern stand. Er trug keine sichtbare Waffe. In einiger Entfernung standen bewaffnet seine beiden Handlanger. Der, dem Maggie das Gesicht zerschnitten hatte, würde auch nach der Wundheilung noch ziemlich grotesk aussehen.

Dieser Mann will Rache. Den erledige ich als Erstes.

Hawker schob sich zwischen Maggie und die Pistole, die das Narbengesicht anlegte, und zwar so gewandt, dass es wie zufällig wirkte.

Bachs letzte Noten verklangen. Maggies Vater legte die Hände auf die Knie, lockerte sich und nahm endlich seine Umgebung wahr. »Was machst du denn hier, Marguerite? Nein, sag es nicht. Es ist unwichtig. Lauf und hol meine Degen, Mädchen. Ich werde deinen Cousin aufspießen wie ein Spanferkel.«

»Darüber haben wir schon einmal gesprochen, Papa.« Sie ignorierte die Pistolen und Victor, baute sich vor ihrem Vater auf und stemmte die Fäuste in die Hüften. »Keine Duelle mehr.

Warum um Himmels willen bist du hergekommen? Victor versucht uns umzubringen.«

»Das tue ich nicht«, fuhr Victor sie an.

Auch das ignorierte sie. »Du hast dich ihm ausgeliefert. Gibt es auch nur einen vernünftigen Grund, warum du das getan hast?«

»Ich wäre ein armseliger Vater, wenn ich ihm nicht deinetwegen den Bauch aufschlitzen würde. Aber er will sich nicht duellieren. Er ist der Sohn meines Bruders, hat aber keinen Funken Ehre im Leib.«

»Natürlich hat er keinen Funken Ehre. Ein Mann von Ehre würde kein Gift in meinen Abendtee geben. Er würde auch keine bewaffneten Männer, die zu allem fähig sind, in mein Haus bringen. Er würde nicht zulassen, dass sie ihre Pistolen auf mich richten. Er würde nicht …« Sie warf die Hände in die Luft.

»Ich ziehe meine Forderung zurück.« Der alte Mann runzelte die Stirn. »Ich beauftrage lieber Meuchelmörder. Ich habe ein paar Italiener kennengelernt, die das gerne übernehmen würden.«

»De Fleurignacs werben keine Meuchelmörder an. Es ist nicht ehrenwert, jemand anders mit einem Mord zu beauftragen.«

Das schien dem Marquis einzuleuchten. »Du hast recht. Wenn Victor sich nicht mit mir duellieren will, nehme ich eben Giftschlangen. Es wird ja wohl nicht so schwierig sein, eine zu besorgen. Ich werde Jean-Paul fragen, was er empfehlen kann.«

»Du wirst niemanden mit Schlangen töten, Papa. Und Jean-Paul wird dir auch nicht helfen. Davon abgesehen glaube ich auch nicht, dass es funktionieren würde. Schlangen sind unzuverlässig.«

Verdammt, das ist ja fast, als hätte man in die Familie der Borgias eingeheiratet. Er griff nach einer Bronzestatue, die

Pan darstellte. Schwer und sehr idyllisch. Er schaute nicht zu dem Jakobiner mit der Narbe hin, der sich langsam zur Seite bewegte, um auf Maggie schießen zu können.

Das hier ist höllisch gefährlich. Ich wünschte, sie wäre nicht hier.

Hinter ihm sagte Victor: »Wer ist dieser Mann, den du mitgebracht hast? Wer Sie auch sein mögen … Verschwinden Sie. Sie mischen sich in Familienangelegenheiten ein, die Sie nichts angehen.«

Niemand schenkte ihm Beachtung. Dort, wo er stand, war seine Sicht zu schlecht, also verließ er seinen Posten neben dem Kamin und trat näher heran. »Ich kenne Sie. Ich habe Sie schon einmal gesehen. Woher kenne ich Sie?«

Die Pistole war immer noch auf Maggie gerichtet. Noch nicht. Noch nicht. Ohne sich umzudrehen, sagte er: »Ich bin Maggies Ehemann.«

»Sie ist nicht …« Victor richtete sich auf. »Sie sind das. Ohne die Narbe. Sie sind der Gefangene. Sie sind LeBreton.« Er wirbelte herum, brüllte und zeigte auf ihn. »Tötet ihn. Tötet den da. Er ist ein entflohener Gefangener. Schießt!«

Die Pistole war nicht mehr auf Maggie gerichtet.

Jetzt! Er warf die Statue. Sie traf die Pistole und schleuderte sie beiseite.

Er ergriff eine Silberdose von einem Tischchen, warf sich nach vorn, holte aus und traf das Gesicht des Jakobiners, der einen Schrei ausstieß. Er packte die Hand des Mannes, die die Pistole hielt, riss sein Knie hoch und brach dem Mann den Ellenbogen.

Die Pistole flog davon und landete auf dem Teppich. Der Jakobiner verdrehte die Augen. Kalkweiß und ohne einen Ton von sich zu geben, sackte er zusammen.

Einer ist erledigt.

Er ließ den erschlafften Körper des Mannes zu Boden sinken. Hawker hatte sich bereits um den anderen gekümmert. Der dünne, leicht melancholisch wirkende Jakobiner hielt beide Hände hoch, sodass die Pistole zur Decke gerichtet war, während Hawkers Messer seine Kehle kitzelte.

Maggie hob rasch die Pistole auf. Ohne Hawker zu behindern oder sein Messer zu berühren, nahm sie dem anderen Mann die Pistole ab. Kerzengerade pflanzte sie sich wie eine Furie vor Victor auf. Die Pistole in ihrer Linken zeigte auf den Boden, die andere hatte sie auf ihren Cousin gerichtet.

»Marguerite, leg das hin.« Victor hielt die Hände hoch und versuchte, sie zu beschwichtigen. »Sei vorsichtig. Die ist geladen.«

Maggie rührte sich nicht von der Stelle. Sie wirkte gefährlich.

»Natürlich ist sie geladen«, sagte sie. »Warum sollte ich eine Pistole auf dich richten, die nicht geladen ist?« Ihr Vater kam auf sie zugetapst. »Nein, Papa, ich werde dir keine Pistole geben. Ich behalte beide. Wenn ich will, dass er stirbt, erledige ich das selbst. Ich bin gewiss in der Lage, einen Abzug zu betätigen.«

Ihr Vater murrte leise.

»Keiner von uns wird ihn töten. Nicht einmal Tiere zerfleischen ihre eigene Familie. Nur weil er zur Viper geworden ist, müssen wir ihm ja nicht nacheifern.«

»Genug jetzt. Hör auf«, sagte Victor.

Sah der Mann denn nicht, was für ein Gesicht sie machte? Ebenso gut hätte er sich mit einer Feuersbrunst streiten können.

Langsam ging Maggie zwei Schritte auf ihren Cousin zu. »Was soll ich mit dir machen? Auch wenn auf der Welt alles wieder gut wird, du wirst es ganz bestimmt nicht. Du wirst immer bösartig bleiben.«

»Du bringst diesen Banditen in mein Haus, wo er meine

Männer angreift. Du richtest eine Waffe auf mich. Du bist genauso verrückt wie dein Vater. Ich bin derjenige, der diese Familie Jahr um Jahr gerettet hat. Ich bin der Erbe der de Fleurignacs. Ich bin …«

»Es ist vorbei, Victor.« Abscheu, Trauer und Wut schwangen in ihrer Stimme mit. »Ich habe mich gefragt, warum du das tust. Vielleicht hast du Angst. Du hast Angst, dass deine revolutionären Freunde dir den Tod bringen könnten. Vielleicht war es auch die Gier nach dem Erbe.« Sie schüttelte den Kopf. »Es spielt keine Rolle. Du wirst uns nie wieder zu nahe kommen, Victor. Weder meinem Vater noch mir. Zwischen uns ist es aus. Du wirst jetzt gehen und nie wieder in dieses Haus zurückkehren.«

»Du bist dir deiner ja sehr sicher. An deiner Stelle wäre ich das nicht.« Victors Gesicht war eine wütende Maske, während er gleichzeitig darüber nachdachte, wie er sie alle umbringen könnte.

Man hörte das Rasseln bewaffneter Männer, eines kleinen Trupps, der sich der Rue Palmier näherte. Pax hatte seine Arbeit getan.

»Maggie, wir bekommen Gesellschaft«, sagte Doyle.

Sie hörte es auch. »Du musst wissen, dass wir nach der Garde geschickt haben. Du hast noch Zeit zu fliehen, wenn du jetzt gehst. Nimm den Hinterausgang durch die Küche. Ich werde die Gardisten aufhalten.«

»Sie werden mich nicht verhaften. Ich bin ein Freund von Robes…« Victor merkte, dass er damit nicht weiterkommen würde. »Ich bin ein Freund von Fouché.«

»Fouché hat keine Freunde. Lauf, Victor.« Sogar jetzt noch würde sie den Mistkerl retten, wenn sie konnte. »Wenn du bleibst, werden die Gesetze, an denen du mitgewirkt hast, dich verschlingen. Versteck dich auf dem Lande. In ein paar Monaten werden sie dich vergessen. Alle sind des Blutvergießens müde geworden.«

»Ich habe nichts zu befürchten.« Ein Muskel zuckte nervös an Victors Auge. »Fouché hat versprochen, dass ich nicht verhaftet werden würde.«

Du wirst gleich herausfinden, ob das stimmt. Der eine Jakobiner lag mit gebrochenem Arm und Schädelbruch auf dem Fußboden. Er würde kein Problem darstellen. Der andere hatte keinem etwas getan, den er kannte.

Er fing Hawkers Blick auf. »Lass den da laufen.« Hawker ließ das Messer sinken. Der Mann sah sich schnell im Salon um und hastete dann zur Tür. Seine Schritte hallten durch den hinteren Teil des Hauses. Er wählte den Fluchtweg, den Victor verschmäht hatte.

Einer weniger, den man im Auge behalten musste. »Dein Handlanger hat mehr Verstand als du.«

Victor geriet ins Schwanken. Doch dann nahm er die Schultern zurück und entschied sich, ein Narr zu sein. »Ihr seid diejenigen, die weglaufen sollten. Ein Verrückter … ein entflohener Häftling der Republik.« Er schenkte Maggie ein verächtliches Lächeln. »Und eine gelangweilte Adlige, die sich als Konterrevolutionärin versucht und die Anführerin von La Flèche ist. Wenn man mich verhaftet, werde ich dich ausliefern, um meine Freiheit zurückzuerlangen. Ich kann ein Dutzend Feinde der Republik beim Namen nennen und würde bei den Bediensteten dieses Hauses anfangen. Der Sohn des Gärtners, Jean-Paul. Ich kenne euch alle. Ich habe euch in der Hand.«

»Du hast nur den Hauch von Vermutungen.« Mit ruhiger Hand zielte Maggie weiter auf ihn. »Die Männer, die gleich hereinkommen, werden nicht beeindruckt sein. Es ist deine letzte Chance.«

»Es ist ohnehin zu spät.« Doyle stellte sich neben sie. »Sie stehen bereits vor der Tür. Gib mir die Pistolen. Ich will sie der Armee nicht erklären müssen.«

Sie ließ sie sich von ihm abnehmen. Er schüttelte das Pulver aus der Pfanne auf den Boden, während er durch den Raum ging, legte beide Pistolen in den Flügel und schloss den Deckel. Er beachtete Maggies Vater nicht, der sich darüber ereiferte, was das mit den Saiten anrichten würde.

Im Foyer sah er Janvier in den hohen Spiegeln zur Tür eilen, da es geklopft hatte.

Noch etwas, um das man sich kümmern musste. In einem Punkt hatte Victor recht. Er konnte immer noch Gift verspritzen. Doyle ging um den auf dem Boden liegenden Jakobiner herum. »Ich habe mich schon darauf gefreut, mich ohne Fesseln mit Ihnen zu unterhalten, Victor.«

Victor wich zur Seite hin aus. »Sie kommen Ihretwegen, Guillaume LeBreton, nicht meinetwegen. Ihr Name, die Beschreibung Ihres Aussehens ist in ganz Paris bekannt. Ich habe die Aushänge mit eigenen Augen gesehen.«

»Aber man sucht nach einem Mann mit einer Narbe.« Er trat noch einen Schritt näher. »Wie bei diesem Kerl, der auf dem Boden liegt. Nicht mich.«

»Sie werden schon sehen, auf wen man eher hört. Auf einen riesigen Banditen oder – bleiben Sie mir vom Leib!« Victor rannte zur Seite und packte Maggie von hinten. Er schlang einen Arm um ihre Kehle und hielt plötzlich eine kleine Klinge in der Hand. Er riss das Messer nach oben und zielte auf ihre Brust, wobei er ihr Kleid aufschlitzte.

»Nicht.« Doyles barscher Befehl kam, ehe Hawker werfen konnte. »Lass ihn am Leben.«

Durch mich wird sein Blut über Maggie strömen. Verdammt. Ich wollte nicht, dass sie das sieht. Er zog sein Messer.

Maggie wand sich in dem Arm, der sie festhielt. Sie griff nach hinten, fand Victors Gesicht und versuchte, ihm die Augen auszukratzen.

Victor schrie. Sie riss sich los und wich zurück, sodass sie außerhalb des Gefahrenbereichs war.

»Gut gemacht.« Sehr geschmeidig ausgeführt. Genau so hatte er es ihr beigebracht, und sie machte ihn stolz.

»Danke. Ich bin keine Katze, die man einfach am Nacken packt«, erklärte sie.

Victor heulte. »Sie hat mein Auge herausgeholt. Mein Auge. Sie hat mich umgebracht. Mein Auge. Ich blute. Ich …«

»Mit Ihrem Auge ist alles in Ordnung. Aber alles andere bei Ihnen …« Er versetzte Victor einen schnellen Hieb in den Bauch. Victors Worte endeten mit einem Kreischen.

Leise, sodass nur Victor ihn hören konnte, sagte er: »Das ist dafür, dass Sie mich mit einer Keule traktiert haben, während ich gefesselt war.« Er trat Victors eleganten kleinen Dolch weg, sodass dieser ihn nicht mehr erreichte.

Von der Haustür drangen Stimmen in den Salon. Man verlangte danach, Bürger Victor de Fleurignac zu sehen. »Er ist einer der Gefolgsleute des Tyrannen Robespierre. Er muss verhaftet werden.« Als Janvier versuchte zu protestieren, wurde ihm geantwortet: »Auf Befehl der Nationalversammlung.«

Es war noch viel Zeit, um das hier zu Ende zu bringen. Er boxte Victor die Linke in die Rippen, wobei er seine Kräfte zügelte, weil er so ein schmächtiger kleiner Geselle war. »Das ist dafür, dass Sie einen alten Mann ermorden lassen wollten.«

Victor gab gurgelnde Laute von sich.

»Ich glaube nicht, dass hier irgendwer in der Stimmung ist, Ihnen zuzuhören. Aber nur um das auch sicherzustellen …« Anatomisch präzise traf seine Faust den Kiefer des Mannes und brach ihn.

Victor taumelte gegen die Wand.

»Das dafür, dass Soldaten eine Frau mit Kind verhaften sollten.« Er legte eine Hand in die andere und massierte sich die Knöchel. »Aber das hier … Das ist für Maggie.«

Er riss sein Knie hoch und stieß es dem Mistkerl in den Schritt. Dann wandte er sich ab und ließ das Schwein liegen.

»Victor de Fleurignac ist im Salon«, hörte man Janvier an der Haustür sagen. »Ich werde Sie zu ihm bringen.«

51

Marguerite verließ das Hôtel de Fleurignac und ging mit Guillaume durch das morgendliche Paris. Zwei Esel und Adrian trotteten hinter ihnen her. Es war ein vertrautes Gefühl.

Vieles hatte sich geändert. Guillaume trug heute keine Narbe und immer noch keine andere Verkleidung als sich selbst. Durch die fehlende Narbe wirkte er ein wenig langweilig und ehrlich, was man ja zumindest als irreführend bezeichnen konnte.

Die Nationalgarde interessierte sich heute nicht für entflohene Häftlinge, wo doch gerade der große Robespierre den Tod gefunden hatte und keiner wusste, wer Frankreich in der nächsten Woche regieren würde. Dennoch wäre es nach wie vor unklug gewesen, der Beschreibung eines entflohenen Gefangenen zu nahe zu kommen. Das Schicksal forderte man besser nicht heraus.

Von Victor hatte sie nichts mehr gehört. Irgendein Gefängnis hatte ihn verschluckt, und überall herrschte Chaos. Was sie betraf, durfte er gern weiterleben.

Guillaume reiste als bretonischer Kaufmann, und sie begleitete ihn als seine Frau. Sie waren in Reims Geschäften nachgegangen und kehrten nun nach Hause zurück. Alles sollte den Eindruck von Anstand und Ehrbarkeit vermitteln. Guillaume hatte ihr aufgetragen, nur die schlichtesten Unterkleider, Strümpfe und Mieder einzupacken. In England würde er ihr neue, unanständige Sachen kaufen, hatte er gesagt.

Für diese Reise hatte sie den Namen Martine angenommen, was ihr besser gefiel als Suzette.

Hawker überprüfte die Gurte bei Dulce, die gerade eine Karotte aß und so tat, als sei sie das sanftmütigste Geschöpf auf Gottes Erde. »Sie werden dann wohl in England aufräumen.« Er sah Guillaume nicht an. »Sie haben ja jetzt die Namen.«

»Es ist nur eine Frage der Zeit«, meinte Guillaume. »Wir werden die Meuchelmörder finden. Ich werde deine Grüße an Lazarus weiterleiten. Wenn er niemanden umgebracht hat, ist er für uns nicht von Interesse.«

»Ich glaube nicht, dass er jemanden von der Liste umgebracht hat.« Da waren noch mehr Gurte, die überprüft, einzeln nachgezogen und befestigt werden mussten. Die Esel trugen zwei Koffer – auf jeder Seite einen – und eine komplizierte Sammlung von Taschen, die darauf festgeschnallt waren. Mit vielen Gurten. »Ich würde aber nicht so weit gehen zu behaupten, er hätte niemanden umgebracht.«

»Er wird nicht nach Frankreich kommen, um nach dir zu suchen. Du gehörst nicht mehr zu ihm.«

»Richtig.« Hawker klang skeptisch. Die letzten Handgriffe geschahen rasch und mit Bestimmtheit. »Brot, Wein, Käse. Sie können einkaufen, wenn Sie auf dem Lande sind und die Waren besser werden.« Er drehte sich um und grinste plötzlich. »Aber das brauche ich Ihnen ja nicht zu sagen.«

»Nein«, erwiderte Guillaume ruhig. »Aber es stört mich auch nicht. Begleitest du uns einen Teil des Weges?«

»Nur bis zur *barrière*. Bis Sie draußen sind. Dann muss ich zurück und Bürgerin Cachard berichten, dass Sie gut weggekommen sind.« Er klang etwas zu beiläufig, als er dann noch meinte: »Ich soll etwas für sie erledigen.«

Mit einem Schnalzen brachte er die Esel dazu loszugehen. Zu behaupten, dass er angab, wäre eine Übertreibung gewesen, aber er wirkte sehr zufrieden mit sich. Er trug Kniebundhosen, eine gestreifte Weste und ein Hemd aus weichem, fest gewebtem Leinen und war besser angezogen als Guillaume. Hätte man die beiden zusammen auf der Straße gesehen, hätte man Hawker für einen Sohn aus reichem Kaufmannshaus gehalten, der mit dem Verwalter der Familie unterwegs war.

Seltsamerweise ließ die schöne Kleidung Hawker jünger aussehen, sodass man fast auf sein richtiges Alter hätte schließen können. Doch auch damit sah er nicht wie ein Schuljunge aus. Nicht einmal ein Zaubermantel aus dem Reich der Feen würde Hawker wie einen Schuljungen aussehen lassen.

»Wollen wir mal hoffen, dass die Regierung nicht wechselt, ehe ich Sie aus der Stadt begleitet habe.«

Guillaume warf einen Blick nach hinten und schaute dann nach vorn in die Rue de Laval. Wenn man misstrauisch genug war, kam einem auch die Stille irgendwie unheimlich vor.

Die Stadt wartete. Wieder stand ein heißer Tag bevor, an dem brutale Männer sich entscheiden mussten, ob es sich lohnte, sich bei dieser Hitze an einem Aufruhr zu beteiligen. Abgeordnete der Nationalversammlung tranken ihre Morgenschokolade und dankten dem Himmel, dass sie noch nicht auf der Guillotine umgekommen waren. Offiziere der Nationalgarde grübelten über die Schwierigkeit nach, für Recht und Ordnung in einer Stadt zu sorgen, ohne dabei versehentlich Männer zu verhaften, die morgen vielleicht an die Macht gelangen könnten.

Und Robespierre war tot.

Es rollten keine Schinderkarren mehr zur Guillotine. Die Nonnen und der Priester des Klosters von Saint-Barthélémy waren in Sicherheit. Sogar Victor würde dem Tod entkommen, wenn keiner ihn bemerkte.

Es war ein guter Tag, um Paris zu verlassen. Die *barrières* würden nur mit wenigen Mann besetzt sein und die Wächter unsicher und abgelenkt.

Guillaume schob seinen neuen Hut in den Nacken. Vom Stil

her war er seinem alten sehr ähnlich, doch er war nicht ganz so abgetragen. Hawker blieb an der Ecke stehen, um zu sehen, ob die Luft rein war. Er sah Justine als Erster. Sie saß auf den Stufen eines Hauses und hatte die kleine Séverine auf dem Arm. Sie hob das Kinn, als sie sich näherten.

»Ich wünsche euch einen guten Tag, Bürger. Es ist ein schöner Tag, um ein bisschen spazieren zu gehen, nicht wahr?«

»Ein sehr schöner Tag«, erwiderte Guillaume freundlich. »Du hast auf uns gewartet?«

»Eigentlich auf Marguerite, aber die Sache könnte auch Sie interessieren.«

Es musste sich schon um etwas Wichtiges handeln. Denn wenn es jeden Moment zum Aufruhr in der Stadt kommen könnte, würde Justine nicht einfach loslaufen, um ihnen auf Wiedersehen zu sagen. Und sie würde auch das Kind nicht mitbringen.

Séverine hatte sich schläfrig auf Justines Schoß zusammengerollt. Sie trug ein Kleidchen aus bedruckter Baumwolle. Justine, in dunklem Serge, wirkte wie ein Kindermädchen, das auf das Kind ihrer Herrin aufpasste.

Séverine setzte sich auf. »Justine hat gesagt, Sie würden mir Geschichten erzählen.«

»Vielleicht eine.« Wenn die Zeit dafür reichte. Wenn Justine ein Stück Wegs mit ihnen ging.

»Sie mag Sie«, erklärte Justine unvermittelt. »Sie ist sehr klug. Sie kann sogar schon ein bisschen lesen. Und ich habe angefangen, mit ihr Englisch zu sprechen, als sie noch ganz klein war. Sie kann es ein bisschen. Auch ein wenig Deutsch, obwohl meine Aussprache nicht gut ist.«

»Sie ist ein reizendes Kind.«

»Ja, nicht wahr?« Noch nie hatte sie Justine zaghaft oder unsicher erlebt, doch jetzt war sie es. »Sie ist auch noch nie krank gewesen. Nicht einmal, als sie klein war. Egal, wo wir lebten oder was wir essen mussten, sie war immer … stark und froh. Nie hat sie sich beschwert und war immer lieb.«

»Das kann ich bestätigen. Sie kam gleich am ersten Tag auf den Speicher, als ich dort war und es mir so schlecht ging. Sie hat mich getröstet.«

Justine strich ihrer Schwester übers Haar, hob sie dann hoch und reichte sie ihr. »Sie kann wunderschön singen. Keiner hat es ihr beigebracht, aber sie kann es trotzdem.«

Séverine duftete nach Lavendel, frisch gestärkter Kleidung und Himbeergelee. *Dieses Kind zu halten ist ein schöner Moment, an den ich mich immer erinnern werde.*

Justine schlang die leeren Arme um sich. »Sie hatten recht. Ein Bordell ist nicht das richtige Zuhause für ein Kind. Frankreich ist auch nicht der richtige Ort für sie. Es wird Krieg geben.«

»Ich fürchte, damit hast du recht.«

Justine sah sie mit entschlossenem Blick an. »Ich habe Ihnen ja gesagt, dass ich Sie einmal um einen Gefallen bitten würde. Als Dank dafür, dass ich dem da«, ihr Ton wurde etwas verächtlich, als sie kurz Guillaume ansah, »das Leben gerettet habe. Ich habe ihn mehrmals verschont und einmal dabei geholfen, ihn zu retten. Erinnern Sie sich?«

»Ja, natürlich«, erwiderte sie.

Guillaume sagte nichts. Er sah Justine nur an.

»Das erbitte ich als Gegenleistung: Sie nehmen Séverine auf, als wäre es Ihr eigenes Kind. Sie bringen sie aus Frankreich weg und sorgen für ihre Sicherheit. Sie werden für sie sorgen. Sie selbst.«

Ja! Und dann: *Nein, das kann nicht richtig sein.* Sie zog Séverine an sich. Das Kind lag angenehm schwer in ihren Armen. Es fühlte sich richtig an.

»Sie wird unterwegs keine Schwierigkeiten machen.« Justine sprach jetzt ganz schnell. »Sie hat gelernt, ruhig zu sein. Sie wird bereitwillig mit Ihnen mitgehen, wenn ich ihr sage, dass sie muss. Sie kann schweigen und hat gelernt, auf jeden Namen zu reagieren, den man ihr gibt. Sie können sie überall lassen, und sie wird auf Sie warten. Einen Tag oder sogar noch länger, wenn es sein muss. Sie …«

»Du gibst uns deine Schwester?«

»Ich gebe sie Marguerite«, erwiderte Justine scharf. »Obwohl das vermutlich bedeutet, dass ich sie auch Ihnen gebe.«

»So ist es in der Tat. Wenn wir Séverine nehmen …«

»Sie müssen.« Mit plötzlicher Ungeduld griff Justine nach der braunen Ledertasche, die neben der Treppe stand. »Sie können ihr einen anderen Namen geben.« Der Schatten eines Lächelns huschte über ihr Gesicht. »Einen englischen.«

»Sie hat schon einen Namen. Ich werde ihn ihr nicht wegnehmen.« Guillaume kratzte sich am Kinn. »Das ist es also, womit sich Maggie revanchieren soll, weil du sie in Sicherheit gebracht hast, als es ihr schlecht ging und sie Hilfe brauchte?«

Justine nickte einmal kurz. Vielleicht traute sie ihrer eigenen Stimme nicht.

»Maggie. Was meinst du dazu?«

»Ja.« *Das Kind braucht mich. Beide brauchen mich. Ich würde beide retten, wenn ich könnte*. »Oh ja.«

»Dann machen wir es.« Bedächtig legte Guillaume seine Hand auf den Kopf des Kindes. »Séverine gehört zu mir. Ich werde sie nicht anders behandeln als mein leibliches Kind. Ich stelle ihr Wohlergehen vor meines.« Er sah Justine direkt ins Gesicht. »Ich werde sie wie ein Vater lieben. Du hast mein Wort.«

Justines Lippen zuckten. Vielleicht wurde ihr erst jetzt das ganze Ausmaß ihrer Entscheidung klar.

»Wenn du in ein paar Jahren kommst und sie zurückhaben willst, musst du mit einem Kampf rechnen. Ich trenne mich nicht leichtfertig von meiner Tochter.« Er nahm die Hand von Séverines Kopf. »Willst du das?«

Justines Augen waren ganz hell und traurig und … hart. Voller Tränen und Entschlossenheit. »Ja.«

So sollte es nicht sein. »Wie kann ich deine Schwester mitnehmen und dich zurücklassen? Denkst du denn, ich würde dich nicht auch aufnehmen? Komm mit uns.«

»Maggie … nein. Sie kann nicht.« Guillaume berührte ihren Arm. »Sie gehört zur Geheimpolizei.«

»Was?«

»Es ist die beste Erklärung.«

»Aber … aber …« Das ergab keinen Sinn. »Sie ist die Eule. Sie gehört zu La Flèche. Sie ist …«

»Sie ist ein Grund mehr, warum Jean-Paul die ganze von Spitzeln durchsetzte Organisation auflösen muss. Sie hat ihren Zweck erfüllt. Das habe ich ihm schon gesagt.«

Geheimpolizei? Justines ausdruckslose Miene verriet ihr, dass Guillaume recht hatte.

»Maggie«, erklärte er sanft, »wenn sie das Kind mir gibt, wird keiner es je als Druckmittel gegen sie benutzen. Auf beiden Seiten wird niemand sie je anrühren. Das ist es, was wir für sie tun.«

Justine nickte. Ihr Gesicht sah kein bisschen jung aus.

Diese Welt ist so unendlich grausam. Ich werde nicht zulassen, dass sie dieses kleine Mädchen zerstört. »Séverine ist meine Tochter; Fleisch von meinem Fleisch. Als hätte ich sie selber ausgetragen. Das schwöre ich.«

Sie spürte, wie die Worte im Körper des Kindes, das sie hielt, widerhallten. Eines Tages würde Séverine sich daran erinnern.

Rasch drehte Justine sich um und schnallte die Tasche auf dem Rücken des Esels fest. »Ich habe Kleidung für sie eingepackt. Dinge, die sie brauchen wird.« Ihr energischer Blick ging über die Koffer und Taschen. »Ihre … Puppe.«

»Manche Leute«, meinte Hawker, »würden damit nicht bis zum letzten Moment warten.« Er verzurrte das Gepäck neu und rollte eine Decke zusammen, um daraus ein Nest zu bauen, in das sich ein kleines Kind kuscheln konnte. »Durch sie werden sie überall auffallen.«

»Was ist unauffälliger als ein Kind? Würde jemand eine Familie verdächtigen, die mit einem kleinen Kind durchs Land reist? Nein und abermals nein. Jeder sollte ein oder zwei Kinder dabeihaben, wenn ein Auftrag zu erledigen ist. Tatsächlich ist sie sogar ein besserer Begleiter als du; denn sie hat gelernt, den Mund zu halten und Anweisungen zu befolgen, was bei dir nicht der Fall ist.«

»Ich befolge Anweisungen. Aber schau dir doch ihr Haar an. Da könnte man doch gleich eine rote Fahne schwenken. Das muss man … Hier. So.« Hawker zog ein Lederband aus einer der Taschen und hielt es zwischen den Zähnen, als er zu Séverine ging und ihr das Haar geschickt zu einem dicken Zopf flocht, um den er das Lederband knotete. »Das ist schon besser.« Nachdenklich betrachtete er die erzielte Wirkung. »Sie ist zu gut angezogen. Man sollte sie eindrecken. Ein paar Flecken hier und da.«

»Ich bin froh, dass nicht du für sie verantwortlich sein wirst, Bürger Hawker.« Justine berührte kurz den Rücken des Kindes. Eine ganz kurze, schnelle Berührung. »Ich habe mich bereits von ihr verabschiedet. Sie wird ein gutes Kind sein. Sie verträgt keine …« Ihre Stimme kam ins Stocken, als sie von ihnen abgewandt war. »Sie verträgt keine Erdbeeren. Davon bekommt sie ganz viele rote Pusteln.«

»Ich werde ihr keine Erdbeeren geben.« Maggie legte alles in diese Worte, was sonst noch gesagt werden musste.

Justine hatte schon ein paar Schritte getan, als Guillaume sagte: »Noch eines.«

Sie drehte sich wieder um. »Ja?«

»Wie heißt sie in Wirklichkeit? Mit vollem Namen. Wie lautet der Name eurer Eltern?« Als sie nicht sofort antwortete, sagte er: »Du darfst dir nicht vornehmen, es ihr später zu sagen. Du weißt, was in Frankreich passieren wird. Du wirst es vielleicht nicht überleben.«

Keine Antwort.

»Es wird unter uns fünfen bleiben. Dir. Mir. Hawker. Maggie. Und dem Kind, wenn es sich denn später noch daran erinnert.« Er wartete. »Lass nicht zu, dass sie sich ihr ganzes Leben lang fragt, wie sie in Wirklichkeit heißt.«

Justines Stimme klang so hohl wie ein Echo. »Ihre Eltern waren der Comte und die Comtesse de Cabrillac. Sie sind vor zwei Jahren im Hof des *prison de l'Abbaye gestorben*. Sie erinnert sich nicht mehr daran. Soweit ich weiß, gibt es weder väterlicher- noch mütterlicherseits noch irgendwelche Angehörigen.«

»Nur dich.«

»Nur mich. Sagen Sie ihr irgendwann einmal, dass ich sie nicht im Stich gelassen habe. Sagen Sie ihr, wenn sie alt genug ist, dass ich die Hölle durchqueren würde, um zu ihr zu gelangen, falls sie mich je brauchen sollte.« Nachdem sie das noch schnell hervorgestoßen hatte, war sie auch schon fort und ging hoch erhobenen Hauptes und mit dem unauffälligen Gang der erfahrenen Agentin die Straße hinunter.

»Verdammt«, sagte Hawker.

Guillaume nahm den Hut ab und sah ihr hinterher. »Ich habe auch für dich mein Wort gegeben, Hawk. Du wirst dieses Geheimnis niemandem verraten. Absolut niemandem.«

»Nicht einmal Cachard?«

»Nicht einmal Cachard. Das ist ein Befehl. Herzlichen Glückwunsch. Das ist jetzt dein erstes Geheimnis.«

»Ich habe viele Geheimnisse«, sagte Hawker. »Warum gehen wir nicht, ehe ganz Paris wach ist? Der Plan sah vor, Sie gleich bei Tagesanbruch aus der Stadt zu haben.« Er sah zu Maggie. »Sie ist schwer. Wollen Sie sie nicht hier auf Dulce setzen?«

»Nicht notwendig.« Guillaume streckte die Arme aus. »Ich werde sie tragen.«

Ein kurzes Zögern, dann schlang Séverine die Arme um ihn.

Maggie ging neben Guillaume her. Séverine, die sich an seine Brust drückte, sah sie ernst an. Das war das Fundament für das Heim, das sie errichten würde. Guillaumes Kraft. Seine Freundlichkeit. Sogar ein Kind erkannte das sofort.

Ganz leise fing sie an zu erzählen. »Wusstest du, dass … es in Paris verzauberte Vögel gibt? Manchmal kann man sie ganz kurz in den Bäumen erspähen, wenn man schnell genug hinschaut.« Während sie sprach, schaute sie zu den Bäumen auf. »Sie sind rot wie Rubine und grün wie Smaragde. Manche sind golden. Die Goldenen sind die kleinsten. Es sind gleichzeitig auch die tapfersten und die klügsten.«

Séverine regte sich kurz. »Golden?«

»So golden wie das Gold, das man in den Flüssen im fernen Armenien findet, wo Wasser das Flussgold seit Jahren herauswäscht. Ein Gold so warm wie die Glut des Feuers. So golden sind die Federn der Vögel.«

Sie nahm den dicken, goldbraunen Zopf, der über Séverines Rücken hing, und zog ihn nach vorn, sodass er auf Guillaumes Weste lag. »Nun geschah es, dass einer dieser verzauberten Vögel, ein kleiner weiblicher Vogel, dazu auserwählt wurde, eine lange Reise zu unternehmen. Es war eine wichtige Reise, und sie machte sich ein wenig Sorgen …«

Danksagung

Dieses Buch ist Lily und Maya gewidmet.

Ich möchte meiner wundervollen Herausgeberin Wendy Mc-Curdy und meiner Agentin Pam Hopkins von Hopkins Literary Associates danken.

Unendlich dankbar bin ich den unermüdlichen und geduldigen Lesern der Vorabzüge meines Manuskripts: Leo Bourne, Mary Ann Clark, Laura Watkins und Wendy Rome. Ich danke den Ladies Who Drink Coffee für ihre freundliche Unterstützung. Viel habe ich auch den hervorragenden Leuten von Compuserve Books und Writers Community zu verdanken: Diana Gabaldon, Deniz Bevan, Beth Shope, Jenny Meyer, Jennifer Hendren, Donna Rubino, Susan Adrian, Julie Weathers, Linda Grimes, Tara Parker und anderen, derer es zu viele gibt, um sie alle namentlich zu erwähnen.

Diesen Roman hätte ich ohne die fachkundige Beratung von David Barnes und Hugo Clément, die viel über Geologie und Höhlen wissen, und Linda Weaver, die gut über Esel Bescheid weiß, nicht schreiben können. Die Seite *The Beau Monde* der RWA hat mich mit unendlich vielen Informationen zur Zeit des Regency versorgt. Alles, was es an richtigen Informationen in diesem Buch gibt, habe ich diesen wundervollen Menschen zu verdanken. Bei allen Fehlern handelt es sich um meine eigenen.

Mein besonderer Dank gilt Franzeca Drouin, die recherchiert und lektoriert hat und die sich hervorragend mit allem auskennt, was mit Geschichte und historischen, veralteten Ausdrücken zu tun hat.

Meredith Duran

Die Wahrheit deiner Berührung

Roman

Nur wer vertrauen kann, findet die Liebe ...

Die schöne Mina Masters rettete dem englischen Spion Phineas Granville einst das Leben. Nun ist sie eine erfolgreiche Geschäftsfrau in Amerika, die ihre Vergangenheit in England hinter sich gelassen hat. Als sie von den britischen Behörden gefangen genommen wird, um einen Verräter aus dem Versteck zu locken, ist Phineas der Einzige, der ihr helfen kann.

»Absolut fesselnd – ein actionreicher Liebesroman mit prickelnden Dialogen!«
Romantic Times

400 Seiten, kartoniert mit Klappe
€ 9,99 [D]
ISBN 978-3-8025-8780-1

---

www.egmont-lyx.de

LYX
EGMONT